高門嫡女

貳

目次

壹之章◆庵寺進香識貴人

壽安堂

老太太李氏髮髻散亂，面色蒼白，獨自坐在炕上，口中喃喃自語。丫鬟玉蓉端來一杯茶，她卻劈手推開，滾燙的茶水立刻燙紅了玉蓉的手，「滾，都滾，沒用的東西，叫妳們去找大小姐來，人呢？為什麼還沒來？」

玉蓉收回手和另一個丫鬟玉梅對視一眼，露出擔心的神色，玉梅壯著膽子勸慰道：「老太太放寬心，張嬤嬤去找了，大小姐很快就到。」

正說著，歐陽暖掀開簾子走進來，看到裡面這幅場景，臉上也不由得露出些許的驚訝，道：「祖母，這是怎麼了？」

李氏一抬頭看見是歐陽暖，立刻大聲道：「暖兒！暖兒！」

歐陽暖快步走過去抓住她的手，只覺得掌心冰涼，「祖母，暖兒在這裡，您怎麼了？」

張嬤嬤低聲道：「大小姐，晌午的時候老太太突然做了噩夢驚醒過來，問她夢到了什麼也不說，只說要我們去請您來。」

歐陽暖點點頭，對張嬤嬤道：「讓其他人都下去吧，祖母這裡我在就可以了。」

張嬤嬤點頭應是，吩咐其他丫鬟都退出去守著，自己留在旁邊伺候。

歐陽暖看著所有人都走出去，驀然聽得李氏道：「暖兒，我做了好可怕的夢！」

歐陽暖靜靜回頭，望著李氏憔悴的容顏，露出安撫的微笑道：「什麼樣的夢？」

「……她……她生了男孩子，我很高興，過去抱住孫子，襁褓裡面卻竄出一條毒蛇！」李氏的神色驚恐，平日裡的鎮定從容不知道去了哪裡。

歐陽暖心中明瞭，輕手替李氏將散亂的鬢髮輕輕理好，柔聲道：「祖母，您怎麼了，不過是場夢而已，又不是真的，娘怎麼可能生出一條毒蛇來呢？」

李氏臉上迷濛的神色褪散了些，只是眼底深處還殘留著一絲驚惶不安，歐陽暖親自替她倒了茶，服侍她喝下去，看到她神色稍定，才繼續道：「您好些了嗎？」

李氏點點頭，卻還是滿臉抑鬱的神色，很顯然，歐陽可昨天晚上的舉動，已經讓「天煞孤星」四個字變成了一道可怕的毒咒，深深種在李氏的心裡。

歐陽暖輕聲勸慰道：「祖母，您且放寬心，不會有事發生的。」

「還有不到七個月那孩子就要降生了，暖兒，妳說他會不會給我們家帶來天大的災禍？」李氏越想越是害怕，一把抓住她的手，用力萬分，幾乎要掐出一道血痕。

歐陽暖卻似乎感覺不到痛楚，輕輕拍了拍對方青筋畢露的手背，道：「不會的，祖母洪福齊天，那些鬼祟的東西傷害不了您。張嬤嬤，妳說是不是？」

張嬤嬤趕緊走上前來，用力掰開李氏牢牢抓住歐陽暖的手，道：「老太太，您只是太累了，要不要休息一會兒？」

李氏一回神，就見到歐陽暖的手背被自己生生抓出了一道紅印子，可歐陽暖的臉上卻依舊平靜，看不出半點的痛苦之色。李氏愣了愣，終於完全清醒過來，趕緊鬆了手，道：「暖兒，妳沒事吧？」

歐陽暖微微笑著，將袖口落下來掩蓋住了傷痕，輕聲道：「不礙事的。」

張嬤嬤見李氏已經平靜下來，便出去端了一盆熱騰騰的水，歐陽暖親自走過去，細心把帕子浸濕後絞乾，用熱帕子細細給李氏擦去額頭上的冷汗，「祖母，心裡有什麼事都可以和暖兒說，讓暖兒為您分憂。」

李氏眼裡有一絲愧疚一閃而過，終究化為一聲嘆息，道：「唉……為難妳了，孩子！」

歐陽暖剛要說話，外邊卻傳來玉梅的稟報聲：「老太太，夫人來了。」

還不等李氏說話，簾子猛地被掀開，林氏幾步跨進來，撲通一聲在李氏炕前跪下了。丫鬟和嬤嬤們跟著進來，都是一副惶惑驚恐的表情。

歐陽暖忙上前去攙扶她，口中連聲道：「娘，這是怎麼了，地上涼，您快起來再說！」

林氏揮開她的手，抬起臉來盯著李氏，兩眼泛著淚水，一副豁出去的模樣，「母親，可兒犯下了什麼錯，您竟然命人關著她？我派人送去吃的喝的，竟然一樣都不准送進去，您是要可兒的命嗎？還是因為您瞧我不順眼，便把氣撒在可兒身上？媳婦求您，若是有什麼氣都衝著我來吧，可兒才多大，這麼不給吃不給喝，是要逼死她嗎？請母親立刻把可兒放出來，今日您若不應了我，我和腹中這孩子還不如死在這裡！」

李氏原本就對她十分厭惡，又看到她這種做派，便知道她是成心上門來找麻煩的，不由得大聲道：「妳起來，不用妳跪，跪了也沒用……」只是因為氣極了，聲音裡反倒添了幾分虛弱，不如平時有威嚴。

林氏看出李氏身體狀況不佳，心中帶了三分喜悅，不禁更加打定主意今天非要把歐陽可放出來不可，再接再厲道：「母親，您是吃齋念佛的人，定不會忍心看著我們死！可兒縱然真的做錯了事，您打她罰她都可以，就是不能把她這樣關起來呀！您心地慈善，快寬恕了我可憐的女兒吧！」

歐陽暖表情溫和地笑道：「娘說的是哪裡話？祖母只是派人守在妹妹院子門口，並沒有不給吃喝，您這麼說話，叫旁人聽去了，只怕還以為祖母成心刻薄妹妹。」

林氏冷下臉來，一改原先的楚楚可憐，猛地站起身，嚴厲道：「暖兒，妳妹妹犯了什麼錯，妳要攛掇著母親這麼懲罰她？娘待妳向來視如己出，妳妹妹對妳也多有敬重，難道妳就是這麼回報我們的嗎？」

歐陽暖嘆息一聲，道：「娘對暖兒的厚恩，暖兒這一輩子也不能忘懷，妹妹闖禍惹怒了祖母，暖兒也是百般勸慰，可是妹妹這一次真的是犯了大錯，要不然祖母一向慈和，怎麼會大發脾氣將她關起來呢？」

林氏冷笑一聲，道：「哦，我倒要聽聽可兒究竟犯了什麼十惡不赦的罪過！」

歐陽暖看了李氏一眼，見她點點頭，不免露出一副欲言又止的模樣看著張嬤嬤。張嬤嬤知道大小姐不好開口，便主動上前道：「夫人，昨夜二小姐突然闖進大小姐房裡，不知為了什麼竟然發了狂，將屋子裡砸得一塌糊塗，還拿著碎瓷片要去劃大小姐的臉。這事兒老太太也在場，親眼看見了的，夫人要是不信，可以問問所有的丫鬟、嬤嬤們，她們也都可以作證。」

林氏柳眉倒豎，臉上露出譏諷的神情，道：「這麼說，暖兒是一點錯都沒有，可兒是不問緣由突然衝進去的嗎？」

歐陽暖露出些微歉疚的神情，慢慢道：「不，是我不好，我原不知道妹妹那般討厭秋月那丫鬟，還開口為她求情，妹妹惱了我也是應該的。她性子天真急躁，我早該想到，把誤會解釋清楚也就不會發生這種事了。所謂家宅不寧禍起蕭牆，普通人家姊妹和睦都很重要，何況我們是名門望族家的女兒，若是我這個姊姊能早點管教住妹妹，也不至於讓祖母生這麼大的氣。」

她說的話聽起來條理清楚，理由充分，實際上是在說歐陽可發怒是不滿自己為秋月求情。屋子裡的丫鬟和嬤嬤們回想起昨天處置秋月的時候，二小姐彷彿恨不得讓秋月做替死鬼的狠辣表情，大半的人都信了這個說辭。

林氏一愣，歐陽暖低聲吩咐玉梅道：「夫人有了身孕，還不好好照顧著？」

玉梅立刻跑去端了個軟墩子，歐陽暖微笑著說：「娘還是請坐下說話吧。」

林氏臉色很不好看，也堅持不肯坐下，只淡淡地道：「縱然可兒有不是，她也是被嬌慣壞了，不過是個小孩子，暖兒何必和她計較？既然妳也說了她不過是一時糊塗，就請妳幫娘勸一勸母親，早點放了可兒出來吧。」

歐陽暖和氣地問：「娘派人去妹妹院子裡看過了？」

林氏一愣，點了點頭。

歐陽暖心裡暗笑，又問：「哦，那您應該知道，祖母只是派人守著，並沒有阻止丫鬟們將妹妹平日的一應用度送進去吧？」

林氏皺起了眉頭，她一聽到歐陽可被關起來立刻派人去看，卻被婆婆的人擋在外頭，院子裡的實際情形根本不知道，這時候聽見歐陽暖這麼問，一時之間竟然不知道該如何回答。

「既然妹妹的一應用度都不缺少，娘又何必擔心得非要送東西進去？」歐陽暖淡淡地說道：「況且祖母昨天也只是一時發了怒，命人將妹妹送回去，又怕她做出什麼傻事來，才特意派人看著。至於您所說的要放妹妹出來，卻不該來找祖母，而是要去找爹爹。您忘了嗎？昨天爹爹親口說的，要讓妹妹禁足百日，祖母雖然是長輩，卻也不好干涉爹爹的決定，娘何必為難祖母呢？」

林氏的臉色陡然間發青，禁足百日在她看來不過是一句空話，只要歐陽可別再闖禍，歐陽治也不會理會的，可是歐陽暖這麼說，卻分明是將這個懲罰坐實了，「妳——」

「怎麼，娘覺得爹爹處置得不對？」歐陽暖緊緊追問，四周的丫鬟、嬤嬤們立刻睜大了眼睛等著林氏的回答。

「我……我不是這個意思……」林氏的聲音幾乎輕得聽不見了。

歐陽暖露出為難的神色道：「原本讓妹妹禁足就是爹爹的意思，娘非要請祖母將妹妹放出來，唉，這可難辦了！這……祖母恐怕一時做不了主，您不如自己去找爹爹？」

林氏心道：這丫頭嘴巴越發厲害，可兒那性子若是真的關她百日，豈不是要活活關瘋了？不可以！她這麼想著，便逕自走到李氏身前砰一聲又跪下了，淚水滾滾而下，連連磕頭，「昨天老爺也只是一時氣憤，並不是成心要懲罰可兒，他平日裡那麼疼愛女兒，怎麼捨得這麼罰她？求母親恩典，可憐可憐您的孫女兒，趕緊放了她出來，眼看著可兒也是大姑娘了，總得在人前給她留下一點面子呀！」

「娘呀，您真是誤會祖母了，您是沒看見，妹妹昨日實在有些不對勁……」歐陽暖低聲道，欲言又止的模樣。

李氏想到歐陽可當時發狂的樣子，心中一抖，冷冷地盯著林氏，道：「老爺不過是讓她關門罰抄女則，妳卻說得天塌下來一般嚴重，依我看她不只是任性妄為，好像還瘋魔了，恐怕禁足百日都沒法讓她清醒過來，從今日起，就讓她進入家廟好好閉門思過吧！」

林氏一聽大為驚慌，失聲叫道：「母親，您難道要拆散我們母女？家廟是個什麼樣冷清的地方，可兒是花朵一樣的小姑娘，您怎麼能將她送到那個地方去？若離了可兒，我、我還不如死了……」說著，重重在地上磕頭，一副不達目的絕不甘休的樣子。

李氏惡狠狠地盯著她，氣得說不出話來。

歐陽暖微微皺眉，喝斥道：「妳們還不去攔著夫人？」

旁邊的僕婦急忙去拉林氏。

李氏心裡冷笑，口氣卻越發強硬起來：「妳真是好算計，知道老爺不肯放她出來，便求到我這裡來！這還沒生出兒子呢，便要先忤逆長輩了！」

林氏聞言大震，目光閃爍，轉而低頭淒切道：「母親，求您行行好，就饒了可兒吧！從今往後我定會好好伺候您，叫可兒乖乖孝順您，您說什麼就是什麼，我絕沒有第二句話……」

「娘說到哪裡去了，家廟是我們家族為祖先立的廟，廟中供奉神位，是最尊崇安寧的地方，祖母讓妹妹去也只是讓她修心養性，並沒有旁的意思，您這麼說，豈不是歪曲了祖母的好意？」歐陽暖輕聲勸慰道。

林氏猛地回頭望向歐陽暖，冷聲道：「什麼好意？既然那裡如此好，為什麼妳不肯去？為什麼老爺要讓秋月那犯錯的丫鬟去？」

歐陽暖雙目含了淚光，倒像是受了委屈不願意表現出來，輕聲道：「娘說的是，暖兒願意替妹妹閉門思過，還要求祖母成全才是！」

李氏勃然大怒，對林氏劈頭蓋臉地罵道：「好個不要臉的東西，在我面前妳都這麼放肆，這世上欺負人的倒委屈了！暖兒昨夜受了大委屈卻還一心一意為可兒求情，妳這個當娘的不知道管教自己女兒卻反過來指責暖兒，還有半點主母的做派沒有？妳是不是當真被天煞孤星剋傻了，腦袋拎不清了，還知不知道自己的身分？」

林氏一聽到「天煞孤星」四個字頓時呆住了，她想不到李氏暴怒起來這般駭人，這「天煞孤星」幾乎是從齒縫裡面擠出來的，心裡不禁有些怯了，轉臉看著周圍這麼多丫鬟和嬤嬤在盯著自己，不知從哪裡湧上來一股氣，高聲道：「什麼天煞孤星？我肚子裡的孩子是歐陽家嫡親的骨血，是老爺的兒子，怎麼會變成什麼天煞孤星？母親，您不要聽信那些小人的謠言！」

「謠言？」李氏彷彿在看天大的笑話，冷聲道：「惠安師太是何等的人物，人家與妳有何冤仇，為什麼要來冤枉妳？妳以為我老糊塗了是不是？我告訴妳，妳肚子裡的那個東西是什麼貨色瞞不過我！從妳懷孕開始，咱們家就沒太平過，妳還空口白話說什麼冤枉！妳看看這家裡都被妳折騰成了什麼樣子？周姨娘好好的一個人就這麼沒了，她肚子裡也還懷著我的孫子，妳怎麼不想著手下留情？可兒原本多乖巧的孩子，硬是被妳教唆壞了，成天沒事找事到處招惹男人，昨天剛從妳院子裡出來就像瘋了一樣跑到自己姊姊院子裡大吵大鬧，我去了都還敢大聲與我說話，她不是被這天煞孤星魘住了還能是什麼？我告訴妳，原本我還準備讓她在屋子裡待幾天就放她出來，妳倒好，非要來這裡鬧一場！也罷，從今天開始就讓她在家廟裡思過，什麼時候知道錯了，肯向暖兒磕頭認錯了，再放出來！若是一天不知道錯，就一輩子在裡頭待著！」

林氏一聽，頓時晴天霹靂，臉色煞白，王嬤嬤趕緊上去攙扶她，她卻一把甩脫，把心一橫，眼睛帶了一絲厲色，道：「母親口口聲聲說這個孩子是天煞孤星，說可兒是被這孩子剋了，這是要逼媳婦帶著肚子裡的這塊肉一起撞死在這壽安堂門口嗎？」

李氏一愣，林氏冷冷一笑，轉身就要往門外走，歐陽暖輕輕一揮手，立刻有丫鬟、嬤嬤們上前攔著林氏，王嬤嬤喝斥道：「還不放開夫人！」但是所有人卻都看向李氏，沒有老太太的吩咐，誰也不肯撒手。

林氏冷冷一笑，目中帶著一絲嘲諷，道：「怎麼，母親改變主意了？」

歐陽暖冷冷地看著她，聲音清亮緩慢：「娘，有些話原本不該暖兒這個晚輩來說，可是祖母年紀大了，您今日所作所為已經越過了本分，便是暖兒要承擔不孝的罪名，也該與您說一說。您今日為可兒出頭，本是一副慈母心腸，可您明知可兒被關是爹爹的命令，卻鬧到祖母這裡來，祖母不肯饒恕，您還要以死相迫，開口閉口祖母在逼您去死，您想一想，從您踏入這個門口開始，祖母可有一句話說過要您去死？您是可兒的母親，疼愛她在所難免，但可兒難道不是祖母的親孫女嗎？難不成祖母對她沒有半點憐愛之意？她這麼做也全都是為了妹妹著想啊！您這樣說話，實在是太傷她老人家的心了！您半點不體諒祖母苦心孤詣，來壽安堂大哭大鬧，陷祖母於不仁；您不去求爹爹寬恕妹妹卻要一頭撞死在壽安堂前，害得祖母惹人指點，陷自身於不義；您開口閉口責怪暖兒不為妹妹求情，逼得暖兒不知該如何解釋，陷我於不孝。娘，您到底想要怎樣，是不是非要暖兒在這裡給您磕頭才肯放過年邁的祖母？」

歐陽暖這話一說出口，所有人都向林氏投去異樣的眼光，林氏臉上青白交錯，原本她的確是用死在威脅李氏，可是被歐陽暖這樣一說，自己真的做出尋死的舉動等於是陷自己於不義，還沒等她開口，歐陽暖又搶先開口：「娘，暖兒勸您不要再鬧了，爹爹待會兒還要來向祖母請安的，看到您這副樣子又該生氣了，保不齊會以為是妹妹攛掇的。本來祖母只是讓妹妹去家廟思過，爹爹若是生了氣，妹妹將來還想出來嗎？」

林氏一愣，立刻意識到了事情的嚴重性，臉上轉了好幾個顏色，終究軟下語氣，回過頭來望著李氏：「母親，我不是那個意思……」

李氏冷冷地道：「不管妳是什麼意思，我不想看見妳，快出去！」

歐陽暖淡淡地道：「娘，請您先回去休息吧。」

林氏盯著歐陽暖，目光充滿了怨毒。歐陽暖自始至終平靜地望著她，半點也沒有憤怒不平，兩人目光對上良久，林氏終於感到頹然無力，只覺得渾身發軟，任由王嬤嬤將她扶了出去。

歐陽暖回過頭來，卻看到李氏歪倒在榻上，神情委頓，似乎十分疲倦，她輕輕走過去，道：「祖母，要不要休息一會兒？」

李氏搖了搖頭，神色越發不愉，目光陰沉地盯著林氏離開的方向，對歐陽暖道：「事已至此，我只能再去寧國庵一趟。暖兒，妳與爵兒也和我一同去。」

「是。」歐陽暖柔順地點頭答應。

服侍李氏重新睡下，張嬤嬤送歐陽暖走出壽安堂，歐陽暖望著張嬤嬤，面帶憂慮道：「祖母的精神似乎不大好……」

「是啊，大小姐，自從惠安師太說了那……之後，老太太每天晚上都睡不踏實，天天說夢到了浩浩的洪水，尤其是昨天晚上看到二小姐那副樣子，老太太像是受到了很大的驚嚇。」張嬤嬤也嘆了口氣，端詳著歐陽暖的神色，小心翼翼地說道。

歐陽暖輕輕點頭，道：「但願惠安師太可以替祖母化解心結吧。」這心結是她一手種下，任何人都別想化解，除非那個孩子從這個世界上永遠消失，歐陽暖這麼想著，慢慢走下了臺階。

李氏說到做到，果真將歐陽可關入了家廟。據說關進去的那一天，林氏哭得肝腸寸斷，歐陽治看了只輕飄飄的一句「什麼時候懂事了什麼時候再放出來」，林氏一聽就暈了過去。

李氏聽到這個消息，頓時覺得兒子和自己是一條心的，心情不免輕鬆了許多，便吩咐李姨娘準備進香事宜，特地挑了好日子上寧國庵。

歐陽暖姊弟陪著李氏坐在馬車上，一路出了府門，向城門口而去。到了街上，卻見到萬頭攢動，將整條大路擠得水洩不通，人人都仰長了脖子在看什麼。李氏吩咐將馬車停在小巷，讓人到前面去打聽。

不一會兒，小廝回來傳話，張嬤嬤聽了小丫鬟的稟報，如實道：「老太太，是南疆蠻族作亂，聖上下了旨意，命明郡王出去平亂。今天正是大軍出城的日子，街上許多百姓都要爭相目睹郡王的風采，才會把路擠得水洩不通。」

歐陽爵露出十分好奇的表情，李氏卻皺起了眉頭，問道：「還要多久？」

張嬤嬤為難道：「怎麼也得好一會兒了，恐怕一時之間咱們的馬車也動彈不得。依奴婢看，不如去茶樓上開個雅閣，老太太和大小姐稍事休息，等能走了再說。」

李氏點點頭，對歐陽暖道：「妳瞧瞧，出個門都這麼不順利。」

歐陽暖若有所思地點點頭，明郡王可不就是上次送來白狼尾的那一位？

李氏卻似乎心有所感，突然嘆息了一聲，道：「這位明郡王也是，聽說前些日子原本都要議親了，一個月前燕王妃卻突然逝世，原本他為了守喪就要耽誤三年，如今又被派出去打仗，真是流年不利啊！」

聽聞這位郡王十五歲那年本該由皇帝下旨賜婚，但朝中各派勢力都在盯著這門婚事，老太后又太過喜愛這個重孫子，千挑萬選，一直耽擱到如今，現在婚事更是遙遙無期了。只是，歐陽暖看著李氏什麼都要和風水命理之說搭上關係，不由得暗地裡搖頭，也虧得她如此迷信，才會這麼相信惠安師太所言。

李氏身體疲勞，聽不得吵鬧的人聲，命人準備好房間後，早已去屏風後頭的炕上歇著，歐陽暖卻帶著歐陽爵站在樓上，靜靜望著樓下的場景。

成百上千的百姓將出城大道的兩側圍擠個水洩不通，但凡可以看見城門的樓閣，都早早被人擠滿，好在圍觀的大多是平民，能出得起高價的人到底不多，這也使得歐陽暖可以居高臨下，清楚看見大軍出城的盛況。

只聽到一聲低沉的號角響起，紛亂的人群一下子安靜下來。空氣中熱烈的氣氛變得肅穆，冬日的陽光驟然多了一絲寒冷。

歐陽暖看著眼前出現如潮水一般無邊無際的盔甲，在陽光下閃爍著金屬冰冷的寒光。

一面黑色滾金邊帥旗躍然高揚，獵獵飄揚於風中，上面赫然一個龍飛鳳舞的「燕」字，那是燕王府的旗幟。

歐陽暖看著那個燕字，微微出神，如今太子病重，皇帝命皇太孫代為執掌太子職責，引起秦王多番不滿，朝野上下議論紛紛，此次南疆平叛，主帥的人選也爭奪了許久。皇帝沒有啟用主動請戰的秦王，也沒有任用能征善戰的燕王，反而將主帥的位置交給了這個年輕的郡王，其中的意圖倒是令人破費思量，只是，明郡王真的可以挑起這副擔子來嗎……

朝鳳樓上突然鐘罄聲響，九長五短，宣告著皇室使者到來。樓下頓時一片恭肅，鴉雀不聞，只餘司禮官高亮的聲音，指揮著眾人向一路行來的使者行禮朝拜。

一位黑馬白纓的將軍，突然勒住韁繩，讓駿馬停在隊伍的最前方，旁人只看到他身形筆直，體魄健朗，整個人像是一株美好的松樹一般挺立。那個人離歐陽暖如此之遠，遠得看不清面目，僅僅站在高處遙遙望去，竟已讓人生出壓迫窒息之感。

歐陽爵的聲音在身後響起，帶著一絲緊張：「姊姊，那是明郡王嗎？」

上一次明郡王是在馬車裡，他們看不到面目，這一次明郡王在馬上，他們卻在高高的樓上，只能看到那人一身玄色鐵甲，在陽光下熠熠生輝，閃耀寒芒，令人只覺得他的身上彷彿有一種熾烈而凌厲的光芒，無形中迫得人無所遁形。

使者高聲宣讀聖上詔書，明郡王雙手接過黃綾詔書，高高揚起手臂。剎那間，潮水般的鐵騎，齊齊發出震天的三呼萬歲之聲，響徹天際，震動京都內外。

「吾皇萬歲！」

「大軍必得勝而歸！」

「大歷萬歲！」

這樣的歡呼如此威嚴有力，歐陽爵竟忘記了呼吸，手心滲出細汗。

歐陽暖卻靜靜望著，異常沉默……

大軍過去很久，歐陽爵還愣愣得回不過神來。歐陽暖將他的異樣看在眼中，從紅玉手中接過茶杯，親手遞給他。歐陽爵一反常態，一語不發，緘默凝望已經空空如也的城門，手上茶杯卻是緊握，指節隱隱透白。

他的心中莫名的異樣，似悵惘又似躍然，竟從未有過這般滋味，歐陽暖輕聲喚道：「爵兒？爵兒？」一連叫了幾聲，歐陽爵才突然驚醒一般，回過神來，「怎麼了，姊姊？」

「什麼怎麼了？是你都不知道走神走到何方去了！」歐陽暖笑著搖了搖頭。

歐陽爵不好意思地紅了臉。

「你們在說什麼？」張嬤嬤扶李氏從屏風後走出來，歐陽暖笑著上去挽住她，「祖母醒了？」

「外面那麼吵鬧，怎麼睡得著，不過閉目休息罷了。爵兒，剛才看得如何，可還有趣嗎？」李氏露出饒有興趣的神情，那副樣子分明是在說歐陽爵還是個小孩子，當他愛看熱鬧罷了。

「祖母，我第一次看見這樣的場面，浩浩蕩蕩的大軍彷彿潮水一樣，盔甲閃閃發亮，刀劍鋒銳難當，還有，領頭的明郡王當真是威儀不凡，好威風啊！男子漢大丈夫，就該像他一樣才對！」歐陽爵感嘆道，臉上充滿了興奮之色，「我就想，要是我也能上戰場多好，做個威風的前鋒！」

李氏愣了愣，突然笑了，「你這孩子，他是去南方打仗的，那可不是什麼好玩的事情！」

「我沒說好玩啊！我只是覺得，身為男兒，如果不能像他這樣為國為民出征沙場，便沒有意義！」歐陽爵爭辯道。

「那些豁出性命的事情又有哪裡好了，你真是——」李氏喃喃地盯著歐陽爵，歐陽爵卻難得地固執己見，「祖母，如果一輩子碌碌無為地活著，還不如在戰場上轟轟烈烈地死去！」

當聽到歐陽爵這麼說的時候，原本一直在微笑著聽他們說話的歐陽暖，笑容慢慢凝固住了，她靜靜打量著自己的弟弟，意圖在他臉上找到一時興起的證據，然而，她太了解歐陽爵了，這個孩子，他的心中經常會有一種燃燒的執念，一種任何人都無法阻止的熱情。她沒有想到，不過是大軍出城，竟引起了他這麼多的想法。

「大少爺快別嚇唬奴婢了，聽說南邊蠻族殺人如麻呢！」張嬤嬤按著心口，神色間滿是厭憎驚懼。李氏搖頭道：「豈止是殺人如麻，那些蠻人可怕至極，聽說他們身高八丈、體有長毛，到處擄人放火，甚至嗜飲人血呢！明郡王此去未必能得勝而歸，連是否能平安歸來都……」

「那又如何！祖母，男兒當死於邊野，縱然馬革裹屍又何妨，總比臥在床上死在兒婦女婢中要強！」歐陽爵居然一口打斷了李氏的話，眼睛閃閃發亮，閃耀著歐陽暖從未見過的光彩。

李氏皺緊了眉頭道：「阿彌陀佛，小孩子真是不懂事，戰場上殺戮太重，有違仁厚之道，若是沾了滿手血腥，將來是要下地獄的。」

歐陽爵猶自不服，「什麼是仁厚？如今南方蠻族作亂，殺我多少平民百姓，難道我們說兩聲阿彌陀佛，人家就會放下刀劍嗎？只有當我大歷朝的鐵騎踏入南方，驅逐這群蠻人，徹底征服他們，烽火才能平息，百姓才能安寧啊！」

李氏吃了一驚，道：「爵兒，你是怎麼了，盡說些胡話！國家大事你懂什麼？小孩子家家的，怎麼開口閉口都是殺人？」

歐陽爵白玉一般的小臉漲得通紅，「我說的才不是胡話！祖母，您根本就不明白，哪怕要殺一千個人一萬個人，只要是為國為民，也是功在社稷的事！前方將士浴血奮戰，血染邊疆，我們才能在此安享太平，不然祖母您還能平平安安去上香嗎？還能在這裡開口閉口說殺人不好嗎？」

「爵兒，怎麼能這樣和祖母說話！」歐陽暖皺起眉頭，語聲低柔，卻辭色漸嚴。

歐陽爵低頭不語，他雖個性倔強，但在姊姊面前卻從無半句違逆。

「你才多大年紀，好好讀你的書，平平安安才是福氣！什麼戰場，什麼為國爭光，這些都跟你沒有關係！」李氏見他低頭，以為他知道錯了，露出些許的滿意，慢慢說道。

歐陽暖見李氏臉色緩和下來，忙笑道：「弟弟說笑呢，祖母不要理他！他只是個孩子，又懂得什麼呢？」

歐陽爵愣了愣，還想要說什麼，歐陽暖卻冷冷地望了他一眼，他想說的話便全都堵在喉嚨裡，一句都說不出了。

張嬤嬤扶著李氏先上了馬車，管家去帳房結帳，歐陽暖坐在雅間裡，歐陽爵趁機拽住她的手，望著她，「姊姊……」

「你剛才都說些什麼，我告訴你的事情你全都忘了嗎？你是不是覺得如今的日子過得太舒服了，竟然敢當眾頂撞祖母！」歐陽暖冷冷地說著，神色是前所未有的冷淡。

「姊姊，妳在生爵兒的氣嗎？是我不好，我不該用那種口氣和祖母說話的，讓妳也跟著擔心了……」歐陽爵素來最敬重歐陽暖，旁人生氣憤怒他都不在乎，唯獨擔憂歐陽暖有半點不高興，此刻他怯生生地望著歐陽暖，十分惶恐。

歐陽暖嘆了一口氣，望著這個身量已經逐漸抽高，慢慢現出少年俊朗模樣的弟弟，道：「姊姊永遠不會生你的氣，只是你明知道祖母信佛，不愛聽這些，你還與她爭辯什麼呢？便是你爭勝了，又能改變什麼？只是讓她覺得你不懂事而已！」

歐陽爵一愣，眉眼湧上委屈的神色，抿了抿嘴唇，卻倔強地道：「姊姊說過，要我做一個正直的人，難道說真話也不可以嗎？祖母的那一套根本就是不對的，如果人人都貪生怕死、貪圖享樂，誰來保護百姓？誰來護衛國家？等我長大了，我也要像明郡王一樣，去前線浴血奮戰，為國爭光！」

歐陽暖不說話，直直地看著他，那種奇怪的神色，令歐陽爵真有幾分惶恐起來，「姊姊，妳也不喜歡聽我說這些，是不是？」

「不，姊姊一直覺得你是個孩子，不知不覺你已經有了自己的想法。」歐陽暖的唇角牽起一抹笑容，語聲溫柔。她凝視著他，目光深深，似有些恍惚悵惘，「娘臨死之前，最放不下的就是你，要是她能親耳聽見你說這些話，該有多好？只是，爵兒……」她欲言又止，一時間臉色悽楚，閉目不語。

要是讓歐陽爵選擇，他情願聽歐陽暖責備，也不願意看到姊姊傷心。

還沒等到他想到如何去安慰，歐陽暖卻突然開口：「自小到大，你都是個聽話的孩子，很少與人大聲爭辯，更加不會這麼勇敢地發表自己的看法，就衝著這一點，姊姊也會支持你。」

「謝謝姊姊！」歐陽爵直覺歐陽暖並不贊同自己的看法，勉強笑出來，故作輕鬆地望向她。

果然，歐陽暖很快斂了微笑，目光深邃複雜，愛憐之中更有淡淡痛楚之色，「支持你是一回事，但是你要知道，姊姊和祖母一樣，只希望你平安喜樂！哪怕沒有功業、沒有名聲、沒有地位都不要緊，只要你健康平安就好！」

歐陽爵怔怔地望著歐陽暖，說不出話來。

歐陽暖垂眸一笑，有些落寞道：「我情願你永遠不知憂慮，像是個孩子一樣天真自在……然而，終有一天，你也要長大，長出自己的羽翼，徹底離開我的庇護。」

歐陽爵怔忡無言，心中卻陣陣抽緊。

歐陽暖直視他雙眼，語聲帶著一股寒意：「如果有一天，你要做的事，姊姊不同意，拚命地阻止你，你還會去做嗎？」

「怎麼會？我怎麼會做讓姊姊不高興的事？」自己一心一意都是要讓姊姊高興，怎麼可能明知道姊姊討厭還去做！歐陽爵心中驚跳，指尖發涼，無數念頭電閃而過，腦中卻是一團亂麻。

「回答我！」歐陽暖不容他猶豫遲疑。

歐陽爵望向她，鄭重地道：「不會，我絕不會讓姊姊失望！」

歐陽暖的目光深涼如水，「如果姊姊要你發誓一輩子遠離危險，放棄那些建功立業的念頭，老老實實地活在姊姊的身邊呢！」

歐陽爵一下子愣住，竟不知道該如何回答……為什麼？自己想要建功立業，也是想要為姊姊爭光，為死去的親娘爭口氣，為什麼姊姊會露出這樣落寞的表情？為什麼呢……

因為剛剛鬧了不愉快，歐陽爵擔心李氏又嘮叨，索性跑到後面馬車去坐了，前面馬車上只剩下歐陽暖陪著李氏。

張嬤嬤看著李氏似乎沒了睡意，精神很好，湊趣地說道：「大少爺如今真是好厲害，在學堂裡是孔先生最看重的弟子，文才武功本就是頂好的，最近還一直在學射箭，聽說大有進益，連老爺看了都誇他呢！大少爺日後必定有大出息，老太太到時候可要高興了！」

李氏點點頭，臉上露出些微的喜色，「歐陽家就這麼一根獨苗，他上進爭氣，我自然是高興的，將來能靠自己掙一份功名，不倚仗著他爹也能在京都立足，將歐陽家發揚光大，我就算死了也能瞑目了。」

歐陽暖靜靜聽著，祖母這是想要讓爵兒走科舉一途，這原先也是自己的打算，走讀書一路慢慢取得功名，有了鎮國侯府的幫襯，他將來怎樣也能站穩腳跟，可是聽爵兒所說所言，他真的甘心這樣過一生嗎？所走的每一步都是別人為他設計的，這是爵兒想要的嗎？歐陽暖第一次覺得，也許自己所做的一切，並非弟弟所願。

「將來爵兒有了出息，暖兒也能有所依仗……」李氏說著。

歐陽暖微笑著道：「祖母說的是。」

馬車一路來到寧國庵山下，卻見到山下已經聚了不少華麗的馬車，紅玉掀開簾子，輕聲稟報道：「老太太、大小姐，鎮國侯府、定遠公府、宣成公府還有朝中幾位大人家都有夫人小姐來進香，現在她們的馬車還在山下停著，人也都沒有上山呢！」

「祖母，這麼多女眷，讓爵兒先迴避吧。」歐陽暖知道歐陽爵不喜歡這樣的場合便輕聲道，見到李氏贊同地點點頭，便揮手讓紅玉去後面馬車告訴歐陽爵，讓他留在馬車上。她自己先下了馬車，隨後和張嬤嬤一起扶著李氏下車，歐陽暖低聲問旁邊的丫鬟：「可知道鎮國侯府是誰來了？」

「回稟大小姐，是二夫人和柔小姐。」丫鬟玉梅早已打探好消息，此刻低聲回答。

既然不是寧老太君親自來，就不必去打招呼了，李氏想了想，便親自帶著歐陽暖先走到定遠公家的馬車前，周老太君已經得到消息，此刻正站在馬車前，看到李氏過來，臉上就帶了三分笑容。周老太君看起來比李氏大個兩、三歲，身穿薑黃纏枝蓮紋刺繡鑲領赤金花卉紋樣緞面對襟披風、赤金撒花緞面蔽膝薑黃底子馬面裙，皮膚白皙，體態微豐，圓潤白皙的臉上有雙非常溫和的眼睛。

「歐陽老夫人，好些日子不見妳了……」

「周老太君，有禮了。」李氏笑著走上去，臉上帶了幾分喜色。

「這是誰家的姑娘，真是漂亮！」看見歐陽暖，周老太君似乎有些吃驚。

歐陽暖輕輕蹲下，恭敬地行了個福禮，「周老太君，歐陽暖給您請安了。」

李氏嘴角微翹，「周老太君怎麼忘了，這是我的孫女兒，前年您還見過的……」

周老太君似乎更吃驚，上上下下打量著歐陽暖，露出恍然大悟的模樣，卻還是忍不住說道：「跟那個時候可不一樣，那時候她小小的，總是跟在她娘的身後，很怕見人呢，現在都長這麼大了……」

歐陽暖的妙目中閃爍著寶石般的熠熠光彩，「兩年不見，周老太君身子還是一樣的健朗。」

「瞧這孩子還真是會說話。上次飲茶碰見妳外祖母，她向我說起妳的時候，我還說想見一見，可巧今天就碰上了！」周老太君笑咪咪地望著歐陽暖，對李氏道：「妳真是好福氣呀，孫女兒可是一年比一年漂亮。」

李氏的臉上盡是掩飾不住的得意，口中卻很謙虛：「瞧您說的！這孩子就是不愛出來見人，靦腆著呢！」

定國公府的周老太君和鎮國侯府的寧老太君一樣，都是當朝一品夫人，十分德高望重，李氏在她面前當然不敢托大，很是恭敬地站在一起說了幾句話，終於忍不住問道：「周老太君為什麼不上山去，卻把車駕停在這裡？」

周老太君望了山上一眼，若有所思道：「有貴人在，我們都需迴避。」

貴人？什麼樣的貴人連定國公府都必須迴避？歐陽暖的目光逡巡過所有人的馬車，最終落在山腳下另一群人身上……

這時候，一位穿著大紅五彩金遍邊葫蘆鸞鳳穿花通袖襖的美貌婦人由丫鬟婆子簇擁著走了過來，笑吟吟地道：「兩位老夫人安好。」

她半蹲著向兩人福了福，周老太君點頭回禮，指著她對李氏道：「這是宣成公家的三夫人。」

宣成公有三房兒子，這位朱三夫人應該就是三老爺的正室夫人。李氏趕忙向她打招呼，幾個人少不得寒暄一番，歐陽暖微笑著立在李氏身邊。朱三夫人卻走過來攜了她的手，仔細打量了一番，眼睛裡似有隱隱光彩閃動，口中卻嘆息道：「這樣子看來，倒與婉清年輕的時候十分相像，都是一樣的清麗。暖兒，我與妳娘從未出嫁前就是好姊妹，只是她嫁了人，身子骨弱又不愛出門，彼此之間反而疏遠了，妳可不能學她，咱們都是自家人，以後有什麼事要勤走動才是。」

好姊妹？歐陽暖不著痕跡地望了站在一旁伺候的方嬤嬤一眼，卻見到她低下頭，目中似有不忿之色，心中頓時有了體悟，朱三夫人如果真是娘的好姊妹，為什麼方嬤嬤從未向自己提過？看嬤嬤這副表情，只怕朱三夫人真正的好姊妹，不是自己的親娘林婉清，而是那位繼母林婉柔才對……歐陽暖心中想著，腦海中轉過無數念頭，臉上卻笑著恭謙地應「是」。

果然，朱三夫人似乎漫不經心地道：「聽說夫人身子骨不舒服，我還想著這幾日要上門去看看她的。」

李氏淡淡地笑道：「也沒有什麼事，就是前些天幫著準備壽宴的事情累著了。這幾天我派了人看著她，不准她再操勞了。」

朱三夫人笑道：「婉柔也實在是個孝順的兒媳婦，老太太當真是好福氣。上次壽宴我們得了信，只派人送去賀禮，本還想去為老太太慶賀，偏偏我長嫂病了，怕病氣傳染給老太太，也就不敢登門了。可惜錯過了一場精彩的好戲，聽說大小姐在壽宴上獻了一幅百壽圖，下回可否與我們欣賞一二？」

李氏還沒來得及說話，周老太君卻笑道：「朱夫人說的這幅百壽圖，據說引得大家嘖嘖稱奇不說，甚至還流傳到宮中去了，連太后看了都誇讚歐陽家這位小姐蕙質蘭心，孝心可嘉呢！」

歐陽暖的百壽圖自從在壽宴上驚鴻一現後就被李氏當成寶貝收了起來，歐陽治抓耳撓腮似的求走了那幅圖，每逢有貴客登門就要炫耀一番。原本這還不算什麼，偏偏參加過壽宴的夫人們將這件事傳了出去，豪門權貴之家盡皆效仿不說，連市井之中都有摹本流傳，甚至還有不少書閣專門請人模仿後高價出售，口口相傳，歐陽家大小姐的孝順和才華自然傳遍了京都。只是，太后誇讚這一節，卻是連李氏都沒有聽說過的，當下露出驚訝的表情道：「這……怎麼可能？」

周老太君呵呵笑，「太后千歲向來喜歡聽新鮮消息，京都有個風吹草動她老人家都會很感興趣，百壽圖如今名揚天下，太后自然會知道，說起來，暖兒能得到太后誇讚，是天大的好事，老太太要高興才對。」

李氏滿眼帶了受寵若驚，口中卻道：「這倒真是意想不到的，暖兒向來喜歡讀書寫字，比尋常家女兒都要乖巧些，她個性沉靜、溫柔，也就寫幾幅字能拿得出手了！」說的謙虛，聽著卻隱隱含著驕傲。

歐陽暖的笑容淡淡的，並沒有見到一絲一毫的驕傲之色。

周老太君看了暗暗點頭，心道這位大小姐倒比她祖母還沉住氣些。

朱三夫人勾起一抹笑容，卻似乎別有深意，道：「我可就沒有這麼好的福氣了，要是小女碧兒也能有歐陽小姐這樣的才情，怎麼也能去貴人面前露個臉不是？」

這話說得酸中帶澀軟中帶刺，令人聽了心中不快，偏偏朱三夫人臉上還是帶著盈盈笑意，半點瞧不出諷刺的意味。李氏臉上的笑容淡了下來，沉了臉不說話了。

歐陽暖不露聲色地笑著望向朱三夫人，果然見到她一雙美目帶了三分嘲諷。

正說著話，蔣氏卻已經帶著林元柔過來打招呼道：「老太太，您今天也來上香嗎？」

李氏因為林氏的緣故，如今對這位兵部尚書夫人也不是很喜愛，看到她只是淡淡地點了頭，「沒錯，真是巧，居然遇到了二夫人。」

蔣氏笑看了歐陽暖一眼，別有深意道：「怎麼只有暖兒一個人，可兒不也該陪著老太太嗎？」

歐陽暖微微一笑，十分有禮貌地回答：「二舅母，可兒妹妹染了風寒，祖母擔心她出來受風，讓她在家中好好休息。」

蔣氏點點頭，勾起嘴角道：「暖兒真是貼心，步步跟著老太太，一點都不肯放鬆呢！」

歐陽暖露出更加謙虛的表情，似乎根本沒聽懂她的言外之意，「二舅母謬讚了，這都是暖兒身為孫女應該做的。」

林元柔穿著緋色的裙襖，梳了墜馬髻，戴了赤金鑲紅寶石的梳蓖，並排斜插兩朵赤金鑲青金石珠花，耳朵上還墜了赤金燈籠墜子，看起來還是一般的嬌媚可人，只是臉上卻多了幾分不屑的神情，紅唇微啟道：「可惜妳們也白跑一趟了，今兒個大公主來寧國庵上香，不接待外客！」

原來所謂的貴客就是大公主。其實歐陽暖早已注意到了最前方那一支隊伍，那些人明顯是侍衛模樣，座下的馬都是最好的馬，馬鞍上都鑲著珍貴的珠寶，腳鐙上也有貴重的裝飾，這樣的馬四五十匹聚在一起，再加上了陽光的映照，當真蔚為奇觀，而讓她真正關注的，卻不是這些馬，而是相距這支護衛隊約一二十步，有一乘金光燦燦的八乘大轎，轎子頂部鑲嵌著光輝璀璨的寶石，看起來眩眼奪目，不用說，這轎子的主人就是當朝大公主了。

說起來，當今聖上兒子不少，女兒卻寥寥無幾，其中最出名的就是這位由先皇后所生的大公主。身為皇帝的嫡長女，她可以說是深受寵愛，然而命運卻並不很好，十四歲那年由皇帝指婚嫁人，駙馬為武國公陳家的子弟，但成婚五年駙馬都尉便急病去世了，大公主守寡後一直沒有再嫁。許是因為年輕守寡，皇帝和太后對她十分憐惘寵愛，她的性子也因此變得十分驕縱，到了如今這麼多年過去，據說性子越發古怪，哪怕是參加皇族聚會，也經常無緣無故大發雷霆，皇族貴親無不畏懼十分，可以說，這是位京中人人避之唯恐不及的可怕貴人。

林元柔故意走到歐陽暖身側，低聲道：「暖兒妹妹可真行，這一回將可兒表妹徹底壓下去不說，還在京都徹底揚了名呢！」

歐陽暖見她語氣帶著嫉妒，烏黑的眸子裡像有兩團火在燒，不由淡淡一笑，這位侯府二房小姐，向來被人捧著愛著，已經忘了這世上並不是所有人都要圍著她轉的，居然在這種時候還不忘記向自己挑釁，歐陽暖並不準備示弱退縮，對付林元柔這種人，妳越是忍讓，她越是得寸進尺。便淡淡地道：「我也只是盡心盡力罷了，柔表姊若是喜歡，下一回外祖母壽宴，不妨也送一幅。」

林元柔一怔，頓時氣惱道：「妳以為人人都像妳一樣喜歡出風頭？」

歐陽暖笑道：「姊姊說的哪裡話？上一回壽宴，三天前我就已將百壽圖送給祖母，原也不打算拿出來，偏偏姊姊和可兒非要纏著我看，我也是被迫無奈而為之。說起來，這個名揚天下的機會，還是姊姊親手送給我的呢！」

林元柔氣息一窒，不由冷笑，「到底牙尖嘴利，可憐妳妹妹辛辛苦苦準備了禮物，到頭來全是為他人作嫁衣裳！」

歐陽暖笑容滿面，輕聲道：「這一點暖兒比起姊姊就差得太遠了，我不過是為自己籌謀，姊姊卻是越俎代庖替別人擔心，旁人要是聽見了，還以為妳才是我歐陽家的女兒呢！莫非姊姊忘記自己是姓什麼的了？這可不好，年紀輕輕，怎麼這般健忘？」

林元柔氣得臉色發紅，卻因為這麼多人在場不敢大聲，壓低聲音道：「歐陽暖，妳別這麼得意，總有一天我要戳穿妳的假面具，讓所有人都知道妳是面善心惡的！」

歐陽暖微微笑著，突然大聲道：「姊姊，剛才風大，妳說了什麼，暖兒沒聽見呀！」

所有人都向林元柔望過來，林元柔一腔憤怒全被冷水嘩啦一下子澆滅，只餘下陣陣餘煙，忙刻意提高聲音道：「沒事，我說天氣還冷，妹妹要多加件衣服才是！」

歐陽暖臉上露出如沐春風般溫和的笑容，道：「多謝姊姊關心。」說完上前拉了她的手，臉上親親熱熱的，吐出來的字卻冷意十足：「柔表姊顧好自己吧，風大，小心閃了舌頭！」

林元柔當真是一把鋼刀砍在了棉花上，一把甩開她的手，氣得一句話都說不出來了。

「有大公主在，只怕惠安師太沒有時間招待我們！」蔣氏淡淡道，林元柔不願意再和歐陽暖說話，已經站到一邊與宣成公朱家的三房女兒朱凝碧說話去了。歐陽暖走回李氏身邊，輕聲道：「祖母，我們是不是先回去，改天再來？」

李氏想了想，遲疑道：「還不知道大公主的車駕停留多久，再等等吧。」

不管大公主在這裡停留多久，今天這麼多人排隊要等著見惠安師太，他們都肯定是見不著了，歐陽暖在心底嘆了口氣，暗道李氏的執念也太深了些，當真對天煞孤星忌諱到如斯地步。但是顯然其他人也不甘心這樣就走，畢竟上香的日子都是各家千挑萬選的，生怕錯過這麼一個好日子，誤了吉時。

這時候，就聽見那邊穿著玫瑰紅織金纏枝紋比褙，頭戴纏絲赤金簪子，耳朵上墜著赤金鑲翡翠色貓眼石墜子，打扮如同一隻俏麗孔雀的朱凝碧面露不屑地說道：「這位大公主也太霸道了，她在這裡進香，就不許我們上山嗎？」

宣成公是太皇太后朱氏的娘家，太皇太后離世後，勢力威風都大不如前，武國公家出了個太后陳氏，又是大公主的夫家，正是炟赫至極，偏偏宣成公一向與武國公不睦，朱凝碧會說出這樣的話，其實並不奇怪。但這裡人來人往，一舉一動都可能被有心人注意到，歐陽暖聽在耳中，只覺得微微刺耳。

「妳們知道嗎？公主出行總是大排儀仗，要求所有人都迴避，連我家的馬車都要停下來讓路，她的侍衛們還經常把路上所有騎馬的人都趕到街巷。有一次，她的車隊和戶部尚書的車隊相遇，尚書家裡的頂馬沒有控制住，冒犯了她的車隊，大公主居然一點面子都不給，當即就下令將所有人關押起來呢！後來還是太子殿下親自求情，又讓戶部尚書陶大人在公主轎前叩頭請罪，才被放了出來，妳們說她多麼跋扈……」

朱凝碧看周圍的夫人小姐們越來越多，都對自己說的事很有興趣，不免越說越起勁，這時候卻聽見歐陽暖淡淡地道：「大公主是先皇后所出之嫡公主，地位尊崇，非同一般，尚書車隊與其相撞，本來就是大不敬，冒犯公主，本當治罪。若是大公主真的如妳所說那樣，只怕早就將其收監，重則廷杖伺候，可不過是太子殿下求情便放了他，可見公主並不喜歡亂治罪於人，難道不是她大量寬宏嗎？朱小姐在這裡隨便議論，是想要讓大公主身邊的侍衛們聽見，將我們所有人抓起來一起治罪嗎？」

眾人剛開始還沒察覺，這時候聽見歐陽暖這麼說，發現連那邊的侍衛們都已經側目往這裡望過來，立刻意識到這邊朱凝碧肆無忌憚的談論聲音已經驚動了那些人，不免心驚膽戰，紛紛低頭不敢再說話了。

侍衛們注意到這邊也不過是片刻的功夫，很快便又回過頭去了，大家不免都有種慶幸的感覺，再看朱凝碧，都覺得她的確膽大妄為、不知禮數，居然敢出言冒犯大公主，差點連累和她站在一起的其他人，好在有這位……這位歐陽家大小姐的提醒，才免去了一場禍事。不少夫人、小姐偷偷向歐陽暖看去，卻見到她看起來不過十一二歲，皮膚雪白，目光明亮，嘴唇紅潤，笑容甜美，安安靜靜地站在李氏的身邊，卻像朵含苞欲放的花兒般的柔美嬌嫩。誰都想不到，剛才那番提醒的話竟然是從這樣一個安靜的小女孩嘴巴裡說出來的，一時之間都有些驚訝。

朱凝碧被一頓搶白，臉上青白交加半天，可是當著那麼多人的面卻又不敢再說什麼，只低聲問林元柔：「她是什麼人？」

林元柔冷笑一聲，「她？妳連她都不認識嗎？她就是我那個祖母最寵愛的外孫女，吏部侍郎的女兒歐陽暖。怎麼樣，妳可見識到她的厲害了吧，可真不是一般呢！上次連我都被她說得啞口無言，我勸妳還是離她遠一點！」

朱凝碧卻冷冷笑了一聲，道：「她那麼出挑，只怕未必是什麼好事，也不是每位貴人都喜歡這種性子！就說那大公主，生平最厭恨那些年輕漂亮愛出風頭的女孩子，若是妳這暖表妹撞在她手裡，肯定討不到好去！」

林元柔掩唇一笑，原本的鬱悶一掃而空，輕聲道：「說得是呢，她以為自己會寫幾筆書法有什麼了不起，太后娘娘也不過是隨口說了一句，就驕傲得跟什麼似的！天下書法好的人物多了去了，平日裡得到太后娘娘誇讚的小姐們多著呢，歐陽暖當真是井底之蛙！」

朱凝碧的庶妹朱凝玉就站在她們不遠，她聽到林元柔和朱凝碧的交談，卻不以為然地搖了搖頭。她雖然與歐陽暖並不熟悉，卻看到對方一直很沉靜地站在歐陽家老太太身邊，這裡京都的顯貴女眷這麼多，歐陽暖絲毫都沒有要炫耀表現的意思，甚至連話都不曾高聲說過一句，這兩位小姐卻因為私怨說對方愛表現。依自己看來，倒是這位嫡姊向來愛出風頭，聽說歐陽暖因為一幅百壽圖就名揚京都，還得到太后的一句誇讚，自然心中十分不甘，趁著這次上香的機會急迫地想要在眾人面前露臉，卻不知道這世上越是不會說話的人就生怕別人不知道，成天嘰哩呱啦。如同歐陽暖這樣的人，偏偏溫和有禮，寬厚大度，看著一聲不吭的，到了關鍵的時候說兩句話，旁人卻都信服得不得了，這才是真正會說話的人。

諸位夫人等候了半個時辰，不少人都預備打道回府了，卻見到一位師傅匆匆下山來，對著眾人行禮道：「大公主說此行只是祈福，不願驚擾他人，山門照開，各位可以上山進香去了。」

這一下倒是出乎意料，眾人臉上不由自主都露出喜悅之色，李氏對歐陽暖笑著道：「好在咱們沒有先走，今天總算沒有白來一趟。」

歐陽暖點了點頭，輕聲道：「祖母，今天山上有大公主在，爵兒是不是就不要跟著上去了，萬一……」萬一衝撞了大公主身邊的侍女姑姑們，誰都擔待不起。

李氏鄭重地點頭，這時候就看見歐陽爵身旁的小廝過來傳話，紅玉趕緊過來道：「老夫人、大小姐，大少爺說這裡女眷太多，他就不跟著上山去了，讓小廝們陪著他到田野間走走，等老太太敬完香再一起回去。」

李氏點點頭，歐陽暖笑了起來，這個弟弟還真是與自己想到一起去了，李氏吩咐道：「一定要派人好好看著少爺，要是碰著了傷著了，絕不輕饒！」

大家沿著平緩的青石臺階進了山門，山門上方是聖上親自題寫的「寧國庵」三個鎏金大字，山門飛簷重棱，重重行行。進入山門後便是正殿，歐陽暖是第一次來寧國庵，只覺得莊嚴肅穆，令人肅然起敬。正殿內供奉著三世佛，側面巨大的牆壁上是由聖上親自下旨，召集全國能工巧匠，專為太后賀壽所刻的壁畫。歐陽暖凝目望去，只看見壁畫中央是佛祖，佛的左右分別為騎獅的文殊菩薩和騎白象的普賢菩薩，另外有四大天王和眾多的菩薩、羅漢等，在佛蓮花座前還有善財童子以及大鵬、迦陵頻伽鳥鳴和雅音，歡喜諦聽佛說，隨喜奉持佛陀所說真理。她看著看著，不知不覺竟然出神，李氏拍了拍她的手，道：「怎麼了？」

「沒事，佛祖法相莊嚴，暖兒看著肅然起敬罷了。」歐陽暖淡淡地說道，她只是突然想到，自己前世已是沉江的孤魂野鬼，這一世卻大搖大擺進入庵堂，別人要是知道了真相，會不會將她當做妖怪抓起來燒死？

可惜，這件事永不會有人知道。歐陽暖噙著笑容，面容沉靜如水，陪著李氏和其他夫人小姐一起上了香，點上了長明燈。

李氏猶自不死心地問殿內修行的小師傅，道：「惠安師太今日是否沒有時間見我們了？」

那小師傅點頭，雙手合十道：「住持在為大公主講經，請施主改日再來。」

李氏滿臉的失望，頓時什麼心思都沒了，匆匆和周老太君等人打了招呼就要離開，卻見到一位宮裝少女走進來，對著殿內眾人道：「大公主聽聞各位夫人來寧國庵上香，特請諸位留下一起，稍用齋飯。」

「大公主？」李氏嚇了一跳，「她留我們用齋飯？」

「可不是，大公主聽說幾位都在，請妳們留下敘話呢！」

「我們全部？」

「對，幾位老夫人，還有諸位小姐，所有人。」

大家面面相覷，幾乎都不敢相信這是真的……

大公主仍在聽惠安師太講經，並請所有夫人小姐們先坐著歇息，帶著這消息過來的人，正是大公主身邊親近的陶姑姑。

這位陶姑姑今年已四十歲了，但仍然顯得很年輕，兩道彎彎的眉毛又黑又亮，細長的眼睛彷彿含著暖意，端正的小鼻子下面有一張輪廓鮮明的嘴，看起來很有決斷。她神態安詳，舉止端莊，在她面前任何人都會感到自慚和敬重。在大殿內環視了一圈，陶姑姑輕聲道：「大公主還在聽師太講經，請諸位稍事休息。」

伴隨著她的話語，正殿內幾只銅絲熏爐散發出陣陣濃郁的沉香，傳送著溫暖，令人神安心靜。眾人紛紛點頭稱是，只要是大公主開了口，便是讓所有人在這裡等一夜，只怕也沒人敢說半個不字。

周老太君和陶姑姑坐著寒暄說話，其他夫人們也小心翼翼地陪著笑容，誰不知道這位陶姑姑是大公主身邊最親近的姑姑，說話很有分量，都爭著想要在她面前留下好印象。

陶姑姑見諸位小姐都坐在這裡，不免笑道：「大公主在後殿的廂房聽經，各位小姐也不必拘著，可以到處走走無妨。」

這話的意思是：大公主一時半會兒還沒空見妳們，妳們可以自己打發時間。這裡早已清過場了，不會有外人闖進來，隨便溜達沒關係。

所有的小姐對視一眼，林元柔笑著站起來，道：「陶姑姑，我聽聞庵中供奉了一卷大公主親手謄寫的經文，不知可否一觀？」

這話一出口，在座所有的夫人小姐們都微微側目，朱凝玉望著林元柔，目光中閃過一絲異樣。

「聽說大公主一手的柳體，驚采絕豔，世所罕見，卻從未有機會得見真跡。」林元柔在眾人的目光下神色自若，優雅如昔，「我慕名已久了，還望姑姑成全。」

這話說得很討巧，合情又合理，陶姑姑的臉上露出一絲微笑，似乎十分高興，道：「公主親手謄寫的這卷佛經如今就在偏殿供奉著，林小姐有興趣，當然可以一觀。」

蔣氏見自己的女兒不動聲色就討好了大公主，臉上不由自主露出得意之色。一旁的朱三夫人飛快地使了個眼色，朱凝碧卻還有些愣頭愣腦的，似乎半點沒有反應過來。朱三夫人不由得著急，就看見朱凝玉緩緩站了起來，笑道：「我和姊姊也一起去吧。最近姊姊想要繡一本佛經，卻怎樣都找不到好摹本，正好去欣賞一下公主的書法，將來作個參考。」

朱凝碧茫然地被朱凝玉拉了起來，還有點怔愣，回不過神來。

歐陽暖微微嘆了口氣，這位宣成公家的嫡小姐，還遠遠不如庶出的有眼色，朱三夫人那雙美目都要瞪出花來了，她還恍若未覺，當真是榆木疙瘩，可憐她那個慈母都要著急上火了。

「兩位小姐有心了。」陶姑姑笑咪咪地望著她們，「大公主聽到妳們這樣說，心裡一定會很高興的。」

她的話音一落，其他幾位小姐們也站了起來，紛紛笑著說要一起去，這下，去鑒賞大公主書法的隊伍變得浩浩蕩蕩起來，除了最開始提議要去的林元柔，還有七、八位小姐。林元柔的目光變得冷嘲，真是無知，第一個說去的人是聰明絕頂，後面跟著的人還可以說知道進退，再學她們可就是愚蠢至極了。她眼睛一望，只看見唯有歐陽暖還沉靜地在那裡站著一動不動，不由露出一絲冷笑，道：「想必暖兒妹妹也是要和我們一起去了？」

眾人的目光一下子都停留在歐陽暖身上，她淡淡笑了笑，輕聲道：「我娘去世後，祖母為她在庵中供奉了一尊牌位，我想去看一看，就不與各位去湊熱鬧了。」

陶姑姑聽了，卻是微微一愣，第一次認真注意到歐陽暖，不由愣了神。眼前的小人兒太光彩眩目了：她有一雙晶瑩明淨、靈動非凡的眼睛，叫人見之忘俗，點藍點翠的素釵，更是恰到好處地襯出她黑亮的柔髮和清麗的臉，月白小緞襖上，竟除了一顆鮮紅的寶石領扣外無一裝飾，比之那一群花枝招展的千金小姐們，她才像是個潛心禮佛的少女。

陶姑姑隨著大公主在宮中多年，美貌女子不知見過凡幾，便是傾國傾城的美麗也不會引起她的驚訝了，只是歐陽暖這一句話卻引得她多看了對方幾眼，這少女竟然絲毫沒有要討好大公主的意思，反而直言不諱地說要去拜祭亡母的牌位，然而這句話從她的口中說出來卻真摯自然，不會令人感到絲毫不快，真是個奇特的人。

李氏一愣，這才猛地想起自己確實為林婉清供奉了一尊牌位在這寧國庵，只是……連她自己都忘記了這回事，想不到暖兒還時時記在心裡。她點頭讚許道：「是該去看看。」

林元柔臉上露出一絲諷刺的笑容，覺得歐陽暖竟然沒有找機會討好大公主，非要去看什麼亡母牌位的舉動實在是太愚蠢了，當下淡淡地道：「大公主的書法可不是人人都有機會觀賞的，暖兒妹妹不要後悔。」

歐陽暖微微一笑，道：「各位請去吧。」言談之中，她開朗從容的大度和她眼睛裡流露出來的淡然和真摯，已經讓陶姑姑不由自主有了些微好感。

寧國庵的正殿後為開元殿，裡面供奉著觀音菩薩。殿中正座是大悲聖觀音菩薩像，西側一尊是銅觀自在菩薩，東邊一尊是多羅菩薩。東邊牆上有延生普佛紅色牌位，為信眾消災解厄、普佛祈求；西邊牆上則是黃色往生牌位，是專為亡故之人超度往生設立，除去位置最尊貴的皇室供奉，其他貴族的都在下側。

歐陽暖由小師傅引向開元殿，因為殿外開闊，身後不遠處傳來眾位千金小姐興奮的議論聲：「不知道大公主的佛經供奉在哪裡？」

「今天能親眼一觀，真是三生有幸啊！」

「就是，大公主的書法非凡，我們真是有眼福呢！」

年輕女子歡快的聲音擾亂了佛堂的清靜，旁人不知道，只會以為她們是來郊遊取樂，而非成心禮佛的。歐陽暖對大公主沒有特別興趣，這些貴人的身分非同一般，並非幾句話就能輕易討好的，林元柔自作聰明的舉動只怕非但不能引起陶姑姑的好感，還會給人留下阿諛奉承之嫌，歐陽暖並不願意去湊那個熱鬧。

走進開元殿，淡淡的檀香撲面而來，歐陽暖深深吸了一口氣，多麼的寧靜。她將紅玉等人留在殿外，並謝過為自己指路的小師傅，自己先進了門。她走得很慢很輕，一直走到西邊供奉的諸多牌位前，看到林婉清的那一座牌位時，歐陽暖心頭升起一絲淡淡的憂鬱，感到了悲傷。

如果娘還活著，一定會盡心盡力護著自己姊弟吧，也許她會像朱三夫人一樣想盡辦法提點女兒？還是會像蔣氏一樣，將對女兒的驕傲時時刻刻表露在臉上？那個清冷單薄的娘啊，歐陽暖望著林婉清的牌位，露出淡然的笑容，誰都想不到，在娘孱弱的身子裡，竟然有不可撼動的堅強意志。當初她與歐陽治情投意合，不顧老侯爺和老太君的反對，一意孤行要嫁給他。婚後過得並不幸福，她也逞強，不管怎麼樣都不肯回娘家哭訴。娘的身子單薄，拚死為爹爹生下長子，沒過多久就去世了，大夫說其實生了自己之後，娘的身體就不適合生育了，只是她卻固執己見，非要生下爵兒不可。若是重新給她一個選擇，她還會不顧性命執意要保住爵兒嗎？歐陽暖相信，她會的。

外祖母說的對，若是娘夠聰明，就應該聽從父母之命嫁給某位親王，就應該早點對歐陽治死心，就應該明白林婉柔的種種詭計……然而她沒有，她終究只是一個倔強的貴族少女，除了將一顆芳心錯付，白白賠上自己性命以外，她只留下了一雙無依無靠的兒女。

歐陽暖對著牌位拜了三拜，跪下叩頭，雙手合十，虔誠地舉在胸前，嘴唇微動，輕輕祝告：

「請娘在天之靈，保佑爵兒一生平安、福壽安康。」

正在這時候，卻有一位高髻麗容的宮裝婦人從開元殿的後殿緩緩走進來，旁邊的惠安師太見到歐陽暖跪在那裡，立刻想要上去提醒，宮裝婦人卻輕輕揮了揮手，惠安師太便不敢再多言，當下陪著她站在不遠處靜靜望了起來。

歐陽暖並沒有留意到旁邊的動靜，她只是一心一意做好自己的祈禱，她的臉龐如象牙雕就般細膩勻淨，眉尖微微蹙起，眼睛裡竟然含著一絲淚水，大公主靜靜看著，若有所思。

那裡已經禱告完畢的歐陽暖盯著林婉清的牌位，卻慢慢閉上了眼，身體緩緩跪坐下去。兩顆又大又沉重的淚滴，在濃密的睫毛下彙聚，像水銀珠似的，沿著面頰流下來，流向腮，流向下頦，滴到胸前。一顆滴下去，又一顆流下來，流下來……整個人形如一座玉雕，紋絲不動，只有淚水在流……

這樣美麗的少女，令人不由自主產生一種強烈的衝動，想把她緊緊摟在懷裡，保護她，不讓狂風暴雨襲擊她，不讓邪惡玷汙她，不讓殘暴傷害她……大公主望了望那牌位，又望著眼前這個悲傷的少女，竟覺得心難受得縮成了一團，自己的女兒成君如果活著，會比這少女的年紀還要大吧？

大公主全神貫注地盯著一無所知的歐陽暖，透過那雙黑白分明的、晶瑩動人的眼睛，她彷彿看到了自己死去的女兒成君。當初生下她的時候，自己堅決不要乳娘，堅持自己給孩子餵奶，曾經親手撫摸過、親吻過那雙眼睛啊！自己的女兒，比觀世音菩薩座前的金童玉女還要活潑可愛的女兒，在駙馬死後曾是她生活的唯一的安慰，唯一的希望……大公主低聲，卻很有威嚴地道：「妳供奉的是什麼人？」

歐陽暖吃了一驚，猛地站起來，望見了眼前這位宮裝美婦，她服飾簡單，妝容素淡，容顏雖稱不上絕美，卻英氣勃勃，神采奕奕，歐陽暖所見過的豪門親貴夫人無數，竟無一人壓得住她的氣勢，想來除了大公主，何人有如此風采？再看到她身旁默然向自己微笑的惠安師太，歐陽暖已經確認，當下輕輕拜倒：「歐陽暖見過大公主。」

大公主望著她，沉聲又問了一句：「妳供奉的到底是誰？」

歐陽暖垂下頭，照實回答：「是亡母。」

亡母……竟然是她過世的母親嗎？大公主不由自主望了一眼那牌位，只覺得一片又一片白濛濛的霧從眼前的黑暗中飄過去，眼前這位少女的存在，在她心裡喚醒了曾經對親生女兒的無比眷戀，說不清是幸福還是痛苦的熱流沖擊著她冰涼的心。這麼多年來，她的眼睛已經完全乾枯，流不出一滴眼淚，但此刻竟有些微微的發酸。

歐陽暖臉上已經恢復了平靜，可是大公主卻從她的眼底看到了其中深深的悲傷，是的，悲傷，誰能在亡母的牌位跟前笑出來呢？剎那間，她忘記了這個少女素昧平生，忘記了自己是一位高貴威重的公主，她只知道，自己心的最深處那根最細柔的弦被撥動了。

惠安師太輕聲解釋道：「這位是歐陽侍郎的長女。」

對於歐陽治，大公主素來沒有什麼好感，但是聽到這裡，她卻微微蹙眉，道：「是寧老太君的外孫女？」

「回稟大公主，正是寧老太君的親外孫女。」惠安師太點頭，掩住唇邊將要溢出的一絲嘆息。

「我記得侯府老太君的親生女兒很早便過世了吧？」大公主對寧老太君那個倔強清高的老太婆還是有幾分敬重的，這時候的話脫口而出，竟全然忘了當事人就站在這裡，這樣的話對人家有多大的傷害，只是她地位崇高，又有誰敢在她跟前說不要去觸碰別人的傷疤呢？

歐陽暖靜了片刻，低聲回答：「回稟大公主，家母去世十年了。」

「十年……十年……」大公主這樣說著，突然嘆了一口氣，心中默默想到，自己的女兒已經死了很多很多年了，久到自己都快忘了她的樣子和聲音，只記得她三歲那年死去時蒼白如紙的臉色。她這樣想著，逕自向殿內深處走去，歐陽暖行禮想要告退，大公主的聲音卻遠遠傳來：「妳跟著吧。」

惠安師太也吃了一驚，這位大公主向來驕橫跋扈慣了的，平常人家年輕美貌的小姐她向來厭惡，只覺得她們輕浮討厭，今天竟然對歐陽暖如此優待，難道其中有什麼緣由嗎？她向歐陽暖使了個眼色，歐陽暖輕輕點頭，在心中嘆了一口氣，心道若是林元柔知道自己無心之舉碰上了大公主，還不知道要悔恨到何種地步……

歐陽暖跟在大公主身後，卻十分謹慎，沒有說過任何一句話，惠安師太暗自點頭，覺得寧老太君的這個外孫女果真頗有城府，若是尋常千金小姐早就趁機攀附大公主了，只有她卻彷彿沒事兒人一樣，默然跟著。

開元殿的後面有一間偏殿，平日裡都是塵封的，從未有人打開過，大公主每次到這裡來，也從沒有真正進去過，每次只是遙遙看上一眼便轉身離開，這一次大公主卻直奔這裡而來，旁邊看守的師傅吃了一驚，惠安師太忙恭敬地親自為大公主開了門，大公主緩緩走了進去。

歐陽暖靜靜地跟在大公主身後，只覺得此刻這位高高在上的大公主身上彌漫著一種令人覺得悲傷的氣息，完全不符合當初眾人口中的那個驕橫跋扈的大公主的形象。她環視了一圈這個小小的偏殿，不由得露出吃驚的神色，這裡供奉的竟然不是菩薩，而是一些小孩的玩具。她微微一愣，突然明白過來，大公主曾經生過一個女兒，只是三歲的時候就出天花死了，這裡的小孩玩具……莫非全都是她的？

歐陽暖猜得沒有錯，大公主的親生女兒去世後，她怕睹物思人，又不捨得丟掉這些東西，乾脆將所有的東西和孩子的牌位一起送到寧國庵保存。到了這一間殿上，大公主已轉變為一個充滿著哀痛的情感的母親了。

旁邊的丫鬟要代勞，大公主卻拒絕了，反而親自打開一個個精緻的木匣。第一個木匣裡面，收藏著一支純金的小鼓，式樣很輕巧，上面還雕刻著許多精細的花紋和吉祥的字句。大公主輕輕晃動了一下小鼓，臉上露出懷念的神色。第二個較大的木盒裡，歐陽暖看見一件小小的肚兜，上面還有幾顆龍眼大小的明珠釘著，許是因為料子特別，經過多年色調依然很鮮豔。大公主俯下身去，將臉湊在這一件肚兜上，眼中似乎流淌過水光，卻終究沒有半點落下來。第三個木匣裡，是一個木偶的牽線娃娃，紮著小辮，形態雕塑得十分生動，還有胖胖短短的兩條手臂，令人一見油然生愛。大公主注視了很久，親自伸手進去拿出了那木偶出來。木偶的頭上有一根由數根絲線編織而成的繩子，絲線的顏色早已沒了，只剩下斑駁的白色。大公主輕輕抽動了一下繩子，木偶的手臂頓時開始一上一下的擺動，看起來有趣極了，可是大公主的臉上卻半點沒有歡喜的樣子，而是更加沉鬱了。她捧著這一個木偶呆呆地站著，什麼話都沒有，歐陽暖也一直靜靜望著她，突然明白她今天的一舉一動是為了什麼，直到隔了很長時間，大公主才慢慢地說道：「她最喜歡這個。」

歐陽暖明白，這句話並不是對自己說的，大公主不過是在自言自語而已，此刻她的臉色已變得慘白，眼圈全紅了，但她仍竭力地忍耐著，不讓眼淚流下來。歐陽暖微微垂下眼睛，失去女兒的痛苦，和她失去母親是一樣的，這樣慘痛的神情，真有些使人不忍卒視。外面很多人說，大公主驕橫跋扈，沒血沒淚，是個極度令人討厭的女人，歐陽暖卻覺得如果那些人能在這時候親眼看到大公主在目睹自己女兒遺物後的哀痛，他們也就不會說她冷血無情了……

從偏殿內出來，大公主過了許久才慢慢平靜下來，看著眼前沉靜如水的歐陽暖，她在心中輕輕嘆了口氣，揮揮手，說：「去吧！」歐陽暖蹲身低頭謝過，轉身的一瞬，突然見大公主眼窩裡濕濕地泛起一層淚霧。她深知大公主身處高位，從不輕易流露自己心思，更不願意讓人知道內心深處的隱情，因此立刻低下頭，裝作什麼也沒看見轉身走了。

大公主站著，注視著她的背影，直到走了很遠了，她才收回目光，奇怪自己的柔和心境。自從丈夫和女兒相繼去世，她在朝堂上輔佐父皇，背後打壓權臣，幾乎是戰無不勝攻無不克，人人懼怕不已，今天是怎麼了？這個如冰似雪，沉默寡言的少女，為什麼竟牽動了她的心？

歐陽暖剛走出開元殿，就看見林元柔她們遠遠朝這裡走過來，陶姑姑走在最前面，林元柔討好地在她旁邊問長問短，這時候陶姑姑一眼望見了歐陽暖，微笑道：「歐陽小姐在這裡呀，林小姐要去看靈仙，奴婢正要帶著她去，小姐也一起來吧。」

陶姑姑的邀請，歐陽暖並不好拒絕，雖然林元柔的臉色已經難看起來，倒是朱凝玉朝她露出友好的表情，其他小姐們也對歐陽暖頗有好感，紛紛走過來和她說話。

所謂的靈仙，便是狐仙殿。說實話，歐陽暖對寧國庵裡面供奉這麼一位狐仙是很奇怪的，據傳是因為太祖一次山中狩獵，曾因為迷路差點摔下山崖，關鍵時刻有一隻渾身雪白的狐狸出現，引得他的御馬離開了危險的山崖，自此這裡就供奉了這麼一尊仙位，說起來，倒是有些不倫不類。只是，皇族的權威，又有誰敢質疑呢？

靈仙殿的正殿上，也有一個很高大的神龕，龕前有兩幅繡著花朵的綢幔，這兩幅綢幔的中間，隱約可以看見裡面有一座朱漆金字的神位，上書「敕封白狐大仙之神位」九個正楷字。神龕之下，便是一張供桌，桌上有燭臺香鼎。

白狐的傳說並不僅僅從太祖開始，民間傳說白狐經常化身為慈眉善目的大夫，替人間百姓們醫治疾病。因為他的法術非常的精妙，不論什麼樣的疾病都能醫治得很好，於是他的聲譽竟一天一天的興盛起來了。如今的善男信女來寧國庵，除了去拜菩薩，凡家中有生病的人，都會來這裡禱告一番，祈求病人儘快痊癒。

林元柔聽到這裡，好奇地問道：「陶姑姑，我很少出門，還真是沒聽說過，這靈尊是如何看病的呢？」

陶姑姑笑著看向一旁的小師傅，小師傅雙手合十，解釋道：「求籤者拿著竹筒，等得了籤上的號數，告訴我們殿內的師傅，師傅便根據著這號數，替他們撿出仙方來。」

歐陽暖向右邊的牆壁看去，頓時明白過來，所謂仙方乃是一條條很狹很薄的黃紙，上面印著十幾樣的藥名，一疊一疊地用線穿著，依次掛在壁上，需用時只要認清楚號碼，拉下一張來就行了。

歐陽暖走過去，隨便看了幾味藥方，大都是效用很溫和微薄的，她猜想，這樣的藥方病人喝下去之後，應該是對病情沒有妨礙，有時候，正好藥方合乎了病情，加上病人自己的心理作用，便容易見效了。這樣偶然的見效了幾次，人們便把多數不見效的一概歸諸天命，這便是所謂的治病救人了。

陶姑姑一直微微笑著，問歐陽暖道：「歐陽小姐對藥方也有研究？」

歐陽暖笑道：「弟弟小時候身體不好，我經常看大夫們開藥方抓藥，卻實在是一知半解。」

陶姑姑點點頭，朱凝碧看到這情景，十分不高興，她是絲毫也不願意歐陽暖引起陶姑姑的注意的，不由突發奇想要讓所有人目光集中到自己身上來，大聲道：「姑姑，小女有一事不明，還請姑姑解惑。假使那仙方是求到了，給病人喝下去了，但是這種藥物跟病人的病情不合，比如熱病而用了熱藥，寒症而用了涼藥，這豈不是對於病人非常危險的嗎？萬一病人因此而病情加重，又怎麼辦呢？」

「妳怎敢如此胡言亂語！」陶姑姑突然變了臉色，旁邊的小師傅趕忙斥責道。

朱凝碧立刻後悔了，她只想要在眾人面前顯示自己出眾的學識，能夠想到別人想不到的事情，卻沒想到這樣的事情其實所有的小姐們都想到了，只是根本不會有人說出來。原因很簡單，連太祖都所信仰的事物，她們怎能隨便加以指摘呢？

朱凝玉心中著急，這位嫡姊也太會闖禍了，生怕她得罪了陶姑姑，趕緊道：「姊姊真是瞎擔心，像這樣一位神通廣大的靈尊，怎會不知道病人的病情，而予以不對症的藥呢？」

陶姑姑的神色還是很嚴肅，剛才溫和的神情也不見了，稍微顯得有些嚴厲，道：「朱小姐，請您跪下向靈尊陪個不是！」

朱凝碧雖然後悔，可是半點也不想在這麼多人面前露怯，她有點不知所措地咬住了嘴唇，僵直著身子一動也不動。朱凝玉著急了，生怕她的不知進退徹底得罪了陶姑姑，將來被嫡母知道了，自己反而要被責怪，趕緊向林元柔投去求救的眼神，林元柔卻冷冷瞧著，轉過臉去，別的小姐們也都是一副看好戲的神情，這時候卻聽到歐陽暖輕聲道：「朱小姐，聽說妳的孀娘病重，是不是也該為她求一求靈尊呢？」

朱凝碧一愣，頓時覺得膝蓋沒有那麼硬了，她看了歐陽暖一眼，卻不知道該不該感謝這個人給自己一個臺階下，身子早已經軟了下去，直接跪倒在靈尊面前，磕了一個頭，算是賠罪。朱凝玉向歐陽暖投去感激的眼神，歐陽暖淡淡一笑，這些豪門小姐當真是受不得半點氣，若是換了她，磕頭賠罪又算得了什麼？自尊和驕傲，其實一錢不值！

朱凝碧再次站起來，神色就有些尷尬，連話都不再說了，其他小姐們也都沉默下來，一改剛才興奮的模樣。

旁邊的小師傅見狀，解圍道：「靈尊真的很靈驗，休說尋常的疾病服了祂的仙方，無不立即見效，便是一個害了最嚴重絕症的人，只要他還有一口氣留存著的話，大仙還是可以把他救活過來！不光是治病，就算是姻緣，靈尊也是非常有靈性的，很多人來這裡求呢！諸位小姐要不要求一支姻緣籤？」

林元柔一聽，立刻露出笑容，道：「當真靈驗嗎？」

小師傅點頭，笑道：「想當初那位十全夫人的姻緣籤，便是在這裡求的。」

十全夫人，乃是婚姻、家庭、子女各方面都十全十美的貴夫人。眾位小姐一聽，眼中都露出嚮往的神色。林元柔笑著接過籤筒，默然跪倒，緩緩搖動籤筒，終是掉出一支籤來。

眾位小姐圍上去要看，陶嬤嬤笑著看她們小女兒嬌態，站到一旁去了。

林元柔定睛一看，二十號籤文，她站起來，將籤遞給一旁的老尼，老尼自始至終坐在門邊，這時候抬起眼睛來，望也不望林元柔，便道：「小姐抽中的是上籤，帷舊婚媾，其能降以相從乎？一人不自量力，妄圖高攀。即使得以攀高，事亦不得以稱心者。既然如此，不如降落以求，可做為雞頭，不做牛尾。」

林元柔越聽臉上的神情越是不悅，聽到最後的時候猛地站起來，道：「胡說八道！」當真是胡說八道，什麼寧做雞頭不做牛尾，這意思是自己的姻緣不可以向高處求反而要向低處取？憑什麼！她惱怒地說完，卻一下子發覺所有人都在望著自己，不由得立刻臉紅了，訥訥說不出話來。

朱凝碧這時候卻也活潑起來，跑去那邊求了籤，拿了過來解籤，老尼同樣看也不看就接過來，默然道：「十七號籤文，上吉，落霞與孤鶩齊飛，秋水共長天一色。落霞與孤鶩，均是寂寞，寥落之象也。於落霞之中，單象影隻之鶩飛行者，予人深感秋盡冬之來。旺盛繁衍之夏季已過，秋已盡。如此際遇之時，君汝宜樂善不倦積德當先，待時之時，自有合成之時。」

這是說朱凝碧的姻緣會有波折，卻終將成功的意思了，歐陽暖聽著倒是微微笑了，旁邊的陶姑姑奇怪道：「歐陽小姐怎麼不去抽籤？」

歐陽暖淡淡地道：「婚姻大事，一切自有天定，何須現在煩惱呢？」

陶姑姑倒是很少看到這樣豁達的少女，不免笑了起來，道：「這也未必，歐陽小姐可以當作無聊消遣也無妨的。」她看著那些小姐們紛紛去解籤，便走過去拿過籤筒遞給歐陽暖，「抽一支又有何妨？」

歐陽暖看著籤筒，又望了陶姑姑一眼，不知道她為什麼突然玩心大起，居然對自己這麼一個小姑娘這麼感興趣了，只是別人將籤筒送到自己跟前，她又不好直接拒絕，只能接過籤筒，抽了一支籤遞過去。

陶姑姑接過來，親自走過去遞給那老尼，老尼接過籤，看了一眼，突然問道：「這是誰的？」

歐陽暖走過來，輕聲道：「老師傅，這是我的籤。」

老尼默然片刻，又仔細抬起頭看了歐陽暖一眼，輕聲道：「小姐所抽的籤為上上，是謂鳳凰于飛，和鳴鏘鏘。將來必有美滿姻緣，不必問了。」說完，她突然站起來，把籤筒一收，趕蒼蠅一樣的說道：「好了好了，今天就到這裡，各位請回吧。」

小姐們紛紛懊喪地離開了，林元柔幾乎是怒氣沖沖地走出去，一邊走一邊想這靈尊分明是騙人的，自己是兵部尚書的女兒，是侯府的千金，將來的姻緣一定是最好的，怎麼會抽到一支那樣的簽，可笑至極！

歐陽暖看著她的背影，不禁暗自搖頭，這位大小姐的脾氣也太大了些，只怕蔣氏還有得頭痛。

陶姑姑故意落在最後，等所有人都走出去了，才回頭問那老尼道：「慧心師太，您剛才是不是還有話沒有說完？」

慧心師太，就是原本那脾氣古怪的老尼輕聲笑了笑，重新拿出剛才歐陽暖抽中的籤文，笑道：「這一支籤文倒是好久不曾抽到了！」

鳳凰于飛，和鳴鏘鏘。見了鳳凰于飛，齊飛於天空。由鳴聲中，和鳴鏘鏘見之。凡抽中此籤者，必能得到幸福姻緣，永合和鳴。然而，鳳、凰是古代傳說中的鳥王，雄為鳳，雌為凰，抽中此籤的人得到的夫君，必然也是非常之人。

「慧心師太為什麼不肯直說，非要故弄玄虛？」陶姑姑奇怪地問道。

慧心師太嘆了口氣道：「貧尼說的都是實話，只是沒有全說而已。當年大公主在此處抽中那支斷頭籤，貧尼曾預言過駙馬都尉恐怕英年早逝，大公主卻下令將貧尼重重杖責，從那時候開始貧尼就知道，越是真話越是要小心謹慎地說。」

陶姑姑嘆了一口氣，道：「這件事大公主心中也十分懊悔，她常常向我說，慧心師太是有大智慧的人，早已預料到了駙馬都尉的早逝，若她能早些聽從妳的勸告，或可避免這場浩劫，偏偏她並不相信妳。」

慧心師太搖了搖頭，望著殿外已經遠去的那群美貌少女，道：「剛剛那位小姐雖然求了籤，卻並沒有放心思在上頭，貧尼觀她面容平靜，眼底卻隱隱有暴戾之氣，恐怕她曾經承受極深的冤屈，如今也是懷著十二萬分的仇恨，心思不在美滿姻緣上頭的，若是她當真攀上高峰，還不知會引來何等的事情，唉……」

陶姑姑越聽越是驚奇，不由自主地愣神，直到外面的丫鬟走進來提醒她，大公主吩咐馬上準備素齋，她才陡然驚醒過來。

貳之章◆搏命護弟震鬼神

所有人到了齋堂不久，就聽見有人稟報說大公主到了。夫人、小姐們急急整衣整冠，前往大門躬親迎駕。周老太君位分最高，領著眾人向公主行禮，大公主淡淡揮了揮手，示意周老太君起來，對其他人卻視而不見，徑直走了進去。頓時滿院肅穆，氣氛靜謐。

齋堂正中擺著一把椅子，上面鋪著杏黃寸蟒鋪墊，左右各設一几。大公主獨坐其上，看了一眼殿下戰戰兢兢的眾人，目光在面容沉靜的歐陽暖身上停留了片刻，突然冷聲問陶姑姑道：「我是吃人的老虎嗎？怎麼一個個嚇成這個鬼樣子？」

這話說得實在無禮，大家的臉上卻露出更加惶恐不安的神情，紛紛跪下請大公主饒恕，陶姑姑笑道：「大公主，眾位夫人只是難得遇見您，心中緊張了些。」

大公主冷哼一聲，道：「我有那麼嚇人嗎？一群木頭，連話都不會說，還不如我的興兒！」

陶姑姑陪笑道：「公主說的是，要不要讓興兒過來伴您？」

大公主點點頭，眾人面面相覷，這個興兒又是個什麼人？就在這時候，一個丫鬟小心地捧著一個竹筐過來，竹筐上頭還覆著一層薄薄的絲絹，陶姑姑將絲絹掀開，大公主親自將裡面的東西抱了出來，眾人只看見一團雪白的雲彩，那雲彩柔順地窩在大公主的懷裡，像是一個乖巧的小孩子。牠的身上裹著紅色的貢緞，夾裡是一種最柔軟的皮革。在牠的脖子上，還有三個純金的鈴鐺繫著，兩邊兩個比較小一些，中間一個特別的大，看起來童趣十足。在大公主的懷裡，牠搖了搖腦袋，汪汪叫了一聲，眾人大吃一驚，興兒竟然是一條渾身雪白的獅子狗……

老天爺，在這位大公主的眼中，諸位夫人、小姐們竟然還不如一條狗，這當真是豈有此理，無禮至極！不少人的臉色當場變了，只有周老太君面色平常，彷彿這是再普通不過的事情。

大公主撫弄了兩下興兒柔順的毛，漫不經心地問道：「聽說那個寫百壽圖的丫頭也來了，站出來我看看。」

一時之間，眾人的焦點，都聚集在原本站在李氏身後的歐陽暖身上……

林元柔露出一絲冷笑，心道：大公主素來最討厭年輕美貌才高的女子，妳歐陽暖不是名揚京都嗎？現在去大公主跟前顯擺看看，哼！

歐陽暖深吸一口氣，緩緩走上前去，道：「歐陽暖見過大公主。」

「是妳！」大公主撫摸著興兒的毛，眼睛裡流露出一絲驚訝，她的目光停留在歐陽暖身上良久，唇邊突然溢出一絲冷笑，聲音低沉地道：「我曾瞧見過那百壽圖的摹本，倒是機巧得很，太子與我都酷愛書法，更自幼師從張寧玉，聽聞妳的書法盡得先鎮國侯的真諦，不知妳認為，張大師與妳外祖，誰的書法更勝一籌呢？」

這話一出口，連周老太君這樣素來四平八穩的人都變了臉色，大公主提到的這兩位都已仙逝，老侯爺固然是書法名家，張大師卻是當代儒學大師，更是太子的授業恩師，說老侯爺的書法勝過張大師，那是對太子不敬，說老侯爺的書法不如張大師，那是對先祖不敬，歐陽暖怎麼回答都是進退兩難，大公主這話，分明是在刁難一個十二歲的小姑娘！

李氏擔心萬分地望著自己孫女，第一次開始後悔自己固執地要來上香，如果歐陽暖一個回答不好，得罪了大公主，恐怕歐陽家都要被一起牽連了……

歐陽暖聲音清冷，淡淡地笑道：「回稟大公主，外祖父學力既到，天分不如；張大師天資極高，學力稍欠。外祖父在世的時候，常對小女講，他半生書法，不過是用生硬手腕，東塗西抹，並無什麼好字，全賴他謹慎罷了，不若張大師天生人筆合一，才華橫溢，是真正的書法名家。可惜兩位都早已仙去，如到現在，當眾一較高下，方可成一樁人間美事。」

周老太君差點笑出來，世人皆知老侯爺生性嚴謹，書法亦是如此，張大師筆隨心至，才華縱橫，她卻說要是兩人真正一較高下才能分出長短，分明是吃準了大公主現在沒法把人拉出來比較，當真是狡猾得很呀！只是她雖圓滑，話卻半點沒有胡說，老侯爺的確是過於追求字體嚴謹，而張大師又過於隨心所欲，這兩個人的特色，她都十分明瞭，便是大公主也不能說她錯了。

大公主聞言一愣，片刻臉上浮現出一絲譏嘲，道：「老侯爺一生正直無私，倒生了個這麼會說話的外孫女，當真是不容易！我問妳誰高誰低，妳卻嘮叨這麼多，是欺我不善言辭嗎？」

大家都沒想到大公主這麼難纏，這下都看向歐陽暖，尤其是蔣氏之流，更是露出看好戲的神情，去年賞花宴上一位工部尚書家的千金，無意中說錯了一句話得罪了大公主，大公主竟命人將她扣起來打了足足二十個板子又關了三天，直到工部尚書大人一把鼻涕一把眼淚跪求到聖上那裡，大公主才勉為其難地將人放了。人家可是堂堂工部尚書的千金，大公主卻當成自己奴才，半點臉面也不留，說出去簡直是匪夷所思。然而誰又敢說什麼呢，全天下的人都是他們皇家的奴才，這一點是毋庸置疑的。如今歐陽暖要是得罪了大公主，當真要吃不了兜著走，更重要的是，聽說那位工部尚書的千金到十八歲了都還沒許出去，想來也是，誰那麼膽大妄為敢娶得罪皇家的女子呢？又不是嫌命長了。

歐陽暖臉上卻看不出有多緊張害怕，她淡淡地回答道：「大公主要小女分出兩位的高下，並非小女巧言令色，實在是張大師少結構，外祖父乏生動，互有短長而已。」

她清麗寧靜的面龐，從容平和的表情，溫柔的眼睛裡那閃閃動人的光亮，使原本心中突生惱怒的大公主心頭突然敷上冰雪一樣，躁亂頓時化盡，無比清爽，原先湧起的怒氣竟不知不覺消了三分，只是還有些餘熱，「哦，妳仔細說說，說得不好，休怪我翻臉無情。」

什麼叫好，什麼叫不好，合乎公主心意就是好，惹她不高興就是不好，這裡的界限是最難把握的。歐陽暖心中嘆了口氣，娓娓道來：「外祖父字畫圓勁，筆筆中鋒，他自言謹慎，實際是說揮毫時若不膽大，則心手不能相忘，寫出來的字欠缺自由，這是外祖父性格所致，非人力可以改變。反觀張大師亦是如此，如果非要讓他中規中矩寫字，只怕大師會拂袖而去，不是不願，實是不能，所以他們二人各有所長，不可放在一起比較。縱然公主要怪罪，小女也只能實話實說。」

大公主聽了這些話，默然半晌，靜靜望著歐陽暖，臉上竟是喜怒莫辨，冷冷地道：「那妳猜，我聽了妳的話，是高興，還是不高興？」

李氏的心一下子提了起來，生怕歐陽暖再說話，趕緊上去跪倒道：「大公主，孫女言行無狀，衝撞了大公主，請看在我的面上……」

大公主美目一沉，當即翻了臉，冷聲道：「歐陽老夫人這是倚老賣老，逼著我饒了妳這個會說話的孫女兒？」

李氏跟無數貴人打過交道，誰也沒大公主這麼不講理的，說好話她不愛聽，說壞話她聽不得，不說話她說妳活膩了，這就是天之驕女，她不必講理！她活了半輩子，第一次被嚇出了一身冷汗，當下叩頭不止，周老太君看了不忍，急忙勸慰道：「大公主，您饒了歐陽老夫人吧，她年歲大了……」

陶姑姑垂下眼，自從駙馬都尉和小郡主相繼去世，大公主的性情越發古怪，那位被懲罰的工部尚書千金原本知書達理、青春活潑，很得大公主青睞，可惜她竟不自量力，開口替一個本該處死的丫鬟求情，大公主當即翻了臉。照陶姑姑看來，大公主喜歡新鮮事物新鮮人，但是一旦她膩味了誰，討厭了誰，那人可就吃不了兜著走了。她今天寵愛一個人，明天就可能對那人恨之入骨，誰都不能例外。更何況她尤其討厭別人威脅，本來歐陽小姐還沒說錯什麼，這位歐陽老夫人卻仗著年紀大亂說話，反倒替孫女闖禍了。

果然，興兒突然「嗷」的大叫，撲通一聲從大公主懷裡滾落在地，頸部雪白的皮毛竟然少了一塊，旁邊的丫鬟趕緊把興兒抱了下去。大公主順手抓起案桌上青銅鼎環上的一枚銅錢往空中拋去，只見銅錢在空中劃過一道弧線，發出一聲脆響落在案几的桌腿邊。

「妳去看看，這錢幣要是正面朝上，就饒了妳們。要是背面朝上，兩位都要重責二十。」

「請大公主開恩，祖母年邁，如果真是背面朝上，請您容許歐陽暖替祖母挨下所有責罰。」歐陽暖低下頭，面不改色地道。二十板子是小，失去體統是大，一個名門千金被長公主當眾責罰，傳出去這輩子都別想抬起頭來，但如果祖母為了自己求情一起被連累，所謂的孝順之名就成了天大的笑話，還會連累無辜的弟弟，大公主這麼做，分明是故意給自己難堪，歐陽暖正是清楚這一點，才毫不猶豫地全部擔著。

「那就不好說了，這是天意！」大公主冷冷一笑。

那枚錢幣滾落在地終於停住，蔣氏使了個眼色，林元柔會意，三步兩步上前去要探頭去看那銅幣是正面還是反面，就站在她左側的朱凝玉卻故意絆了她一腳，隨後迅速擋在她身前。朱凝碧瞅準時機飛快地跑上去，看清了銅幣的同時，一把將銅幣抓在手掌心裡，再回過頭的時候臉色帶了三分古怪地看著歐陽暖。

歐陽暖靜靜望著這位朱小姐，不知她會有何反應，朱三夫人擺明了是和林氏一路的，自己受到大公主懲戒正中對方下懷，可想而知朱凝碧是不可能會幫著自己……還要儘快想個應對之策！正在這時候，卻聽見朱凝碧大聲道：「回稟大公主，是正面。」

她攤開手，雪白的手掌上攤放著一枚銅幣，的確是正面朝上。

林元柔一瞬間失去冷靜，叫起來道：「不可能，我剛才明明看見——」

朱凝玉一把捂住她的嘴巴，笑道：「林小姐肯定看錯了，我瞧著也是正面朝上。」

歐陽暖低下頭，嘴角露出一絲微笑，剛才出言相助，這兩位小姐都記在了心裡，由此可見，朱家小姐的心性還不算太壞。雖說就算銅幣反面朝上她也有辦法脫罪，但到底要麻煩一些，這樣更好。

林元柔惱恨地盯著朱凝碧，朱凝碧揚起驕傲的小下巴，我最困窘的時候，妳不也沒出言幫我嗎？我現在才不會幫著妳！這位朱小姐雖然腦袋不機靈，性情莽撞了些，卻還有些樸素的知恩圖報意識，這一點是歐陽暖沒有料到的，也是令陶姑姑很驚訝的，她看了看堂下這幾位暗潮洶湧的小姐們，心中有些啼笑皆非。大公主歷經風雨變幻，這一場表演實在是小兒科，卻十足有趣，她想了想，低聲道：「大公主，既然您開了金口，便饒了她們吧。」

大公主冷眼瞧著，早把一切看在眼裡，聽了陶姑姑的話，半天沒有說一句話，也沒說是原諒還是不原諒，陶姑姑瞅準機會，「行了行了，歐陽小姐光磕一個頭好了！」接著又吩咐丫鬟：「妳們攙歐陽老太太起來！」

等攙了起來，李氏又請個安，感激地說：「大公主的恩德，實在感激不盡！」

「好了，不必再行禮！妳過來，我看看妳！」大公主膩歪地揮了揮手，衝著歐陽暖招招手。

李氏又緊張起來，卻再也不敢隨便說話了。周老太君卻看出了一些端倪，拍了拍李氏的手，示意她先不要動作。其他夫人、小姐們也被這個喜怒無常的大公主整怕了，常人發怒還有個預兆，這位說翻臉就翻臉，那是一點面子也不給的，現在看她一副平和的樣子說話，不免都露出吃驚的神情。

歐陽暖很穩重地走到大公主身旁，肅然侍立。大公主卻突然伸出手來握著她，偏著頭，含著笑，逕自打量，完全變了剛才冷面的模樣，看得殿下的其他人面面相覷。看了半天，大公主忽然轉臉問道：「妳看她像誰？」

垂首站在一旁的陶姑姑抬起頭來，神情嚴肅地望著歐陽暖，看了好一會兒，只答道：「奴婢不敢說。」

「那——奴婢就斗膽了！」陶姑姑答道：「歐陽小姐跟大公主當年有點兒像。」

聽這一說，歐陽暖迅速反應過來，趕緊跪了下來，「小女怎麼敢跟大公主比！」她心中詫異萬分，面上十分惶恐地說。

誰也想不到，剛才還疾言厲色的大公主親手把她扶了起來，還看了陶姑姑一眼，陶姑姑立刻會意，吩咐丫鬟拿個矮凳給歐陽暖坐，又不讓她謝恩，她也無法行禮，因為一隻手一直被大公主握著。等矮凳來了，她只能緊挨著大公主的座位坐下，其他的夫人小姐們看得完全呆住了，大公主不叫坐，連周老太君都沒有坐下的權力，這小姑娘剛才還差點被大公主杖責，怎麼轉眼就……

大公主不說話，望著眼前的少女，心裡浮起一片沒來由的淒涼，想起女兒，彷彿隔得非常非常遠，只看到一個模糊的影子，而那個模糊的影子，還帶走了她的所有歡樂。如今除了權力和別人的恐懼，她兩手空空，還有什麼？轉到這個念頭，她將歐陽暖的手握得更緊了。

歐陽暖望著大公主，有什麼念頭在腦海中一晃而過，就這遲疑不定之際，再凝神看時，大公主的臉色又變過了，變得很平靜，忽然放鬆了她的手，看著她問道：「妳從小在京都長大？」

「回大公主的話，小女是在京都長大。」

「從前沒有見過妳。」大公主說：「妳這樣的丫頭，要是見過了，我應該不會忘記才對。」

這是誇獎的話，歐陽暖不能說自己以前深居簡出，怯懦無為，只是低頭輕輕回一聲：「是！」

大公主又問她有沒有兄弟，絮絮不斷的，讓歐陽暖感到驚奇，不知她何來這麼大的興致閒聊。

惠安師太打點好外面的準備事宜，走進來卻發現這裡情景詭異，大公主拉著歐陽暖在說話，其他人面露窘迫，站在一邊不知所措。惠安師太深知這位大公主素來是旁若無人慣了的，歐陽暖卻一定很不習慣，便上前笑著道：「公主，該開席了。」

大公主愣了愣，這才吩咐傳膳。四個小師傅抬上金漆桌面一具，上面擺著全席，椅旁設有兩墩，上面各列燒豚、燒鴨一具。大公主獨坐方桌，陶姑姑和另外三位姑姑隨桌侍候、布菜。大公主僅稍飲一口茶水，其他人才敢端起自己跟前的茶杯。大公主微嘗主菜，旁人才敢拿起調羹飲了口湯。

歐陽暖回到下席，坐回其他小姐中間，卻看到她們大多投來或羨慕或嫉妒的眼光，便全當做看不見，轉而欣賞面前的整桌素席。寧國庵的全素齋是十分有名的，桌上擺放了香菇麵筋、八寶炒糖菜、栗子雞、燒肝尖、辣雞丁、素燒羊肉、素腸、松仁小肚等，看起來是滿桌的雞、鴨、魚、肉，色香形俱佳，令人饞涎欲滴。可所有的鮮活葷菜全是素食，只是形似而已，歐陽暖一邊吃，一邊心想不知歐陽爵現在在哪裡，可有人準備午飯？要是早知道惹出這麼多事情來，還不如一早勸祖母下山。

陶姑姑卻突然說道：「請鎮國侯府二夫人來伺候大公主用膳。」

蔣氏一聽，手裡的筷子啪的一聲掉在桌子上，陶姑姑看了不免搖頭，這裡論品級，是周老太君位分最高，但是她年事已高，歐陽家老夫人又剛剛得罪了大公主，那邊的朱三夫人又出自宣成公家，大公主十分不喜，這才喚了蔣氏上去伺候。原本在大公主用膳前，陶姑姑就暗示過她，她卻當做沒聽懂，現在還當眾失態，簡直是不知所謂。在世人眼中，大公主怎麼無禮都是可以的，因為她身分尊貴，而其他人卻絕對不可以。

蔣氏深深畏懼這位大公主，這時候只覺得腿發軟，站都站不起來，卻聽見一道清亮的女聲道：「陶姑姑，我娘身體不好，怕是不能好好地伺候，還是我來吧！」

歐陽暖一瞧，卻是林元柔站了起來，林元柔見歐陽暖看向自己，挑釁地看了她一眼，怎樣，不是只有妳才會討好大公主，我比妳還要強。她施施然走到大公主身邊，親自為大公主端起盤子。大公主冷冷看她一眼，突然問道：「妳端的這碟是什麼？」

林元柔一愣，看了一眼站在旁邊的惠安師太。惠安師太微笑，站在下首的小師傅小聲提醒道：「林小姐，是異味卷果。」

「回稟大公主，是──」林元柔趕緊回答。

「我還沒聾呢！不必重複了，什麼做的？」大公主又突發奇想地問道。

林元柔完全語塞，不知所措地望向身後的小師傅，小師傅無語半天，剛想要繼續提醒，卻聽見惠安師太輕輕咳嗽了一聲，立刻閉上嘴巴不吱聲了。林元柔眼珠子亂轉，大聲道：「這個……這個歐陽小姐一定知道！」她篤定歐陽暖不常出門，想把這場火燒到對方身上，引走大公主的怒火。

然而出乎所有人意料，歐陽暖站起來，面帶微笑道：「不知大公主是否允許小女為您介紹？」大公主的目光在林元柔和歐陽暖之間逡巡一番，露出頗有深意的笑容，道：「說來聽聽。」

「這一種餐點，是選用果肉、棗泥、山藥、蜂蜜、白糖、桂花等原料，用油皮捲好蒸炸，再用蜜漬。上盤後，加青紅絲、金糕條，撒上白糖製成。大公主可以嘗一嘗，味道很好。」歐陽暖微笑著說道。

惠安師太看了歐陽暖一眼，心中暗暗詫異，她哪裡知道歐陽暖為了討好李氏，幾乎學遍了所有的齋菜呢？世上沒有無緣無故的愛，也沒有無緣無故的恨，為了讓祖母高興，歐陽暖花了常人難以想像的心思，這一點是林元柔萬萬想不到的，她眼中的得意凝住，嫉恨難忍地盯著歐陽暖。大公主揮了揮手，對林元柔道：「妳退下吧。」說完，她向歐陽暖招招手，示意她過去。

這時候，一個小師傅捧著一個紅漆木托盤進來，托盤裡放了一把古色古香的陶壺，旁邊是一只栩栩如生的荷葉杯，十分精緻小巧，惠安師太微笑著說：「請大公主嘗嘗。」

歐陽暖走過去，提起陶壺向荷葉杯裡注入，淡綠色的清亮的水泠泠作響，一股清香在殿內四周散開了。

大公主喝了一口茶，只覺得清香沁入心脾，非常甘美，問惠安師太：「這茶是怎樣烹煮的？又香又清醇。」

惠安師太微微笑著望向歐陽暖，道：「這一回歐陽小姐還能猜出來嗎？」

大公主順勢望向歐陽暖。

「稟大公主。」歐陽暖和順地笑著，像是一個孩子一樣帶了點頑皮，道：「小女聽說惠安師太珍藏著一種水，是不輕易拿出來待客的，據說沖茶的水是每年冬天特地從松針、竹葉上掃下來的雪，攢在罈子裡，所以沖出來的茶葉味道特別。」

「歐陽小姐猜得不錯。」惠安師太讚許地點點頭，道：「妳再喝一口試試看？」說完，她望向大公主，見對方並無不悅的意思，才親手為歐陽暖倒了一杯茶。

歐陽暖接過來，不過用嘴唇碰了碰茶水，便笑開來，「想必師太在烹茶時候，又添了松仁、佛手和梅花三味，水滾三道煎成。」

「這丫頭真是靈巧！」大公主的臉上終於露出和煦的笑容，向陶姑姑說道：「太后總向我炫耀，說她身邊的蓉丫頭聰明伶俐天下第一，這一次回去，我可要跟她老人家說，我見了一個比蓉丫頭分毫不差的暖丫頭，有機會可要讓妳們倆站在一起比一比才有趣！」

眾人聞言一愣，大公主口中的蓉丫頭可不是平常人，就是太后身邊的蓉郡主，她的父親柯明山初封信安伯，後封新城侯，再晉英國公，戰死沙場後追封中山王，唯一的女兒柯蓉更是被帶入宮中由太后親自撫養。這位蓉郡主不但柔美恬靜，氣質高貴，更是聰明機智，舉止優雅，詩詞歌賦無一不通，是太后跟前的紅人。據說太后早已有意將她許配給明郡王，只可惜燕王妃突然去世，明郡王出征，賜婚才不得不就此擱置下來。

大公主居然將歐陽暖和這位蓉郡主相提並論，這樣高的評價連陶姑姑都大吃一驚，臉上不動聲色道：「是呀，奴婢也從未瞧見過歐陽小姐這樣玲瓏的姑娘！」

歐陽暖微微低頭，道：「大公主謬讚，歐陽暖愧不敢當。蓉郡主風華絕代，世所罕見，暖兒不敢與之相提並論。」

大公主搖頭笑道：「妳不愛說話，反比起那些滿嘴抹蜜的人更靠得住。不過，我還是要考考妳，妳可知天下最好的茶是什麼？」

歐陽暖還沒有回答，惠安師太打趣道：「大公主就別拿小孩子開心了，宮裡的玉泉茶，不是天下頭一份嗎？」

歐陽暖點點頭，說：「師太說得不錯，宮中玉泉茶的確是天下一絕，只是我聽說在千里之遙的夢香山上有一種茶葉，叫做香山雲霧，此茶甘芳清冽，香沁肌骨，味厚而濃，飲一小杯如同飲酒，就會沉醉終日，是當世第一奇茶。只是夢香山山高水遠，聖上體恤民情，不願勞民傷財，這才免去了連年進貢。」

大公主似乎很有興致，又問道：「妳小小年紀，怎麼知道這些的？」

歐陽暖微微一笑，道：「我外祖父的一位友人從遠方來，為外祖帶了一些茶葉，聽外祖母說，外祖父他喜悅至極，每天一杯，但凡沖泡，便覺濃香四溢，連站在院裡的隨從們也是直嚥口水，又是喝得興起，還像個孩童一般滿嘴嚷嚷：好茶！好茶！」

她說得維妙維肖，彷彿老侯爺的音容笑貌近在眼前，大公主忽然想起那個古板的老頭子從前還曾經在金殿上當眾頂撞過自己的父皇，不免笑了起來，道：「老侯爺的確是這種性格，妳說得沒錯！」

歐陽暖和別人不一樣，她說話並不刻意討好，也沒有一絲一毫的諂媚，說出來的話卻叫人聽了高興，這讓大公主覺得很新奇。

用完素齋，惠安師太對歐陽暖道：「歐陽小姐，麻煩妳為大公主換茶。」

歐陽暖望了惠安師太一眼，立刻意識到對方有話要說，見大公主彷彿沒聽到的樣子，她屈膝行禮後跟著惠安師太走出大殿。到了避人的地方，惠安師太笑著道：「剛才發生的事情貧尼都聽說了，暖兒，妳受委屈了。」

她不說女施主，卻直呼暖兒，歐陽暖的心中一熱，知道對方是外祖母很要好的友人，特意行了長輩禮，才輕聲道：「上一次多謝師太相助。」

「傻孩子，老太君求貧尼的事，便是拚了一死也要幫她辦成，不要說這種小事。」惠安師太搖頭，慈藹的面目帶上一絲悲憫。

歐陽暖從懷裡取出一串佛珠，雙手捧著遞給她，「師太，您不要見笑，我知道您經常面見太后和宮中貴人，不稀罕這些東西，但是如果什麼都不送，暖兒心中過意不去。想來想去沒什麼可送的，這是暖兒親手串的佛珠，請師太收下。」

惠安師太接過佛珠放在手中仔細端詳，只見這串佛珠乃是金黃香龍楠木所製，金色雲紋似漫天雪花隱育千層，靜觀思緒萬千又禪意亦然，變幻無窮，盡顯遠古之氣，更神奇的是竟有「射髓」紋出現，可見絕非凡品。她仔細一看，每一個佛珠上都刻著長長的經文，更知道絕非一時一日之功，心裡頓時說不出的感動，「謝謝妳有此心了！」

「您千萬別這麼說！如果不是您，恐怕暖兒姊弟都要有一場劫難！」歐陽暖說得真心實意，惠安師太點點頭，道：「妳是難得的好孩子，上天不會讓明珠蒙塵的。說來，貧尼還要先恭喜妳。」

「師太說笑了，暖兒何喜之有？」歐陽暖一見惠安師太的神色，就猜到與大公主有關，果然聽見惠安師太說道：「常人能得到大公主看一眼都不可得，暖兒如今卻能得到她的青睞，實為罕見，貧尼有一句話不知當講不當講。」

「師太是外祖母的好友，也是暖兒的長輩，您有什麼不能說的呢？」

歐陽暖的眼中流光溢彩，不知不覺引人迷醉，惠安師太暗暗點頭，抬臉望著遠處的青灰色大殿，慢慢道：「暖兒，這些話，妳外祖母總捨不得與妳說，因為她還當妳是個孩子，貧尼卻不得不代她說。我們這些老人，總有一天要走的，沒辦法一直護著妳。妳要保護弟弟，又要報仇雪恨，一切都要靠妳自己。想想貧尼當年的事，都是自個兒討的，不怨別人。生就這個命，貧尼認命，但是妳不同，妳有美貌、有才華、有心計、有智謀，妳可以走得更高、更遠！」

歐陽暖若有所思地盯著惠安師太，總覺得她話中有話。

「外廷有多少烜赫一時的名臣將相，他們費盡了心思向上爬，然而大公主一句話，他們就可能人頭落地。憑藉妳現在的身分，要尋一門門當戶對的好親事並不難，只是要一飛沖天，卻還需要助力。」

「師太怎麼知道暖兒想要一飛沖天？」歐陽暖心中侵入一股涼意。

「妳一心一意為妳那個弟弟著想，自然要為他找一個絕佳靠山。身為女子，不能在朝為官，也不能拋頭露面，最好的方式就是聯姻。妳是個聰明的孩子，貧尼不與妳說那些虛言。妳外祖是鎮國侯，父親又是吏部侍郎，將來想要嫁給公侯之家自然不難，只是——妳並不甘心於此。」

「師太，我……」歐陽暖沒有想到惠安師太一個外人，又是出家人，竟然和自己說這些話，一時之間倒真是驚訝了。

「大公主是妳最好的階梯，妳要抓住她，讓她喜歡妳，很快就能進入第一流的權貴之中，到時候妳就不再是一個吏部侍郎的千金，而是大公主的寵兒，不要說那些公侯之家，便是郡王親王又有什麼嫁不得！」

歐陽暖靜靜望著惠安師太，露出一個奇異的笑容，慢慢說道：「師太知道暖兒的心意？」

惠安師太笑了，笑得很神祕，「貧尼不會看錯人的，妳曾經說過，為了妳弟弟什麼都敢幹，是不是？妳想要將那些仇人徹徹底底踩在腳下，最快的捷徑就在妳眼前，妳會放過嗎？」

歐陽暖垂下眼睛，掩住漆黑瞳孔裡的流光溢彩，道：「只怕師太過於看重暖兒了。」

惠安師太哈哈大笑，竟全然不似往日的平靜祥和，她的眼睛裡面飛快地閃過一絲光亮，道：「看沒看錯，暖兒妳自己心裡最清楚。」她與寧老太君不同，寧老太君過於心疼孫女兒，總以為歐陽暖是個小女孩兒，而她卻清清楚楚看明白了，她喜歡這個野心勃勃的少女，也欣賞她睚眥必報的性格，毫不吝嗇助她一臂之力。

惠安師太以為歐陽暖所作所為，全都是出自少女的野心，卻不知道，這個年紀小小的女孩子心中正在燃燒著足以焚滅一切的烈焰。她依照自己的心意繼續說下去，只是神色卻已經鄭重起來，「記住，陪伴大公主不是好差事，是跟女閻羅打交道，要千萬小心！」

看到歐陽暖眼睛亮晶晶地望著自己，惠安師太微微一笑，卻轉了別的話題：「當今太后特別喜歡煙袋，蓉郡主深諳此道，貧尼有一次與她閒談，她與我說，點煙時特別有講究，紙眉搓得太緊火頭悶，不容易點火。相反，鬆了又容易飛火星兒。太后喜歡抽南方出的煙絲『青條兒』，這種煙絲不能濕也不能乾。濕了容易滅，乾了嗆人。貧尼覺得很奇怪，就問蓉郡主怎麼樣才知道煙絲乾濕呢？她回答說，這得靠她的一雙眼睛，看顏色聞味道，她練這個本事，足足練了五年，一日不曾倦怠，所以太后身邊一日都離不開她，旁人都覺得蓉郡主是運氣好才得到太后青睞，卻從無一人想到這一小小袋煙裡頭有這麼多學問。太后生性慈和，很好說話，然而大公主卻性情乖張，喜怒無常，比太后要更難討好，所以妳要做的肯定比蓉郡主更為艱難，妳可明白貧尼的意思？」

歐陽暖認真地聽著，鄭重點頭道：「多謝師太提點，暖兒明白。」

惠安師太笑道：「貧尼早就說過，暖兒是世間難得的聰明人。」自己如此開誠布公，然而自始至終，歐陽暖都沒有向她敞開過心扉，甚至沒有提到過一句想要攀附大公主的話，小小年紀心機竟深不可測，當真是世所罕見。這樣的少女若是一朝躍上枝頭，只怕會給這個王朝帶來不可預料的變動。

歐陽暖微微笑著，素白如玉的臉上，一雙晶瑩美目除了清澈，再也映不出什麼來，惠安師太心中覺得快意，臉上的笑容也就變得更加和煦。直到此刻，歐陽暖徹底確認，這位面孔悲天憫人的惠安師太，最是個唯恐天下不亂的性格，或許內心深處和自己一樣，隱藏著深深的怨憤……

「師太，大公主還在殿內等候，暖兒先行一步。」

「去吧。」惠安師太揮揮手。歐陽暖向她行了禮，轉身要離開，然而惠安師太卻突然叫住她。

歐陽暖站住，慢慢轉身，回頭露出笑容，正想問「師太叫我有什麼事」，話沒出口，惠安師太突然低聲說了句前後不搭界的話：「暖兒，妳會不會怪貧尼多事？」

「沒有……」歐陽暖一時愣在那兒，想了想說道：「暖兒知道師太是為我好。」

「不！」惠安師太打斷對方：「貧尼不單單是為了妳，剛到寧國庵的時候，貧尼的師傅曾經說過我，表面上恭順，心裡最是桀驁不馴的，從前我只是嘴上討她好，心裡恨她入骨，總覺得她處處難為我，專挑毛病，只要看不順眼，不是用撣子抽我，就是讓我跪著，一跪就是半天，夏天衣服單薄，有時連膝蓋都跪出血來，但是她死後，卻將衣缽傳給了我，而非向來心地仁善的慧心師姊，妳可知道為什麼？」

「暖兒不知。」歐陽暖這句話說出來，卻像是在鼓勵惠安師太繼續說下去一樣。

「實話跟妳說了，師傅說慧心師姊自幼跟著她，當真是一心向佛，心如死水，功德修為都遠勝於貧尼，但有一樣東西她沒有，就是貧尼身上有一股不服輸的氣焰，慧心師姊卻不在乎這個。師傅說，要讓寧國庵長長久久昌盛下去，既要能向皇家低頭，又要能保持著這股氣，話說回來，正是因為貧尼一直憋著這口氣，才肯向他們低頭，這一點，師姊是不如貧尼的，她瞧不上這些權貴們，哈哈……」惠安這樣說著，眉間湧上一股陰鬱。

別人瞧我們不起，我非要活出個人樣兒來，惠安師太說的就是這種氣。

「從第一次見到妳，貧尼就知道，妳我是同一種人，這都是命，告訴妳，興許有一天貧尼走了，妳還活著，想起我今兒跟妳說的這些話，說不定能品出點味兒來！」惠安師太停頓了好一會兒，才慢慢道：「妳去吧。」

歐陽暖看著惠安師太單薄的側影，深知她一定有許多苦處深藏在心裡，不願也不好說出來。她突然生出一股柔情，想留在這兒陪她說說話。她正想說什麼，惠安師太突然揮揮手說：「妳去吧，公主在等著妳。」

惠安師太以為自己年紀小，卻不知道她所說的一切歐陽暖都能夠明白，因為她早已是兩世為人，惠安師太所言於她而言字字椎心，對方是為了拚著一口氣讓那些欺侮過她的人看看，離開家族也能過得風光，然而自己這口氣，卻是要活著將那些人生吞活剝。

歐陽暖微微一笑，轉身離去。

進入齋堂，她放好精緻的蓋碗，在碗裡放了滿滿一把茶葉，用小銅壺裡的溫開水過了一遍，然後再用大壺裡滾開的水沏了兩遍，蓋上碗蓋悶了一會兒，這才用托盤送到大公主身邊的茶几上。

大公主端起來嘗了一口，皺起眉頭道：「這又是什麼茶？」

「大公主，這茶是暖心熱補的，暖兒斗膽，放了一些薑、蒜、棗、枸杞和淮山，想來對公主身體有益。」

「誰准妳自作主張的！」大公主故意沉了臉，眼睛裡卻帶了驚訝。

歐陽暖臉上沒有一絲驚慌，慢慢道：「暖兒剛才在靈仙殿，看見陶姑姑為公主也求了一支籤，殿內小師傅也向她問起公主鳳體是否安康，才斗膽在茶中添加了一些精料，請公主原諒。」

大公主有內熱，身子虛，陶姑姑的確在靈仙殿為她求了一支籤，只是……歐陽暖竟然注意到了！陶姑姑吃驚地睜大眼睛望著眼前從容不迫的小姑娘，卻聽到大公主緩和了語氣道：「妳倒是古靈精怪得很。」轉眼就喝了茶。

那邊的蔣氏和林元柔，看著歐陽暖的表情恨不得將她一口吞掉。

用完齋飯，大公主再次請惠安師太到大殿講經，所有夫人、小姐也隨侍在側，就在這時候，歐陽暖看見紅玉神色驚慌地在殿外探頭，她微微一皺眉，向陶姑姑告了罪，出了殿門，紅玉一把抓住她的袖子，語氣從未有過的驚惶：「大小姐，大少爺衝撞了秦王世子，被……」

「妳說什麼？」

歐陽暖一把抓住紅玉的手，目露焦急，「怎麼回事？」

「大少爺……大少爺的小廝剛才來報信，說大少爺無意之中闖進了獵場，放跑了秦王世子的獵物，惹得世子爺大怒，當場就綁起來了！」

歐陽暖神色為之一變，一旁的方嬤嬤聽了，眼淚都要掉出來了，「大小姐，這可怎麼辦呀！」

歐陽暖的雙拳死死攥在一起，大腦一刻不停地轉動著，她沉聲道：「紅玉，妳進去將此事稟報給祖母，就說我已經先行趕過去了，讓她再想辦法。」

「大小姐，京中早有傳言，秦王世子向來暴戾無情，您孤身一人可千萬去不得，不如去求大公主！」紅玉急切地道。

歐陽暖望了殿內一眼，大公主正閉目聽惠安師太講經，倒是陶姑姑向這裡看過來，歐陽暖目光一凝，迅速回過頭，抓住方嬤嬤的手，低聲道：「方嬤嬤，妳去替我向大公主身邊的陶姑姑告罪，就說家中有急事，我已先行返回！」
不可以去求大公主！大公主與歐陽家不過萍水相逢，伸出援手的可能性不大，再者她行事強硬，與秦王一系向來不睦，若是讓她為了自己的弟弟強出頭，從此之後歐陽家就得與秦王結下仇怨了！最重要的是，現在爵兒的詳細情形還不知道，若是貿然請大公主出手，萬一惹怒了秦王世子，爵兒的性命可就……而且此行危險，紅玉和方嬤嬤都不可隨行，只有自己親自前往，歐陽暖不再想下去，飛快地向外走去。
「快！去圍場！」歐陽暖迅速上了馬車，閨閣千金的儀態一絲不亂，心中的焦急卻無法掩飾，讓歐陽家的車夫嚇了一大跳，只是他從未見過大小姐如此疾言厲色地說話，下意識的猛地一抽鞭子，馬車飛快向前跑去。

秦王世子射圍的地方在寧國庵的西北方，面積非常遼闊，約莫有方圓一二十里，裡面有一半是森林，林中的樹木多半是很高大的喬木，樹蔭極其濃密，樹林中有各色野獸，皇孫公子們厭倦了京都裡的宴樂，便會到這裡來散散心，這一點歐陽暖是知道的，然而今天卻是明郡王出征的大日子，她以為所有的皇室子弟都該在朝，卻沒想到秦王世子竟挑在這樣敏感的時機出京。
一路上馬車跑得飛快，一直進入廣大的射圃，攔查的兵士還沒來得及詢問，車夫便飛快地甩了一鞭子衝了過去，只餘下寥寥黃土飛揚。
當秦王世子那張漂亮的彩漆鐵胎寶弓指向歐陽爵的時候，突然有一輛馬車衝了進來，一個少女從馬車裡跌跌撞撞地跳下來，在所有人眨眼的瞬間，少女已經擋在了歐陽爵的身前。
一旁的軍士大聲喝斥：「什麼人？」
這喝聲驚天動地，含著無邊惱怒。

歐陽暖抬起頭，因為跑得太急，髮簪不知何時摔斷在地，她卻絲毫顧及不到名門閨秀的儀態，任由狂風吹著她的青絲四散飄揚，拂著她的衣衫獵獵作響。隔著百步的距離，她的眼睛，水盈盈地對上了人群最顯貴的位置——秦王世子肖天燁鬱怒的雙眸。

四目相對。

在這個時刻，歐陽暖知道自己不能露出絲毫的怯懦之態，她燦然一笑。這一笑，很美麗，然而這種美麗竟掩不住她濕潤的雙眼，掩不住從她眼中漸漸滾下的兩行淚水。

淚眼中，她隔著百步距離，當著幾百人，一眨不眨地望著肖天燁。在淚水滾過唇角時，她再次衝著肖天燁燦然一笑。笑容還凝滯在臉上，她已開了口，大聲道：「求世子饒恕舍弟！」這幾個字，她是一字一字，緩慢地大聲地說出來的。在最後一個字說完時，眼淚從她那睜得大大的眼中流出，順著白玉般的面頰、瑩潤的下巴，緩緩滲入衣襟，有幾滴更是這麼滾入飛揚的塵土間，轉眼便不復見。

這時的歐陽暖是絕美的，她牢牢擋在歐陽爵身前，青絲飄散，被寒風吹起的衣襟鼓著風，呼呼飛揚，明明不斷流出淚水，卻強迫自己露出笑容，彷彿是凝聚了所有的美麗，在一瞬間開出的曇花般燦爛。

只有這一個機會，歐陽暖告訴自己，一定要抓住，眼淚要流得柔弱，求饒的聲音要婉轉，臉上的微笑要打動人心。

「姊姊！」歐陽爵的聲音在顫抖，他沒有想到自己的一時魯莽，竟然要自己的姊姊擋在他身前，替他擋住所有的傷害，他用力想要推開歐陽暖，「姊，這是我的事，妳快走！」

「住嘴！你要還認我是你姊姊，就不許再說一個字！」歐陽暖頭也不回，刻意壓低聲音道，語氣裡卻沒有半分的驚慌失措，亦沒有一點的柔弱之態，若是與她對峙的那幾百名士兵聽見她此刻說話的語氣，會覺得與面前這個柔弱的少女判若兩人。

「求世子饒恕舍弟！」歐陽暖又大聲說了一遍。

原本蓄勢待發的軍人們的手都頓住了，明明害怕得要命，明明都流下了眼淚，卻還是死死將自己的弟弟護在身後，這樣柔弱的美麗少女，這樣驚心動魄的美麗，令這些最愛馬上馳騁、原上射獵，喜歡聽野獸中箭時的嘶叫，喜歡看血淋淋的殺生壯景的士兵們動容，他們不由自主地都望向面無表情的肖天燁，等待著他的決定。

肖天燁年紀約莫十六、七歲，面色稍顯蒼白，唇色也是極淡，眉宇間似蘊著淡淡的輕愁，雙目中如有清淺水霧，而臉上神情更有一種拒人於千里之外的冰冷，當真是飄然出塵，清雅難言。歐陽暖一生之中從未見過男子有這般的美貌，然而她知道，這個面容俊美的秦王世子有多麼的冰冷無情，京都裡到處流傳著關於他生性暴虐，殘害無辜的傳說，但她不能不賭一把，時間在這一刻彷彿凝滯了，所有人都屏住了呼吸。

肖天燁翕動了一下嘴角，好像在冷笑，他的眸子亮晶晶的滲著寒意，唇角微微上彎，鬢邊的一縷髮絲掠過清雋的眉眼，拂過頰邊，帶給人幾分看似極多情實則卻極無情的錯覺，他揚聲對身邊的侍衛長玄景說：「又來了個狡猾的丫頭！」

他的眼睛裡有孩童般清淺的水霧，美麗得可以溺下城池，然而說出的話卻冰冷得沒有一絲人的氣息。歐陽暖知道自己的所作所為沒有打動這個男人，但也無妨，至少贏得了一絲緩衝的時機，她直起脊背，大聲道：「歐陽暖代鎮國侯府和歐陽侍郎向秦王世子問安！世子殿下，舍弟年幼無知，不知殿下在此狩獵，衝撞之處請您見諒！」

侍衛長玄景一愣，不由自主望向歐陽暖，看到她那雙溫柔美麗的大眼睛，饒是殺慣了人的他也第一次覺得心裡發軟，眼裡發熱，他只能低聲道：「世子，屬下聽說歐陽侍郎家有一位名動京都的千金歐陽暖，是鎮國侯府寧老太君的嫡外孫女，看來就是她了，您是不是……」高抬貴手四個字還沒說出來，肖天燁淡淡望了他一眼，玄景不敢再說，低下了頭。

「掌嘴！」

玄景腦門嗡的一下，心裡有說不出的慌亂，他跪倒在地，自己從很小就陪伴在世子身邊，他雖然冷酷無情，暴虐到了極點，然而對自己當眾處罰，這還是第一次。

「怎麼？還讓我自個兒動手嗎？」肖天燁冷淡的語氣中透著威嚴。

玄景自己揮起胳膊，巴掌接二連三地落在臉頰上，動作越打越重，越打越狠，很快嘴角就見了血絲，臉上青了一大片。

「你服不服？」肖天燁冷聲道。

「屬下罪該萬死！服！服！」玄景一直打一直打，打得整張臉都皮開肉綻，肖天燁的眼睛裡沒有一絲動容，冷冷地道：「滾下去！」

玄景退了下去，別人都不明白他為什麼挨打，不免都面面相覷，唯有百步之外的歐陽暖看得分明，她突然明白過來這位秦王世子是個什麼樣的性子：他不能容許任何人多言，哪怕是自己親近的屬下！

肖天燁冷冷地望著歐陽暖，並不因為她美麗的容色而有絲毫的動容，聲音如同在冰窟裡：「妳的寶貝弟弟放跑了我的野鹿，還說我暴虐無德，妳說我該不該殺他？」

「世子，舍弟不過十歲，經驗尚淺，難免言行失據，致有輕率胡言，請世子寬恕！」

這是不裝柔弱了？肖天燁的嘴角劃過一絲興味，淡淡地道：「小小年紀就口出狂言，招人笑話，王侯面前，有損皇家威嚴，這樣的人難道不該殺？」

「意氣之言，不可認真！」歐陽暖咬緊牙關，一絲不讓。

「言須三思，久有古訓！」肖天燁重新舉起了弓箭，對準歐陽暖。

「他是個人，人必有錯！」歐陽暖與他目光直視，沒有半分退卻的意思。

歐陽爵在身後要走出來，被歐陽暖一把拉在身後。

「人錯，失財亡家；君錯，失江山而亡天下，他沒有活下來的價值！」肖天燁拉開了弓弦，微微閉上一隻眼。

「不過是一時過失，世子就要誅殺朝廷命官獨子，秦王殿下正是廣招賢才之際，世子竟要與鎮國侯府為敵，與吏部侍郎結仇？」歐陽暖的眼神凌厲，語調耐人尋味。

肖天燁的手指頓了頓，露出笑容，道：「誰說我殺的是歐陽侍郎家的兒女，我殺的不過是闖進獵場的賊人！」

只要人一死，肖天燁大可以推說是歐陽暖姊弟自己闖進了獵場，被兵士無意之中射殺，縱然真要結仇，他也毫不畏懼。

「縱然舍弟千錯萬錯，世子爺也不可以在今日殺他！」歐陽暖的聲音清亮有力，帶著一種咄咄逼人的氣勢，原本的柔弱一掃而空。她的身上根本就不存在柔弱這種東西，一切都只是用來蒙蔽對方的假象，既然柔弱沒有用，她就換一種方式。

「哦，有何不可？」肖天燁抬起眉毛，歪了歪頭，神情比孩童還要天真，眼底卻透著殘酷。

「今天是太祖孝貞顯皇后的祭日，世子要在這樣的日子狩獵也就算了，但您真的要殺人嗎？」

肖天燁的眉頭終於凝成了結，側頭問：「這丫頭說誰？」一直靜靜觀望這一幕的謀士何周策馬上來，恭敬道：「世子，是太祖的孝貞顯皇后。」

果然如他所料，肖天燁顯得非常意外，因為這種對先人的祭祈非常繁雜，全都由宗人府屬下的禮司通知有關部門。太祖的孝貞顯皇后不過是他第一任皇后，還是死後追封的，她的祭日算不上什麼大事，因此肖天燁對此不知道一點兒也不奇怪。

「日子沒錯吧？」肖天燁心中不由一動。

還不等何周回答，歐陽暖已經揚聲道：「寧國庵的佛堂裡供著大歷皇室列祖列宗二十位皇后主子的神像，歐陽暖都記著日子呢！敢問世子殿下，要在這樣的日子裡殺人嗎？您身分尊貴，什麼時候想要處置我們姊弟，歐陽暖都悉聽尊便，但若是將來有心人追究起來，問您是蔑視孝貞顯皇后，還是蔑視太祖爺，您該如何回答？」

何周是秦王身邊的出色謀士，一直伴隨世子身邊，這時候他聽了歐陽暖的話立刻皺起眉頭，道：「世子，此二人不可殺。」

「哦？」

「世子，且不提太祖皇后祭日一事，她剛才提到了寧國庵，據屬下所知，今日長公主殿下也駕臨寧國庵，更有不少貴族女眷伴駕，這位歐陽小姐只怕是——」

肖天燁臉上卻露出一絲微笑，道：「與我何干？」

何周噎了一下，他素來知道這位世子爺鬧起來不顧一切的壞脾氣，趕緊勸道：「王爺正值用人之際，他們畢竟是吏部侍郎的家眷，又與鎮國侯府有瓜葛，若是因一時之氣殺了人，被大公主抓住了把柄反倒不美，依屬下看，不如做個順水人情放了他們，回去也好和王爺交代。」

肖天燁臉上的笑容越發親切，何周幾乎以為自己勸說成功，卻聽到這位主子淡淡地道：「這倒是提醒我了，好玩的法子多的是，也不止殺人這一種。」

何周心中暗暗叫苦，心道這位歐陽大小姐太聰明，反倒激起了世子爺的征服欲，這回真是闖了大禍了！

他們說話的聲音不大，可是周圍除了寒風的聲音外，這幾百個士兵竟然無一聲咳嗽，死一般的寂靜，肖天燁的聲音，聽在歐陽暖耳裡，卻已宛如雷鳴。

歐陽暖握緊了拳頭，道：「世子想怎麼樣？」

肖天燁嘆了口氣，道：「猜不出的……你們永遠猜不出的。」這低沉而冷漠的語聲中，竟帶著一種說不出的懾人之力。

歐陽暖盯著他的眼睛，從前她聽說過肖天燁暴虐無情的傳言，但在她看來，傳言只是傳言，如今她卻相信，那一切都是真的，因為此刻她只覺得那雙動人的眼睛竟全不像是人類的眼睛，沒有一絲正常人應有的感情。

簡直像是毒蛇、野獸與妖魔的混合！

肖天燁笑道：「我一向喜歡聰明人，妳很好，我不得不承認這是件出乎意料之外的事。」

歐陽暖冷冷地道：「多謝世子誇獎！」

肖天燁淡淡地道：「只可惜妳做出的事卻都是傻事。」

歐陽暖挑眉望向他，半點也沒有驚慌的神色，甚至連心中湧現出的厭惡也都隱藏得很好，肖天燁揚聲道：「任何要和我作對的人，不是瘋子，就是白癡，因為我最討厭自作聰明的人！」

肖天燁的眼睛一瞬也不瞬地盯著歐陽暖，這是他第一次這樣看著一個女人，不，她還不算是個女人，不過是個少女。

歐陽暖的臉上卻全無懼色，目中也全無恐懼，有的只是冷嘲與堅定，她大聲道：「世子既然討厭聰明人，就請對著我來，饒過舍弟，歐陽暖感激不盡！」

肖天燁縱聲大笑道：「真了不起，妳為了妳弟弟竟真的能不顧生死！後面那個小孩，你倒是個幸福的人！」

歐陽爵攥緊了雙拳，嘴唇都咬出了血絲，他這時候才明白，自己為姊姊招惹了一個怎樣的大麻煩，這個肖天燁，分明是個瘋子！竟然不顧利害關係，一意孤行要殺了自己！他不由自主大聲喊道：「肖天燁，你有本事殺了我，放過我姊姊！」

肖天燁道：「晚了，是她自己送上門的。不過，殺人也是種遊戲，我若是這樣殺了你們，豈非就變得無趣至極？」

歐陽暖忽然一笑，道：「您當真殺了我們，您一定會後悔的。」

肖天燁道：「可惜我從不後悔。」

歐陽暖冷笑了一聲，對於正常人可以講道理，可以說厲害，但是這個秦王世子分明是個瘋子，他根本不顧什麼利害關係，連朝廷命官的兒子都照殺不誤，甚至連他父王的大業都不在乎，她沒有什麼好再說的了。祖母自私，侯府四分五裂，京都遙不可及，半點也指望不上，現在只能拖延時間，但願陶姑姑能明白自己所說那些話的意思。

肖天燁悠悠道：「我想了想，其實歐陽小姐妳說得也沒錯，在這種日子殺人的確不美，可要是這麼放了你們，我晚上會難受得睡不著。」

你睡得著還是睡不著跟我們有什麼關係？歐陽暖第一次覺得跟瘋子對話是如此困難，「世子有什麼條件？」

「我給你們一個時辰，你們盡可以在這個圍場裡到處跑，一個時辰後，我會帶著人馬去追你們，若是被我捉到，自然是亂箭射死，到時候我就說是你們誤闖了獵場，射死也與人無尤。」

「世子在與我們開玩笑？您帶著上百人馬，我們不過區區兩人，除非定下時限，否則世子還是在此殺了我們比較快！」歐陽暖冷靜地望向對方。

肖天燁也看著她，目光中帶了十足的興趣，道：「就以一炷香時間為限，在一炷香的時間內，我找不到你們，就放了你們，絕不食言，如何？」

歐陽暖沉聲道：「但願世子守信。」

何周卻十分著急，這丫頭知不知道天高地厚，世子帶來的可是秦王府的精明強將，個個以一敵百，這獵場再大，這麼多人馬，一炷香的時間也能翻出底朝天來了，更何況兩個大活人怎麼藏匿？這位歐陽小姐難道腦袋壞了？

歐陽暖何嘗不知道這一點，她的目的不過是拖延時間而已。如果不答應，這個世子當場變臉殺人，只怕自己姊弟難逃一死，跟這樣暴虐成性的人是沒有絲毫道理可講的。

「歐陽小姐，開始吧！」何周大聲道。

歐陽爵拉著歐陽暖，拚命地跑進了樹林裡。

剛從肖天燁的視線裡消失，歐陽暖就大聲道：「好了，不必跑了！」

歐陽爵嚇了一跳，失聲道：「姊姊，我們只有一個時辰呀！如果一個時辰後他們開始追擊怎麼辦？我們當然是跑得越遠越好！」

歐陽暖沉聲道：「我和你體力不濟，跑得越快，體力越是難支。若是快跑，無論如何也跑不遠的，說不定立刻便要倒下，那反而中了對方的計策。」

歐陽爵幾乎要急紅了眼睛，深深悔恨自己不該一時魯莽跑進這裡來衝撞了秦王世子，他不由自主地道：「姊姊，都是我的錯……」姊姊高貴端莊，只是深閨中的女子，竟然被自己連累得要與秦王世子對峙，更被逼得到處奔逃，根本不該是這樣的！

歐陽暖看了他一眼，「傻孩子，事到如今自責有何用？只要好生利用，一個時辰也不算短。」

歐陽爵道：「那麼，現在我們怎麼辦？」

就在這時候，歐陽暖聽到歐陽爵肚子裡咕嚕一聲響，不免微笑道：「現在沒有吃的，你只能忍耐，不過我們可以去尋找水源，多喝一點水，飢餓也比較容易忍耐了。」

歐陽爵吃驚地瞪大了眼睛，這時候還有閒工夫去找水嗎？只是他早已習慣了服從歐陽暖的決定，當下點點頭表示同意。

肖天燁端著精美的酒杯，正在出神。

一個士兵快步奔來，跪倒道：「啟稟世子，屬下已發現他們了。」

何周一愣，望向肖天燁，對方卻露出殘酷的笑容，道：「我可從來沒說不派人監視他們。」

何周立時不知道該說什麼了，人家一個嬌弱的高門千金，被自家世子逼得疲於奔命，傳出去當真是天下奇聞，哪兒有這樣的道理啊？就在這時，士兵道：「屬下遵照世子的吩咐，早已埋伏好了，瞧見他們時，他們好像已經走了很遠，但卻好像還精神飽滿，一點也瞧不出什麼異樣。」

肖天燁道：「他們難道沒有驚慌奔跑？」

士兵愣了一下道：「沒有，倒是慢慢走的，像是遊山玩水一樣，一點也不著急。」

肖天燁滿臉不高興，何周嘆道：「想不到這位歐陽小姐女流之輩竟然還有這等見識，以他們此時的體力，若是全力狂奔，只怕用不著一個時辰便要倒下去了。」

肖天燁淡淡道：「你好像很欣賞她？」

何周駭白了臉，垂首道：「屬下不敢……她就算厲害，又怎能比得上世子神機妙算！」

肖天燁默然半晌，道：「現在她去了哪裡？」他的話裡，早已將歐陽爵忘得一乾二淨，唯獨看得見歐陽暖。

士兵想了想，道：「像是要去找水喝。」

肖天燁臉上露出一絲微笑道：「那就替我送她一份大禮。」

士兵低下頭去，何周在心裡嘆了一口氣，世子聰明絕頂，平日裡應當不會如此為難一個小丫頭，只是今天卻不同，正逢明郡王領兵出征，世子也許是心情不好……唉……也怪這位歐陽家的大少爺，實在是太倒楣了……

那一邊，歐陽爵擔心地問：「姊姊，萬一他們就守在水邊上等著甕中捉鱉呢？」

歐陽暖笑了，臉上十分平靜，眸子閃閃動人，道：「他到底是秦王世子，總不會在眾人面前出爾反爾，暗中派人盯著倒是有的。何況他正要藉此顯示他的手段，要叫我敗得心服口服。」

溪水旁靜悄悄的，溪水緩緩流淌著，在陽光下熠熠發光，果然沒有絲毫的異狀，歐陽爵高興極了，撲倒在地捧起溪水就要喝。

突然溪水上游有人咯咯笑道：「快點快點，世子等著咱們呢！」

只見遠處有幾個年輕美貌的丫鬟，正拿著竹鞭子驅趕一群動物，豬、馬、牛、羊成群結隊地跑過來，在溪邊飲水撒尿。

歐陽爵大怒地跳了起來，手裡捧著的水灑了一身，大罵道：「妳們在幹什麼？這水是人要喝的，妳們太過分了！」

其中一個圓臉的丫鬟哈哈笑起來，道：「我家世子吩咐，歐陽小姐若要喝水，就請喝這些畜生的尿水好啦！」

歐陽爵恨得磨牙跳腳道：「這麼個大男人，欺負我們一個弱女子一個小孩子，太不要臉了！」

秦王世子不但聰明，還很惡毒，這樣的主意都想得出來！歐陽暖搖搖頭，只是對於她來說，這種侮辱又算得上什麼，他們一定不知道，當那些惡毒的言辭、無數的掃把磚塊打在自己身上，當冰冷的江水淹沒頭頂，當一腔癡情被醜陋真相湮滅的那一刻，什麼樣的羞辱對於她而言都不過是小兒科。

歐陽暖輕輕伏下身子，動作優雅地掬起一捧溪水，喝了下去，而且還喝了很多。

所有丫鬟都看得呆住了，其中領頭那一個駭然道：「妳……妳敢喝這種水，這水裡有尿妳知不知道？」

歐陽暖微微一笑，「這溪水一直通往山下的湖水，若說是尿水，妳家世子爺也天天喝。」

「妳──妳敢這樣侮辱我們世子爺！」

「沒什麼不敢的，請回去告訴妳們世子，他的這份大恩，歐陽暖沒齒難忘，來日必將厚報！」歐陽暖臉上笑得溫柔甜蜜，神情鄭重。

那幾個小丫鬟面面相覷了一陣子，拎起裙角飛快地跑了，連竹鞭子都丟在了地上。

這種羞辱，換了世上任何一個閨閣女子，只怕都會立刻拿繩子吊死自己，縱然不覺得難堪，也絕對不會真的去喝。這世上竟然有歐陽暖這樣的高門千金，這是她們無論如何也想像不到的。

「姊姊，妳怎麼可以……」

歐陽暖看著她們落荒而逃的背影，露出一絲冷笑，轉身對著木呆呆的歐陽爵道：「爵兒，狠時能狠，忍時能忍，這種人才是真正厲害的角色。姊姊一向護著你愛著你，不讓你受一點委屈，如今你卻也該知道，這世上不是所有人都會捧著你的。你不是想要建功立業嗎？這點委屈都忍受不了，以後就再也不要跟我提這四個字！」

歐陽爵望著自己的姊姊，像是第一次認識了她，默然片刻後像是突然發了狠，蹲下了身子拚命喝水，一直喝到肚子鼓起來為止，才抹了一把嘴巴，抬起臉鄭重地道：「姊，我絕不會讓妳失望的！」

歐陽暖點點頭，心裡卻不覺得有半分悲傷，反而充滿了力量，肖天燁算得了什麼，不過一條瘋狗，慢慢等著瞧吧！

聽了丫鬟們的回稟，何周著實嚇了一跳，囁嚅道：「天下間怎麼有這樣的女子？」

肖天燁嘆道：「歐陽暖能名動京都，果然不是尋常女流之輩！何周，若換了你，能做到嗎？」

何周面紅耳赤地搖搖頭，道：「不能，屬下情願渴死。」

肖天燁哈哈大笑道：「若換了我在那情況之下，也會喝的。」

秦王世子著實是個難得的美男子，尤其是此刻他臉上露出笑容，更是神采飛揚，然而說到這裡，他神情突然一肅，似是默然出了神。

所有人不敢再說話，負責監視的士兵很快過來說道：「世子，他們喝完水又繼續往前走了。」

何周皺眉道：「時間已過去三分之一，他們居然還不著急逃命？」這位歐陽大小姐，年紀不大，卻擁有常人難及的勇氣與力量，此刻她到底打得什麼鬼主意？

正在這時候，領頭的士兵又接到信鴿，走過來的時候卻面如土色，吞吞吐吐不敢說話，肖天燁皺眉問道：「到底怎麼了？」

「世子，他們不見了！」

什麼？肖天燁一躍而起，大怒道：「你們那麼多人怎麼看著的？一個個都是瞎子嗎？」

「屬下有罪……是因為那小姐突然大聲嘲笑世子您是無信之輩，說不追擊居然還派人埋伏，她還嘲笑暗衛都是無能之輩，連兩個弱小的人都不放心。屬下……一時惱怒，想一個時辰後也定能追上他們，就私自撤了大多數盯梢，只留下一人遠遠看著，後來……再找人就不見了……」

那士兵面無人色，連連磕頭，紙條上寫著人是憑空不見的，這怎麼可能？

所有人都垂下頭去，再也不敢看秦王世子一眼。

「拖下去！」肖天燁冷笑道，迅速有人將那士兵拖了下去，他又道：「好，很好！她縱然躲到地下去，我也要將她挖出來，她若能活到明天，我就跟她姓！來人！」

何周看著肖天燁在片刻之間已經將五百人的士兵隊分成十隊，分作十路搜查，圍獵場中每分每寸的土地都無遺漏之處。

「世子，要不要留下一些人在這裡？」何周不放心道。

肖天燁冷臉道：「不必，你們全都去找，哪怕將這裡翻個天來，也要把歐陽暖找出來！誰能找到賞金千兩，找不到，人頭落地！」

何周心上一抖，知道這個世子爺最是陰狠毒辣的，趕緊低頭應聲，飛快策馬離去。

隨行的丫鬟也都跟著離去，生怕世子的雷霆震怒波及到自己。

一炷香時間過去，兩炷香時間過去……距離約定的時間已經過了很久，沒有任何消息傳回來，找不到人，始終找不到那兩個人。肖天燁越想越不對勁，卻覺得腦海之中有什麼關鍵之處遺漏了……他一邊想，一邊信馬隨意地走，突然覺得一陣心慌氣短，被迫走到平日裡歇腳的宮殿才停下。

這一座宮殿的面積比尋常的宮殿都小，只在狩獵的時候稍事休息。正殿只有三間屋子，建築陳設也是非常簡單，他剛走進去，便聽見一陣笑聲，想到這裡只留下了兩名侍衛看守，頓時皺起了眉頭。

其中一個侍衛笑道：「世子真是難得，竟然派姑娘妳過來打掃屋子。」

只聽到另一個溫柔的聲音笑道：「是呀，世子說狩獵太累了，讓奴婢過來先準備好一切呢！說起來世子箭術真是厲害，今天收穫頗豐呢！」

這聲音……這聲音分明是那個該死的……歐陽暖！但是這怎麼可能，外面大批人馬在瘋狂地搜索，她卻躲在這裡？怎麼可能？

「姑娘妳這麼漂亮，以前怎麼從來沒見過妳呀？」

「奴婢進王府不久，還是第一次跟著世子爺來狩獵，兩位當然不曾見過，兩位跟著世子爺多久了呀？」

那聲音和氣溫柔，慢條斯理，卻聽得肖天燁一股無邊的怒氣湧上來。

「唉，這可有年頭了，我也是看姑娘妳年紀小不懂事才跟妳說的，別看世子斯斯文文，秀裡秀氣的，他可是個厲害的人物，妳要離他遠一點才是！」

「真的嗎？奴婢瞧著世子很和氣呢！」

另一個侍衛嘆道：「姑娘妳年紀輕輕的怎麼會看人，世子殺人那才叫不眨眼呢！」

少女咯咯笑道：「好可怕呀，兩位大哥盡是嚇唬奴婢！」

聽到這陣清亮的笑聲，肖天燁再也忍受不了，迅速奔入內殿，大聲道：「妳竟然躲在這裡！」

兩個侍衛一下子驚呆了，不知道世子爺怎麼會突然衝進來。

肖天燁不想再看見這兩個蠢貨，大聲喝斥道：「滾出去！」

兩人奇怪地對視了一眼，再不敢耽擱，跌跌爬爬地出去了。

歐陽暖微笑著望向肖天燁，燦若朝陽的笑容讓對方覺得無比刺眼，她卻笑得越發燦爛，「世子，您來晚了，現在……時間早已過去了。」

肖天燁定定地看著她，歐陽暖笑道：「世子再看，我的臉上也開不出一朵花來。」

肖天燁終於忍不住，咬牙切齒道：「你們怎麼跑出來的？」

歐陽暖拍了拍手掌，歐陽爵從後面窗戶翻了進來，臉上露出頑皮的笑容，道：「世子想知道，我就大發慈悲告訴你。姊姊激走了你的人，然後帶著我一起跳進小溪。」

肖天燁忍不住道：「好好的路不走，為什麼要在水裡跑？」

歐陽暖笑笑，問道：「世子既然出來狩獵，想必帶有獵犬吧？」

人走過的地方，難免留下氣息，這氣味人雖聞不到，卻難逃過久經訓練的狼狗鼻子，唯有在水中行走，才能逃過獵犬的追蹤。人一入水，縱有氣味，也被水流沖走了。

肖天燁道：「當真什麼事都被妳想到了。」

歐陽暖謙虛道：「哪裡，還要多虧世子送來了代步的工具，免於我們姊弟徒步辛苦。哦，對了，您家的侍衛也很懂禮，竟還幫我烤乾了裙襬。」好在她穿著樸素，還特意摘下了那顆紅寶石領扣，否則真的難以騙過別人。

肖天燁何等聰明，一下子就想到了其中的關鍵，自己送去的牛馬，只怕是成了他們的坐騎。獵犬到了溪畔，氣味突然中斷，士兵們自然會想到他們已躍入水中，自然要到對岸繼續追蹤，誰知他們卻是騎著牛馬躲進了自己休息的宮殿，但這樣一來，他們便再也追不著了，他不由自主冷笑一聲道：「你們後來躲到這裡來，就不怕我回來發現妳？」

歐陽暖微微搖頭道：「世子爺這麼討厭屬下自作主張，自然更厭恨我們的突然失蹤，不把人找到，您是不會甘心回來休息的。世人都說最危險的地方就是最安全的地方，世子該不會連這句話都沒聽說過吧？」

一言一語之中，她竟然已經摸透了肖天燁的性格。

「世上沒人敢耍弄我！」肖天燁突然上前一步，狠狠扼住了歐陽暖的手臂，雙目赤紅如血，「別擺出這副裝模作樣的表情……我看妳能撐到什麼時候！」

歐陽暖倒退一步，一旁的歐陽爵不想對方突然發狂，猛然跳起來撞向他胸口。

一聲低哼，鉗制歐陽暖的力量陡然鬆開，歐陽暖抬眼卻見肖天燁單手捂胸，露出無比痛苦的模樣。他恨恨地看歐陽暖，面孔慘白，陡然身子一顫，悶聲嗆咳，血沫濺出唇邊，觸目驚心。

歐陽爵大驚失色，拉著歐陽暖就要往外跑，就快跑到門口的時候，兩人忽聽身後哀哀呻吟。

歐陽暖下意識回頭望去，只見肖天燁捂胸顫抖，彷彿忍受著極大痛楚，似乎用盡了力氣才從懷中掏出一個瓷瓶，卻一時沒抓住，瓷瓶咕嚕嚕滾出去好遠。他目露絕望，身軀蜷縮如嬰孩，喉中發出低啞呻吟，臉色慘白近乎透明，似乎下一刻就要斷氣。

「姊姊，這種瘋子，不必管他！」歐陽爵見歐陽暖突然頓住腳步，皺眉望著肖天燁，以為她在遲疑，趕緊說道。

肖天燁絕望地看著這對姊弟，剛才他還勝券在握，將對方的性命牢牢握在手中，現在他卻生死一線，原本任人宰割的羔羊已經徹底掌控了勝局。

可惡！

歐陽暖沒有一絲一毫的心軟，事實上，除了對寧老太君和爵兒，她對任何人任何事都不會有絲毫動容，她只是在權衡要不要救這個人。

如果他死在這裡，自己姊弟能否脫得了干係？

冤家宜解不宜結，尤其此人是權勢滔天的秦王世子，的確，不能讓他死！歐陽暖心一橫，快步走過去將那瓷瓶撿起來。肖天燁已沒有抬手的力氣，歐陽暖猜到瓶中就是救命的藥丸，只得將瓶口湊到他嘴邊，將藥灌進他口中。

「姊，他怎麼了？」

「可能是心疾。」歐陽暖低聲回答。

肖天燁喘過一口氣，依然面色慘白，整個人倚在她身上，蹙了眉，微微喘息，卻只是定定望著她，眼神從未有過的奇怪。

歐陽暖毫無畏懼地與他對視，肖天燁的嘴唇已經乾裂，卻自始至終不說話。

歐陽暖嘆了一口氣，對歐陽爵道：「你去取一點水來。」

歐陽爵站在原地不動彈，歐陽暖靜靜望著他，他皺眉道：「好啦好啦，我全聽妳的。」然後跑過去倒了一杯水。

歐陽暖用帕子沾了水，輕輕潤濕肖天燁的嘴唇，動作十分輕柔，「世子，你我往日無怨近日無仇，您卻苦苦相逼，如今我們救了您一次，也請您高抬貴手，饒過舍弟。」她又說了一次，眼神無比堅持。

肖天燁的眼神卻突然變得冷淡無比，冷聲道：「馬上滾！」

歐陽暖微微一笑，道：「抱歉了世子，外面那麼多人，我們很難出去，恐怕還要麻煩您與我們一起滾。」

肖天燁冷笑，「妳是什麼意思？」

歐陽暖臉上露出一絲笑容，淡淡地道：「意思就是，要請世子殿下送我們一程。」

肖天燁掙扎著想要坐起身，卻猛地捂住胸口，額頭上湧出大滴的汗珠，厲聲道：「不要妄想，你們走不出去的！」

歐陽暖神色古怪地望著他，似是惋惜似是惆悵，低聲道：「世子這樣苦苦相逼，莫非還有別的原因？」

肖天燁面色一變，眼神更加陰沉，卻始終沒有說話，歐陽暖的目光不由自主落在面露茫然之色的歐陽爵身上，心中的猜測慢慢成形。

喧鬧之聲便在此時傳來。

肖天燁突然站了起來，他的角度已能夠清楚地瞧見一道人影快速奔進，沿路試圖阻攔的侍衛們被打得人仰馬翻，根本減不緩他絲毫來勢，竟被他直衝了進來。

「衛峰，你放肆，我的屋子也是你能擅闖的？」肖天燁一眼認出此人乃是大公主手下一等侍衛首領，立即怒斥道：「你要幹什麼？」

衛峰不言不語，視線一掃，看到歐陽暖姊弟站在一旁，立刻走上前去，沉聲道：「歐陽小姐，大公主命屬下前來迎接！」

肖天燁驚怒交加，突然兩根手指曲起在唇邊呼哨數聲，片刻之間殿內湧入無數侍衛，肖天燁冷聲道：「抓住他們！」

侍衛們將歐陽暖他們團團圍了起來，內裡的侍衛執著長劍，周邊的侍衛則拉開了弓箭。

「衛峰，你竟敢闖入這裡，未免太過膽大妄為！立刻放下人，也許看在姑母情面上，我不會追究……」

衛峰冷冷地瞧了他一眼，還是理也不理，逕自向前邁步，侍衛們也不由地跟著移動，寒光閃閃的長劍帶著一種懾人的威勢。

到了這個地步，肖天燁還不肯放過自己姊弟，絕非只是一時興起這種原因，只怕——爵兒看見或者聽見了什麼，或者是肖天燁以為爵兒在故意竊聽……若果真如此，事情就麻煩了，歐陽暖在電光石火之間已經想清楚其中的利害關係，不由得皺起了眉頭。

肖天燁下意識地以手撫住心口，他在猶豫，衛峰是大公主身邊十分信賴倚重的侍衛首領，不但武藝高強，更只聽大公主一人調遣，一般的場面根本鎮不住他，若是真要亂箭齊發將他們一起射死在這裡，大公主追究起來，父王那裡的確很難交代，但若是不困住他，讓他這樣帶著人衝了出去，事情一樣會鬧得不可開交。

眼神落在歐陽暖的身上，肖天燁的目光中劃過一絲極端複雜的神色，似乎矛盾至極，最終他的薄唇輕輕抿了起來，從齒間迸出了兩個字：「放箭！」

在肖天燁的眼中，世上只有死人才不會洩露祕密。

衛峰立即大聲道：「我是大公主手下一等侍衛，誰敢隨意射殺？」

侍衛們本都已經蓄勢待發，聽見這一句話卻都面面相覷，有些不知所措地望向肖天燁。

肖天燁立即向前趕了幾步，高聲道：「他要刺殺我，立予射殺！」

侍衛們不再猶豫，當即搭箭入弓，一時箭矢如雨。歐陽暖眼明手快，早已拉著還在愣神的歐陽爵避到柱後。

衛峰上前一步抽出長劍，飛足踹翻一個侍衛，一時劍光如雪，擊落了第一波箭攻，趁著空隙，突然翻身躍起，在空中幾個縱躍，左劈右砍，專朝侍衛密集之處落足，打亂了弓箭手的站位，大多數侍衛們又不是他的對手，一團混戰中只見他的人影猛地衝天而起，一掠一衝。

肖天燁原本還在觀察，卻突然覺得頸上一涼，一道冰涼的瓷片落在他喉嚨口，寒氣逼人。

「都住手！」歐陽暖的聲音不大，卻足以讓所有人都停住了手。

肖天燁做夢也想不到這種變故，更想不到自己這樣的男子竟然會被一個小姑娘劫持，不由氣得全身顫抖，咬牙怒道：「歐陽暖，妳竟敢……」

「射人先射馬，擒賊先擒王。」歐陽暖淡淡一笑，笑容中透著一股冰冷的甜蜜，「誰讓您將所有的注意力都放在他身上呢？」

「歐陽暖，妳敢怎樣？」肖天燁冷聲道。

「世子殿下，暖兒不過是求您放我們姊弟安全離開，這個要求不算過分吧？」

肖天燁目光寒冷如冰，哼了一聲道：「如果我說不呢？難道妳敢殺我不成？」

「世子殿下想拿性命跟我賭嗎？」歐陽暖的聲音依舊溫柔，像是在說今天很晴朗適宜賞花一樣，然而肖天燁的臉色卻越來越難看。他面如寒霜，胸口不停地起伏著，顯然是正在激烈思考。衛峰也瞪大眼睛，不敢置信地看著眼前這個嬌滴滴的歐陽小姐，心道大公主莫不是說錯了吧，這丫頭還需要自己救嗎？就在僵持的時候，門口突然傳來高亢急促的傳報聲：「大公主到！」

歐陽暖微微一笑，快速放開了肖天燁退到一邊，手中的碎瓷片被不著痕跡地輕擲於地。

大公主的身影出現在殿門口，而站在她身邊的，除了行色匆匆的陶姑姑以外，還有一臉震驚的歐陽家老太太李氏。

「這是怎麼了？」大公主嚴厲的目光環視一圈，「天燁，你擺開這麼大陣仗是在迎接我嗎？」

肖天燁揮了揮手，所有的侍衛們立刻如潮水般退開，他自己快步上前盈盈拜倒，「姑母，不知您大駕光臨，有失遠迎，還請見諒……」他說話的時候，神情已經恢復平常，聲音清亮，恭敬有禮，風度極好，儼然一副翩翩佳公子的模樣，原來的狠辣瘋狂竟在此刻全數消失了。

歐陽爵在旁邊看得目瞪口呆，他實在不能理解，一個人怎麼會變臉如此之快？

大公主冷冷地問道：「歐陽家的少爺和小姐怎麼了，為什麼被你扣了？」

歐陽暖腳步輕快，帶著歐陽爵已走到大公主身邊，肖天燁望了她一眼，沉聲道：「歐陽少爺只是誤闖入獵場，歐陽小姐來尋他，我便將他們兩人帶到此處稍事休息，正待去稟報姑母，您就尋來了。」

誤闖？這怎麼可能？李氏的臉上露出震驚的神色，拉過歐陽爵上上下下查看一番，發現並沒有損傷，這才放下了心。

「那這滿院的侍衛是來做什麼的？暖兒，難道有人敢故意傷害你們不成？說出來，我替妳作主！」大公主顯然並不相信這套說辭。

「哦，這侍衛麼……」肖天燁搶先笑道：「是歐陽少爺說要觀看侍衛們演練劍陣，我才命他們進來。」

大公主定定地看著他的眼睛，突然一聲嗤笑，「天燁在跟我說笑話嗎？你不將他們姊弟倆送回去，反而在這兒看什麼演練……別說是你，就是你父王都不敢在我跟前耍嘴皮，你敢將這套說辭說給你父王聽嗎？」

「如何回稟父王，是我自己的事，怎敢煩勞姑母為我操心。」肖天燁軟軟地頂了回去。

「大公主，請您放心。」歐陽暖語調柔和，但話意似冰，「世子殿下只是太好客，他留著我們也沒有別的意思，只是那些侍衛們可能產生了誤會，以為我們是刺客……」

肖天燁胸口一滯，咬牙忍著沒有變色。

大公主冷笑一聲，道：「那些場面話就不必說了，全都跟我進來！」

所有的侍衛們都留守在外，眾人不得已跟著大公主進了內殿。

大公主坐在椅子上，面如寒冰，道：「究竟是怎麼回事？」

歐陽暖挽裙下拜，仰著頭道：「請公主殿下為我們姊弟作主。」自己不可以去求大公主，但大公主主動幫忙便是另一種說法，再加上經過剛才一番變故，肖天燁都還不肯放棄殺爵兒，那就一定要依靠大公主的力量給他施加壓力。

「歐陽小姐，起來，快起來，有事慢慢說……」一旁的陶姑姑看著大公主的臉色，趕緊上前去攙扶，然而人卻沒攙扶起來，歐陽爵也跟著跪倒。

歐陽暖跪著沒動，直視著大公主的眼睛道：「秦王世子殿下以今日爵兒誤闖獵場為名要殺了他，我匆忙得到消息趕來，百般求情殿下都不肯改變主意。獵場本是皇家場地，卻並不是禁地，爵兒縱然犯了錯，卻也還不到當場處決的地步。此事還想請大公主明察，給爵兒一條生路。」

她言辭簡潔直白，並無一絲矯飾之言，反而聽著字字驚心，李氏的臉色越發難看，簡直都不敢去看大公主的臉。

「為了這個就要殺人？」大公主更顯驚訝，「我今日請妳們留下陪伴，原本是一片好意，卻不想鬧出這種事情來，當真是胡鬧！天燁，你僅僅為了歐陽爵誤闖獵場就要當眾殺他，可有此事？」

「姑母，歐陽公子的確誤闖獵場，我也不過是與他開了個玩笑。歐陽小姐突然來到，見到這場景難免產生誤會，之後我只是讓人護送他們來這裡休息……莫非是因為招待不周，兩位覺得受了怠慢？」

大公主見他推得乾淨，不禁冷笑了幾聲，道：「衛峰，你怎麼說？」

衛峰誠實道：「屬下趕到這裡要帶人走，世子爺命令侍衛們圍攻，並下令放箭。」

原本面色十分平靜的歐陽暖心中卻一頓，自己姊弟是苦主可以說話，然而衛峰卻是大公主的人，一旦出來作證，大公主的立場就不再客觀公正了。

「我派人前來，你竟然也敢刀劍相向？」大公主的臉色一下子沉下來，美目現出無限的凌厲。

「我請兩位在這裡稍事歇息，他闖進來二話不說就要帶人離開，我自然是要命他們救人的。」

歐陽暖悠悠嘆了一口氣，道：「公主，也許世子一時看錯了，沒有認出這位是您身邊的人也不一定！」

「認不出來？歐陽小姐也太單純了，衛峰跟著我十多年，京都有誰不認識他是長公主座下侍衛統領！天燁，你才多大年紀，就老眼昏花了嗎？」大公主秀眉一挑，冷冷地道。

肖天燁不慌不忙地笑起來，道：「姑母要是不信，可以召那些侍衛進來問一問，看看衛統領有沒有自報家門？」

大公主怒道：「這裡上上下下都是你的人，你矢口否認，誰敢舉發你？」

肖天燁臉上卻一絲慌亂也沒有，淡淡地道：「這裡的人雖然是跟著我來的，但連我都是您的晚輩，他們身分地位低微，長公主面前，誰敢欺瞞？」

他利齒如刀，句句難駁，大公主早已按捺不住怒氣，斥道：「你還真是狡言善辯，敢做不敢當嗎？可惜你怎麼抵賴也賴不過事實，難不成是別人無緣無故誣陷你？」

歐陽暖看著肖天燁，越發佩服此人，若說心狠手辣臉皮厚，此人若認第二，只怕無人再敢認第一。林氏、歐陽可與他比起來，當真是小兒科，弟弟無緣無故招惹上這種人，實在是大大的不智。

肖天燁神色淡然地道：「我也不明白歐陽小姐為何會無緣無故編出這個故事來，就如同我不明白姑母無憑無據的，為什麼立即就相信了外人，而不肯相信我一樣？難不成姑母是因為父王的事情，遷怒到我身上……」

衛統領心頭一沉，頓時明白自己做錯了一件事。自己應該自始至終旁觀，而不該插言作證的。本來是歐陽暖姊弟狀告肖天燁，但自己一插手作證，似乎突然就變成了大公主也故意捲入這場紛爭之中，這樣一牽扯起來，搞不好就變成秦王與太子之爭。

肖天燁又徐徐道：「既然衛統領要說話，不妨說個清清楚楚，你進來後可看見有人要殺害歐陽家姊弟嗎？或者請大公主查問歐陽小姐，我可對她有半分無禮之舉？」

衛峰想不到這位世子爺如此嘴利，衝口便道：「那是我來得及時，你還沒來得及做什麼……」

肖天燁正在這裡等著他呢，聞言冷冷一笑，安然道：「衛統領堅持認為我心懷不軌，我不願爭辯；姑母更親近歐陽小姐和衛統領，而非我這個親侄子，那是我們政見不同的緣故，我也不敢心存怨懟，但請問歐陽小姐，妳口口聲聲我要殺害令弟，他身上可曾有傷？我若真是要殺了你們，怎麼還能讓你們好好站在此地向姑母告狀？」

大公主氣得雙手發涼，只怕戰場上千萬的敵兵，也比不上面前這位侄子的言談令她心寒，正想怒罵回去的時候，歐陽暖不慌不忙的聲音在旁邊響起：「世子殿下，是非曲直其實並不難分辨，只要將您的五百將士分開關押，分別派人審問，總有人會說實話的。」

肖天燁全身一震，難以置信地轉頭瞪著歐陽暖。

「衛統領見情況緊急，只得失禮，想要強行將我們帶走。」歐陽暖理也不理他，仍是繼續道：「世子為了阻攔我們，竟下令侍衛亂箭齊發，此事所有侍衛都已看見，只要現在公主殿下任意提取三人分開關押，讓他們說出具體細節，若是真如世子所說只是留我姊弟做客，歐陽暖甘願向世子磕頭認錯！」

大家全都呆成一片，肖天燁更是沒有料到歐陽暖竟有這種膽量，一時心亂如麻，面色如雪。

「你還有什麼話說？」大公主面沉似水，已是怒不可遏。

肖天燁一咬牙，道：「既然歐陽小姐和衛統領口口聲聲指責我有過錯，我不敢再辯，也不敢要求什麼證據。只求姑母聖斷，若是您也認為我有過錯，我自當認罰，絕不敢抱怨。」

他這般以退為進，大公主倒有些遲疑。李氏憂心忡忡地望著面前的兩位顯貴，大公主素來行事強硬，秦王世子性格暴虐，這兩人已經很麻煩了，背後的太子與秦王之爭更是可怕，歐陽家不過是一個小小的吏部侍郎，捲入到這樣的爭鬥中去，豈不是在烈火上煎烤……

歐陽暖聞言，睜大一雙清麗的眸子，看著大公主道：「公主，您與世子才是一家人，千萬不要為了替我們主持公道傷了皇室和氣。世子說的對，今天這件事不過誤會一場，爵兒誤闖獵場在先，世子一時惱怒才要動手，全是爵兒不對，世子沒有錯，請您別責怪他了。」

「爵兒，你聽見沒有？」歐陽暖輕聲道：「不過是誤會一場，你向世子道個歉便是了。」

歐陽爵看自己姊姊一雙長長的睫毛衝自己眨了眨，立刻醒悟過來，豆大的淚珠一顆一顆地往下掉，咬著嘴唇卻不出聲，濡濕著一對大大的眼睛，只哽咽道：「世子，都是我的錯，您別和公主殿下爭執了，她是您的姑母呢，這樣不好！」

歐陽暖點點頭，一臉欣慰地看著歐陽爵，道：「爵兒，早該如此！祖母也在呢，她是長輩，今天便是你沒錯也要認錯的，不能讓她為你擔心呀！」

這話說得軟綿綿的，就像是在肖天燁的臉上抽了一巴掌。歐陽爵不過一個十歲的孩子，卻知道敬重長輩，明明自己沒有錯也要認錯，自己這麼一個皇室公子，卻對著姑母洋洋得意地爭辯，更是半步不讓，歐陽暖這麼說，分明是——

李氏見歐陽爵哭得可憐，只當他是小孩子不懂事，還勸道：「傻孩子哭什麼，只是無意闖進來罷了，便是錯了，世子爺大仁大義也會見諒的……」

肖天燁一聽，心頭猛地一冷。

歐陽暖滿臉擔心，憂心忡忡道：「世子，爵兒不過一個孩子，縱然真的做錯了什麼，他既然道歉了，就請您大人大量放過他吧！」

肖天燁被歐陽暖盈盈的目光逼迫著，便咬牙道：「他可不止誤闖，還放跑了我要送給皇祖父的野鹿！」

歐陽暖輕輕點頭，道：「那爵兒是不對，只是今日正逢太祖孝貞顯皇后的祭日，實在不適宜狩獵，改天我會讓爵兒親自狩一頭野鹿賠償給世子。」

大公主一聽，勃然大怒道：「太祖先皇后的祭日你也跑出來殺生，當真是瘋了嗎？別說今天沒抓住，就算抓住了送到皇上跟前，豈不是當眾告訴人家你在太祖先皇后的祭日裡跑出來狩獵？」

肖天燁心上一顫，遲疑道：「那……其實不光如此，歐陽爵還與我發生了一些口角，才激得我惱了……」

歐陽暖聞言，委屈道：「爵兒，這就是你的不對了，有什麼要緊的口角，非要和世子爺爭辯？」她一臉難過的委屈，道：「姊姊平日裡怎麼教你的，不論世子再生氣，你也要忍著，你總要想想，爹爹為官做人何等謹慎，咱們做兒女的不能為父親分憂，難道還要給家裡抹黑嗎？世子什麼身分，你又是什麼身分……」

歐陽暖說不下去了，聲音哽咽難言，轉頭掩面似乎十分難受，大公主氣極，一掌打翻了一個茶碗，粉碎的瓷片四濺在地上，她勃然大怒，臉色鐵青，鎮不住手腕發抖，衝著肖天燁喝斥道：「你聽見沒？白長了這幾歲，還不如個姑娘家懂事！歐陽公子不過是個十歲的孩子，縱然說了什麼得罪你的話，你也該看在吏部侍郎的面子上寬恕，可你呢，動不動刀劍相向，這哪裡還有半點皇家風範！你是想要御史告到皇上那兒，參你個濫殺無辜的罪名嗎？」

肖天燁一愣，立刻意識到歐陽暖同樣一招以退為進，表面在責備歐陽爵，實際上每一個字都直指自己仗著是皇族子弟欺負他人，她真是好玲瓏的心思！須知陛下最痛恨的就是王子犯法，莫說是自己，去年代王去聽戲，與平民發生口角，縱容侍衛打傷了人，御史一狀告到聖上那裡，代皇叔竟然被聖上剝奪了親王爵位，要不是太后為他求情，只怕還要送到宗人府去問罪！

他剛想要開口分辯，歐陽暖卻比他動作更快，突然跪倒，正色道：「公主息怒，是暖兒不好，原本看到爵兒差點沒命十分氣憤才一時口出妄言，今天的事情不過誤會一場，實在怪不得世子的！尋常人家發生口角，事情過去也就過去了，但大公主是長輩，世子是晚輩，你們二位更出身皇室，今天的言談爭論若鬧到陛下面前，被有心人加以利用挑撥，就會一發不可收拾，請公主三思！」

肖天燁有些發愣，他向來能言善辯，這是連皇祖父都稱讚過的，可是到了歐陽暖面前，那些心機卻彷彿毫無用武之地。原本他想要說大公主仗著是長輩幫著外人欺負自己這個晚輩，這樣大公主為了避免矛盾惡化只能對此事放手，然而歐陽暖卻趁機反將他一軍，說他仗著是皇族子弟欺壓官家幼童，不知不覺讓歐陽爵這個闖禍的變成了苦主。在他還沒反應過來之時，又說自己與大公主鷸蚌相爭，小心讓他人漁翁得利，這樣一來，就算父王得知，也只會命令自己賠禮道歉……這樣的歐陽暖，令他忽然覺得遭到前所未有的挑戰。

望著歐陽暖那挺拔的姿態、清麗的面龐、冷傲倔強的表情，和那雙如同燃燒著火焰般的激烈的眼睛，肖天燁突然覺得神思一陣恍惚，胸口如同被什麼碾軋了一下似的，疼痛莫名。他當機立斷，露出愧疚的表情道：「歐陽大小姐當真是知書達理，深明大義，我自愧不如！今日之事的確是一場誤會，是我太過偏執，現在我向歐陽家鄭重道歉，不日還將送去禮物聊表心意，請姑母原諒我一時糊塗！」

大公主早已經想到其中的利害關係，一方面事情鬧大會加劇太子和秦王兩派的矛盾，另一方面傳出去只會對歐陽暖姊弟不利，只是肖天燁始終不依不饒令她惱怒，她才會震怒，現在看到這種情景便緩了口氣，點頭道：「你知道錯就好！」

歐陽暖低下頭，心道：你說深明大義的時候要是不咬牙切齒，我就更高興了！

李氏一看事情有這樣的轉折，立刻放寬了心，在她看來能不得罪秦王世子，又能討好大公主，這才是兩全其美的事情，奈何剛才肖天燁卻咄咄逼人，非要將歐陽爵治罪不可，她實在是擔心極了，卻沒想到暖兒能在三言兩語之間就將事情周旋到這種地步，真是出乎她的預料之外，便連聲道：「多謝公主主持公道，多謝世子爺寬宏大量！暖兒、爵兒，還不謝過二位！」

歐陽暖和歐陽爵向大公主和肖天燁施禮，大公主微微點頭，陶姑姑面露微笑，只有肖天燁似笑非笑，比哭還難看。

事情告一段落，大公主和李氏先行上車，歐陽暖和歐陽爵兩人走在後面，就在她快要離開內殿的時候，肖天燁突然追出來，揚聲道：「我送兩位一程。」

大公主彷彿沒有注意，也沒人回頭。

「妳今天還真是出盡了風頭！」肖天燁望著歐陽暖，冷冷說道。

「我已經放下了，世子還在念念不忘嗎？」

「從未有女子敢這樣對我，妳今天所作所為，我永生不忘！」

「我只要晚來一步，爵兒就會死在您手上，到時就算我再勉力拚衡，只怕也救不出他，您可知道？」歐陽暖語聲淡淡，卻神色肅然，道：「若是您傷我弟弟一根汗毛，憑您是親王世子還是天皇貴胄，哪怕窮盡一生之力，拚個魚死網破，我也要活剮了您！」

自她開口以來，肖天燁便察覺到她身上有股隱忍的怒氣，原本以為她只是害怕自己窮追不捨，現在看這樣子，竟是衝著自己要對歐陽爵下手來的。

「妳敢對我說這種話？」肖天燁臉色突然微微轉白。

「泥人也有三分火性，便是我身為女子，手無縛雞之力，卻也有最珍愛的人！您若是一意孤行，非要置爵兒於死地，我也不會束手待斃！」歐陽暖冷笑一聲，半是玩笑半是認真地說道。

旁人只看見他們在說話，卻不知道他們兩人說了什麼，卻都看到秦王世子漂亮的臉變了顏色。

「不管世子要在獵場做什麼，都與我們姊弟無關，但若是您非要為難我們，歐陽暖卻也不是怕事之輩！從今往後，我要爵兒平平安安，一生無憂，哪怕我的弟弟少了一根毫毛，我都會記在你秦王府頭上！」

肖天燁有些怔忡，慢慢轉動著眼珠，半晌方道：「妳的意思是，哪怕是歐陽爵發生了意外，妳也要記在我頭上？」

「難道不是嗎？」歐陽暖緊緊地盯住他的眼睛，「我的爵兒乖巧聽話，從不惹是生非，他得罪之人無非是秦王世子，真的受傷生病也一定是與您有關！若真有那一天，我便要找您一命償一命，讓秦王殿下也嘗嘗痛失愛子的滋味！」

看著歐陽暖咄咄逼人的臉，肖天燁的神情變了。他實在是想都沒有想到歐陽暖居然會這樣愛護弟弟，簡直是豁出性命在保護他。一個小小的官家少女，哪裡來的這種氣魄與膽量，竟然敢與自己這個世子叫板？在他的生命中，這是第一個敢戲耍他的女子，也是第一個敢當眾挑戰他權威卻還能全身而退的女子，他相信，她所說的一切，都是鄭重其事的，若是將來歐陽爵真的有所損傷，她會窮盡一生一力，不死不休找自己報仇雪恨。

「妳確信自己有這樣的力量？」肖天燁冷冷地望著她。

歐陽暖淡淡一笑，眉眼溫柔，語氣冷凝：「世子大可一試！」

「妳敢威脅我？」

這話你今天已經說過兩次了！歐陽暖臉上的笑容更加謙卑，說出的話卻半點也不含糊，道：「明郡王今日出京，大多皇孫公子都去送行，世子選在此刻出現在獵場，只怕是在等什麼人吧！」

肖天燁的眼睛寒光遍布，冷聲道：「妳竟然胡言亂語，我不知道妳在說什麼！」

「世子知道不知道並不重要，您說若是讓人聽說秦王世子在這裡召見什麼人，說什麼不想讓人知道的話，被歐陽侍郎家公子聽見，所以才急著殺人滅口，這樣的風聲……」

「不過是流言蜚語，皇祖父不會相信的！」

「自古以來人的心思啊，其實是最深不可測的，您永遠都不能說自己掌握住了另一個人的想法，所以即使是曾經親密無間的父子，也可能會被流言侵蝕。陛下雖然信任秦王殿下，可世子別忘了，太子才是陛下最信賴的人，到時候……」

肖天燁的怒火因為歐陽暖冷淡的表情而燃燒得更旺，滿腔怒意更是洶湧難耐，忍不住一把抓住了歐陽暖的手臂，將她猛地拉到自己面前，憤恨的吐息幾乎要燙破對方那冰涼的皮膚。

「妳聽著，歐陽暖——」肖天燁的聲音彷彿是從緊咬的牙根中擠出來的一般，「妳敢散播這些流言蜚語，我就能讓妳歐陽家頃刻覆滅！」

歐陽暖冷冷望著他，道：「我知道你們這些皇孫貴冑不憚於做最陰險最無恥的事情，我也知道你們這些人射出來的冷箭，連最強的人都不能抵禦，但我還是要警告你，我絕不允許你把爵兒也當成棋子，隨意擺弄隨意犧牲！如果你敢動爵兒一下，我會叫你秦王府多年籌謀徹底結束，你聽懂了嗎？」

肖天燁的心頭湧起一股熱潮，唇邊也露出了一絲慘然的笑，父子親情、兄弟之愛，這些東西皇家根本沒有，他的心早就涼了，血也涼了，但歐陽暖對弟弟的愛護，卻如同烙入骨髓裡，令人難忘。

在他顫抖的視線內，突然出現了歐陽爵憤怒的臉。少年充滿殺機的一口撲上來，狠狠咬在肖天燁的手腕上。

「住手！」肖天燁難忍劇痛，頓時鬆了手，歐陽暖沉下臉來，擋在肖天燁身前，厲聲道：「爵兒，我跟你說過的話你全都忘了嗎？什麼時候你才能不再這樣莽撞，你闖的禍還不夠嗎？」

「可是他……」歐陽爵雖然立刻退開，但一雙大大的眼睛裡卻充滿了受傷之色。

「爵兒！」歐陽暖斥道：「你要時刻記得自己的身分！快跟世子殿下道歉！」

歐陽爵身體微顫，緊緊地抿住了嘴，俊秀的臉繃著，倔強地扭向一邊。

肖天燁甩了甩手腕，皺著眉道：「算了！」

「不行！」歐陽暖面沉似水，「他必須要記住這個！爵兒，你道不道歉？」

歐陽爵沒有想到姊姊竟然這樣堅持，臉不由憋得通紅，胸口一起一伏，牙咬得臉頰兩邊的肌肉都扯緊了，簡直就是一副快要哭出來的樣子。

歐陽暖嘆了一口氣，心裡又軟了下去，緩緩邁走上前，握住了他的手，低聲道：「聽姊姊的話，向世子道歉……」她可以得罪對方，不過是仗著自己是弱女子，肖天燁不能當面翻臉，然而爵兒卻不同，將來還要在朝堂上立足，真的和肖天燁結下仇怨，實在沒有好處。

「快去跟世子殿下道歉！」

歐陽爵垂著頭想了半晌，突然抬起雙眼，狠狠地瞪了肖天燁一眼，硬硬地道：「我不要！」他的表情十分認真，語調肅然道：「誰敢欺負姊姊，我就跟他拚命！所以，我不道歉！」

歐陽暖看著他，凝神沉思了片刻，道：「你先去前面，姊姊還有話和世子說。」

歐陽爵怔了怔，「萬一他再欺負妳……」

「世子是什麼人，怎麼會欺負我這樣一個小姑娘？」歐陽暖淡淡地道：「祖母今天已經受了很大驚嚇，你一定還要讓她更難受嗎？」

歐陽爵不由地一呆，終究一步三回頭地走開了。

歐陽暖道：「世子爺，我相信秦王府有能力讓歐陽家覆滅，可您能堵得住天下悠悠眾口嗎？秦王府是貴重的瓷器，歐陽家不過是無足輕重的瓦礫，猛地撞過來誰會破損？殿下正是關鍵的時候，名聲非常重要，爵兒只是個孩子，什麼都不懂，就當今天我們從未來過獵場，您我從未相識，讓所有的不愉快都過去，這樣不好嗎？」

肖天燁眉頭緊攢，卻又深知她說得沒錯，只覺得很不舒服，難以描述那種厭惡的感覺。

歐陽暖凝視著他每一絲的表情變化，語調依然冷淡：「今天為了脫險，我還挾持過您，世子心裡不痛快，歐陽暖非常理解。我知道您的底線在哪裡，所以不會觸犯它，但我也有我的手段和行事方法，殿下恐怕也要慢慢適應一下。再者，不光是您討厭我，我也很厭惡您，只是為了大業，世子犧牲一點個人的感受，忍下這口氣，又有什麼大不了的？」

該說的都被她說完了，肖天燁認真凝視著她，道：「今天的事情我不會再向歐陽爵追究，但妳若是下次敢故意裝作不認識我，卻也絕不可能！」

歐陽暖一愣，抬眼卻看見肖天燁眼中流光溢彩，似乎頗有深意，頓時心裡一驚，低下頭，道：「多謝世子寬宏大量，歐陽暖就此告辭。」

「不客氣。」肖天燁淡淡地道：「妳對歐陽爵還是不要過於溺寵，他的性情這樣耿直，並不適合官場，不如早些送入軍中磨練，讓他知道什麼是男兒氣概，否則像妳這樣，小小年紀卻學得滿腹機謀，未必是什麼好事……」

歐陽暖頭也不回，快步走了出去。

肖天燁的目光，從剛才起就一直像釘子一樣扎在她的身上，等她的身影都消失了，還朝著那個方向不肯將視線收回。

歐陽暖追上去，卻只看見大公主站在原地等候，她心中一凜，慢慢走過去：「多謝大公主今日為我姊弟解圍，歐陽暖終身不忘。」

「剛才我在聽惠安師太講經，妳是不是很想過來向我求救？」大公主淡淡地一笑，驕傲的眉眼有著一絲冷意，「為什麼又忍著沒說呢？」

歐陽暖低了低頭，默默無語。

「其實妳是算準了我會來救妳的吧。」

歐陽暖被她說中，卻也並不吃驚，這樣長期浸淫權術之中的人，想要在她面前裝神弄鬼既沒有必要又是白費力氣，歐陽暖索性一口承認道：「是！」

「妳好大的膽子！」大公主徹底冷了臉，滿面寒霜地道。

「因為我與公主萍水相逢，公主殿下沒有義務為我救爵兒，我只能賭一賭！若是公主垂憐，我們姊弟自然沒事，若是不然，便是我們的命！」歐陽暖慢慢說道。

大公主心中因為這兩句話，原本的怒氣竟消失大半，只是轉念一想，眉尖一動，心中突然疑雲大起，徐徐問道：「歐陽爵到底做了什麼惹怒了天燁，他並不是個衝動的人，今天這樣大張旗鼓，必定另有原因！」

歐陽暖搖搖頭道：「具體的原因暖兒的確不知道，況且此事既然已經過去，我們姊弟並不方便再牽扯其中，公主可以自去查一查。」

大公主淡淡一笑，道：「我越是大張旗鼓地問罪，他就會把越多的恨意放在我的身上，自然暫時就沒心思找妳的麻煩了，這一點，妳也早就算好了吧？」

歐陽暖低頭笑道：「公主殿下會擔心秦王世子憎恨您嗎？」

大公主臉上露出一絲冷笑道：「他麼，只是小輩，我倒還不放在眼裡。只是，歐陽暖，我必須提醒妳，肖天燁年紀不大，卻是心機深沉，手段毒辣，事情絕非妳想得這樣簡單。妳今天所作所為實在太過引人注目，只怕他盯上妳了……」

大公主緩步上了轎子，歐陽暖目送她離去，便聽到有人大叫「姊姊」，歐陽爵飛奔著衝了過來，一疊聲地叫著：「姊姊，妳沒事吧？剛才嚇死我了！」

「你都這麼大了，還這麼不穩重，什麼大事情就嚇死你了？天下比這個大的事情多的是！」歐陽暖嘴裡斥責著，手上卻愛憐地為弟弟理了理跑亂的髮絲，「剛才姊姊說你，生氣了嗎？」

「才沒有呢！我怕姊姊吃虧麼……」歐陽爵撒著嬌道：「秦王世子不是好人，妳以後少搭理他，咱們快回去吧！」

歐陽暖笑著用手點點他，「遇到事情就知道驚慌，你也要想一想，若是沒有大公主來，今天咱們該怎麼辦？」

「你姊姊說的對，你也不小了，從今往後記得不許再惹是生非。」就在這時候，李氏走過來，姊弟兩人趕緊向她行禮，李氏嘆了口氣，看著歐陽爵說道：「爵兒，秦王世子可不是好招惹的人，你怎麼會得罪他了？」

「祖母，今天我本來只想在田野之間轉轉，不知怎麼卻無意之中闖入了獵場……」

「爵兒，當著祖母的面你也敢撒謊，獵場明明有侍衛看守，你一個小孩子怎麼進得去？」歐陽暖皺眉，剛剛大公主帶著李氏一路進了獵場，怎麼會看不到守衛站在門口，他說自己誤闖，說出來豈不是讓李氏心生懷疑嗎？

「聽見沒？還不老實說！」李氏故意沉下臉道。

歐陽爵臉一紅，不好意思道：「其實我們是從後山進去的，因為我聽說這裡面有珍奇的野獸，一時好奇才偷偷溜進去，但是我先前並不知道秦王世子會在裡面狩獵啊！」

「嗯，以後還是儘量少和這些人打交道為好。」李氏聽完了解釋，長長鬆了一口氣，道：「雖說大公主今天幫你們解了圍，可她也是喜怒無常不好得罪的，今天可把我這個老骨頭折騰慘了！好在剛才我和惠安師太說上話了，也算咱們沒有白來寧國庵一趟……」說到這裡，她似乎突然意識到孫女、孫子都在跟前，欲言又止地住了口。

看到她的表情，歐陽暖就知道此事必然與林氏腹中的孩子有關係，她裝作沒有聽見的樣子，不露聲色地道：「祖母，您臉色不太好，是不是哪裡不舒服？」

李氏一愣，這才覺得自己後背都被冷汗濕透了，四肢冰涼，渾身發冷，旁邊的張嬤嬤趕緊過來攙扶她，「大小姐，老太太一聽說大少爺被扣下了，真是心急如焚，急慌慌就趕過來了……」

歐陽暖點點頭，看著李氏蒼白的臉色，關心地道：「祖母，我們先回去，再請大夫來瞧瞧。」

李氏點點頭，一行人上了馬車，回到歐陽府。

參之章◆床榻侍疾挑嫌隙

回去當夜，李氏就病了，病得很重，時不時發低燒，燒得渾身滾燙，幾乎昏死過去，大夫來瞧也說兇險得很。老人家最怕這種來勢兇猛的寒症，一個弄不好怕是要過去，這下可把壽安堂所有人都嚇壞了。

歐陽暖日夜照看老太太，每一副方子都要細細推敲，每一碗藥都要親嘗，本以為李氏很快會好轉，沒想到這一回她整整掙扎了三天三夜，仍然逃不出可怕的高熱和半昏迷狀態。

李氏陷入昏迷，無數猙獰的鬼臉總在她身邊盤旋，她想大聲喊叫，用雙手推開那死死纏繞著她的可怕夢魘，但實際上她連手指都無力動一動，嘴唇翕動得幾乎不能察覺，輕輕的氣息吹出勉強可以聽到的字：「不要……啊，不要，走開，快走開……」忍過一陣劇烈的頭痛，她的額頭滿是冷汗，跌入更深的昏迷中……

在她的夢中，洪水咆哮著，不知從何處狂奔而來，勢不可擋，沖垮了壽安堂，沖走了歐陽府的一切，李氏急切地叫著每一個人的名字，兒子、孫子、孫女……然而除了茫茫的一片洪水，什麼也沒有，甚至沒有一個人影。

洪水終於漫上來，在她頭頂轟響著，滾滾而過。她渾身發寒，大汗淋漓，一個冷顫使她從昏迷中驚醒過來，竭力張開雙目，只見屋子裡燈盞熒熒，十分昏暗，床邊坐著一人，雙手支著下頦，閉目養神。

「水……」她輕輕一呻吟，床前的人立刻驚覺，連忙出去取來一把熱乎乎的紫砂壺，一手抱著李氏，一手小心地餵茶水。李氏從勉強睜開的眼縫裡看了看，斷斷續續地說：「暖兒……妳還在這裡……」

歐陽暖連忙溫柔地低聲說：「祖母，您且放寬心，大夫都說您不要緊的，養養就好。」

李氏費力地搖頭，「不，我難受……我自己覺得都睜不開眼，怕是熬不住……」

歐陽暖撲通一下跪在床前：「祖母，您千萬別這麼說，您怎麼也不能走！暖兒情願替您生病，爵兒不能沒您在呀……」豆大的淚珠順著臉頰滾了下來，說不出的情真意切。

李氏勉強裝出個笑臉，「傻話……怎麼就妳一個……在這裡？」

歐陽暖說：「爹爹下午來看過您了，爵兒也一直守著您，剛被我勸走。張嬤嬤說是出去看看熬藥的火候到了沒有。」

李氏點點頭，剛想要說些什麼，卻覺得歐陽暖的臉越來越模糊，直至又陷入黑甜的昏睡，她也沒來得及表達內心的恐懼情緒。

李氏這一昏睡就又是一夜過去，早上的頭一束陽光射進屋子，窗外清晰的鳥鳴聲將她喚醒了。她覺得神志很清醒，身上也舒服多了，只是沒一點力氣，她喊了一聲：「張嬤嬤！」聲音雖輕，在一片寂靜的屋子裡卻很震人，床前、矮凳上、門口、走廊頓時人影晃動，歡聲笑語窸窸窣窣地透過窗欞：「老太太說話了！」、「老太太醒啦！」

原本和衣躺在軟榻上的歐陽暖猛地驚醒，上前去為李氏掀開了帳子，眼淚盈盈地笑著道：「祖母，您可算醒過來了……」

張嬤嬤也露出笑容，道：「老太太，大小姐在您床邊上守了三天三夜了！」

「我的好孩子！」李氏忍不住喊了一聲，歐陽暖俯下身子，李氏把她摟在懷裡，兩人一起落淚了。張嬤嬤一面擦淚，一面叫人去稟告老爺。

歐陽治聞訊奔來，正趕上祖孫倆親熱地談著話，歐陽治臉上露出喜悅的神色說：「母親，您可把兒子嚇壞了！您要是再不好，兒子可怎麼辦！」說心底話，歐陽治巴不得李氏活得越長越好，這一次她突如其來的病倒，大夫說老太太年紀大了，恐怕有性命之憂，將他確確實實嚇了一大跳，生怕李氏突然死了自己要辭官回鄉丁憂，這一去可就是三年，誰知道三年京都會發生什麼變化，等他回來以後黃花菜都涼了。

李氏笑道：「虧得有暖兒這麼細心的照料！對了，怎麼不見其他人？」

歐陽暖微微笑著道：「李姨娘特地去廟裡為祖母您祈福去了。」

李氏點點頭，臉上帶了一絲笑容道：「也是她有孝心。」說完，看著歐陽治，「你媳婦呢？」

歐陽治一愣，一時之間不知道該如何回答。歐陽暖臉上恭順如昔，輕聲道：「這幾日下了大雪，壽安堂忙成一團，沒人去福瑞院報信，娘可能還不知道祖母您病了。」

李氏的面色霎時陰沉下來，像是堆上了滿天的烏雲，不滿地白了歐陽治一眼。

「不知道？」她口中重複一句，眼睛轉向張嬤嬤，「三天了，她也該著人來問問吧？」

張嬤嬤不敢看李氏飽含不滿與憤怒的臉，低下了頭道：「奴婢已經派人去通知過了，可是夫人一直沒有過來，也沒打發個人來問一問……」

李氏的臉色越來越難看，道：「一次都沒有？」

所有人都不說話了，歐陽治都不知道該如何解釋，林氏因為李氏將可兒關起來的事情一直鬧脾氣，將福瑞院的門關得緊緊的，絲毫也不關心壽安堂這裡發生了什麼。

歐陽暖笑著安慰道：「祖母，娘懷了身孕，或許是怕凍壞了弟弟才很少出門，或者怕下了雪天路滑……」

「哼，妳總是在幫她說好話，也不想想她是怎麼對妳的？」李氏眼睛裡浮現深深的厭惡，「現在這個女人越發放肆了，連我都不放在眼裡，她這是向我這個老太婆示威啦！」說著慢慢閉了眼，冷冷地道：「婆婆生病了不聞不問，全京都也沒有這樣的兒媳！」

「祖母千萬別生娘的氣，她這一次也是疼妹妹，一時想不開，顧念不周全罷了。您想想，娘以前對您總是孝敬多年，一直很盡心，也該原諒她這一回……」

李氏一聲長嘆，打斷了歐陽暖的話：「妳不用說了，這個女人自從懷了孕，越發不識大體，半點人事不懂啊！暖兒，好孩子，妳又太懂事了，偏偏懂事的這麼少……」

歐陽治暗暗咬著牙根，鼻翼劇烈地翕動著，一股紅潮忽然湧上他的臉龐，染上他的雙顴和眼睛，黑黑的眉毛在眉間結成了疙瘩，他咬牙切齒道：「這個婦人太無禮了，惹急了我，休——」

他話說了一半，李氏重重咳嗽了一聲，歐陽暖笑道：「祖母，我去看看藥煎好了沒有？」

李氏點點頭，歐陽暖為她蓋好錦被，才直起身子，轉身走出門去。

李氏一直看著孫女走出去才嗔道：「你說話也不注意些，惹急了你怎樣，這些話能隨便說嗎？」

您自己還不是當孩子的面抱怨兒媳婦不孝順！歐陽治臉色一紅，有些訕訕的，卻不敢當面把這話說出來，只好輕咳一聲轉移話題道：「母親，聽說您是出去進香受了風才染病的，以後還是多加保重才是。」

李氏搖頭，嘆息一聲道：「不僅是如此，這一會兒出門著實遇到了不少事情。」她看了張嬤嬤一眼，張嬤嬤立刻會意，將在寧國庵和獵場發生的事情對歐陽治說了一遍。

這些事情歐陽暖早已簡要彙報過了，只是並未提到大公主對她青睞有加和秦王世子故意為難的事。歐陽治聽著張嬤嬤說的版本，越發驚訝道：「大公主出面解了圍？真的嗎？」

李氏點點頭，道：「沒錯，人家都說大公主極難討好，我瞧著她倒是很喜歡暖兒，否則也不會親自駕臨獵場說項。但是經過此事，我倒是覺得，暖兒如今也大了，生得又如此出色，你也該為她的婚事籌謀一二。」

「暖兒才多大，母親也太心急了。」歐陽治其實早已經在算計這個，聽到李氏這樣說，卻故意露出吃驚的模樣。

李氏冷笑一聲道：「心急的只怕不是我，另有其人吧！我壽宴那一天，你那好夫人特意邀來什麼蘇家夫人作客，又三番兩次表現出特別的親近，總不能是惦記旁的吧，她指望著別人都是瞎子嗎？」

「母親放心，兒子還是知道輕重的，莫說是我們這樣的人家，就算是普通的官家嫡女，也斷沒有隨便許給商人子的道理！哪怕他們說破天去，兒子也不會糊塗！」

李氏點點，道：「只怕你那媳婦不肯死心，暖兒這一回在大公主面前都露了臉，你更要上點心才是。」

歐陽治聽到這裡，猶豫著說道：「母親，您的顧慮不是沒有道理，自從上次壽宴，不少人明裡暗裡來打聽暖兒的事。前日我參與飲宴，宣成公府的朱大老爺倒是流露出讓朱大夫人見一見暖兒之意，照兒子看，頗有三分意思。」

「宣成公府？快別提了，那家人我很是瞧不上！這次上香碰見那朱三夫人，面上總是笑嘻嘻的，說話卻是別有用心，暖兒嫁過去只怕還沒當上家，就被這三嬸子擠兌得沒地方站了，到時候你這個老子又能得到什麼好處？」

「不至於吧，母親，宣成公還在世，這三房一向是面和心不和的，將來老太爺一走，分了家也就是了。朱大老爺身子又不好，爵位還不都是他兒子的，到時候暖兒嫁過去就是宣成公夫人，我琢磨著倒也還是可以的。」

「哼，那家人外邊看起來光鮮，內裡卻汙穢不堪，也是他家倒楣，若是太皇太后還在世，不至於被冷落這些年，不過他家子弟也不上進，我聽說那長房的朱公子年紀不大還未訂親，屋裡竟有三四個丫鬟收了房，實在是不像話！你縱然只考慮前程，也要想想爵兒，他們姊弟情深，爵兒又是個重情重義的，要是知道姊姊嫁給這樣的人，還不怨恨上咱們？」李氏慢慢說道，張嬤嬤不由自主看了她一眼，心裡卻知道李氏這是藉著大少爺說項，實際上張嬤嬤也多少看出來了，大小姐盡心盡力地服侍，李氏縱然心硬如鐵，也實在是有些感動的。

歐陽治想了想，有點不好意思道：「母親說的是，只是朝中不少公侯之家要不就是空有架子早已沒落，要不就是家底厚實但子弟沒出息，兩者皆有的自小都是訂好了親事的，我家暖兒要是早點開了竅，只怕現在早就許出去了！」

「你還好意思說，這都要怪你那個好夫人，她生怕別人不知道歐陽家有個二小姐，一有機會就到處顯擺，反倒成天把暖兒藏著掖著，現在不但把可兒慣得不像個樣子，她自己也深受其害，當真是不像話！你也別光想著公侯之家，好些的官宦人家之中可有合適的嗎？」

「這個……尚書廖大人也與我提過……」

「尚書大人？」李氏皺眉，道：「這倒不好辦了。」廖遠是歐陽治的頂頭上司，回絕別人可以，若是得罪了廖遠，那是大大的不智。

歐陽治顯然也明白這一點，他的臉上露出為難的神色道：「我以暖兒尚未及笄為由含糊過去了，橫豎她現在年紀還小，也不急著選婿。可廖大人這一提親，我們卻不得不儘快籌謀此事，一旦暖兒及笄，要麼應了廖大人家這門親事，若是不應，也得有個說法。」

「你的意思是……」李氏望著自己的兒子，表情有些微妙。

歐陽治嘆息了一聲道：「廖大人畢竟對我多有關照，若是他始終不肯斷了這念頭，恐怕我也真要將暖兒嫁過去了。」這些日子他翻來覆去想了又想，要攀附王孫公子確實很難，廖家就不同了，畢竟廖遠是自己的頂頭上司，將來大有助益，只是這樣一來，才貌雙全的暖兒就有些可惜了，他總覺得自己的長女拿來巴結廖家多少有些浪費。

李氏靠著一個鴨蛋青金錢蟒的靠枕，張嬤嬤遞來白瓷浮紋茶盞，李氏接過來淺啜一口，道：

「那廖公子的確是不錯的，與我家也是門當戶對，按說暖兒過去也不會受什麼委屈，只是暖兒才貌雙全，眾人皆知，配給一個吏部尚書家，多少有些可惜了。再者說……」她若有所思地看了歐陽治一眼，道：「再者說，那次壽宴我聽人說，那廖大人似乎和秦王走得很近，可有此事？」

歐陽治一愣，似乎有些出乎意料，道：「與秦王走得近？母親的意思是……」

李氏淡淡笑了笑，道：「你做了這許多年的官，應該比我這個老太婆明白才是。當今太子殿下性情敦厚，身子孱弱，秦王殿下素來強硬，更兼軍功赫赫，然而你別忘了，太子膝下還有個皇太孫，他雖然是個皇孫卻一直頗得聖上青睞，現在聖上身子還硬朗，將來萬一……太子和秦王到底鹿死誰手還未可知，廖大人也太心急了些。」

歐陽治點點頭，他還以為李氏對朝堂之事一向不關心，有些驚訝道：「這一點我也想到了，只是秦王殿下的勝算畢竟大一些，就是我也動過這樣的念頭……怪不得廖兄吧。」

李氏搖頭道：「我以前對這些也是不在意的，橫豎與我家沒有多大關係，只是這一次去寧國庵出了這檔事，我就覺得秦王世子喜怒無常，十分可怕，像你這樣的官員暗暗結交些人將來多留條路也就算了，可千萬莫要牽扯進立儲大事中去。寧老太君前些日子壽宴之時，也暗暗提點過我，京都裡頭那麼多公侯伯府，誰都不敢隨隨便便摻和進去。廖大人如今這樣親近秦王，我也知道秦王很有可能壓過太子，可是……可是……」

「可是畢竟還沒蓋棺定論！」歐陽治點頭道，深以為然，他前段時間的確是急功近利了些，攀附權貴並非一朝一夕之事，就算不能押對寶，至少要明哲保身才是。

「你這樣想就對了，儲位之爭豈是鬧著好玩的，廖大人本已經富貴雙全，非要參加這個賭注又是何必？所以，廖家的婚事咱們不能答應。他廖家願賭，咱們可不能賭，要是弄個不好，咱們全家被牽連也是有的。」李氏沉吟著道。

歐陽治聽得連連點頭，暗道薑還是老的辣，其實這些道理稍有些腦子的人都明白，只是什麼也抵不過爭權奪勢之心，一旦自己扶持的王爺登基，那就成了大大的功臣，到時候何止是榮華富貴，位列公侯都未可知。這樣的誘惑，也難怪那麼多人明知道其中有無數荊棘，也要披荊斬棘地一條道走到黑。

李氏淡淡地道：「這些事情我早已謀算過，暖兒能夠得大公主的喜歡，未必不是大好事，對她結一門好親事也是大有助益的。」

歐陽治臉上露出遲疑之色，道：「可大公主與太子也走得很近。」

「大公主畢竟是先皇后的嫡公主，先皇后去後，大公主就是在如今這位皇后膝下撫養，與太子的情分當然非同一般，但她畢竟是女子，又是聖上唯一的嫡長公主，就算將來秦王登上大寶，也不能明目張膽地對這位長姊如何，況且京都裡頭想要攀附大公主的小姐們多了，這和老爺們的政見立場完全是兩回事，所以暖兒得到大公主的青睞，對我們只有好處沒有壞處。」李氏慢慢說著，看著歐陽治笑起來道：「想不到婉清那麼個孤高的性子，居然給你生了這麼個聰明伶俐的丫頭，倒也是難得，總不能隨便許一個人家。你為官多年，心裡可有什麼合適的人選沒有？」

歐陽治笑道：「這個……暫時還沒有。暖兒這樣的才貌，若是嫁入普通官宦之家，多少有點可惜，再者身分上不高，廖兒那裡我也不好說道。」

公侯之家不行，普通官宦人家也不行，李氏把眼睛一橫，道：「瞧你這個意思，莫不是想要讓暖兒嫁入……」她突然不說了，用手指了指天上，皇家。

歐陽治被說中了心事，有點訕訕的，道：「母親，暖兒是我的長女，我如何會委屈了她？當然要儘量讓她有門好親事了，若真能成了……我們也跟著臉上有光，將來爵兒的前程也都有望了。」

李氏若有所思地點點頭，道：「你這個念頭，我倒也是有過的，只是一直覺得很難，如今暖兒和大公主走得近，這事也就成了一半，剩下的，就要看你這個父親如何籌謀，只是人選上……」

「這個兒子曉得，不會隨隨便便就定下的。好在暖兒年紀還小，咱們看準了形勢再說。」

母子倆一邊說著一邊敘話，倒是越發投機了起來。張嬤嬤在一旁看著暗自嘆息，老太太終歸是心狠的，剛剛才說廖大人攀附秦王多有不智，可轉臉卻討論起該如何讓大小姐嫁入王府，說到底，只是嫌棄廖府還不夠格。

歐陽暖藉口看藥，卻出了壽安堂，一路向歐陽爵的院子而去。那日之後，爵兒就一直鬱鬱寡歡的，歐陽暖深深知道弟弟是太過內疚才會如此，只是對於她而言，縱然歐陽爵真的惹了麻煩，她也會想方設法為他解決。

歐陽暖趁著歐陽爵上學的功夫，已命人準備了許多很有趣的東西，她有信心，歐陽爵一定會因此高興起來，所以早早便前去安排。

歐陽爵下學回來，竟看到自己的院子大變了模樣，不由得十分吃驚，轉眼看到歐陽暖正站在廊下，忙過去問道：「姊姊，妳這是幹什麼？」

院子裡不知何時準備好了兩個光滑銼亮的鐵環，環的圓徑比普通男子的手腕更粗大一倍，通過兩條繩子懸掛下來，歐陽爵走過去特意比試了一下，竟發現那鐵環掛的和自己的肩膀一樣高。他向它們仔細看了好一會兒，實在想不出它們究竟是一種裝飾物，還是一種用具，更猜不出是做什麼用的。

歐陽暖笑而不語，輕輕拍拍手，便有人將院子裡的小側門推開了，開門的小廝自己又側著身子退了下去。原先種在側門外的竹林，此刻竟然已經變了樣子，竹竿高高矮矮地直立著：最高的比一個成年男子要高，最低的離地只有半尺的模樣。而這些竹竿本身的粗細，也各有不同……最粗的比人臂還粗，最細的卻只有大拇指那樣大小。它們的式樣更是奇特到了極點——有的是筆直的，有的是彎曲的，有的是頂上削尖的，有的還結著一個圈兒。它們的距離，從十來丈遠近的地方起始，一直到牆根為止，遠遠近近的都有。歐陽爵看了，簡直越發驚奇，不明白姊姊為什麼要讓人將好好的竹林砍成這樣。

「這便是箭道。那些豎立著的竹竿，都是練習射箭的人所用的箭靶。」歐陽暖微笑道：「從今天開始，你每天可認定一支不同的竹竿作為射箭的目標，這些竹竿之中，距離遠的、太高的、太矮的或彎曲的，比較不容易射，你必須先從近的、直的、不高不低的練起，由易而難，逐漸地進步。等你有一天練習到無論哪一支竹竿都可以接連射中三箭，優秀的箭術就算是練成了，真正到了那一天，不要說你大表哥，便是整個京都也未必有誰能勝過你！」

歐陽爵目瞪口呆地望著歐陽暖，簡直有些不敢置信。姊姊什麼時候準備了這些東西，為什麼他一點都沒有收到消息？姊姊又是從哪裡懂得這麼多事情的？

歐陽暖不知道他心中的驚訝，又指著那兩個鐵環說道：「爵兒，你是初學者，為了讓射出去的箭有準確的方向，便不可不講究射箭的姿勢，注意兩條臂膀的部位，既不可太高，也不能太低，也就是必須使那張弓擎得恰到好處。話雖然很簡單，學習起來，卻委實不易，必須你自己下苦功，這兩個懸空的鐵環便是一件絕好的鋪助品，你試試看！」

歐陽爵聞言，將兩手從鐵環中穿過去，恰好使他的肩膀給鐵環吊起，一旁的小廝趕緊過來仔細打量著他的身高，特意把那兩條繫著環的繩放下了一些，調整好高度，然後再把弓箭遞給他。歐陽爵一愣，突然明白過來，姊姊是讓他就在這兩個鐵環的牽制之下，一次一次的學習。他用力射出了一箭，箭就從這側門穿出去，還沒碰到一根竹竿就掉了下來。

「不必心急，剛開始只是確保你能有正確的姿勢，再過段日子，你受鐵環的束縛而由習慣成為自然，就可以脫離鐵環，專心學習箭術了！」

「可是，姊姊，妳為什麼突然準備這些……」

歐陽暖微微一笑，道：「你闖進圍獵場，不就是想要親身感受一下嗎？姊姊明白你想要什麼，等你練好了真正的箭術，一定讓你得償心願！」

只要是歐陽爵想要的，歐陽暖都會想方設法為他得到，這是她上輩子欠這個孩子的，如今她不顧一切也要保護好他。

「姊姊……」歐陽爵黑亮的眼睛裡滿滿的感動，卻不知道說什麼好。

「大少爺，不止這些呢，您看那邊！」一旁的小廝插嘴道，滿眼的興奮。

歐陽爵順著他的手指望過去，瞧見院子裡有一匹形態很生動的木馬，在一個牆角裡矗立著。它的大小高低，和真正的活馬一般無二，四條腿像是柱子一般深深植在磚土之下，它的背上居然還配有一副完整的馬鞍。

「我知道咱們家有真馬，只是你功課多，每天出去郊外遛馬確實不可能，這一匹木馬便是專門給你平時練習騎術用的。你也見過明郡王的隊伍，你可看到那些士兵上馬的迅速和敏捷？箭術和騎術缺一不可，希望你能記住這一點，不要只顧著箭術而忘了騎馬的技術。」

如果爵兒將來總有一天要離開自己，奔赴他心中的勝地，不管是建功立業也好，行軍打仗也好，這些終究有一天會用得著，歐陽暖心中這樣想道，口中卻道：「你要好好練習，但是功課也不許耽擱，聽見了沒？」

歐陽爵興奮得黑色眼睛閃閃發亮，用力得像是小狗般點頭，說的時候口氣中自然透出一股鄭重之意：「姊姊，妳的心意爵兒都明白。」

不，你不明白，我支持你只是因為你喜歡，不能因為我希望你一生平安就一輩子困住你的羽翼，總要讓你自己學著去飛翔，僅此而已！歐陽暖心中黯然，臉上的笑容卻越發親切燦爛。

紅玉在一旁咋舌，為了置辦這些東西，大小姐當真是費盡了心思呢！她白天在壽安堂照顧，閒下來就研究古籍上的法子，畫了樣子給工匠日夜趕製，不過短短三天就將這些全都完成，連方嬤嬤都說大小姐真是太疼愛大少爺了，放眼京都，這樣的姊姊沒有第二個……

福瑞院

王嬤嬤端來一杯熱騰騰的茶，小心翼翼地道：「夫人，您去壽安堂看看吧，奴婢聽說老太太有三天起不了身了。」

「看什麼看！那老太婆關了我的女兒，還叫我眼巴巴地上趕著去看她，真當我是好惹的？惹急了我，我就去砸了那家廟！」林氏餘怒未消，滿臉都是不悅，重重將茶杯磕在小條几上，臉色陰沉地要滴下水來。

「夫人，千萬別說這種氣話，這是傷人一千自損八百呀，豈不是讓大小姐看了笑話？」王嬤嬤忙擺手，急急地勸道：「您這麼一來，與老爺夫妻還做不做，將來日子怎麼過？」

林氏咬牙道：「那妳說怎麼辦？誰想到那個軟骨頭似的歐陽暖變得這麼厲害，先後給老爺送來了李姨娘和嬌杏兩個小妖精，偏偏這兩個老爺寵愛得很，如今一個月連我房門都進不了一次，我說什麼他都不聽，可兒還被關在家廟裡求救無門，真憋屈死我了！」

「夫人且喝杯茶消消氣。」王嬤嬤溫言細語道：「想當初夫人剛嫁過來的時候，這府裡裡外外的人都盯著，夫人您上上下下打點，對老太太孝順有加，對大小姐和大少爺視如親生，對老爺溫柔體貼，這些年來越過越順心，別說老太太待夫人是客客氣氣的，老爺當初與夫人也是恩恩愛愛。老奴說句不當說的話，若是夫人還跟當初一般小心，也不會這麼容易著了大小姐的道。您畢竟是她的娘，身分在那裡擺著，她敢當面對您如何嗎？那是不敢的，一個孝字也要壓死她，可是二小姐太衝動了，夫人您不勸著，竟然還跑到老太太那裡去鬧，這可壞了事了。再說您往日裡那般溫柔體貼地對待老爺，如今卻為了二小姐和您肚子裡的這個少爺，一次兩次的給老爺臉子看，時不時下老爺面子，老爺如何與您貼心？如何不起外心？」

林氏頹然靠在椅背上，想起這些年的風光得意，不由得一陣心酸，也是自己太大意了，冷不防斜裡殺出個李姨娘來，接下來她便一步錯步步錯，直讓李姨娘一天天坐大，不知何時起，歐陽治與她越來越淡漠，貼心話也不與她說了。在這府裡頭，最重要的就是要籠住男人的心，他要是肯幫著自己，如今在這府裡也不會舉步維艱。

王嬤嬤放心了，拿起一旁的茶水又遞過來，「夫人是心竅玲瓏的人，本用不著老奴多嘴多舌，可您哪知道那些個狐狸精的鬼蜮伎倆。就說嬌杏那件事，就算夫人想要將嬌杏嫁給苗管事的兒子，也無須那麼心急，橫豎只是個丫鬟，怎麼拿捏都行，偷偷打發了也就是了，但是夫人偏偏先驚動了這丫鬟，後來又鬧到了老爺那裡。老爺既然動了念頭，夫人大不了同意將她收房也就罷了，偏偏您死活不肯，最後硬是鬧出個姨娘來，豈不是全中了大小姐的計？」

林氏聽了，默然無語，臉上的神色幾乎已經是後悔不已。

王嬤嬤繼續說：「夫人，如今老爺和您離了心，您也要越發當心了。當兒媳婦的，自然該在婆婆面前立規矩，晨昏定省也是應該的，您這個月卻一次都沒去過，讓下人們說您規矩不嚴禮數不周，這豈不是得不償失？再者，這次老太太生了病，您一直不去看望，這說出去便是大大的不孝，夫人，您可千萬要想清楚了！」

「要我去看她的冷臉？妳又不是不知道她有多不待見我肚子裡這個孩子，何必呢？」林氏忍不住道。

「不論老太太如何過分，您總是要把禮數孝道給盡全了的，這樣旁人也說不出您什麼呀！」

林氏不言語了，這句話正中要害，王嬤嬤看林氏眼色閃爍不定，知她心中所想，便繼續勸說：「您可知道，大小姐天天在那裡守著，如今府裡誰不說她孝心有佳，夫人，您這是白白送了好名聲給大小姐啊！就連李姨娘也隔三差五地藉著各種機會去向老太太問安，噓寒問暖，這次還說上山為老太太祈福！您若是只顧著和老太太置氣吵鬧，平白便宜了大小姐和李姨娘從中取利，您甘心嗎？」

林氏點點頭，眉頭漸漸舒展開來，沉吟道：「妳說的是，是我疏忽大意了。」

王嬤嬤連忙添上最後一把火，「夫人今日想通了就好，前頭的事咱們一概不論，往後可得好好謀劃謀劃，不可再糊裡糊塗叫人算計了去才是。老太太越是對您沒好臉色，您越是要笑起來，這樣才顯得您賢慧溫和，日子長了，下人們也會說老太太刻薄，您再找別的機會除掉那些個狐狸精，老爺的心也就攏回來了。」

林氏點點頭，望著明明滅滅的燈火出神，道：「明日我也該去向母親請安了。」

王嬤嬤趕忙笑道：「好，老奴這就去準備。」

「等等！」林氏頓了頓，突然道：「還有，妳幫我去下個帖子，就說請蘇夫人上門一聚。」

「夫人，您這是？」王嬤嬤心道：妳還在謀劃那件事啊！果然聽到林氏冷笑一聲道：「老爺想讓我死心，哼，沒那麼容易，等著瞧吧！」

歐陽爵在陽光下很認真地練箭，時不時好奇地回頭看看坐在廊下繡花的歐陽暖，最後終於忍不住跑過去問道：「姊姊，妳在繡什麼？」

歐陽暖笑了笑，歐陽爵便過去看她究竟在繡什麼，越看越覺得奇怪，道：「這是什麼花樣，為什麼我從來沒有見過？」

黃色的緞面上，奇特的花樣一行一行地排列著，歐陽爵只覺得這些花樣看起來十分陌生，而且每一種都是用不同顏色的絲線繡成，歐陽爵指著其中一個六角形小盒子的花樣問道：「這是什麼意思？」

「這是六角玲瓏盒，民間有一句話叫『盒合所謂和合』，是說這個盒子裡頭的東西是永遠富餘的，取其諧音。」歐陽暖輕聲回答。

原來如此，歐陽爵仔細瞧了瞧，驚喜地指著第二個淺黑色的圖案道：「啊，這個我認識，這是唱戲用的鼓板，我看過那些人用繩子拴著拍擊它發出聲響，姊姊為什麼要把這個繡成花樣呢？而且我見過的都是紫色的，又怎麼會是這個顏色？」

「鼓板的意義是『整齊有度』，取其齊整之意。因為你所看見過的鼓板多半是用紫檀木做的，所以它們的顏色總是深得像墨一樣的紫色，可是我要繡在黃緞上面，配上紫色顯得俗氣，換用淺黑色更合適。」

歐陽爵點點頭，繼續看下去，很快高興地指著第三個圖案說道：「啊，這是牌坊！」

紅玉站在旁邊噗哧一笑，忍不住說道：「大少爺真是的，這可不是牌坊，這是鯉魚跳龍門的龍門呀！」

這個龍門，歐陽暖幾乎把所有亮麗的顏色全用到了，彙聚得如同彩虹一般，美麗萬分。歐陽爵臉上有點不好意思，確實沒有人會去繡牌坊的……好像不太吉利，他指著旁邊的小魚道：「那這就是鯉魚嘍！」

歐陽暖點點頭，道：「沒錯，魚的含義是昌盛。」其實有句話她沒有說，原本這裡她打算繡上兩條相並的小魚，一條雌魚、一條雄魚，一起游動，象徵夫婦和好，子孫昌盛。然而歐陽暖轉念一想，大公主失去了丈夫又失去了女兒，看到這樣的繡品只怕觸景生情，索性只繡出一條魚來，這樣一來，就必須更用心更精緻。

紅玉解釋道：「大少爺，為了這條魚，大小姐費了不少心思呢！這魚的其他部分都是用灰色絲線所繡的，而魚鱗是用一種發光的銀色，光是找這種絲線就花了不少時間，還要找工匠去用銀粉染線才能做出這樣光彩奪目的效果。」

「果然看起來栩栩如生！」歐陽爵仔細盯著那閃閃發光的魚鱗看了半天，不由自主讚嘆道，接著他的目光又落到其他東西上，「旁邊這隻仙鶴的身子是純白色，頭頂是紫紅色，這樣濃豔的色調真是美麗得無法形容了，姊姊真的很會花心思，難怪別人都說妳聰明靈巧，秀外慧中！」

歐陽暖莞爾一笑，道：「你應當猜得出鶴的用意，但你認得出最後三樣是什麼嗎？」

鶴的壽命長，寓意長生不老，這個歐陽爵是知道的，他的目光隨著歐陽暖的問話落到靈芝和松樹上，這兩種物品的含義當然是吉祥和堅韌，只有最後一樣白玉色的物品，他無論如何都看不出是什麼，只好老實道：「姊姊，最後這一樣我可猜不出來，為什麼像是一個三角鼎缺了一角？」

歐陽暖笑了，道：「這是磬，是遠古時期的一種樂器，如今只有皇室的樂師才會用。這樣的樂器敲的人不能用力過大，必須輕輕地敲，才能發出清越而溫和的聲音來。即便是百種樂器一起使用，也能很容易將這種樂器的聲音分辨出來，據傳聽起來是很美妙的，寓意『卓爾不群』。這黃緞上的八樣東西都有祝福之意，是為八寶圖，你明白嗎？」

歐陽爵默然佇立良久，久到歐陽暖以為他不會再說話了，他才突然說道：「這幅繡品是要送給大公主的，是不是？」

歐陽暖含笑點頭，眼睛瑩瑩發亮。

歐陽爵低下頭，道：「姊姊，都是我的錯，如果不是為了我，妳也不需要去攀附這些權貴。」

「人在世間行走，沒有誰能不低頭的。大公主待我們有恩德，這份恩德並不是送一件繡品就可以解決的，我也只是聊表心意罷了。」歐陽暖輕鬆地說道，紅玉卻知道並不是這樣，大小姐一邊照顧老太太，一邊自己動手設計木馬鐵環，吩咐工匠們去做，還要抽出時間來繡這八寶圖，足足有三個晚上不曾合眼了。為了做好這幅八寶圖，她幾乎尋遍了所有吉祥如意的象徵物，繡品拆了又繡，繡了又拆，便是京都最優秀的繡娘，也絕不會在一件繡品上花這樣多的心思。這一切都是為了誰，沒有人比紅玉更清楚，在大小姐的眼裡，最重要的人就是大少爺。

歐陽爵眼睛一熱，垂下頭不說話，良久才道：「根本不是這樣的，姊姊全都是為了我！要不是我誤闖獵場得罪了肖天燁，姊姊也不需要去向大公主低頭！」

紅玉一愣，也順著歐陽爵看向歐陽暖，大小姐卻頭也不抬，繼續認真地繡著自己手中的黃緞，半點看不清她的表情，直到她將磬上頭的最後一針繡好，才伸手拍了拍歐陽爵的頭，似乎表示嘉許，「你明白我的一片苦心就好，大公主雖然脾氣不好，個性難以捉摸，可究竟心地不壞，且她真正是幫了咱們，讓你能從秦王世子手中逃下一條命來，這便很好了。莫說是一幅繡品，就是她要姊姊的眼珠子，姊姊也不會說一個不字。」

歐陽爵一震，黑亮的大眼睛裡不知不覺蓄滿了淚水，歐陽暖笑著望向他，道：「你是個男孩子，不要動不動就掉眼淚，這些姊姊能幫你擋著的，姊姊都會幫你擋，但有一天，姊姊護不住你了，一切都要靠你自己的時候，你還能掉眼淚嗎？誰還會心疼你的眼淚呢？」

歐陽爵用力擦掉了快要流出來的淚水，把眼睛都擦紅了，歐陽暖嘆了口氣，目光看向庭院，若有所思地道：「一直以來，姊姊都盡心盡力護著你，可是這一次我才明白，我護不了你一輩子。咱們那位姨娘，瞧著慈眉善目，手段卻厲害。這些年爹爹屋裡的不知出了多少人命，發賣了多少人，一旦有女子懷孕，就會不明不白的消失，你知道嗎？那也是咱們的弟弟妹妹，可是誰會去護著他們？」這樣的環境，誰不願意當嫡子嫡女，誰又願意變成連性命都無法保障的庶子庶女？可生活的逼迫下，即便是嫡子嫡女，又有幾個能始終保持單純無瑕，明媚無憂的生活？

歐陽爵靜靜聽著，他慢慢懂得了歐陽暖的意思。

「我的弟弟長大了。」歐陽暖臉上似乎在笑，眼睛裡卻有淚光，「我相信你什麼都明白，姊姊再拚命，也只能在後院保護你不被人所害，前面的風雨還是只能你自己去承擔。」

歐陽爵靠到歐陽暖身邊，只覺得有一股溫暖柔和的香氣，心裡說不出的親近，便低聲道：「姊姊，以後爵兒再也不會這樣魯莽，讓妳為我擔心了！凡事一定會忍著，絕不會再給妳闖禍！」

沉默了片刻，歐陽暖又開口了，這次口氣卻是前所未有的肅然：「你誤解姊姊的意思了，姊姊不是叫你什麼事都忍著！凡事要區分輕重，無礙大局的小事你都可以忍耐，哪怕別人當面甩你一耳光，你都要咬緊牙關忍著，可是只要妨礙到大局……爵兒，你要記住，真到了那個境地，便是你死我活，寸土必爭，你若一味忍耐，死的便是你自己！當年娘要不是一味忍耐，也不會死得那樣早！」

歐陽爵心頭一震，娘就是折在面善心惡的林氏手裡，才會白白賠上一條性命！

狹路相逢，狠者勝。

歐陽暖希望歐陽爵能夠明白這個道理，對待無礙大局的小事，根本不用放在心上，但是一旦那人真正擋了你的路，就要毫不留情地徹底剷除。

紅玉望著大小姐，第一次意識到她的苦心，若是直接和大少爺說這些話，大少爺年紀小，又剛受到挫折，心裡正難過著，未必會聽得進去，但她先是做了好多讓大少爺歡喜的東西，又特地將花緇拿到這裡來，特意引起話題說自己想要說的話，大少爺在感動之餘自然比平時更能聽得進去，大小姐這樣靈巧的心思，當真是找不出第二個了。

歐陽爵不由自主伸出手去撫摸黃色緞面上那條活靈活現的鯉魚，輕聲道：「姊姊，我前天早上看見那人，她平日裡都要裝作十分親熱的樣子來與我說話，但前天她卻一臉冷冰冰的，連話也不肯和我多說。她對我雖然沒有多說什麼，可我覺得她心中一定對咱們恨透了，姊姊，妳要小心。」

歐陽暖知道他說的是林氏，笑了一笑道：「她的心胸向來狹窄，一局輸了定要在另一局上扳回來。我猜著，她過幾日一定會邀請蘇夫人來聚一聚。總而言之，一句話，她就是不讓我們有安生日子過，歐陽可如今日子過得有多憋屈，她也要在咱們身上討回來。」

歐陽爵皺眉道：「聽說歐陽可在家廟中日夜啼哭吵鬧，就怕祖母會心軟放了她……」

歐陽暖微笑著拿起黃色緞面對著陽光瞧了瞧，臉上帶了點滿意，口中淡淡地道：「祖母那邊自然不用怕的，畢竟目前爹爹的前途才是最重要的。」言下之意是說：為了爹爹的前途，作為被「天煞孤星」剋到的歐陽可做出點犧牲算得什麼？祖母壓根兒不會放在心上。

歐陽爵低聲道：「莫非姊姊還有其他主意？我瞧著林氏一臉冷漠，不知她什麼時候突然翻臉，姊姊一定要提前做好應對。」

歐陽暖臉上笑得很溫柔，轉頭對著紅玉道：「妳去告訴李姨娘，一定要好生招呼好妹妹，讓她在家廟裡專心念經為娘祈福。」

紅玉愣了愣，歐陽爵卻已經聽懂了，立刻道：「妳還不明白嗎？我聽說，歐陽可雖然住在家廟裡，一應用度卻還是按照小姐的待遇，她雖然是咱們家的二小姐，這一回卻是祖母罰她，未免外人說閒話……妳就照著姊姊的話吩咐，李姨娘應該知道怎麼做才是。」

紅玉立刻意識到大少爺所言的意思，嘴角微微翹起，道：「是，雞鴨魚肉什麼的太葷腥，對祖宗不敬，若是還繼續往家廟裡頭送，老太太知道一定會生氣，不如早些斷了好。」

歐陽暖這是要斷了歐陽可的一應用度，讓她在家廟裡頭過苦日子，只是這樣一來，也就是將歐陽可逼到了絕境，還不知狗急跳牆會做出什麼事情來，歐陽爵雖然贊同，卻有些擔心地道：「姊姊，妳可是有了什麼想法？」

歐陽暖沒有回答，輕聲對紅玉道：「妹妹在家廟裡身邊如今只留了一個丫鬟，想必是孤單得很，秋月正好也在受罰，就讓她一同照應妹妹吧，這樣想必娘也能放寬心好好養胎。」

秋月做了歐陽可的替死鬼，一輩子都要不見天日，早已恨毒了歐陽可，這一次歐陽可進了家廟，林氏第一件事就是想盡方法把她們隔開，歐陽暖卻要將秋月送去照顧歐陽可，這樣的心思不可謂不深沉，恐怕夫人知道非要氣得吐血不可，紅玉低下頭，掩住微微上翹的嘴角道：「是的，大小姐，奴婢立刻就去辦。」

歐陽爵還想要問什麼，歐陽暖卻拿起黃緞子問他：「你說這條鯉魚，用金色的絲線會不會更好看些？」

「不會，我覺得還是這顏色更好些……」

紅玉輕手輕腳地離開了院子，直奔李姨娘的居所而去。

很快，李姨娘身邊的親信丫鬟佩兒領著一干嬤嬤們藉口替歐陽可照料生活，進了家廟。歐陽可漠然地看著眾人，臉上什麼情緒都沒有，眼睛裡的怒火卻是無法遮掩。

佩兒臉上露出笑容道：「二小姐，我們姨娘怕您這裡缺人照料，特意將一個人送過來，她是您用慣了的，想必能好好照料您。」

秋月從門外低著頭走進來，身形瘦得像是一根枯柴，歐陽可的臉色這才變了，突然把頭上戴著的金簪拔下來塞給佩兒，「我不要她，替我換個人！」

佩兒皮笑肉不笑地將簪子還回去，道：「二小姐的東西奴婢如何敢收？您還是自己留著吧。姨娘回稟了老太太，她老人家是同意了的，況且人已經送到，無論如何是不能退的。」

歐陽可臉色大變，再也忍不住，怒斥道：「狗奴才，妳和我拿什麼喬！我說不要就是不要，送來了也給我送回去！妳當李姨娘是什麼了不起的玩意，我告訴妳，我才不怕她！我是這府裡堂堂正正的二小姐，她不過是個姨娘，在我面前都還是半個奴才，就是仗著我娘養胎才能暫時代管家務，難不成真以為自己是女主子？」

佩兒臉色頓時變得難看起來，自從李姨娘掌了家事，連帶著她也跟著水漲船高，底下的丫鬟嬤嬤們誰不巴結討好，便是大小姐也從未對自己說過一句重話，可這歐陽可卻張口閉口狗奴才，也不看看自己現在什麼光景，哼！她冷冷看著歐陽可，聲音冷然道：「二小姐，老太太讓您是來思過的，不是來享福的，您的確是主子，可這些話也不是奴婢對您說的，是老太太的意思，您何必拿我這個奴婢出氣呢？」

歐陽可臉色刷的一下白了，「我不信！我要見祖母！我要見我娘！」說著她就要衝出去，佩兒一把攔住她，「二小姐，請您不要讓奴婢們為難！」說著，衝旁邊的嬤嬤們使了個眼色，立刻有人上去拉住歐陽可，不讓她往外跑。

歐陽可對著上來的人又踢又打又罵，還咬了一個嬤嬤一口，那嬤嬤慘叫一聲終於鬆了手。歐陽可雖然沒有受到傷害，卻依舊又是驚懼又是憤怒。她長這麼大，從來沒人這樣對過她。以前她有個下人無不奉承的親生母親林氏，有個寵愛她的爹爹歐陽治，祖母雖然嚴厲卻也從未喝斥過她，她早已養成了目中無人、無法無天的脾氣性格，只有她欺負人，何曾有人敢欺負她的？歐陽可嚥不下這口氣，大叫一聲道：「冬荷，妳是死人啊！」

冬荷是林氏防止歐陽可受委屈送進來陪伴的丫鬟，生得十分潑辣爽利，這時候看到二小姐吃了虧，立刻一頭衝過去罵佩兒道：「妳又是什麼東西？連給我家小姐提鞋都不配，不知好歹的東西！妳敢動我們小姐一指頭看看，回頭把這裡的事都稟報了夫人老爺，看看以下欺上是什麼罪名！」

佩兒被冬荷撞得一個趔趄，不由大怒，雙眼一瞪，冷笑道：「二小姐亂發脾氣妳也不知道勸著，居然在這裡火上澆油，當這家廟是什麼地方？二小姐說什麼做什麼奴婢不敢反駁，妳是哪根蔥，當我不敢收拾妳？」

歐陽可使了個眼色，冬荷知道這是二小姐要自己給對方一點顏色看看，立刻衝上去用力拉扯佩兒的頭髮，嘴裡不停地罵她以下犯上，不知好歹，佩兒尖叫一聲道：「妳們還不快拉開她！」

嬤嬤們不喜歡刁蠻的冬荷，也看不慣狐假虎威的佩兒，樂得看笑話，一個嬤嬤站在那裡大聲喊：「哎呀，小姑奶奶，這是什麼地方，怎麼敢這樣瞎鬧呀？」卻光是喊著，一點也沒有上去幫忙的意思。

正鬧騰間，只聽「哐噹」一聲響，兩人糾纏之間不小心撞倒了香案，一尊白玉菩薩落地開了花，玉碎得一地都是，眾人都驚呆了。

冬荷驚天動地一聲哭號：「快來人呀！二小姐竟然被人欺負至此，就連小姐給老太太的壽禮也被人砸了，這可怎麼好啊？哎呀，我沒活路啦，和妳拚了算了！」

歐陽可冷眼瞧著，臉上露出滿意，就是要鬧大，要讓所有人都知道，最好把爹爹和祖母都引來，讓他們來看看自己在這裡過得什麼日子，讓他們看到李姨娘藉口管家是如何欺負自己的！自己就算犯了錯，也是歐陽家的千金小姐，如今連個丫鬟都敢到自己跟前鬧騰，哼，到時候在背地裡搗鬼的歐陽暖肯定吃不了兜著走！然而她轉眼瞧去，卻看到秋月一雙冷幽幽的眼睛正瞧著自己，不由得心裡一冷，那些得意半點都沒了。

冬荷十分潑辣，佩兒居然抵不過，硬生生被她抓散了頭髮，臉上多了好幾道血痕，冬荷還是不依不饒，衝上去撕打她，「賠我家小姐的觀音來！妳個黑良心，想害死我家小姐，想害死我，反正我都活不了了，就和妳拚了！」

佩兒也知道闖了禍，只能拚命道：「不是我砸的，明明是妳故意撞上去的，還想冤枉我！這裡這麼多雙眼睛都是看得見的，妳隨隨便便就冤枉人！」

冬荷一口唾沫吐在她臉上，「我呸！妳算什麼，妳家姨娘算什麼，小門小戶出來的，也敢算計二小姐，不得好死的東西！」

聽到她辱罵自己的主子，佩兒終於著急了，血紅了眼睛撲上去，兩人頓時扭做一團。佩兒發了狠，居然也挺有力氣，冬荷原先仗著撒潑占來的上風立刻沒了，兩個人一時打得難分勝負。房間裡可是遭了殃，許多東西都被砸壞，其他嬤嬤們放了歐陽可，假意上前拉架，屋子裡亂成一團。

佩兒大吼一聲：「還不快去請李姨娘過來！」

李姨娘正在聽人回報這幾日府裡的情況，突然聽得外面一陣嘈雜，接著門被拍得震天響，有人炸雷似的喊起來：「哎呀呀，不得了啦，二小姐發了瘋，她身邊的冬荷正在和佩兒姑娘拚命呢，請姨娘快過去瞧瞧！」

李姨娘一路心急火燎趕過去，卻在花園裡撞到了剛剛從松竹院出來的歐陽暖，李姨娘忙過去請安道：「大小姐，聽說二小姐正鬧騰呢，是不是回稟了老太太……」

「祖母這兩日正不舒服，妳現在去，豈不是讓她老人家也跟著生氣？我去吧。」歐陽暖淡淡地道，黑玉般的眸子帶了笑容，卻叫李姨娘看得心中莫名安定下來，「好，就請大小姐代為做主！」

二小姐雖然失了勢，可身分在那裡擺著，自己一個姨娘，根本壓不住歐陽可，大小姐是長姊，又是老太太跟前說一不二的人物，只有她去，才能鎮得住場面。李姨娘心中暗自竊喜，不用自己動手就能解決事情，這當然是皆大歡喜。

歐陽暖看她的表情就知道她在想什麼，也不戳破，微微一笑道：「李姨娘，帶路吧。」

歐陽暖前腳踏進歐陽可的房間，就看見冬荷捂著嘴跪在地上痛哭不已，還不停地打自己的嘴巴，說是自己沒有用，連小姐送給老太太的壽禮都看不好，看見丫鬟當面欺負小姐，自己也沒能力管，不如死了好云云。

「這是怎麼了，在家廟裡鬧成這樣，是要氣死祖母嗎？」歐陽暖緩緩走進來，一路嬤嬤們都趕緊跪下行禮。

佩兒一看到大小姐來了，顧不得自己滿身的狼狽，忙擠上去辯解：「大小姐，您可來了，奴婢可沒法管了……」

「說的什麼話？」李姨娘皺眉，道：「讓妳帶人來伺候二小姐，怎麼會鬧成這樣？」說著看了歐陽可一眼，驚呼：「哎呦，這是怎麼了？怎麼成了這副樣子？秋月，快服侍二小姐梳洗，這個樣子叫外人看見了可了不得！」

佩兒還要說什麼，李姨娘一個眼色制止了，道：「還不快去把冬荷姑娘攙起來！」

佩兒不甘不願地站在原地，不肯動彈。

「讓她跪著！」歐陽暖冷冷道，眾人都吃了一驚，不由自主都望向一向溫和平靜的大小姐，卻聽到她冷笑道：「娘是讓她來照顧妹妹的，她卻在家廟裡跟人鬧到這個地步！一點小事都做不好，連祖母的壽禮都摔了，要她做什麼？這是欺小姐年幼，欺祖母不知道，不把主子當回事呢！若不是娘懷孕要行善積德，我就能先替她和妹妹處置了！不知死活，出去跪著！」話說到後面，語氣冷漠萬分。

冬荷驚疑不定地睜大眼睛，向歐陽可求情：「二小姐，奴婢一心為了您，您一定要幫奴婢！」

歐陽可冷笑一聲，對著歐陽暖冷漠高傲地道：「怕什麼？妳是我的丫鬟，是娘親自賜給我的，沒有我的吩咐，誰敢動妳？」

歐陽暖淡淡地道：「妹妹，妳什麼時候才能懂事？祖母讓妳來是吃齋念佛，為還未出世的弟弟祈福的，妳卻在這鬧成這樣，妳還想不想出去？或者妳是覺得這個家廟很好，預備安心在這裡待一輩子？如果妳說一個是，我不但饒了這個不懂事的丫鬟，還讓她在這裡陪妳一輩子！」

歐陽可吃了一驚，花容失色道：「妳胡說！爹爹不會不管我，娘也會救我出去的！」

歐陽暖淡淡一笑道：「祖母說要將妳送進來，爹爹說了一句話，妳可知道？」

歐陽可的脊背不由自主竄起一股涼氣，上前半步，看著歐陽暖道：「說什麼？」

「他說最好關個一年半載，什麼時候妹妹懂事了，什麼時候再出來。」歐陽暖微微笑著望向歐陽可，果然見她臉色變得越發慘白，咬緊了嘴唇不說話。

「妹妹，還要為這個丫鬟求情嗎？妳要是想求情，我這就去回稟祖母和爹爹，說妳捨不得這個砸了祖母壽禮的丫鬟……」

歐陽可顫抖著嘴唇，目光憤恨難忍，終究還是低下了頭，狠狠道：「休說是死個小丫鬟，姊姊願意的話，就是死上三兩個，也跟捏死幾隻螞蟻似的，算什麼？冬荷由得妳處置就是了！」

李姨娘心裡緊繃著的弦漸漸鬆了，歐陽暖三兩句話就將歐陽可的軟肋拿捏住了，二小姐原本是想要將事情鬧大，然後去老太太跟前告自己一狀，但是現在冬荷和佩兒爭執起來，卻無意之中砸了老太太的壽禮，這就太過分了，如果鬧到老太太那裡，大小姐隨便說兩句話，只怕二小姐出來的日子就遙遙無期了。

換句話說，二小姐能不能出去，還拿捏在大小姐手中，識時務者為俊傑，歐陽可怎麼可能為了保住一個丫鬟而妨礙了自己的前途呢？出賣丫鬟保全自己的事情，她已經做了一次了，當然可以做第二次。

冬荷立刻明白過來，舉起手往自己臉上使勁兒地搧，「奴婢錯了！奴婢是豬油蒙了心，不知天高地厚，做錯了事，以後再不敢了，求大小姐饒恕！」

屋裡屋外一時安靜至極，只有她的求饒聲和打在臉上的劈啪聲。

歐陽暖淡淡望著她，紅玉冷聲道：「聽不見大小姐說什麼嗎？拖出去！」

冬荷嚇得不行，張口要喊饒命，李姨娘臉一陰，一眼瞪過去，一個婆子一把捂住她的嘴，幾人七手八腳地將她拿定拖了出去。

看著拚命掙扎的冬荷，歐陽可目瞪口呆，屋子裡頓時一片死寂。

秋月冷冷地站在邊上看著，始終沒丁點反應，她是當年林氏親自挑選，再親自教導出來，專為照顧歐陽可準備的。她跟著歐陽可多年，早已是獨當一面的大丫鬟，吃穿用度比外面普通人家的姑娘好了不知多少倍。見慣了富貴，眼光和心思自然也就要高許多，該想的不該想的，都想了一些，其中想得最多的，就是為自己謀一個好出路。比如說，作為小姐的陪嫁，當通房，然後順利做姨娘，所以她一直為了歐陽可盡心盡力，以圖為自己謀一個好前程。然而最終卻被自己一直伺候的主子莫名其妙給賣了，這一生都要關在這個家廟裡，不要說原先的美好想像全都化為泡影，連靠自己月銀生活的家人也都失去了來源……她心中委實恨透了林氏母女。

歐陽暖看了秋月一眼，道：「從今天起，妳就在這裡好好伺候二小姐。」

秋月低下頭，應聲道：「是，大小姐，奴婢一定盡心盡力。」

歐陽可看著秋月那張面無表情的臉，無意識地打了個冷顫。

歐陽暖走出房間，李姨娘試探著問：「大小姐，冬荷這丫鬟……」

「從今天起，罰她去浣衣，對老太太和爹爹那裡怎麼說，李姨娘應當知道吧？」

「當然，是她無意中打碎了老太太的玉觀音，二小姐將她趕出了家廟。」李姨娘微笑著回答，歐陽暖點點頭，道：「妹妹年紀還小，很不懂事，她這裡就有勞李姨娘費心了。」

「是，大小姐，但凡二小姐有什麼不好的舉動，我都會派人去向大小姐稟報。」李姨娘臉上的笑容越發燦爛。

歐陽暖淡淡地道：「姨娘說的這是什麼話？妹妹身子弱，我是怕她身子不適，有個頭疼腦熱的就不好了。」

「大小姐說的對，我會著人好好照顧！二小姐要是有哪裡不舒服，一定去聽暖閣告訴大小姐！」李姨娘立刻作了更正，紅玉帶著笑容望了這位姨娘一眼，她果真是以大小姐馬首是瞻，而且一點就透。

說到底，歐陽暖不過是給了她足夠的甜頭，李姨娘也不愚蠢，知道投桃報李罷了。

歐陽暖微笑著道：「那就勞煩姨娘了。」

「大小姐客氣。」

李姨娘一回頭，就吩咐外面一個小丫鬟道：「暗地裡好生看著二小姐，若是出了什麼差遲，小心妳的皮！」

肆之章◆棒打千金籠尊親

半夜時分，歐陽可突然睜開了眼，卻看到秋月睜大了眼珠子定定地站在床前看著自己，她嚇得當場從床上坐起來，失聲道：「妳……妳幹什麼？」

秋月披頭散髮的，赤著腳，一副冷冰冰的樣子，「奴婢怕二小姐做惡夢，在這裡守著。」

「妳……妳走開！」歐陽可看她這副陰沉沉的樣子就害怕，大聲喝斥道。

秋月看了她一眼，默默走到一旁去了，然而歐陽可過了一個時辰口渴醒來，秋月竟然又坐在她的床頭，冷幽幽地望著她。又是一輪反覆，秋月竟然像是刻意折騰她一樣，不管怎麼喝斥都趕不走。

接連鬧騰了兩個晚上，歐陽可又怕又累，可是實在熬不住，終究睡著了，最後卻是被一滴滾燙的東西給燙醒了，她一抹臉上，驚叫一聲坐起來，秋月竟然端著燭臺坐在她床頭，滴在她臉上的居然是蠟燭的油。老天爺，歐陽可再也忍受不了，大聲喝斥：「不要坐在這裡，去倒杯水給我喝！」

秋月冷冷地道：「這麼晚了，二小姐喝水做什麼？不睡覺嗎？」

歐陽可一愣，當即冷下臉道：「叫妳去妳就去，問那麼多做什麼？」

秋月的目光還是幽幽的，跟女鬼一般磣人，只是多年的習慣使然，她終究還是不情不願地去了。歐陽可卻從背後爬起來，猛地用瓷枕頭狠狠砸了秋月的頭，只聽到一聲悶哼，秋月頭上血流如注，軟綿綿地倒了下去。

歐陽可一把丟了瓷枕頭，心裡也害怕得要命，她原本不想這樣的，只是這些天沒好吃的也沒法睡覺，整天身邊還有這麼個心懷怨恨的丫鬟，今天是蠟燭油，怎麼知道明天不是刀子？歐陽暖這是要害死自己，她不能坐以待斃，這幾天她想盡辦法送求救的消息給娘，卻無論如何都傳不出去，這回她自己偷偷跑出去，只要見到了娘，她一定能為自己想到辦法！這種擔驚受怕的鬼日子，她一天也不想過了！

歐陽可看也不看倒在地上的秋月，探身打開窗子，從桌上爬上窗臺，從窗臺滾落到外面的花圃裡，手臂都摔青了。她強忍著一身火辣辣的刺痛，扶著牆站起來，心中暗暗發誓，將來翻了身，一定要將這種恥辱千倍百倍地還給歐陽暖。看著周圍漆黑的一片，她咬了咬牙，下定了決心，轉身飛快地向黑暗處走去。在她走後不久，一個小丫鬟從走廊處走了出來，提在手中的燈籠閃了閃，她輕聲對旁邊的嬤嬤說：「快去稟報，就說二小姐跑了！」

消息傳來的時候，歐陽暖正在為八寶圖繡上最後一針，她連頭也不抬，淡淡地道：「天色太黑，妳們是眼花了吧？」

報信的蔡嬤嬤一臉肯定地道：「大小姐，肯定不會錯，二小姐打傷了秋月，跳窗子跑了！」

「妹妹一個閨閣千金，好好在家廟裡祈福，怎麼可能跳窗子逃跑？滑天下之大稽！妳們不過是看到了一兩個小賊，不趕緊去抓，居然還空口白話說是妹妹，當真是吃了雄心豹子膽了嗎？」歐陽暖放下手中的針，神色平穩地道。

蔡嬤嬤一臉迷惑地望著大小姐，不明白她的意思，紅玉輕聲道：「不過是個賊子，抓住了打一頓就是了，嬤嬤何必大驚小怪？」

蔡嬤嬤一愣，看了大小姐一眼，卻見她的眸子明亮，只是微笑，然而眉目卻如春花般盛放，有種動人心魄的驚豔，她心中一驚，頓時低下頭去，道：「是，奴婢立刻吩咐底下人，務必抓住這個小賊！」

歐陽可路上遇到好幾撥巡夜的婆子，嚇得她心驚肉跳，好不容易來到福瑞院門口，正想要敲門讓丫鬟放自己進院子，卻突然聽見平地一聲雷響：「誰在那裡？」

她驚覺不妙，正要開口回答，一個巴掌已經呼嘯著落到了她的臉上，接著是重重的一棍子招呼上來。她畢竟年紀還小，又多日擔驚受怕，身子再也撐不住，一個踉蹌匍匐倒地，她倒抽一口涼氣，卯足了勁拚命想喊出那一聲：「是我……」

然而那使棒子的人根本沒給她機會，劈頭蓋臉地打下來，大聲呼喊：「快來人！有賊！」

歐陽可怎麼甘心，拚命想要掙扎著爬起來推開那些人，無奈人家早有準備，一把堵住了她的嘴巴，拖到陰暗處就是一通狠狠地打。巡夜的丫鬟、嬤嬤們越來越多，尖叫聲斥罵聲此起彼伏，將歐陽可全部的辯解聲全數壓在了下面。

福瑞院的丫鬟聽到聲音，開門出來查看，卻被人擋住了路，蔡嬤嬤陪笑道：「不好意思，巡夜的婆子發現了一個小賊，問話不回答就是拚命跑，大家正捉住了教訓呢，驚擾夫人了！」

王嬤嬤在裡頭大聲問了一句：「怎麼回事？這裡是什麼地方，怎麼敢在這裡鬧？」

守門的丫鬟大聲道：「巡夜的人抓到了偷東西的小賊呢，嬤嬤去睡吧，不礙事的！」

王嬤嬤點點頭，半點也不知道那邊被打得半死的人就是自家夫人心疼的二小姐，毫無留戀地轉身回屋子了。

歐陽可急得要死，眼淚都痛得掉了出來，奈何一句話都說不出來，足足被打了半天，幾乎沒了哼哼的力氣，巡夜的嬤嬤才揮手道：「送去給老太太處置吧！」

等林氏得到消息趕到壽安堂的時候，歐陽可渾身髒汙地躺在榻上，像是一條死狗一樣連哼哼都不能了。林氏一眼就認出了自己的女兒，當下血液轟的一聲一下子竄到頭頂，尖叫一聲，昏了過去。

事情鬧大了，巡夜的丫鬟、婆子們打的是二小姐，這齣戲不但驚動了李氏，更驚動了歐陽治，李氏當即命人去叫李姨娘，想了想，又特地派張嬤嬤把歐陽暖請了過來。

丫鬟們將歐陽可抬到偏房，立刻著人去請大夫來看。

正屋裡，負責巡夜的蔡嬤嬤一臉害怕地跪在堂下，林氏一醒來就狠狠給了她一個大耳刮子，「妳竟然敢打二小姐，這是瘋了嗎？」

她一副要將人生吞活剝了的表情，嚇得蔡嬤嬤連連磕頭，道：「老奴哪裡知道那是二小姐呀！二小姐好好在家廟中吃齋念佛，怎麼會突然跑到夫人院子門口？縱然真是要出來，也是丫鬟、婆子們陪著，怎麼會一個人偷偷摸摸，鬼鬼祟祟的呀？」

林氏厲聲道：「滿口胡言亂語！可兒是堂堂正正的二小姐，她想什麼時候來看我還需要妳這個嬤嬤批准嗎？分明是妳受了人背後攛掇，百般迫害可兒，還趁著她來找我的當口故意捉住她毒打一頓，當真是該立刻殺了妳！」

蔡嬤嬤是李姨娘當家後提拔上來的，並不是林氏的嫡系，聽了這話叩頭不止，對著李氏和歐陽治呼喊道：「老太太、老爺，奴婢是冤枉的啊！當時二小姐被我們撞上，我們問話她也不回答，還踹了去拉她的丫鬟一腳，這才發生了這種事情！奴婢們不小心傷了二小姐，的確是罪該萬死，可誰也想不到二小姐會深更半夜在福瑞院門口窺探啊！求老太太、老爺看在奴婢們也是一片忠心耿耿的分上，饒了奴婢們吧！」

守夜的丫鬟、嬤嬤們足足有二、三十人，大多數也不過是看著捉住了賊上去渾水摸魚踢了一兩腳好讓主人以為自己也盡心盡力守護家宅了，但是蔡嬤嬤這樣一說，卻是將所有人都捲了進來。她一個人可以撒謊，難道這麼多丫鬟、嬤嬤們也都撒謊了嗎？誰會想到一個嬌滴滴的名門千金三更半夜不睡覺跑到主母院子門口去，被當做小賊抓住了又能夠怪誰？

林氏聞言也不禁一股怒氣上湧，王嬤嬤趕緊扶住她，道：「老太太、老爺，夫人身子不適，請容老奴說幾句。蔡嬤嬤，我來問妳，妳發現二小姐的時候就在夫人院子門口，為什麼不先稟報夫人，反而擅自將人打了一通？哪裡有不先看清楚臉就下狠手的道理？妳這分明是受人指使，故意為之！」

一旁站著的李姨娘連忙道：「蔡嬤嬤是我見守夜的人手少，回稟了老太太以後剛剛上任的，王嬤嬤說她受人指使，到底是何意？」

王嬤嬤冷哼一聲道：「李姨娘到底是為了守夜，還是別有目的，天曉得！」

歐陽治大怒，幾乎要拍案而起，一旁的李氏卻重重咳嗽了一聲。歐陽治疑惑地望向李氏，李氏搖了搖頭，示意他靜觀其變。

歐陽暖微微笑著，站起來道：「娘，您且先息怒，這天色太晚，產生誤會也是在所難免，一家人有話好好說，何必爭執呢？」

李姨娘見有臺階下，趕緊道：「沒錯，蔡嬤嬤已經說過，問了二小姐是誰她偏偏不回答，非要站在院子外頭窺視，這才不由分說糾纏起來，怎麼就成了蓄意傷人呢？更不用提王嬤嬤還說背後有人指使，這樣說實在是太過分了！」

林氏語音森然：「什麼叫窺視？自己的女兒站在院子外頭就是窺視？巡夜的人不問清楚就敢隨便動手，這是歐陽府的規矩？還是李姨娘妳定下的規矩？把我的可兒傷成這個樣子，妳們賠得起嗎？」

歐陽暖點點頭，道：「娘說的對，蔡嬤嬤不問清楚就動手的確是很不妥當，只是就不要再提受人指使這種話了，反而傷了和氣。」

林氏忍不住，連連冷笑道：「好好好，好一個大仁大義的大小姐，妳不幫著妳妹妹說話，反而幫這個下人，難不成妳和他們是一夥兒的？」

歐陽暖臉上露出驚愕之色，不敢置信道：「娘，您說的什麼話？我只是說一句公道話，妹妹是奉祖母之命去家廟裡閉門思過的，好端端的怎麼會突然跑出來？就算是來看您，為什麼不回稟了祖母白天再來，非要晚上獨自一人跑出來？這件事說出去誰會相信，我們歐陽家竟然有這樣的小姐？」

李姨娘也委屈道：「是呀，夫人，此事當真是一場誤會，您千萬不要多想！」

林氏冷笑，「說得真好聽，妳們早就預謀好了，分明是蛇鼠一窩，成心針對我可憐的女兒！」

歐陽暖的眼睛眨了眨，長長睫毛上就沾了淚珠，道：「娘，我也是您的女兒呀，難不成看見妹妹受傷，暖兒不心疼嗎？只是事情總有個黑白分明，蔡嬤嬤她們縱然有錯，也只是太心急了些，沒問清楚就直接拿人了！您若是有氣，直接懲處就是了，畢竟妹妹受了傷，您心疼她我們都能理解，可是再怎麼樣您也不能口口聲聲說這是別人早有預謀的呀！果真有預謀，誰會想到妹妹半夜三更會偷偷出門？誰又會未卜先知在福瑞院等著她？又怎會算到妹妹見了人會一言不發轉身就跑？這一切都是巧合，是誤會，娘非要將它往陰謀上引，豈不是叫家宅難安？叫祖母和爹爹寒心？」

林氏心裡恨得殺人的心都有了，大聲道：「什麼誤會？什麼家宅難安？妳們把可兒打成這樣，一句誤會就能全抵消了嗎？」

李氏重重咳嗽了一聲，冷聲道：「妳還好意思說？我讓她閉門思過，她倒好，半夜三更跑出來，惹出這種事，把臉都丟盡了，妳還想怎麼樣？要我殺了這些丫鬟、嬤嬤們給妳出氣？」

林氏昂聲道：「母親，可兒是您的親孫女，她現在躺在那裡生死未卜，您不幫著她，反而幫著這些下人說話，他們以下犯上傷了主子，難道不該全部杖斃？這件事要是傳出去，成什麼體統？」

李氏冷哼一聲，歐陽暖輕聲道：「娘，您這幾日都沒來向祖母問安，她老人家正生病呢！您縱然有氣，也別向祖母發，有什麼都跟我們說好了，有任何做得不妥當的地方，暖兒都向您賠不是了！」

這話一說，頓時燎起了歐陽治強壓的怒火，他臉色鐵青，勃然大怒道：「體統？妳還好意思說什麼體統？母親病了，暖兒端茶遞水，伺候飲食，三更睡五更起，而妳這個兒媳婦不要說伺候湯藥，就連面兒都沒露過，妳有什麼資格說體統？下人們這樣沒大沒小，不懂尊卑，都是妳這個主母做出來的好榜樣！」

林氏一愣，頓時反駁道：「我這兩日也來過，只是張嬤嬤每次都說母親心情不好不見我，這怪得了我嗎？」

「這兩日？母親病了多少天了，妳這幾日才想起來看一眼？母親昏迷醒過來第一句話就問妳去哪裡了？伺候婆婆是妳這個兒媳婦的本分，現在妳連自己的本分都做不到，就算是鬧到侯府，妳也是沒理的！」歐陽治喘著粗氣，怒氣沖沖道。

「我問妳，妳懂得說上下尊卑，可懂得何為婦道孝道？母親縱然生妳氣，不想見妳，妳哪怕是跪著求也要求到她原諒妳！妳倒好，關了門索性當作母親不在，這是妳的孝道嗎？正是因為妳這樣，才鬧得一家大小不得安寧！」

歐陽暖輕聲勸慰道：「爹爹千萬別生氣，不過是一場誤會！娘，您快向祖母認個錯，事情也就過去了！」

林氏恨意滿漲，大聲道：「你們這般苛待可兒，居然還想我認錯！我告訴你們，休想！」

歐陽治大聲喝斥：「妳再這樣，休怪我無情！」他聲色俱厲，儼然一副怒到了極點的樣子。然而歐陽暖卻十分清楚，歐陽治這個人是標準的軟骨頭，要想讓他下狠心休了林氏，一是要她犯下大錯，二是要她背後的後臺土崩瓦解，所以她知道，這一番作為不過是雷聲大雨點小罷了。

林氏也知道這一點，只是她向來高高在上，哪裡聽得慣這種威脅的話，看到曾經和顏悅色的丈夫對著自己這般嚴厲，她剛要發怒，旁邊的王嬤嬤卻重重拉了一下她的袖子，林氏立刻醒悟過來，收了怒容，原本發紅的眼眶落下滾滾淚水，掩著嘴唇哭道：「老爺真的這般不待見我們母女嗎？可兒是您的親生女兒啊，她被人打成重傷，您當真要不聞不問，任由兇手逍遙法外嗎？」

這個時候，簾子忽然掀開，丫鬟玉梅恭敬地走到李氏身邊，大聲回稟道：「大夫看過了，說二小姐只是受了皮外傷，養一養也就好了。」

林氏當場變了臉色，大聲道：「從哪裡請來的大夫？一派胡言！可兒半條命都沒了，什麼皮外傷？我不信！老爺！老爺！」她滿面是淚水，一副楚楚動人的模樣，哀聲道：「可兒那麼小的一個人兒，怎麼禁得起五大三粗的婆子們這樣折騰？老爺，您去看一眼吧，我看了心都痛了，她是您的親生女兒啊，您親過疼過抱過的，當初還說過……」

歐陽暖輕聲道：「是啊，爹爹，妹妹是去閉門思過的，可是剛才丫鬟說，她不知為何跳窗逃跑，一切還是等妹妹清醒之後再問吧，說不定是家廟裡的日子太清苦，妹妹身子嬌貴受不了呢？況且如今妹妹傷也傷了，不如爹爹親自去好好安慰她一番，只是下頭的丫鬟、嬤嬤們可一定要管好，不能讓她們出去亂說話……」

歐陽可好好的在家廟裡吃齋念佛，居然熬不了苦日子半夜逃跑，這還不算，被人捉住了不聲不響痛打一頓，如今一副死狗的樣子躺在那裡，簡直是丟盡了臉！

歐陽治一聽這話頓時火氣上揚，原本有些微動搖的神色瞬間變成了冷漠無情，「看什麼看？要是我再姑息，今後只怕有樣學樣了！從今日起，蔡嬤嬤立刻降為粗使婆子，其他人一律罰半年俸祿，另派人給二小姐治傷！」

每個人都只是懲罰，一個都沒有趕出去或者發賣，這是怕一個弄不好事情傳出去。

李姨娘試探著問：「那是不是讓人去二小姐的院子收拾收拾，她好久沒回去了……」

「收拾什麼，送她回家廟養傷，任何人不得允許不准探視！」歐陽治怒氣沖沖地道。

林氏當場差點一頭栽倒，土嬤嬤用盡全力撐住了她，低聲道：「夫人，您千萬保重身子。」

「爹爹，家廟怎麼能好好養傷呢？是不是暫且放了妹妹出來，等養好傷再說？」歐陽暖微笑道，聲音很溫和。

李氏輕聲咳嗽一聲，道：「讓她養傷吧，家廟就不必回去了。」

「祖母仁慈，妹妹一定會感念您的恩德。」歐陽暖溫言道，只有將歐陽可放出來，讓林氏天天看著受傷的女兒，才是椎心之痛。

「好了好了，既然母親發話，就讓她在外頭養傷，都散了吧！」歐陽治不耐煩地揮手。

林氏猛地抬頭，看見歐陽暖正一臉同情地望著自己，心中的一腔憤恨幾乎壓抑到了極點，恨不得撲上去撕裂了她，卻礙於情勢不能發作，身子都壓抑得渾身顫抖。王嬤嬤越發擔憂，夫人懷著身孕，就該修心養性，卻沒想到接二連三出事……這還怎麼能安心養胎？她趕緊在林氏耳邊道：「小少爺要緊，夫人……」

林氏咬緊牙關，臉上的肌肉幾乎痙攣，卻還是被這一句話提醒了，強行壓下快要衝出口的鐵腥味，道：「我去看看可兒再走。」

歐陽暖知道，如今林氏承受的是鈍刀割肉之痛，便微微一笑道：「娘快去吧，妹妹想必正盼著您呢！」

林氏鬧了一場沒有結果，又十分擔心歐陽可，只能帶著人離開，歐陽治也起身道：「兒子回去了，母親早些休息吧。」今夜他歇在嬌杏那裡，半夜被從溫暖的被窩挖出來，早已經積累了一腔的惱怒，歐陽暖垂下眼眸，道：「爹爹慢走。」

屋子裡只剩下歐陽暖和李姨娘，李姨娘還望著歐陽治的背影出神，歐陽暖已經走到李氏身邊，道：「祖母，今夜的事情是不是嚇著您了？」

李氏不在意地搖了搖頭，「我沒事。」她的病也好得差不多了，只是這口氣嚥不下，一直想要找機會教訓林氏，她就這麼找上門來，正好出氣。如今歐陽治當面罵了她一通，李氏只覺得自己心裡反而暢快了許多。她拉著歐陽暖的手道：「妳說什麼做什麼，那些人都以為是別有用心，從今往後別理睬就是了。」

歐陽暖沉痛地道：「妹妹脾氣大，她對我又有心結，我多說兩句，娘會覺得我是苛刻她，難免又要鬧起來給祖母添堵；叫我不管她，她又是那樣的性情，將來難免吃虧，我怎麼能不急？只是娘理解不了我這番苦心罷了。」

李氏點頭道：「可兒那丫頭的確不懂事，相貌才情不及妳也就罷了，便連脾氣都不及妳好，又鬧出了那許多事情，將來許人也是件困難的事情。我將她送進去，實在指望她閉門思過，等到那件事大家都淡忘了，再放她出來也好，誰知她卻半點也不體會我的苦心，竟然受不了清苦的日子自己跑出來，還被人當成賊人捉住打了一頓，妳說世上哪裡有這樣的千金小姐？傳出去簡直是丟盡了歐陽家的臉面！有這樣的孩子，當真是家門不幸啊！」

歐陽暖聞言，柔聲勸李氏：「祖母再擔憂，也要先把身子養好了才是。」說著接過張嬤嬤手裡的湯藥，輕輕攪動，試過了溫度才親自伺候李氏服下湯藥。

見李氏用完了湯藥，歐陽暖退到一旁，看了一直站在那裡的李姨娘一眼，李姨娘立刻從自己的思緒裡面反應過來，眼疾手快地從桌上取了清水給李氏漱口，又從填漆盒子裡拿了果脯餵給李氏。

從李氏屋子裡出來，李姨娘小聲道：「大小姐，聽說二小姐的肋骨被打斷了幾根，連腿骨都斷裂了呢！」

歐陽暖的語氣中彷彿帶著一點擔憂：「是啊，也不知會不會留下禍患，萬一影響到妹妹的腿，以後可就麻煩了！」

李姨娘心中在為這位大小姐暗暗叫絕，這大小姐平日裡看著溫柔沉默，沒想到一出手如此狠辣，整場事件，環環相扣，絲絲入戲，從安排人手到寸寸相逼，一步一步引歐陽可入甕，自編自導自演，實在是太厲害了！

想到歐陽暖如今不過十二歲，就已經如此狠辣俐落，將來她若是真的有所行動，只怕林氏也不會有什麼好下場！李姨娘這樣想著，不免也跟著覺得有些膽寒，她無論如何也不能想像一個少女怎麼會有這樣深沉果斷的心思！如今的大小姐，已經不再步步隱忍，她是用實際行動告訴別人，順她者昌，逆她者亡！

這時候，就聽見歐陽暖低聲道：「爹爹寵愛王姨娘，剛才姨娘傷心了？」

王姨娘說的是王嬌杏，自從歐陽治納了她，一個月有半個月都是宿在她那裡，嬌杏慣於逢迎，善於諂媚，又懂得風情，不惜施展各種手段留住歐陽治，反倒顯得李月娥這個小家碧玉遜色了不少。李姨娘原本是專寵，現在要平白分出一半去給嬌杏，當然十分不樂。只是她沒想到自己的那點心思居然被一個少女當場點破，一時有點語塞，不知該如何回答。

歐陽暖一雙清麗的眸子淡淡散發著奪目的光彩，道：「以前府裡年輕美貌的姨娘多的是，留到現在的卻寥寥無幾，姨娘是聰明人，知道什麼人是妳真正的依靠，什麼東西握在手上才最有用的，是不是？」

李姨娘一愣，明白大小姐這是在提醒她，老爺的寵愛不過是一時的，得到老太太的歡心才能在府裡站得長久。在老太太在世的時候，能夠多掌握府裡的權力，為自己謀取更多的利益才是正經的。

歐陽暖又輕聲道：「姨娘進門也不久了，爵兒還盼著妳給他添個弟弟呢！」

李姨娘一聽，頓時喜形於色，道：「多謝大小姐吉言，便是將來我真的有了兒子，也絕不會跟大少爺爭奪什麼的……」李姨娘心中十分清楚，如今有了大小姐的支持，有李氏的信賴，縱然她李月娥只是一個姨娘，也足夠在歐陽家站穩腳跟了。

爭奪？歐陽暖淡淡一笑，歐陽家的一切，她們姊弟都不稀罕，只是李姨娘想要在林氏的眼皮子底下生出兒子，還要靠她自己過五關斬六將了……

李姨娘看到歐陽暖嘴角淡淡的笑容，真如明珠螢光，美玉生暈，心中的喜悅不知為何突然就淡了。面前這個素雅的女孩身上，透著一種鎮定，一種居高位者的淡然，自己一直以為和大小姐是合作者的關係，可是如今她卻覺得經常不知不覺之中被對方牽引著走了……

被送回自己院子的歐陽可躺在床上，身上密密地纏著藥布巾子，出氣多進氣少，林氏斜倚在床邊猶自哭泣，輕聲道：「都是娘不好，沒能教妳忍耐，一味要妳爭強好勝，如今卻變成了這個樣子……」

歐陽可慘白著小臉，恨恨地道：「祖母和爹爹都是心狠的，我受了這樣的委屈……他們竟問也不問，甚至不來看我一眼！」

王嬤嬤也擦淚道：「二小姐莫急，老爺適才是礙著老太太的面子，二小姐受了傷，老爺心裡也是疼的，這不，剛給二小姐請了最好的大夫，還吩咐開了倉庫取人參出來呢！」

歐陽可聽了，臉上的憤恨稍微平息了些，林氏冷冷地笑了兩聲，「要是往日，老爺早就過來了，今日居然卻看都不來看一眼，當真是好狠心！他如今所有的心思都在那一對狐狸精身上，哪裡還會想到我們母女的死活？再加上那惡毒的歐陽暖在旁邊煽風點火，我們早就成了眼中釘肉中刺了！這一次可兒受傷，妳真當是意外嗎？」

歐陽可一驚，道：「娘，您說的話是什麼意思？」

林氏掠了掠鬢髮，嘴角含冷意，「妳這個傻丫頭，人家千方百計送了秋月進去圖什麼？還不是攻心之計！妳原本讓秋月擔下了那件事，心裡一直憂懼，又怎麼肯把秋月這樣對妳心懷憤恨的人留在身邊？自然要鬧一場的。只怕妳身邊早已有人盯著，妳剛跑出來她那裡就知道了，那些守夜的人平日裡都是四處巡查，今夜怎麼就這麼巧都跑到福瑞院門口來，還正好抓住了妳？他們逮著人，自然不會給妳說話辯解的機會，立刻下了狠手。妳想想看，若是背後無人指使，誰有這樣的膽子在我院子門口打妳？」

王嬤嬤想了想，道：「夫人的意思是，這都是李姨娘的安排？」

林氏哼了聲，「她算什麼，不過是被人當擋箭牌使了！這裡頭名堂多著，妳沒看到如今府裡人人唯大小姐馬首是瞻的姿態嗎？就連母親凡事都要先請她來壽安堂坐著，妳們還不懂嗎？」

「是歐陽暖，一定是她！」歐陽可一下子想從床上爬起來，卻引起胸口和小腿部一陣劇烈的疼痛，不由大叫一聲，汗涔涔地滴了下來，林氏趕緊上去扶住她，「別動，快別動！妳是要急死我嗎？都傷成這樣了，妳還想要怎麼樣？」

歐陽可疼得臉上出了豆大的汗珠，咬牙切齒道：「我要去找她算帳！」

林氏恨鐵不成鋼地看著她，「找她算帳？妳的一舉一動都逃不過她的眼睛！只怕妳現在去，連小命都要送在她手裡！」

王嬤嬤想到歐陽暖的可怕，也生生打了個寒顫，勸說道：「二小姐，夫人說的對，大小姐如今怎麼看怎麼邪乎，她的聽暖閣老奴都要繞著走，您就別去找晦氣了，好好養傷才是！大夫說您傷得不重，只是皮外傷，可是傷筋動骨也要一白天呢！」

「皮外傷？」林氏冷哼一聲，面上全是怨毒之色，「什麼皮外傷？那些嬤嬤平日裡都是幹粗活的，手上拿的還都是棍棒，表面上看不出什麼來，只怕內裡也有傷處！妳看可兒連爬都爬不起來，這是皮外傷嗎？妳明日去請錢大夫來，他們請來的人我信不過！在我院子門口把我的親骨肉打成這樣，歐陽暖真是狠透了！」

一切發生在福瑞院門口，在林氏看來，這才是歐陽暖最狠毒的地方，她不在別處抓人，非要等到歐陽可跑到了福瑞院門口才著人拿住她，這是在殺雞儆猴，告訴林氏有一把鋼刀隨時懸在她頭頂上，當真是欺人太甚！

「娘，我不甘心，我不要這樣忍了這口氣！那些人是怎麼打我的，您知道嗎？」歐陽可把裙子掀起來，卻見到身上一塊塊都是青紫，她鼻涕眼淚橫流，哭得快要斷氣，道：「娘，您要替我報仇！一定要報仇！」

林氏原本就越想越恨，越想越覺得歐陽暖心狠手辣，再不動手簡直沒活路了，又心疼自己女兒受了這麼大的罪過，剛想要發誓替她報仇，結果王嬤嬤在旁邊看了，立刻輕聲咳嗽了一聲，林氏反應過來。今天這件事可以說是歐陽暖下了套子等著可兒來鑽，但若是可兒懂得忍耐也不會發生這種事，偏偏可兒太不懂事，事事爭強好勝，半點虧也不肯吃，不知道自己的斤兩也敢上去和歐陽暖鬥陣，沒出息的東西！自已沒本事，只會哭喪著臉卻不知道算計，若是不藉機給她一點教訓，只會越發助長了她這種無法無天的氣焰，將來還不知道要闖下什麼禍事來！

林氏把心一橫，忍住心痛教訓歐陽可道：「可兒，妳年紀不小了，不能再像以前一樣不知道進退！妳知不知道今天若是歐陽暖成心要妳死，妳根本就沒有命在！她大可以讓那些婆子們直接打死妳再來稟報，可是她到底留了妳一條命！這是她在警告妳，警告娘，警告咱們不能再試探她的底線！妳呢？妳已經有了刁蠻無理的名聲，又接二連三鬧出這種事來，這樣以後還怎麼嫁人！經過這件事妳一定要知道教訓，人前人後該遵守的規矩一定要遵守，她是妳的長姊，是歐陽家的大小姐，妳心裡再恨她，臉上也要恭恭敬敬，不許再讓別人拿了錯處去！這幾日妳就好生在屋子裡養傷，也要好好反省反省，若是想不通改不好，不要說妳爹爹不饒妳，我也不饒妳！」

歐陽暖哇的一聲大哭起來：「娘，都是歐陽暖故意招惹我，她這樣害我，您居然還說是我的錯！我不改我不改！我沒有錯！您一定要把歐陽暖趕出去，把那些丫鬟和嬤嬤打死給我出氣！」

林氏倏地一下站起來剛要發怒，王嬤嬤趕緊安撫住她，小心翼翼到歐陽可身邊勸慰道：「二小姐，您千萬要體諒夫人的苦心，她一聽說您受了傷，連心火都急上來了！這家裡如今只有夫人心疼您，您若是再這樣哭鬧，連夫人都惱了您，還有誰會幫您？」

歐陽可一愣，聲音立刻小了下去，只覺得身上的疼痛更甚，乾脆直接把臉埋進了被褥，哭得上氣不接下氣。

林氏緩了一口氣，只覺得這個女兒爛泥扶不上牆，若論心機不是歐陽暖的對手，連腦袋也不靈光得很，可這有什麼辦法呢？都是自己太寵愛她了！她嘆息一聲，終究捨不得，低下聲音道：「如今妳受了傷，旁的事情都不要再想了，好好養傷才是！妳的仇，娘總有一天會替妳報的，娘會讓歐陽暖比妳慘一千倍一萬倍！妳今天斷了一根肋骨，娘會將她抽筋扒皮，妳等著看吧！」

「真的？」歐陽可抬起臉，一副淚汪汪的模樣。

林氏鄭重地點點頭，道：「娘向妳保證，只是妳也要答應娘，從今往後再也不許這樣魯莽，以後不管別人再如何挑撥刺激妳，妳也不能這樣做事不知輕重！今天這情形多危險，妳若真是沒了命，當真是要讓娘活活傷心死！」

歐陽可點點頭，卻因為動作過大不小心帶動了傷口，疼得一陣哀叫，林氏忙上去安撫她，歐陽可得到保證，擔心起自己的傷勢，「娘，我身上會不會留下疤痕？」

王嬤嬤在旁邊輕聲道：「二小姐，這玉肌膏的效果十分好，您過些日子就能完全康復的，身上也一點疤痕都不會留下。」

歐陽暖走到花園裡，卻看到蔡嬤嬤正畏畏縮縮往外走，便出聲留住了她。

蔡嬤嬤忐忑地站在燈影裡，帶了幾分驚慌，小心翼翼地問：「大小姐還有事要吩咐奴婢？」

歐陽暖沉默地看著蔡嬤嬤，一直看到她不自在，訕笑道：「大小姐，您看著奴婢做什麼？」

歐陽暖微微一笑，「我在想，今日嬤嬤受委屈了，妳不過是盡心盡力想要為主人家抓住賊子，誰會想到那是二妹妹呢？唉，妳也真是冤枉，家中的下人不少，最難得的卻是像妳這樣的忠勇之人，今日卻被降為了粗使嬤嬤，月例也要少很多吧？」

蔡嬤嬤囁嚅道：「奴婢慚愧，都是奴婢太莽撞才惹來的禍事！」

歐陽暖道：「也不全是妳的錯，妹妹自己也有不是的地方，不過她到底是小姐，嬤嬤著人打傷了她，也的確是有了錯處，難怪祖母和爹爹生氣。罷了，等過些日子祖母消了氣，我去替妳說一說，讓妳還回園子裡來，再替妳尋個更好的差事，這樣可好？」

蔡嬤嬤大喜過望，忙跪下叩頭道：「多謝大小姐恩典！」

「這倒不必，今日只不過是一場誤會，李姨娘那裡我已經說過，嬤嬤的月錢還是一分不少的。今天的事，嬤嬤還是多擔待些吧，不要怪罪二妹，她只是年紀小，不懂事罷了。」歐陽暖臉上帶著微笑，十分親切。

紅玉走過去，不著痕跡遞過去一個沉沉的錢袋道：「蔡嬤嬤，且好好歇息一段日子吧。」

蔡嬤嬤簡直高興得合不攏嘴，連連叩頭謝恩，然而歐陽暖卻已是走得遠了，有跟著她的嬤嬤眼紅，嘲諷她道：「真是哈巴狗，就會搖尾巴！」

蔡嬤嬤冷哼一聲站起來，啐了一口道：「妳懂什麼？這府裡到底是誰的天下，妳還看不清嗎？不長眼的東西！」說完，她抹了一把嘴巴，將錢袋藏起來，得意地想：果真聽大小姐的吩咐是沒錯的，不但有賞錢拿，將來還有更好的前程等著自己！不像跟著夫人，不但沒好處，出了紕漏還得自己擔著，當真是一個天一個地！

歐陽暖回到聽暖閣，紅玉輕聲道：「大小姐，何必要當著人家的面抬舉那蔡嬤嬤？」

歐陽暖淡淡一笑道：「妳說若是今天我對蔡嬤嬤說的話傳到了林氏耳中，她會怎樣？」

方嬤嬤站在旁邊，本來也很納悶，這時候聽了突然明白過來，道：「大小姐是要激怒夫人？」

「激怒她？」歐陽暖搖頭，臉上的笑容越發溫柔，「我只是想看看，狗急了是怎麼跳牆的？」

林氏外柔內剛，她今天吃了這麼大一個虧，一定會想方設法找回場子來，只是不知道會做出怎樣的舉動來，對於這一點，歐陽暖倒還是抱持著期待的態度。

林氏很平靜地忍耐著，一直到了半個月後的一個午後，張嬤嬤才來請歐陽暖去壽安堂，方嬤嬤奇怪道：「這時間老太太一般都在午睡，怎麼今日要大小姐作陪呢？」

張嬤嬤滿臉帶了笑容道：「蘇家夫人來了，夫人說是請大小姐作陪。」

「哦？」歐陽暖的笑容淡了下來，林氏當真是不死心呀！她站起身，淡淡地道：「紅玉，為我更衣。」

到壽安堂的時候，歐陽暖身著一件銀錯金雙鳳織錦短襖，下著淺碧色輕柳軟紋束腰長裙，只束著一條素白半月水波腰封，外披竹葉青鑲金絲飛鳳紋的大毛斗篷，真是明媚鮮豔至極，看得蘇夫人一雙眼睛都錯不開。

祖母李氏坐在上首座位上，林氏坐在李氏下側，蘇夫人坐在另一邊下首。

歐陽暖微微一笑，難為祖母在外人面前還要對這個很不待見的兒媳婦作出親熱的模樣，緩步上前向她們見了禮，然後立到李氏後邊去。

蘇芸娘也站在蘇夫人身後，穿著一身淺玫瑰紅繡嫩黃折枝玉蘭長裙，手腕上各戴著一對金絲鑲粉紅芙蓉玉鐲子，見了歐陽暖進來，便一臉豔羨地看著歐陽暖身上的華麗斗篷。在京都，並非只要有錢就什麼都能買到的……

李氏靜靜地道：「蘇夫人太客氣了，上次壽宴已經見過禮，今天又來看望。」

蘇夫人這才將眼光從歐陽暖身上略微移開，對著李氏微笑道：「老夫人說的哪裡話？我早年嫁去江南，多年來京都的故人已不剩下多少，難得與婉如投緣，便經常往府上跑，老太太不要煩我才是。」

李氏還未說話，林氏已經帶了笑容道：「姊姊說哪裡話，妳是稀客，我請還請不到呢！母親是最愛熱鬧的人，巴不得有人來煩擾，以後妳可一定要多多上門來玩才是！」

蘇夫人的笑容越發燦爛，道：「只要妳們不嫌棄，我當然會時常上門來煩擾，正好芸娘這孩子與貴府大小姐特別投緣，一直鬧著要來，說要向大小姐討教討教書法呢！」

歐陽暖垂下眼睛，淡淡地道：「蘇夫人謬讚了，暖兒平日裡不過是陪著弟弟練寫字而已，哪裡稱得上什麼書法？蘇小姐若是有心，不如去請個名師。」

林氏嗔怪道：「暖兒太謙虛了，娘剛剛還跟蘇夫人誇口說妳字寫得好，讓芸娘經常上門來呢，妳這麼說，豈不是拆娘的台？」

歐陽暖微微笑道：「娘說的哪裡話，暖兒不過是不想耽誤了蘇小姐而已。」

蘇夫人笑道：「大小姐如今芳名遠播，聽說連大公主對妳都頗為讚賞，莫不是瞧芸娘蠢笨不願教導？」

歐陽暖不慌不忙道：「蘇夫人客氣了，往往盛名之下，其實難副，蘇小姐既然一心向學，暖兒倒是知道幾位名師可以介紹給她。」

蘇芸娘最討厭寫字畫畫這種東西，原本蘇夫人說這些話就是為了讓她有機會與歐陽暖親近，這時候聽到歐陽暖根本不肯教她，反而還要介紹什麼名師頓時著急了，道：「娘，歐陽小姐不肯就算了吧，我倒是想求她教我繡一條帕子呢！」

書法不成就另闢蹊徑，這對母女賊心不死！李氏心中不悅，臉上卻沒有表現出來。

蘇夫人又笑道：「常聽說大小姐心巧手活，針線上也很是了得，我這丫頭卻是蠢笨的，繡個鴛鴦活像是隻鴨子，明日我就讓人送她來這裡，學學大小姐，還望妳不吝賜教，幫著我好好管教這個丫頭才是。」

這是想要登堂入室了，李氏眼睛突然睜大，還真沒見過這樣厚臉皮的！聽蘇夫人話中之意，還想讓蘇芸娘住進來不成？

果然，林氏聞言，露出別有深意的笑容道：「這樣最好，暖兒性子太靜了，有個人陪著她我才放心，正好聽暖閣還有房間，想必暖兒不會拒絕，是不是？」

歐陽暖輕描淡寫地道：「若是這樣，蘇小姐怕是得等一等。」

蘇夫人聞言，挑起眉頭道：「大小姐，剛剛請妳教書法，不願意就罷了，這次不過是讓妳指點一下芸娘的繡活，怎麼也拒絕呢？外面都說大小姐溫柔嫻淑，便是這般推諉嗎？還是瞧不起我家？」

歐陽暖一臉為難道：「瞧蘇夫人說這話，我實在是不得空的。這次去寧國庵進香，大公主多有照拂，祖母提醒我也該送一份回禮，我便繡了一幅要送給大公主。我人又笨，手又慢，剛剛繡了一半呢，若是停下來去教蘇小姐，只怕會耽誤很久，蘇夫人是長輩，總會體恤的。」

李氏眼睛一亮，「送給大公主的？」

歐陽暖微笑道：「是呀，祖母說要送回禮，孫女覺得大公主府上再珍貴的東西也有了，應該瞧不上那些古董玉器，不若自己動手來得有心意。」

李氏點點頭，讚道：「是該如此，這一回大公主對妳讚譽有加，妳也該投桃報李才是！」

蘇夫人一愣，道：「那到底什麼時候能做完？要不然，我讓芸娘來幫忙也好。」

歐陽暖眨了眨美麗的眼睛，無辜道：「蘇夫人剛剛才說過蘇小姐不擅長繡活的，而且送給大公主的東西自然要多費心思，蘇小姐於繡活不精，只怕也幫不上什麼忙，若是讓她留下，我又沒空陪著，她還會覺得悶呢！說起來要是妹妹在，倒是還能陪陪蘇小姐，真是可惜。」

林氏臉色古怪，歐陽可如今躺在院子裡養傷，天天痛得哭爹喊娘，哪裡還有心思來陪伴蘇芸娘？心裡恨得不行，嘴上卻只能笑著道：「暖兒心靈手巧，想必也用不了多少時日，到時候再接蘇小姐來就是了。」

歐陽暖認真道：「娘說的是，爹爹早已說過，還有幾位大人親自上門來求百壽圖，暖兒趕完了給大公主的繡品，還要抓緊時間描摹新圖，時間算下來，沒有一年也有半載，只是不知道，到時候蘇小姐還在京城嗎？」

蘇夫人臉上一紅，頓時有些訕訕的，心中卻被歐陽暖的這個軟釘子頂得十足惱怒。

林氏趕緊笑道：「既然如此，那也沒什麼，姊姊經常帶著芸娘來也好，我就愛熱鬧，看見芸娘這孩子就歡喜呢！」

蘇夫人的臉色這才好看些，繼續陪著林氏敘話。

蘇芸娘走到歐陽暖身邊，很自來熟地來摸她身上的斗篷，嘴裡笑道：「這件斗篷真漂亮，我從未見過呢！」

歐陽暖將身子微微側開，李氏冷眼看著，一句話都不說。蘇芸娘見歐陽暖臉上淡淡的，並不搭理自己，也不難受，只自顧自說話，李氏聽著頗有些煩她，站起身道：「婉如陪著蘇夫人小坐吧，我身子有些不爽利，先回去歇著了。」

歐陽暖微笑道：「那我扶祖母進去。」

林氏趕忙道：「暖兒，妳怎麼這麼急就走了？蘇夫人還在這裡，妳現在就走多沒有禮數！」

李氏聽著就把臉沉下來了，蘇芸娘連忙上前去拉住歐陽暖，巧笑倩兮道：「老太太，讓暖兒姊姊陪陪我吧，我身邊都沒有姊妹，看見她就願意多說說話呢！」

李氏本想發作的話一下子都頓住了，她自恃身分，自然不肯跟一個小女孩子置氣，歐陽暖看出來她的為難，笑笑道：「既然如此，張嬤嬤，妳扶著祖母進去吧，我陪蘇小姐再坐坐。」

李氏點點頭，深深看了林氏一眼，直看得她低下頭去，才帶著張嬤嬤轉身走了。

海棠院

丫鬟夏雪躡手躡腳進了屋子，輕聲在歐陽可耳邊道：「二小姐，聽夫人身邊的丫鬟說，今天夫人宴請蘇夫人來了府上呢！」

歐陽可聽了目光一亮，拉住她急切問道：「蘇哥哥可來了？」

夏雪一臉茫然，歐陽可恨鐵不成鋼道：「就是蘇玉樓，蘇公子！」

夏雪搖搖頭，道：「回稟二小姐，奴婢不知道。」

歐陽可想了想，道：「扶我起來！」她一直躺在床上養傷，這些日子才剛剛好一點，夏雪一聽頓時急了，「使不得啊，二小姐，大夫說您百日內絕不能下床的，若是誤了自己的身子，夫人怕不要活活打死奴婢！」

歐陽可壓根兒聽不進去，蘇玉樓美好的容貌和儀態這些日子一直在她腦海之中揮之不去，她勃然大怒道：「妳怕我娘打死妳，就不怕我嗎？」

夏雪想起二小姐平日裡懲罰丫鬟的狠辣手段，心裡十分害怕，跪下苦苦哀求道：「二小姐，您千萬不要為難奴婢，真的使不得啊……」
歐陽可卻不理會，硬是自己爬了起來，掙扎著起床道：「不用妳廢話，有什麼事我自己擔著！去替我梳洗更衣，要最漂亮的那套石榴紅緙金絲雲錦緞扣身襖裙！」
夏雪知道勸不住，戰戰兢兢地去了。
當歐陽可一身鮮亮地出現在壽安堂正廳門口時，林氏先跳了起來，「妳這丫頭怎麼出來了？」話一出口，她突然驚覺自己說錯話了，畢竟外人不知道歐陽可受傷的事，不免看了蘇夫人一眼，看到她臉上雖然有驚訝，卻沒有什麼特別的表情，這才放下心來。當著客人的面，林氏不敢表現得太過分，只能使了個眼色叫身旁的丫鬟去攙扶歐陽可。
歐陽可一身石榴紅緙金絲雲錦緞扣身襖裙，頭上戴著金色珠簪，玲瓏的立體蝴蝶金墜搖搖發顫，手上戴著金線絞紋鏈，這樣一身鮮亮的打扮平日裡當然美麗，只是現在卻突顯得她一張小臉全無血色，一副病懨懨的樣子。
歐陽暖站起身，微笑著過去扶她，道：「妹妹大病未癒，怎麼出來了？」
歐陽可恨不得一把甩開她的手，可是想起林氏的囑咐，只能深深吸了一口氣，笑道：「姊姊，我聽說蘇姊姊也來了，想來看看她呢！」說完，向蘇夫人和蘇芸娘看去，臉上很快露出失望的表情。
歐陽暖掩飾住嘴角的一絲嘲諷，淡淡地道：「妹妹倒是與蘇小姐十分投緣，既然如此，就多坐坐再走吧。」
歐陽可話都說出了口，此刻看到蘇玉樓並沒有來，心中已經是十分失望，只是不好表現出來，更不好立刻轉身就走，只能留下來陪著說話，但是剛一挨著椅子，就覺得胸口和小腿的傷處隱隱作痛。

林氏看了心裡很著急，心道這丫頭也太不爭氣了，聽說蘇夫人上門立刻眼巴巴趕了來，叫她實在是說不出什麼來了，只好死死瞪著歐陽可身邊的丫鬟夏雪，像是要在她臉上挖出一個洞來。

蘇芸娘關切地問道：「二小姐怎麼了？上次見面不還是好好的嗎？」

歐陽可臉上的笑容一僵，一時之間不知道該怎麼回答，反而是歐陽暖笑著道：「妹妹本來是好好的，只是前些日子偶感風寒，本以為是小病，結果越拖越是厲害，竟至臥床不起了呢，好在有娘悉心照料，這才好些了。」

蘇芸娘臉上神色微妙，與蘇夫人對視一眼，都表現得很是吃驚，歐陽可卻像是沒聽到一樣，期期艾艾地道：「蘇哥哥……今天沒來嗎？」

這話一問出口，不要說林氏臉色大變，連蘇夫人臉上的笑容都有些諷刺。蘇芸娘望望一臉期待的歐陽可，又看看面色平靜正低頭喝茶的歐陽暖，心中疑惑不已，這究竟是怎麼了，為什麼這本該由大小姐問出來的問題卻從歐陽可的口中問出來……不過也是正好，她正愁歐陽暖不問，現在有人代問了更好，便笑咪咪地道：「哥哥當然也來了，說是去松竹院找歐陽公子討教射箭之術。」

跟歐陽爵討教射箭之術？歐陽暖嘴角似笑非笑，蘇玉樓箭術超群，什麼時候需要和爵兒一個小孩子討論什麼箭術了？這還真是有趣！

蘇芸娘看了蘇夫人一眼，臉上的笑容更加燦爛，道：「暖兒姊姊，上次來得匆忙，也沒好好參觀一下貴府，能不能帶我四處看看？」

這是想方設法要去松竹院吧……歐陽暖不動聲色地望著她，還沒開口說話，歐陽可立刻道：「我這些日子一直臥病在床，都好久沒有見到哥哥了呢，正好芸娘姊姊想要參觀，姊姊，我們一起去松竹院好不好？」

歐陽暖看了林氏一眼，只見到她臉上的那副表情十分精彩，如果不是蘇夫人在場，只怕林氏會拎著歐陽可的耳朵叫她滾回去，歐陽暖淡淡笑道：「妹妹身上好了嗎？外面風大，妳還是回去歇歇比較好吧。」

蘇芸娘也面露擔憂道：「是啊，二小姐身子不爽利，還是多休息。」

「我現在身上全好了呀！」歐陽可生怕她們不讓自己去，立刻站起來，不小心牽動了傷口，疼得嘴角的笑容都扭曲了，她走到歐陽暖身邊，嬌嗔道：「姊姊，讓我去好不好？」

也難為她了，明明恨透了自己，還要在外人面前作出一副姊妹情深的樣子！歐陽暖心中微微嘆息，林氏那樣的人，竟然生得出歐陽可這種女兒，也算是天道輪迴，報應不爽！她臉上帶了笑，輕聲道：「娘，妹妹這麼想去，您看呢？」

林氏冷了臉，道：「可兒，妳身上還沒好，哪裡也別想去！來人，送二小姐回房！」

歐陽可面色一變，臉上的笑容也冷淡下來，口氣很僵硬道：「娘，我只是想出去吹吹風，不會給您惹麻煩的！」

林氏冷冷看著她，那目光像是要將她吞下去，歐陽可縮了縮脖子，卻是出乎意料地堅持，看來美男子的魅力遠遠超過林氏這個母親的權威，歐陽暖垂下眼簾，遮住了眼中的流光溢彩。

蘇夫人見場面尷尬，忙笑道：「婉如，既然可兒想去就讓她去吧，妳要是不放心，多找些丫鬟跟著也就是了。」

林氏如同啞巴吃黃連，真是有苦說不出，當著蘇夫人的面只能苦笑道：「我這個女兒啊，就是太活潑，總是想著往外跑！也怪我，這些日子總是拘著她，她想要出來走走也是在所難免的！罷了，妳們好好跟著二小姐，若是她少了一根毫毛，我拿妳們是問！」林氏冷冷對著歐陽可身邊的丫鬟們說道。

蘇芸娘抿起了嘴唇，剛才她冷眼看過去，老太太李氏和自己母親根本沒有說上幾句話，反倒還很有幾分不耐煩，而大小姐對自己母女不冷不熱的，只怕對哥哥根本沒有什麼意思。倒是歐陽夫人對自己母親十分親熱，好像對撮合大小姐和哥哥很熱心……還有這位突然出現的二小姐，雖然臉上笑盈盈的，可是和她大姊之間的氣氛總是怪怪的，最奇怪的是她上次看到歐陽可還是健康活潑得不得了，如今說一句話卻要歇上半天，連坐都坐不穩，彷彿身上有針刺一樣，臉色更是蒼白得好像有些病懨懨的，這一家子真是讓人覺得很奇怪。

出了壽安堂，歐陽暖帶著蘇芸娘慢慢在前面走著，一路向她簡單介紹沿途的景致，蘇芸娘漫不經心地聽著，一直拚命打聽松竹院在哪裡。

歐陽可身上的傷還沒好，自然走得很慢，不自覺便落在了後面，她輕聲問旁邊的夏雪道：「妳看我娘今天請蘇家人來是不是別有用意？」

夏雪略微知道自家小姐心意，只得揣測著歐陽可的喜好道：「奴婢猜測夫人是想要將大小姐許過去，不過這大多是夫人自己的意思，我看蘇夫人對大小姐沒什麼意思，倒是很關心小姐妳的。妳一進來蘇夫人就關切地問候，她對大小姐也沒這麼熱切呢！」

歐陽可道：「上次蘇哥哥來，妳也在的，妳有沒有看到他像是多看了屏風幾眼，他是不是知道我在後頭？」

夏雪那時候地位不如秋月，只能在外頭伺候，所以根本沒有看到，卻不好說，只能順著歐陽可的意思，「那是自然的，二小姐生得這麼美，再大些還不迷倒了全京都的公子。」

歐陽可聽得很滿意，笑紅了臉，心中終於有了點舒坦，冷哼一聲，「歐陽暖不過是比我年紀大些，蘇夫人才看中了她，要不然就算她想嫁給蘇哥哥，只怕還沒這個資格！哼，我看到她就覺得礙眼，不能讓她順利見到蘇哥哥！」新仇舊恨湧上心頭，歐陽可忽然一笑，「我倒是有個辦法！」便在夏雪耳邊說了幾句。

夏雪聽著臉上逐漸失去了血色，「小姐，這可使不得！」

「有什麼使不得！妳若是不敢，我就叫別人來，只是以後妳就滾出歐陽府！」歐陽可發狠道。

夏雪咬著嘴唇，猶豫地看了大小姐纖細美好的背影一眼，只能道：「奴婢盡力幫二小姐攔著紅玉姑娘吧。」

歐陽可這才點點頭，突然提高聲音道：「姊姊，我走累了，我們在前面矮腳亭歇一歇吧。」

歐陽暖站住，微微笑著回頭看向歐陽可，一直看得她有點心虛地低下頭去，才道：「那就歇息一下吧。」

涼亭前面引了一池水，冬日裡池水周邊結了冰，底下仍有暗泉汩汩流動。丫鬟們在涼亭裡的石凳上鋪了軟墊，蘇芸娘舒舒服服坐上去，看了涼亭裡的對聯，她輕聲吟道：「百代光陰如過客，片刻靜坐似神仙，這亭子裡的詩題得好！」

歐陽可臉上的笑容有點僵硬，道：「是姊姊寫的。」

蘇芸娘露出驚喜的神色道：「大小姐當真是聰明得不得了，這句子果然是靈氣逼人呢！說起來也真是巧了，我哥哥也喜歡寫詩呢！」

歐陽可的臉色變得更難看，歐陽暖微微一笑，從前的她是真的很喜歡詩詞書畫，然而林氏卻說女子無才便是德，讓她放棄了這些，轉而去學女紅，這句詩也是小時候留下來的。重生一回，她將琴棋詩畫重新撿了起來，只是如今的她再也不愛這些了，在她看來，一切不過是可以利用的籌碼，而非個人愛好，蘇小姐想要讓她覺得和蘇玉樓興趣相投，只怕是要失望了。

蘇芸娘見歐陽暖臉上只是淡淡的笑容，並沒有要繼續追問的意思，難掩臉上的失望之情。

歐陽可再也坐不住了，突然低下頭重重咳嗽了起來，夏雪忙對站在旁邊的丫鬟吩咐：「妳去給二小姐取件披風來，妳去將二小姐的藥取來，妳去回稟夫人，就說二小姐受了風好像有些不舒服，妳……」轉眼間，將四個丫鬟都打發走了。

蘇芸娘看著，臉上露出奇怪的神情，歐陽暖看著雖默不作聲，嘴角卻勾起一絲諷刺的弧度，這娘倆在做壞事之前倒真是出奇的一致，也是，誰會當著眾人的面作惡呢？總是要背著人的！

歐陽可對夏雪使了個眼色，夏雪走到紅玉身邊，笑道：「紅玉姊姊，我有話跟妳說呢！」

紅玉看了歐陽暖一眼，歐陽暖彷彿沒聽見，低頭喝茶，紅玉猶豫了一下，跟著夏雪走開。

歐陽可見人走開，剛才那陣咳嗽像是沒發生過一樣，照常與蘇芸娘說笑，過了片刻，她起身走到欄杆邊，探身出去道：「我記得以前裡頭有錦鯉，冬天卻都不見了呢……」

蘇芸娘少不得提醒她一句：「二小姐，這欄杆矮，妳小心跌下去！」

「不會的！」歐陽可嘴角帶笑，回頭對歐陽暖道：「姊姊，妳快來看，這裡好像有一條呢！」

歐陽暖眉眼不動，微微笑道：「妹妹真是個孩子，妳自己看吧。」

歐陽可見她不上鉤，哪裡肯輕易放過，乾脆突然作出痛苦狀，直接哎喲一聲道：「姊姊，我的腳又痛了，哎呀，好像都站不起來！姊姊，妳快來攙我！」

歐陽暖連忙站起來走過去攙扶她，蘇芸娘坐在旁邊沒有動，臉上露出驚訝的表情，剛才還好好的，怎麼突然之間就這樣了？她還有些不明白，卻見歐陽可突然伸出手來用力拉住歐陽暖，似乎要借助她的力氣站穩，可是她還沒看清到底是怎麼回事，就看見歐陽可趴在欄杆上的身子猛地向前一傾，自己反倒整個人直直栽入池中。

「可兒！」歐陽暖驚呼了一聲，回頭大喊道：「妹妹落水了，救命啊！」

「不好了，有人落水了！」蘇芸娘嚇得尖叫起來，也跟著大聲喊道：「救命啊！」

夏雪和一旁的紅玉站在遠處說話，一時聽得喊聲，皆花容失色，慌張起來。

正廳裡，林氏正和蘇夫人說話，林氏道：「上次壽宴一見，蘇公子當真是一表人才，姊姊真有福氣！」

蘇夫人笑著，「玉樓是很爭氣……」頓了頓又道：「婉如，如今妳也懷了身孕，這回可要生個兒子出來，壓過他們姊弟的風頭才是！」

林氏笑臉頓時有點僵硬，如今自己肚子裡是「天煞孤星」這回事只怕在京都裡權貴圈子裡傳遍了，蘇夫人到這裡已經有段日子，卻說出這種話，很明顯是不知道的，只能證明蘇家根本不為權貴夫人們的圈子所接受，她只好道：「這也要老天爺肯幫忙才是，想必妳也看出來了，我們家這位大小姐當真是個厲害的。」

蘇夫人笑了，不厲害妳也不會這麼急吼吼地把我從江南找過來，不厲害哪裡還輪得到我家玉樓？她臉上帶著真切的關懷道：「姑娘再厲害，嫁出去到了婆家，還不是要看婆婆和丈夫的臉色過日子？妹妹也太高看她了，妳且放心，將來妳的日子一定會越過越順心。」

林氏臉上露出微笑，瞬間明白了蘇夫人的暗示，她輕輕看了一眼周圍，蘇夫人明白她是提醒自己這裡還是在壽安堂，也並沒有要說出口的意思，岔開了這個話題：「一會兒我們也去松竹院看看吧，孩子們都在那裡，說不準已經聊起來了。」

林氏道：「聽說蘇公子那一手射箭絕技當真是少有，今天我可是有眼福了。」

正說到這裡，就有一個嬤嬤急匆匆進來，悄悄在王嬤嬤耳邊說了幾句。

王嬤嬤臉色頓時變了，看了林氏一眼，林氏心裡一沉，忙問道：「外面可是有什麼事？」

王嬤嬤急忙道：「小姐們玩耍，不知怎麼的，二小姐竟落到池塘裡了！」

林氏頓時變了臉色，一下站起來，可兒身上還有傷，那……

蘇夫人趕緊跟著站起來：「快去看看！」

歐陽可在水裡大叫道：「姊姊……妳要淹死我……」她原本是想要推歐陽暖下來，到時候她就不能跑去松竹院勾引蘇玉樓，況且天寒地凍的，歐陽暖掉下來一定會受風寒，然而她的手才伸過去，就被歐陽暖輕輕一閃避開來，自己用力過猛反而失去平衡，一下子栽進池子。為今之計只能裝作淹了水的樣子，她不停地嗆水，一副要死的樣子，只等別人將自己拉上去，再將所有罪過推在歐陽暖身上。說她蓄意推自己下水，成心要淹死自己。

蘇芸娘跑過來，緊張地拉著歐陽暖大聲道：「快！大小姐，快下去救二小姐啊！」

歐陽暖作出要救人的樣子，剛剛解開最外面的披風，卻突然似想起了什麼，面色古怪起來，蘇芸娘急切道：「怎麼了？」

歐陽暖看了在池子裡的歐陽可一眼，突然大聲道：「妹妹，不用掙扎了，直接站起來吧。」

歐陽暖見歐陽可還在掙扎著，根本沒聽到自己說什麼，便向已經趕過來的紅玉打了個手勢，紅玉擼起袖子，從欄杆處探出身去，一把抓住歐陽可的頭髮，倒勁往上拉。藉著水裡的浮力，她一下就把歐陽可拉得向上浮起來。

這時候不遠處打掃院子的嬤嬤和丫鬟們也都趕了過來，大家一起幫忙把歐陽可拉了上來，歐陽可伏在欄杆邊上吐出幾口池水，歐陽暖脫了自己身上的披風，拿了過來給她披住。

林氏就在此刻趕到，一看到這情景立刻撲過來哀呼一聲：「我的可兒，妳這是怎麼了？」她上上下下檢查，看到歐陽可除了臉色蒼白些，倒是沒有大礙。

歐陽可渾身發著抖，一把抓住林氏的手腕，淒厲道：「娘，姊姊要淹死我！」

這下子，所有人都震驚地望向歐陽暖。

歐陽暖滿臉詫異道：「妹妹，這是怎麼了，妳怎麼會這樣說？」

歐陽可大口喘著氣，道：「姊姊，妳怎麼這麼狠心，這池水那麼深，妳是成心要淹死我！我哪裡得罪妳了……娘，您一定要為我做主！」

蘇夫人睜大眼睛，問蘇芸娘道：「究竟怎麼回事？」

蘇芸娘也是一臉疑惑，歐陽暖臉上露出不好意思的表情道：「妹妹不小心掉下了池塘，好像……神智有些不清楚了……蘇小姐在旁邊應該也看到了，我怎麼會無緣無故推妹妹下去呢？」她看著蘇芸娘，眼中似乎有暗彩流過。

蘇芸娘一愣，她自然是想要討好歐陽暖的，立刻輕聲道：「是啊，我的確是看見了，是二小姐自己不小心摔下去的。」

歐陽可氣得說不出話來，林氏厲聲道：「暖兒，妳還在狡辯！這池水那麼深，妳是要淹死妳妹妹嗎？就算人不是妳推下去的，妳明明會水，為什麼不下去救她？」

歐陽暖臉上終於露出些微的詫異，道：「娘，您真是誤會了，這池水原本是很深的，只是前些日子爹爹說池泥太多，讓人將水抽了大半。妹妹摔下去許是沒注意，人要是站起來，水……只沒過膝蓋而已。」

林氏一愣，歐陽可臉上更是青白交加，不敢置信地回頭望了望那池水，旁邊的丫鬟和嬤嬤們聽在耳中，一時之間都低下頭去，掩飾住臉上忍不住的笑容。

簡直是可笑極了，這世上還有比二小姐更蠢笨的人嗎？明明是自己掉下去，非說大小姐要淹死她，怎麼會有人那麼傻，成心害人會選擇在這裡嗎？她自己在池水裡泡了那麼久，居然沒有發現池水只到膝蓋，兀自撲騰不已，簡直是匪夷所思！其實她們不知道，歐陽可傷的正是小腿，她一直將腿蜷曲著，身子也佝僂著，拚命想要作出自己淹了水的樣子，當然沒有發覺到異樣。

歐陽暖故作眼神凌厲說道：「夏雪，夫人再三關照，妳是怎麼照顧二小姐的，居然還跑到旁邊去聊天！」

夏雪嚇得一句話都說不出來，林氏一口氣出不來，惡狠狠地上去就是一巴掌，「還不快把二小姐扶起來！」

歐陽可雖然披著披風，卻感覺到寒風侵襲進來，她嘴唇凍得發紫，身上都是薄薄的冰渣子，不由自主地打了個冷顫，寒氣進到心口，只覺得五臟六腑疼痛難忍，尤其是小腿，彷彿有一種撕心裂肺的疼痛，她大叫一聲：「娘，我的腿！我的腿！」

林氏的臉色陡然變了，尖叫道：「快，快抬二小姐回去！找大夫！找大夫來！」

蘇夫人和蘇芸娘都面面相覷地看著，不知道究竟怎麼了，她們哪裡知道歐陽可的腿本就受了傷，傷筋動骨也要休養一百天，更何況小腿差點都斷了呢！為了照顧她，錢大夫費盡了心思，原本只要她老實在床上好好躺著休養，過些日子就會好的，可是她偏偏要下床，還在冰冷的池水裡面浸了那麼久，當然會傷勢加重。林氏顧不得和歐陽暖再算帳，面色發白地命人抬著歐陽可回海棠院去了。

蘇夫人和蘇芸娘根本料想不到這一幕，正想要開口問清楚歐陽可究竟哪裡有毛病，卻看到歐陽爵從木橋那邊走了過來，身邊那位翩翩公子，不是蘇玉樓又是誰？蘇芸娘快步走過去，道：「哥哥，二小姐摔下池去了！」

歐陽爵聽了臉色大變，跑過來上上下下拉著歐陽暖反覆檢查，「姊姊，妳有沒有怎麼樣？」

歐陽暖看到弟弟的臉色都變了，立刻柔聲安慰道：「我沒事的，是可兒掉下去了，不必擔心。」她一抬頭，卻撞進一雙明亮的眼睛裡，蘇玉樓穿著銀白暗花綢直裰，腰間繫一根碧綠色絲絛，掛一塊荷花鷺鷥紋玉佩，看起來長身玉立，文質彬彬，瀟灑風流，他正定定盯著歐陽暖瞧。歐陽暖冷冷看了他一眼，蘇玉樓一愣。

歐陽暖淡淡地道：「蘇夫人，妹妹出了事，娘想必也沒有心情招待您了，請您今日先回去吧，改日定上門賠罪。」

蘇夫人一看目前這情況，知道自己不便久留，便笑道：「既然如此，那我們就先告辭了。二小姐的情形如何，請一定派人告知。」

歐陽暖微微福了福，轉身道：「紅玉，送客。」

「是，大小姐。」

直到歐陽暖走得遠了，蘇玉樓還看著她的背影，蘇芸娘悄悄拉了他的袖子一把，道：「哥哥，走吧。」

蘇玉樓點點頭，臉上還帶著些微的疑惑，他為什麼覺得這位歐陽大小姐對自己十分厭惡？這怎麼可能？他們以前並沒有過節才是！也許是她不習慣見到生人的緣故？蘇玉樓這樣思忖著，轉身和蘇夫人一起離去。

他的身後已經轉過走廊的歐陽暖突然回頭，冷冷地看了他一眼，嘴角勾起一絲冷笑。

「姊姊，怎麼了？」

「沒事，我們去壽安堂吧。」

路上，歐陽暖將詳細情形說了一遍給歐陽爵聽，歐陽爵點頭道：「歐陽可這是咎由自取！」

因為涼亭距離壽安堂很近，李氏已經得到了消息，此刻看到歐陽暖，臉上不動聲色，只是慈祥地道：「暖兒可有受傷？」

「沒有，祖母放心，只是妹妹好像傷著了。」

「唉，可怎麼得了，這一回豈不是要病上加病？張嬤嬤，派人去看看二小姐，有什麼消息立刻來回稟。」

張嬤嬤應聲去了，李氏又關心地問道：「怎麼這樣不小心？不是說是去松竹院嗎，怎麼還掉進了池子裡去？」

歐陽暖道：「我本來是和蘇小姐、妹妹一起走，後來妹妹說累了，要去涼亭休息，我們便稍微停留了片刻。妹妹說池子裡面以前養了鯉魚，說要看一看，誰知欄杆太低，竟掉下去了……也是我不好，沒有看好妹妹。」

紅玉在一旁也善解人意地道：「老太太，怪不得我們小姐呢！當時蘇小姐也在，都看得很清楚，是二小姐自己掉下去的，可是她上來以後非要說是咱們小姐……」

歐陽暖面容一肅，立刻喝止道：「紅玉，不得胡言亂語！」

歐陽爵卻在此刻恰到好處地「衝動」說道：「祖母，二妹非要一口咬定是姊姊推她下去，而且還說姊姊要害死她！」

李氏卻已經聽出了弦外之音，嘆息道：「暖兒，妳也不必瞞著我，這也不是頭一回了，誰會相信呢？可兒這個孩子自己總是闖禍，還每次都想要栽在別人頭上，真是被豬油蒙了心！她以前不是這樣的，怎麼越變越糊塗？」

正說著，玉梅已經端來薑湯給歐陽暖喝，李氏道：「外面風大，喝杯薑茶驅驅寒吧。」

歐陽暖眼中瑩瑩光彩流動，臉上感動道：「多謝祖母關懷。」

李氏點點頭，親切地笑道：「傻孩子，祖母什麼時候都是相信妳的，妳且放心好了。」

歐陽爵黑亮的眼睛閃閃發光，道：「祖母信了，只怕別人不信呢！」

「不信？那池水前些天剛剛抽掉，李姨娘為此事還特意回稟過，根本淹不死人，她非說暖兒要淹死她，誰會相信？」

歐陽暖微微一笑道：「只要祖母相信暖兒就好。」

李氏點點頭，搖頭嘆息道：「可兒這個孩子如今真是太讓我失望了，怎麼會變得和她娘一樣淺薄無知？」

追雲樓

蘇玉樓一個人在房間裡作畫，蘇夫人走進來，蘇玉樓趕緊向蘇夫人行了禮。

蘇夫人招手道：「過來，陪我說說話。」

蘇玉樓走過來，在蘇夫人身邊坐下，蘇夫人看著兒子的臉，仍舊是俊美如玉的樣子，唯獨唇角微微上揚著的，像是在淡淡地微笑。

「你心情很好？」

蘇玉樓頓了一下，問道：「娘怎麼這麼問？」

蘇夫人道：「我看你今天去了一趟歐陽府，倒是心情很好……」又嘆了口氣，「你妹妹說你看不上歐陽家的大小姐，可是歐陽家大小姐是個難得的美人，又是那種性情，不怕你看了不喜歡，娘只是擔心……」

蘇玉樓愣了愣，似是看著旁邊的綠色盆栽出神，好半天才道：「娘心裡在擔心什麼？」

蘇玉樓心裡到底都想了些什麼，連蘇夫人這個做母親的都摸不清。他眼界很高，這些年府裡長得漂亮的丫鬟也是不少的，他一個都看不上，似乎真的打定主意要娶個十全十美的仙女回來。平常她讓他去相看那些貴族小姐，他心裡一直是很反感的，表現出來的雖然不說十足抵觸，卻也是有些微妙的不情願，但這一次讓他去歐陽府，他卻真的去了，回來後還那樣高興，倒真是讓她有些奇怪……

蘇夫人淡淡地說道：「其實目前看來還好，雖然跟之前預想的稍有不同……」如果林氏能夠掌握歐陽府的大權，將大小姐一手操控在手裡，這門婚事自然更有把握些，如今看來，林氏的威風卻大不如前，而這個大小姐的聲望地位都很高，要想將她許給自己的兒子，實在是十分困難。

蘇玉樓道：「娘不必心急，凡事總要慢慢籌謀。」

這意思是……蘇夫人目光盯著蘇玉樓，「之前問你，你還不承認，現在總算說了，你是當真喜歡這個歐陽家大小姐？」

蘇玉樓微微皺起了眉頭，「喜歡不喜歡，娘不都已經選定了嗎？」

蘇夫人嘆了口氣，道：「總是要你心裡喜歡，這樁婚事才圓滿。」說著，她站了起來，走到桌前道：「你在畫什麼？」

蘇玉樓緊走幾步要去收起攤開在桌面上的畫，蘇夫人道：「墨剛乾，你是要毀了這畫嗎？」

蘇玉樓笑了，果真不準備再遮掩，反而大方道：「娘要看就看吧。」

蘇夫人看過去，眼睛頓時一亮，畫上的女子清麗雅致，恍若仙子，尤其是那雙眼眸似流淌的溪流，透著一股的堅韌和從容。畫上畫得就像歐陽暖真人一樣，尤其是那雙流光溢彩的眼睛，令人難以忘懷。

蘇夫人轉過頭看看兒子臉上的神色，頓了頓，然後頗有深意地微微一笑，又道：「娘猜得沒錯，你果真是看上了歐陽暖！」

蘇玉樓淡淡地笑道：「娘不也是這樣？歐陽治雖然只是個吏部侍郎，但歐陽暖卻有個侯府做外祖，身分自然高了一籌。娘不是一直希望在京都找個助力？這不是現成的嗎？」

蘇夫人微微一笑，道：「傻孩子，娘原本是為了你的前程考慮，但終究是要和你過一輩子的，總要你喜歡才好。」

蘇玉樓輕咳一聲，不說話了，倒是去瞧那幅畫，臉上流露出幾分留戀……

蘇夫人看到這裡，哪裡還有不明白的？心中打定了主意，面上一片冷意，道：「真心想要得到這位歐陽小姐，你也要有所行動才是。」

蘇玉樓一愣，猛地抬頭看向蘇夫人……

歐陽可在海棠院裡哀嚎了整整一夜，錢大夫看過後說二小姐的傷口原本無礙，偏偏浸濕冰水，以後難免留下後患，聽得林氏幾乎肝膽俱裂，卻又無可奈何，強自忍耐。

轉眼冬去春來，歐陽可身上的傷口幾乎好了泰半，唯獨留下了左腿一點跛，無論如何都無法痊癒，林氏幾乎偷偷請遍了京都名醫，但每一個人看到歐陽可的左腿都說治不好，林氏大受打擊之餘，心中越發對歐陽暖恨到了骨子裡。

歐陽可就此跛足的消息傳到壽安堂，換得李氏一聲輕輕的嘆息，「可惜了這個孩子！」歐陽可畢竟是歐陽家嫡女，容貌也不俗，若是能安分守己，平安長大，嫁個官宦人家總是不成問題的，到時候也是歐陽家的一個助力，偏偏如今弄得跛足，今後議親，只怕是大大的不利。誰會心甘情願娶一個跛子呢？

嫁不出去，給家門添恥，這才是李氏最擔心的，至於歐陽可的幸福，半點也不在她的考慮範圍之內，涼薄至此，歐陽暖早已在預料之中，只是卻也感嘆，當年自己額頭受傷，祖母同樣是不聞不問，不過可惜自己將來不能在權貴圈子裡為歐陽家增光添彩，並不曾為自己的人生考慮半分，這樣的祖母，實在是令人心寒。歐陽可今日落到這種下場，全是她自己一手造成，若是她不對蘇玉樓抱有期盼，安心在海棠院裡養傷，或者她沒有起壞心眼想要將自己推落池中，也不至於落到如斯境地，一切都是她咎由自取，怨不得別人。

歐陽暖問道：「張嬤嬤，以後妹妹行走可有障礙？」

張嬤嬤臉上的表情有些惋惜，道：「聽說行走無礙，只是再不能跳舞，亦不能跑，而且雖然可以正常行走，跛足卻是看得出來的。」

李氏搖了搖頭，道：「我早說過可兒早晚要被那個天煞孤星給剋了，那女人還固執己見，當真是不知所謂！」

歐陽暖看了李氏一眼，她手中的佛珠子捏得死緊，眼中隱約有厭惡的光芒閃現。

就在這時候，玉梅捧了一張燙金帖子進來，臉上的笑容足以驅散一室的晦氣，「老太太，大公主派人送來一張帖子，說京郊別院裡的花開得正好，要請咱們府上的夫人和小姐們過府賞花。」

「當真？」李氏一下子從椅子上站起來，老臉上的褶子都驚平了，見眾人都驚愣地望著自己，才意識到自己高興得失態了。不過也難怪，大公主每年總會辦一兩次詩會或是賞花會，此等盛會，到場的不止有公卿夫人、高門貴女、狀元探花等，更可能有不少皇孫公子出席，因此一帖難求，多少人擠破頭想求得一張帖子。歐陽家雖然也算是高門，可向來與大公主並無來往，往年是得不到這種帖子的，然而今年大公主居然親自派人送來，怎麼不讓李氏高興？因為她明白，這張帖子意味著歐陽家就此進入了頂級的貴族社交圈子。

李氏精明得很，大公主往年可是從未給自家發過帖子，她與對方也不過是在寧國庵匆匆見了一面，過程絕對算不上愉快，人家發了帖子，自然不是給自己這個老太婆的……她的目光不由自主落在歐陽暖身上，笑得越發親切，「暖兒，此去可要好好打扮一番。」說完，又轉頭對張嬤嬤道：「妳去把錦繡閣的師傅請來，替大小姐好好訂製幾套春裳。」

「祖母，過完年之後已經做了四套春裳，暖兒從中挑選一套就是了。」歐陽暖連忙推辭。

「妳真是個傻孩子，大公主的賞花宴怎可以馬虎？妳出去代表的可是我們歐陽家的臉面，可不能叫那些人笑話了！張嬤嬤，捧我的首飾匣子來！」

「是。」張嬤嬤笑吟吟地去了，過了不多會兒就捧了一個檀木鏤空雕花匣子來，笑著道：「大小姐看看，這個匣子裡可有合心意的？」

匣子一打開，就見到各種簪釵、珠翠、金勝、步搖、挑心、掩鬢等等躺在匣子中，名貴的美玉、璀璨的寶石，熠熠發亮，照得人眼花繚亂。一時間，大家的眼睛都閃亮了起來，屋子裡的丫鬟們都睜大了眼睛看著。

歐陽暖看了一眼，便知道這些東西的材質做工都是頂好的，絕對價格不菲，最重要的是，式樣都是時下在貴族小姐們之中流行的，李氏一個老太太，在穿著打扮上早已沒有以往那麼費心思，怎麼會有這些東西？除非是她早有準備……歐陽暖微微笑道：「多謝祖母，那暖兒就挑一樣。」

歐陽暖走過去，挑了一支鏤空雕花古木掐銀絲的長簪，李氏瞧著太素淨，搖了搖頭道：「這個不好！」她站起身來，走到匣子裡翻了半天，挑出一支花瓣狀的五彩碎玉金步搖來，華美而輕靈，她親自替歐陽暖戴在鬢間，笑道：「這個正配我們暖兒，不必挑了，全帶回去吧！」

歐陽暖心中早已預料到了，臉上卻露出吃驚的神情道：「祖母厚愛，暖兒心領了！只是這些東西實在貴重，暖兒不敢領受！」

李氏手裡摸索著一支碧璽蝴蝶花鈿，帶著笑容道：「原本就都是為妳準備的，收下吧，跟祖母還客氣什麼呢？」

歐陽暖又推辭再三，見李氏實在堅持，這才輕聲地道：「多謝祖母。」說完了，她又猶豫地望著李氏道：「祖母，妹妹這一次可與我同去？」

李氏皺起眉頭道：「她去做什麼？大公主可沒有請她一起去！況且如今她一瘸一瘸的，是要去丟臉嗎？妳可知道到時候會有多少人參加，若是讓大家都知道歐陽家有這麼一個瘸腿女兒，將來連妳的婚事都會受到影響，暖兒，妳可不要犯傻！」

「只是……妹妹到底年少，從前這樣熱鬧的場合從來都不會缺席的，若是這次不告訴她，豈不是又要鬧了……」歐陽暖臉上露出猶豫和不忍的神色。

李氏搖搖頭，道：「不管如何，我是不會讓她去的，平白丟人現眼不說，還會為我家招來不少閒話，若是人家問起好端端的腿怎麼就受傷了，難不成告訴他們是天煞孤星剋的嗎？好歹歐陽家還要臉的，妳不用擔心了，妳娘和可兒那裡我會去關照的，那一天妳帶著爵兒去就行了。」

回到聽暖閣不過半個時辰，錦繡閣的高繡娘便到了，請歐陽暖選好了式樣和顏色，允諾一定在賞花宴之前做好送到，歐陽暖賞了一個梅花形金錠子，高繡娘喜笑顏開地道：「多謝大小姐體恤！您放心，我會給您日夜趕工，一定不會誤了時辰！這次公主的賞花宴，大小姐一定能夠豔壓群芳！」

歐陽暖微笑道：「那便多謝高師傅了。」

旁邊的紅玉笑道：「高師傅，想必最近錦繡閣生意十分紅火吧？」

高繡娘臉上的笑容十分真誠，「是啊，各位千金都在趕製新衣裳，聽說這次不單是賞花宴，有不少皇孫公子也要到場，熱鬧得很，是京都之中難得的盛會！」說完，她神祕地對著歐陽暖笑道：「大小姐，聽說明郡王也要出席呢，各家小姐都興奮得很，要爭相目睹他的風采！」

歐陽暖若有所思地點點頭，幾日前明郡王歸京的情形，爵兒早已兩眼放光地對自己形容了無數次。此次平叛，明郡王命人率千名鐵騎，奇襲南疆蠻王的軍營，燒盡糧草輜重，南蠻王向外逃竄，明郡王親率三千鐵騎迎面痛擊，南蠻十萬軍隊潰退千里，他陣前斬殺南蠻大將三十人，包括蠻王世子也命喪他的手下，令叛軍元氣大傷，明郡王威名遠震南疆。

大軍回朝的盛況，歐陽暖無緣得見，她只知道歐陽爵對這位明郡王的憧憬和崇敬已經到了無法言說的高度，同時她也很清楚，明郡王得意，自然就有人失意，譬如那位陰鬱的秦王世子……

高繡娘出去的時候，歐陽爵正好走進來，晶亮的眼睛閃閃發光，「姊姊，公主的賞花宴，祖母說我也能去，是真的嗎？」

歐陽暖的手指在白玉簪上輕輕拂過，故作漫不經心道：「你不是一向不喜歡這種熱鬧的場合嗎？姊姊體諒你，跟祖母說你就不必去了。」

「啊！」歐陽爵臉上明顯露出沮喪的神情，連眼睛都黯淡下去，可是瞅瞅歐陽暖，卻又不敢開口請求，歐陽暖看他一眼，笑道：「這麼容易就放棄？你不想見見你心中傾慕的大英雄？」

「姐，妳騙我！妳會帶我去的是不是？」歐陽爵一蹦三尺高，眼睛裡充滿了喜悅。

歐陽暖輕聲嘆息道：「看來你當真很喜歡那位郡王了！」

「這是自然的！」歐陽爵挺起胸膛，用力點頭，像是要讓歐陽暖也感受到他滿腔的傾慕。

歐陽暖微笑道：「他身邊的親信謀士那麼多，只要人不是太蠢，都不至於大敗而歸，你何必如此在意？」

「姊姊，明郡王此次出征，首日到達南疆便攻占三城，燒了敵軍糧草之後，只用三千人先後擊潰了二萬、五萬、七萬、八萬，最終是十萬南蠻士兵……此次南征，他連平十二城，歷經大小十七戰，所向無前，絕非是靠什麼謀士將領替他衝鋒陷陣的！」

歐陽暖笑道：「這些話我聽你說了有，嗯，一、二、三……七遍了吧，聽到我的耳朵都要長繭子了。也許這位明郡王生得三頭六臂也不一定，你見了他可能要害怕，到時候不要找姊姊哭鼻子！」

「姊姊，我才不會！」歐陽爵鄭重其事，「我將來一定要向明郡王一樣領兵出征！」

歐陽暖點點頭，道：「那也是將來的事，你要先把書讀好。」

歐陽爵看著桌子上琳琅滿目的珠寶，不由自主有些失望，他看著歐陽暖道：「姊姊，妳不知道學院裡的那些豪族公子只是來混日子，他們整天只知道享受亭臺樓閣、車馬遊船、珍異珠寶、錦衣玉食，根本都不是來讀書的，跟他們在一起，什麼也學不到！」

歐陽暖手裡拿起一個水晶鑲翠玉的物事把玩，眼中似有光華無限，口中卻淡淡道：「爵兒，爹爹送你去讀書，一方面是要你謀個好前程，另一方面是要你去結交貴人。你看著別人都是在走馬鬥狗、遊樂快活，可是你哪裡知道他們背後都在打些什麼主意？你身邊的這些貴族少年，出身權貴，背後關係盤根錯節，沒一個是省油的燈。你在學院裡讀書，他們越是表現得荒誕不羈，你更要勤勉，學得本領，留心別人做的一切，留心天下事。常言道，世事洞明皆學問，人情練達即文章。你要學習一切，留心一切……」

歐陽爵聽到這樣的話，心中其實有些抵觸，他很厭惡那些貴族公子身上的驕奢習氣，更厭惡他們互相攀附勾結的醜惡嘴臉，只是……他知道姊姊說的沒有錯，這些日子以來，他親眼見到姊姊搜集大公主的詩詞文章，刻苦模仿大公主的字體。姊姊本來就有過目不忘的本領，大公主所有的文章詩詞無不熟透於心，終日細細摩習，她摩習的是大公主喜歡什麼、討厭什麼，她要進入大公主的內心世界，藉以博得公主的青睞。

「姊姊，妳這樣真是太累了！學院裡那些教習們雖才高八斗，讀書萬卷，卻也心胸狹窄，互相看不起，有時看別人家背黑鍋，即使不是幸災樂禍，也是明哲保身，很少仗義執言；見到有權勢的人，即使不是阿諛奉承，吹拍逢迎，也總想套近乎……難道姊姊妳一個女子，也要這樣勉強自己嗎？」歐陽爵眼睛裡有微微的銀光閃過。

方嬤嬤看著大少爺，心中不免有些感嘆，大小姐如今越發厲害，可是這大少爺……脾氣性子卻都很像過世的夫人，正直是正直，無奈過分清高自持，終究不是好事。

「勉強？」歐陽暖臉上露出一絲淡笑，道：「什麼是勉強？田野中有人終日勞作，汗流浹背只求一家溫飽而不得，我們錦衣玉食，得享富貴，不過付出一點又算得了什麼？這就叫累嗎？在這個世上，天下是皇家之天下，官府是皇家之官府，只要討得聖上之歡心就行了。他是真命天子，天下的人沒有一個敢違抗他。他說的話叫聖諭，他說的話就是金口玉言。他說你無罪就無罪，即使你罪大惡極；他說你有罪你就有罪，即使你全然無辜。既然榮辱繫於君王一身，那所有人都會想法接近他、討好他，但討好談何容易？你以為這些皇族會無緣無故喜歡你嗎？爵兒，你要記住，為了保住大局，施展抱負，便是要你去學一條狗，你也要照辦。」

歐陽爵被這一番說辭震得有些驚呆，他想不到深閨之中的姊姊竟然有這樣的見識，但是她所言，與他所學的那些聖人之道完全背道而馳……

歐陽暖淡淡地道：「你說你的同學都是驕橫的貴族子弟，那麼你就學著在他們身上試驗自己的涵養和耐力，鍛煉自己如何做到喜怒不形於色。你的教習們都是表面清高背後攀附權貴的小人，你就要在他們面前試驗自己的洞察力與諂媚討好的能力手段。我要你從他們的每一個行動，每一種表情裡面學到他們的心思。如果有一天你能做到讓每一個人都喜歡你、讚賞你，我便讓你從軍。」

「姊姊，從軍只需要毅力和實力！」歐陽爵睜大眼睛，黑亮的瞳孔裡映出歐陽暖明媚的容顏。

「實力？他明郡王若只是個寒族子弟，憑什麼執掌帥印，憑什麼號令比他資歷更高的將領？只怕他連發揮自己才幹的機會都不會有！你和明郡王比起來又是什麼呢？你沒有強有力的燕王做後盾，也沒有皇長孫為你在朝堂上彈壓政敵，你就算上了戰場也只能從小將做起，打仗你得衝在前面，還沒摸到功勞的邊就不知道身上會多幾道傷口，這就是你所謂的建功立業？」歐陽暖淡淡地說道，漆黑的眼睛一瞬不瞬地望著歐陽爵。

「我……」歐陽爵語塞，他突然意識到，姊姊所說的話是她一直都想說，卻從未說出口的。

「前朝有一位軍神，戰無不勝，攻無不克，最後卻是死在自己人的手裡，你可知道他是怎麼死的？」

「姊姊說的是陳雲之？」歐陽爵皺起眉頭，道：「他迎敵出戰，百戰百勝，卻招惹自己人的妒忌，一次被敵軍追擊的時候，守城將領拒開城門，他不得已只能力戰而亡……」

「所以，便是你本事滔天，也需要通達人情世故。若是他一早打點好一切，謀算好人心，還會落得如此下場嗎？作為一個將才，不僅要有領兵打仗的能力，對上對下都要有非凡的領悟力和操控能力，否則不但不能為國爭光，只會連累自己身死，害家人白白傷心，姊姊逼你通曉人情，是不想將來為你做傷心人，你明白了嗎？」

歐陽爵也看著自己的姊姊，陷入了深深的沉默之中。他在思考姊姊話中的意思，也在想自己真的上了戰場到底能做些什麼？建功立業，若是沒有足夠強大能力和背景，自己連一展才華的機會也沒有。他一直不屑攀附權貴之流，然而姊姊卻是在告訴他，只要能夠達到目的，攀附權貴只是一種手段。只要能夠得到一展所長的機會，向別人低頭又算得了什麼？這不是他所想的忍耐，而是寸土必爭，步步為營！姊姊的語氣雖然嚴厲，卻沒有一個字不是真心為了自己著想。他想通了關鍵之處，猛地抬起頭，認真望著歐陽暖道：「姊姊，總有一天我會達到妳的要求！」

歐陽暖微笑道：「我等著那一天。」

伍之章◆樂舞鬥藝動京城

歐陽爵離開後，歐陽暖站起身，走到精雕細刻著雲朵仙鶴的橢圓窗前，那窗上蒙著綠瑩瑩的亮紗，令已經走到院子裡的歐陽爵背影也多了一絲明朗的氣息……看著弟弟的腳步變得越發輕快，歐陽暖臉上露出微笑，眼底卻不知為什麼有一絲悲傷。

「大小姐……」方嬤嬤擔憂地望著她。

歐陽暖回頭，漆黑的眼睛裡閃過一絲留戀，輕聲道：「嬤嬤，妳說，爵兒是不是很像娘？外祖母說過，娘也是這樣寧折不彎的性子。」

所以夫人才去得這樣早，木秀於林，風必摧之，這世上從來都容不下過分乾淨的人……小姐讓大少爺去迎合這個世道，是希望他更通達人情世故，立身於世。

「大小姐，您並沒有錯，您所說的一切都是為了大少爺好！」方嬤嬤嘆息道。

歐陽暖看著自己的一雙手，輕聲道：「染滿鮮血，步步為營，這樣的生活真的適合爵兒嗎？」

十日後。

歐陽暖身著如雨過天晴般清澈的天水碧，對襟平袖收腰，月季花蝶紋織金條邊，胸前釘一顆白玉扣，十分明麗也不過分素淨。她看著鏡子中的自己，微微笑了笑，鏡子裡的美人便也露出微笑，令人神為之醉。

紅玉讚嘆道：「小姐，人家都說蓉郡主美貌無雙，依奴婢看，那是因為您深居簡出，從未出席熱鬧的場合，他們見識淺薄罷了！」

歐陽暖笑著搖搖頭，道：「蓉郡主能得到太后青睞，絕非一般尋常女子，不得妄加議論。」

「是。」紅玉推了旁邊還在瞪大眼睛傻傻盯著歐陽暖的菖蒲一把，「還看什麼呢！馬上就要去公主府了，妳可千萬機靈點，別闖禍！」

菖蒲望望歐陽暖，又望望紅玉，吐了吐舌頭道：「奴婢才不會！奴婢一定好好保護大小姐！」

方嬤嬤看著牙齒伶俐的紅玉和憨傻忠誠的菖蒲，臉上露出擔憂的表情，歐陽暖輕聲道：「嬤嬤還在擔心什麼？」

方嬤嬤嘆了口氣，道：「小姐，還是讓奴婢跟著您去吧，不然奴婢真的不放心！」

「嬤嬤的腿寒症還沒全好，這時候跟著出去不是白白受罪嗎？您聽我的話，不要出去了，放心吧，我不會有事的。」

方嬤嬤不由自主摸了摸自己的眼角，小心翼翼地擦掉了眼淚，道：「一眨眼功夫，小姐已經到了可以參加大公主賞花宴的年紀了，天上的夫人要是知道，一定會高興的……」

紅玉聽到，臉上露出嘲諷的表情道：「只怕還有一位夫人要氣破了肚腸呢！」

歐陽暖搖頭道：「好了，不要再提不相干的人，咱們走吧。」

歐陽爵早已經在院子裡等候，他繼承了林婉清的清麗，更添了歐陽治的翩翩風度，容貌自然是好的，身上竟沒有孩童的浮躁之氣，反而是溫和平靜的，比起平日裡的他又多了一份穩重。因尚年幼，這種氣質尚糅合著人見人愛的靈氣，讓人望之眼睛便無法移開。

他上來拉住歐陽暖的手，眼睛裡隱隱有光彩流動，「姊姊。」

歐陽暖點點頭，拉著他的手去壽安堂拜別了祖母，隨後走出歐陽府，上了馬車。

福瑞院

歐陽可砸了白玉瓶裡的梅花，氣得滿臉通紅，「娘，她們太過分了，大公主的帖子我連看都沒看到一眼！」

林氏冷笑一聲，道：「可兒，妳祖母現在將咱們母女當成仇人，這麼好的機會怎麼會讓我們出現？莫說是妳，連我她都沒有知會一聲，是打定了主意只讓歐陽暖姊弟兩人前往！」

「可是……以前有這樣的事情，祖母從來不會這樣的！」歐陽可跌坐在椅子上，滿面沮喪的頹唐之色。

林氏走過去，撫撫她的鬢角，微笑道：「不要想這些煩心事，來，看看娘為妳訂做的鞋子。」王嬤嬤捧著一雙綴著碩大夜明珠的繡鞋走上來，歐陽可愣愣望了一眼，林氏親自蹲下了身子替她換上，道：「妳走來試試看。」

歐陽可一聽到「走」這個字，立刻就露出厭惡憎恨的表情，只是她不得不忍耐著站起來，走了幾步，驚訝地回頭望向林氏。

林氏臉上露出柔美的笑容，道：「這雙鞋子看起來和普通繡鞋無異，裡面卻大有乾坤，妳穿上了這雙鞋，走路一點都不會有問題的。」

這雙繡鞋一雙高一雙低，角度和高度都正好貼合二小姐的腳，走起路來十分平穩，彌補了二小姐左腳跛了的不足，旁人粗粗望去，也看不出什麼異樣，林氏為了這雙鞋，不知道費了多少力氣才做好。

歐陽可自從腿腳不靈便之後，就再也沒出過門，她十分憎惡別人看自己的那種幸災樂禍的眼神，如今得了這雙鞋，她反覆走來走去，臉上忽而露出喜悅忽而又是興奮，最後卻變成了惱怒，她一把甩了鞋子，道：「難道要我一輩子穿著這個粉飾太平嗎？娘，您說過要為我報仇的！歐陽暖害得我變成了這個樣子，您要讓她在賞花宴上大放異彩嗎？」

林氏微微一笑，不慌不忙地將鞋子重新拾起來，遞給歐陽可道：「傻丫頭，快穿起來吧，娘早就打算好了，哪裡還要妳擔心？」

「娘，您這是……」歐陽可臉上露出疑惑的表情。

王嬤嬤臉上露出笑容道：「我的好小姐，夫人早就安排好了，您只管放心養傷，且容她再得意一回，等著瞧她最後的下場吧！」

大公主此次設宴，並不在京都的大公主府，而是距離京都很遠的別院，歐陽府的馬車一路行來，歐陽暖和歐陽爵在車中下了一路的棋，倒也沒有覺得路程遙遠。

到了別院門口，歐陽爵率先下了車，立刻回頭攙扶歐陽暖，歐陽暖的一隻腳剛剛落地，便聽到一聲嗤笑：「怎麼歐陽侍郎家也得到請帖了嗎？」

歐陽暖抬頭望去，一個身形頎長的人走了過來。他身穿淡紫常服，微笑時神光離合，雙目有如古潭靜水，瑩潤澄澈，正笑吟吟地看著歐陽暖。此刻的他身穿華服，光彩照人，卻比他一身騎射戎裝之時更加令人不敢直視。

「見過世子。」歐陽暖下了馬車，盈盈施了一禮。

歐陽爵也跟著低下頭，恭敬行禮，小臉上一臉嚴肅，半點看不出是什麼心思。

「世子殿下。」歐陽暖的臉上浮現出笑容，「真是巧呀！」

「哪裡，我是聽說歐陽小姐也要來，特來向小姐表示歉意的！」肖天燁笑得溫柔。

歐陽暖不禁柳眉輕挑，「世子從沒有錯，又何來歉意可言？」

「即便我從不認錯，也要被妳逼得不得不低頭，這樣的本事，足夠讓本世子佩服的了！」他這一番話說得別有深意，似乎是真的在向歐陽暖示好，似乎又有暗諷之意，可待要駁他，又找不到可駁的地方。

「姊姊，我們早點進去吧！」歐陽爵站在旁邊，小臉繃得緊緊的。

「這位是……」肖天燁凝目看了他兩眼，一副不認識的模樣，只待侍衛湊過來小聲說了兩句什麼，才露出一副恍然的表情，「啊，原來是歐陽公子！請恕我眼拙，上次在獵場雖然也是見過的，但你還真是沒給我留下什麼深刻印象，外人一向只知歐陽家有個了不起的大小姐，不知道有什麼歐陽大少爺的！遇到危險都讓姊姊扛了，歐陽公子真是有福，平時愛做什麼？繡花彈琴嗎？」

即便是有些城府的人，也受不住他這刻意一激，然而歐陽爵黑玉一般的眼睛只是閃了閃，就又低下了頭，拉住歐陽暖的手就要往裡走，竟似沒有聽見一般。

肖天燁一挑眉，兩步擋在兩人身前，不讓他們走過去。

歐陽暖看著他，臉上帶著燦爛的笑容，道：「世子爺真是閒了，明郡王馳騁沙場為國立功，可惜在沙場之上從未見過世子的蹤影，可見同樣是不喜歡露臉的，不知平日裡有何消遣？是不是和我們爵兒一樣喜歡繡花彈琴？」

肖天燁目光一冷，「我本就是遊手好閒的人，不打仗也沒什麼，況且我也沒有一個如此能幹的姊姊，處處護著我……」

歐陽暖只覺得歐陽爵的手心漸漸發涼，卻握得更緊了，臉上笑容滿面，親切道：「世子說的哪裡話？您是天潢貴胄，素來高高在上，何必和我們這樣的普通人過不去，豈不是自貶身分？」

肖天燁一雙眸子深不見底，笑道：「普通人，妳也叫普通人？算上牙尖嘴利，妳可以說打遍天下無敵手了吧？也不知道旁人如果知道這樣美麗端莊的歐陽家大小姐其實是個什麼都幹得出來的潑辣女子，臉上會是什麼樣的表情？」

歐陽爵猛地抬起頭，一雙眼睛燃燒著熊熊怒火，他咬住嘴唇要說什麼，卻終究什麼也沒有說，他深深知道，不可以給歐陽暖惹麻煩，忍住！忍不住也要忍！

歐陽暖皺了皺眉，肖天燁擺明是挑弄爵兒生氣，甚至想要逼得他當眾失態惹人嘲笑，自己若是攔著，等於是長他的威風，滅了爵兒的銳氣；若是護著，只怕那人更要說爵兒受姊姊護庇毫無出息；若是靜觀其變，只怕弟弟口舌上遠非那人的對手……然而，自己真的插手……一個高門千金在大公主別院前與秦王世子作口舌之爭，才是大大的不明智。

正在她眉睫微動，心中猶疑之際，歐陽爵踏前一步，低聲道：「世子殿下，我曾經得罪過您，萬分對不住，從今往後我再也不會像上次那樣無禮，凡是您到的地方我會退避三舍，絕不會再有冒犯！我姊姊只是女子，足不出戶，與世無爭，請您高抬貴手，不要再為難我姊姊！」

見他能這麼快就按捺住自己的情緒，不再被肖天燁一激就蹦起來，歐陽暖的唇角已輕輕上挑，連肖天燁都吃驚地望著歐陽爵。

站在肖天燁身後不遠處的何周靜靜打量著眼前這個少年，只覺得他身上竟一絲一毫的魯莽之氣都沒了，世子爺這樣激將，他都沒有上當，小小年紀居然還能說出這樣冷靜的話來，便是成年人也未必能做到如此審時度勢，真是士別三日當刮目相看！他的目光不由自主落到歐陽暖的身上，卻見到她依舊是一副沉靜的面孔，不由得暗自感嘆，歐陽家到底什麼樣的風水，竟出了這樣一對出色的姊弟！

肖天燁卻沒有望向歐陽爵，反而牢牢盯著歐陽暖，見她臉色平靜，半點也沒有發怒的意思，他特別不高興，覺得十分堵心，臉上的笑容也淡了下來，道：「看來歐陽小姐這是要從此將我當做陌路人了？」

他還擋在路中間，半點也沒有要讓路的意思，歐陽暖嘆了一口氣，正要說話，卻聽有人揚聲通報道：「明郡王到！」

原本馬車絡繹不絕，人群熙熙攘攘的別院門口靜得沒有一點聲音。

面容俊朗的黑衣侍衛們策馬相隨，一個個面無表情，腰間懸掛著長劍，在耀眼的陽光下竟也閃著森森寒光。

一個年輕男子下了馬，他披著杏黃色鳳雀古紋斗篷，相貌極為清俊，風輕吹起他的髮絲，他就這麼立在那裡，向歐陽暖他們所在的方向投來一瞥。

歐陽爵愣了愣，突然意識到眼前這個人就是自己憧憬的對象，他從小走到哪裡都被人誇讚容貌出色，此時方知道，跟這個男子比起來，自己什麼都不是。

身後的侍衛們也紛紛跟著下馬，明郡王向肖天燁他們所在的方向走過來。

肖天燁不由自主握緊了雙拳，心裡恨不得在明郡王那張俊得不可思議的臉上揍一拳才好。

他的臉色很不好看，明郡王越走越近，眼看就到了肖天燁的跟前。

然而，他卻行雲流水地從這位尊貴的世子殿下肩旁擦過，刺繡著鳳雀古紋的斗篷翩然揚起，帶起一陣微風。

明郡王對蓄勢待發的秦王世子完全無視……

看到這個場景，不知為什麼，歐陽暖突然很想笑。因為想笑，她就真的笑了笑。

歐陽暖這一笑，如清月撥開雲霧，滿空生輝，明豔亮麗地連天地都為之陶醉。即便是歐陽爵和紅玉他們平日看多了她的笑靨，已不再如開始般驚豔，但仍是被她瞬間綻放的飛揚神采所蠱惑。便是肖天燁，也完全忘記了剛才的不愉快，沉浸在她這個突如其來的笑容裡。

已經走過去的明郡王卻似乎想起了什麼，突然停住了腳步，回過身來。他看著歐陽暖，似乎在回憶，身旁的侍衛輕聲問道：「郡王，怎麼了？」

明郡王搖了搖頭，轉身大步離去。

肖天燁看著歐陽暖，意識到她在幸災樂禍，臉上的表情立刻變得很不愉快，歐陽暖輕聲笑道：「宴會很快就要開始了，世子爺，我們失陪了。」

進了府門，自然有人一路引他們去了宴席之上。

一路走過，花園內古木參天，怪石林立，環山銜水，亭台樓榭，廊迴路轉，景致更是千變萬化，別有一番洞天。此時時辰尚早，早晨的霧氣還未完全散開，鮮紅的桃花、粉白的杏花、各色月季，原本籠罩在霧氣之中，一時太陽升起，光芒驅散了霧氣，各種花蕊更加嬌豔爛漫，一陣微風吹過，花兒繽紛地落下，隨著清涼的露珠，飄蕩在歐陽暖的肩頭。她微微一笑，輕輕拂過，卻不知自己也成了畫中一景，引人驚嘆不已……

「爵兒，裡面如今多是女客，你去花園裡走一走吧，待會兒姊姊來找你。」經過剛才的事情，歐陽暖已經能夠放心讓歐陽爵單獨一個人了。

歐陽爵點點頭，還有些心不在焉的，歐陽暖知道他剛剛見到心中崇拜的大英雄，只是沒想到英雄居然如此年輕俊美，還有點回不過神來……也許在這個孩子的心中，明郡王就該是三頭六臂的吧……歐陽暖想了想，不由自主嘴角微微翹了起來。

她讓小廝陪著歐陽爵離開，自己帶著紅玉、菖蒲等人隨引路的丫鬟進了花廳。

大公主還未來，大廳其他客人早到了，一個個衣衫鮮亮，花容妍麗，團團圍坐，歡聲笑語中，見得歐陽暖進去，一時靜了一靜，有幾位夫人早看著歐陽暖，竊竊私語道道：「這是誰家的女兒？好標緻！」

歐陽暖恍若未覺，去尋侯府眾人的身影，見沈氏、林元馨和蔣氏母女坐在另一席，林元馨正對自己微微招手，面露笑容。

「妳這孩子，這麼一打扮，真是和妳過世的娘親很相像！」沈夫人似是一怔，回過神來後，不由有些感嘆。

沈元馨一身瀲灩綠色長裙，梳流雲髻，額上貼鑲金花鈿，耳上的綠寶耳墜搖曳生光，氣度雍容沉靜。她站起來拉住歐陽暖道：「適才我們還說，聽說公主今年也給歐陽府上下了帖子，就是不知道二姑母會不會讓妳來……」說著，止了後面的話，只笑道：「好在妳來了。」

林元柔此刻坐在一旁，穿一色縷金百蝶穿花桃紅雲緞裙，頭上紅翡滴珠鳳頭金步搖的流蘇輕輕垂下，恰如一枝紅豔豔的桃花，原本她自以為才貌雙全，更兼費足心思打扮過，此次一定能壓過眾人，這會兒一瞧歐陽暖的模樣，只覺心口如有一隻爪子在撓著，分外難受，一時之間，連笑容也勉強起來了，道：「怎麼不見二姑母和可兒妹妹？」

歐陽暖臉上微微笑著，恰似破雲而出的溫暖日光，明媚間照耀滿堂春光，「娘身子重，再加上妹妹久病未癒，她心裡放心不下，便讓我和弟弟來了。」

蔣氏的眼睛裡劃過一絲冷笑，口中淡淡地道：「暖兒當真是識大體，會說話。」

歐陽暖抬起眼瞼，謙虛道：「二舅母過獎了。」

林元馨拉著歐陽暖坐下，輕聲在她耳邊道：「暖兒妹妹，別人都在看妳呢！」

歐陽暖微微笑道：「不，她們是在看侯府漂亮的千金們。」

林元馨笑了，道：「妹妹不必謙虛，別人都精心打扮過，成心要來爭奇鬥豔的，妹妹身上沒有什麼金銀珍寶之類的華麗飾物，反顯得綽約多姿，淡雅飄逸，有如青娥素女，難怪別人這樣盯著妳！」

歐陽暖望進林元馨眼中，卻只見一片坦誠，並無嫉妒之意，不免笑道：「我看不然，也許她們是聽說了那個傳言，都要一睹侯府小姐的風采，生怕將來就瞧不見了呢……」

林元馨臉上一紅，美麗的容貌平添三分豔麗，輕聲道：「連妳都拿我玩笑！」

歐陽暖望著她女兒嬌態，不免嘆息，「皇長孫的確是好，只是姊姊也要有心理準備……」

林元馨的笑容黯淡下來，表情卻帶了一股平靜，刻意壓低聲音慢慢地道：「妹妹，妳想說的，姊姊都明白，其實……娘也對這一門婚事並不歡喜。」

「姊姊這般容貌家世，人品才學，大舅母自然想要給妳挑最好的郎君。」林元馨一愣，眼圈不由自主有些發酸，她眨了眨眼睛，強作出一絲微笑，「榮華富貴，皇室尊榮，我求的卻不是這些。」

歐陽暖很明白對方的心意，她曾經也是這樣想的，不要榮華富貴，不要高貴門庭，只要嫁這世間上待她最真心的男兒，和他結成連理，平平安安白首到老，便是幸福了，然而，蘇玉樓卻那樣輕易辜負了自己。歐陽暖垂下眼睛，掩住了眸中的冷光，皇長孫是太子的繼承人，將來極可能坐擁天下，卻未必是天下間最好的男兒。至少，他不能專心待一個女人，馨表姊這樣柔弱的女子，終究是要陷入一群豺狼的爭鬥中去，將來未知結局如何……

就在這時候，一張嫩嫩的小手攀上歐陽暖的裙襬，不滿兩周歲的小女娃，一雙小胖手用力擎著歐陽暖的衣服，用奶聲奶氣的嗓音，親切地喊：「姊姊！」

歐陽暖心頭一顫，低下頭去看著眼前嫩得像是豆腐一樣的小女娃，露出吃驚的神色。

「這是雪兒。」林元馨笑著解釋道：「娘如今將她帶在身邊養著。」

林元雪，歐陽暖臉上的笑容變得驚訝了，這個孩子是大舅舅的庶女，往日她一直沒有見過，只知道這是大舅舅一個通房所出，倒是沒想到竟然是個這樣玉雪可愛的孩子。

這個長著紅潤圓臉蛋、眼珠烏黑的漂亮小娃娃，突然張開兩隻小手，喊道：「姊姊，抱抱！」

大家愣住了，歐陽暖也是一怔，因為赴宴，所有人都是一身的華服，就連沈氏都只是讓嬤嬤代為抱著孩子，要是自己真要抱孩子，衣服會引起褶皺，待會兒別人見了恐會覺得禮數不周。

林元馨輕輕拍了雪兒一下，說：「不要鬧！」

歐陽暖的驚訝不過是一瞬間，卻很快伸出雙臂，把林元雪接在自己懷中。孩子的直覺是最準確的，她能很清楚地判斷人們對她的態度，是真喜歡她還是假裝喜歡她，或者是厭惡她。林元雪偎在歐陽暖懷中，全身貼在她香噴噴的身上，雙手緊緊摟住她的脖子，一張嬌嫩的小臉親親地貼到歐陽暖的面頰上。

懷中一團溫暖、嬌嫩的小身體，脖子上繞著兩條柔軟的小胳膊，面上貼一張散發著溫暖的奶香的小臉蛋，這一切表達著絕對的信賴和無比的依戀，除了弟弟，這世上再也沒有與自己血脈相連的孩子，歐陽暖從未體會過這種感覺，不免發自真心地微微笑著，輕輕拍拍雪兒的後背，十分愛惜。

這位歐陽大小姐居然真的伸出手去抱一個孩子，毫不畏懼被這孩子弄皺了衣服……人們瞪大眼睛望著她們倆，驚訝得說不出話，就在這時候，大公主到了，她看到這一幕，臉上卻升起一種極端複雜的神色。

眾人見到大公主，紛紛起身上去行禮。

「都去花園吧。」大公主淡淡說了一句，快步向外走去，像是身後有什麼人在追趕她一樣，陶姑姑擔憂地望了她一眼，心中升起一種憂傷，大公主想必又想起了去世的小郡主了……每次看到歐陽暖，大公主似乎都會想起那位郡主，引起傷心的事情，然而她卻還是給歐陽暖下了帖子，這兩人之間，究竟是怎樣的一種緣分？

花園裡早已擺好了宴席，大公主領人往園子裡走。

園子裡百花籠在一片明亮的晨光中，呈現各種鮮豔的美態。隨著腳步聲，一群丫鬟先進了園子，數名花匠在花海中擺弄一會兒，看看整齊安妥，這才各自退下了。

大公主舉辦宴會，歷年來除了各王府的世子郡王、公侯府的公子少爺，還有當朝狀元榜眼探花在場，當真是風流齊聚，權貴雲集，乃是京都難得一見的熱鬧，人人均十分期待。

這一年的賞花宴也是如此，除皇長孫有事未能出席外，燕王府明郡王肖重華、秦王世子肖天燁、晉王世子肖凌風、周王世子肖清弦、允郡王肖清寒、楚王世子肖皚山、齊王世子肖子棋、魯王世子肖漸離、蜀王府永郡王肖月明等都各自代表其父出席。這些皇孫貴冑均是身穿華服，個個年輕俊美之極，又各有各的氣度，此時齊齊在場，一時滿堂華彩，令人不敢直視。

花園裡，男賓離女賓的位置刻意保留了一些距離，不遠不近，恰好遙遙相望。按照慣例，便是兄弟姊妹，男女也是要分席而坐的，所以歐陽爵被安排在男賓那一邊，歐陽暖則陪著沈氏她們。

鎮國侯府兩位公子皆未到場，歐陽爵便獨自坐在一邊，只見滿座個個都是尊貴至極的人物，又看場面十分有趣，心裡也覺得熱鬧歡喜。

忽見一個華服少年走到自己身邊，低聲說道：「歐陽公子，那邊和鎮國侯夫人坐在一起的是你的姊姊嗎？」

歐陽爵一時不明他話中所指，又見他衣飾華貴，尤其是一雙眼睛又大又亮，撲閃撲閃，便轉頭向女客那邊望了一眼，卻見到幾個少女都坐在鎮國侯夫人身邊，一時眼花繚亂，不免問道：「您說的是哪位？」

少年笑道：「那個一身天水碧衣裙，胸前釘一顆白玉扣的姑娘……」

歐陽爵嚇了一跳，道：「啊，那的確是我姊姊歐陽暖！」

少年喜笑顏開，正要套近乎，腦袋上卻吃了一個爆栗，「清寒，你又打什麼鬼主意？要是還我胡鬧，姑姑的宴會，從此再也不讓你來了！」

肖清寒不高興地摸了摸腦袋，對敲打他的那名較為年長的儒雅少年埋怨道：「哥，我就是問問，哪裡胡鬧了？」

「少來，你一見到漂亮姑娘就走不動路，快回你位置上去！」

歐陽爵一怔，這一對兄弟莫非就是周王世子肖清弦和允郡王肖清寒嗎？這麼想著，卻見到肖清弦抱歉地對自己一笑，接著將少年狠命一扯，兩人這才入了座。

肖天燁從另一桌過來，笑咪咪地遞過來一杯酒，歐陽爵不善飲酒，更沒想到對方竟主動遞給自己酒杯，卻不能當眾拒絕，只能勉強喝了一杯，說道：「世子，從前有些事情，是我太莽撞，還請您多多原諒。」

肖天燁拍掌笑道：「好！士別三日當刮目相看，歐陽公子果真精進不少！」

歐陽爵低下頭，心道姊姊所言果然如此，這位秦王世子性情暴虐，喜怒無常，剛才還一臉怒容，轉眼卻言笑晏晏，當真是不可捉摸，是需要敬而遠之的人物。

那邊被拉回座位的肖清寒笑道：「這位歐陽公子以前好像沒有見過呀！」

歐陽爵連忙回答道：「是，這次是第一次得到大公主的帖子。」

他這樣坦白，倒顯得一番赤子之心，引得剛才沒有注意他的幾位貴人一起向他望過來。

大公主的帖子自然千金難求，肖清寒哈哈一笑道：「你真好玩，說話這麼老實！」

歐陽暖曾經提醒過歐陽爵，凡是不知道的問題或者不好回答的問題，不如裝傻充愣或者實話實說，反正這些貴人都是人精，沒有一個是好相與的，不能討人喜歡，至少不招人討厭，無功無過即可。

歐陽爵想到姊姊的提醒，臉上便有些赧然之色。

肖清寒又問道：「你家姊姊以前也從來沒見過呀！」他話音剛落，忽然低聲慘叫，說道：「肖月明，你這隻豬，你踩我做什麼？」

被點到名的永郡王肖月明生得面如冠玉，目如朗星，他淡淡一笑道：「歐陽公子，我可要提醒你，我們這位允郡王可是出了名的喜歡美人，你可千萬不要透露歐陽小姐的什麼消息給他，否則被他盯上可是麻煩事！」

「你壞我名聲！」肖清寒炸毛，眼睛睜得老大，向肖月明撲過去，肖月明一手架住，歐陽爵見到他們兩人身分尊貴，居然也鬧成一團，忍不住微笑。

肖清寒見歐陽爵在笑，便放開了肖月明，轉而笑道：「我為人善良，宅心仁厚，風評又好，歐陽公子公子不必緊張，只要你介紹我給你姊姊認識就好了。」

肖月明強忍笑容，正色說道：「允郡王說得是，只是你每次看到美人就會把君子風度都忘了，發揮你那纏人的功夫把人家美人追得到處跑！你忘了，蓉郡主一看到你臉色就黑了……哈哈！」

「哈哈！蓉郡主是個大美人沒有錯，就是太裝腔作勢了！須知這天外有天人外有人，終有一天會有比她更美貌多才的女子！到時候她這京都第一美人的稱號還能保得住嗎？」肖清寒眉飛色舞地說道。

肖月明冷笑道：「京都這些小姐們，如武國公府蘭馨小姐、南安公府明熙小姐、威北侯府碧瑤小姐、崔翰林府幽若小姐等，都是才美之名在外的京城名媛，你今天也都瞧見她們了，哪一個能和蓉郡主比肩的？你倒是在京都找出一個比她更出色的我看看？」很顯然，肖月明是蓉郡主的忠實擁護者。

肖清寒嗤笑一聲道：「你自己去看看，那不是就有一個！」他指著對面的歐陽暖，道：「我敢說，她一定不比蓉郡主遜色！」

肖月明睜大眼睛，仔細盯著對面的歐陽暖看了半天，的確找不出一絲可挑剔的瑕疵來，一時語塞，最後勉為其難道：「她嗎？年紀太小了吧？」

肖清寒表示不屑，反而對歐陽爵道：「我看你姊姊極出色，就是年紀太小了！你讓她好好努力，認真地長，將來一定超過蓉郡主！」

姑娘家的成長又不是種菜，居然說好好努力，認真地長……這群皇孫當真是匪夷所思！歐陽爵素來知道自己姊姊美貌，偶有出門都會引來許多百姓圍觀，卻並沒有意識到歐陽暖在京都權貴之中也能引起這樣多的議論，但是他能敏銳地意識到，這位允郡王只是玩笑，並無惡意，所以臉上只是笑道：「郡王的好意，歐陽爵一定轉告家姊。」

肖清寒還沒說話，肖天燁卻冷笑一聲，道：「只怕允郡王沒見識過這位歐陽小姐的厲害呢！見識到，你就不會這樣說了！」

歐陽爵淡淡垂下眼，當做沒有聽見這句挑釁的話，反而肖清寒淡淡地道：「怎麼，秦王世子見識過？」

肖天燁看了歐陽爵一眼，微笑道：「總比你這樣一句話都沒說過的陌生人要熟悉。」

肖清寒把臉一沉，就要發怒，肖清弦卻已經拉住了弟弟，微微搖了搖頭，肖月明臉上的笑容也淡了，他們之中有一種奇怪的劍拔弩張的氣氛在流動。

就在此刻，歐陽爵卻聽見上首一直沉默地低頭喝茶的明郡王道：「宴會要開始了，各位請安靜些吧。」

所有人都閉上了嘴巴，只有肖天燁的聲音依舊帶著一絲冷漠：「怎麼，明郡王這是捨不得蓉郡主被人議論，還是對歐陽小姐別有興趣？」

肖重華淡淡地瞥了肖天燁一眼，似笑非笑的神情令人心驚，肖天燁卻不屑地笑了笑。

滿座之間，唯獨他可與肖重華對視而不感到畏懼。

這是因為他們兩人從小就是勢均力敵，互別苗頭的。

良久無言。

一旁的肖清寒摸了摸鼻子，低聲道：「為啥我覺得重華哥最近幾年越發可怕了啊？怎麼天燁還跟沒事兒人似的？」

肖天燁這個人，雖然殘忍無禮，可怎麼說呢，光是看他一眼，就覺得讓人賞心悅目。從歐陽暖的角度，可以看到對方英俊精緻得彷彿畫像一樣的側臉，濃密的長睫毛漂亮得不像男性該有的，薄薄的嘴唇唇角微微抿起，看起來很高傲。而旁邊的肖重華，也是生得神人一般的俊美，兩大美男子坐在一起，整個宴會都顯得光芒萬丈起來。

歐陽暖當然看見不少名門閨秀彷彿喝醉了酒一般的神情，不由得暗自搖頭，這世上紅粉骷髏最可怕，換了男人也是一樣。蘇玉樓一張美男子的皮就矇騙了自己多年，眼前這兩位更是將蘇玉樓甩出幾條街，將來還不知要引來多少女子心碎神傷。

橫豎不過是一張皮罷了，又算得什麼呢！歐陽暖低下頭，嘴角勾起微妙的弧度，似是嘲諷又似是悲憫。懷中的林元雪似乎感受到了她心中的情緒，伸出小手來撫摸她的臉，歐陽暖便又微笑起來，引得林元雪好奇地睜大眼睛盯著她。

這時候，所有人就聽到大公主揚聲道：「光是賞花自然無趣，我特地向太后討了恩典，為大家請來一位貴賓。」說到這裡，大公主不著痕跡地看了歐陽暖一眼，似乎十分高興的樣子，歐陽暖卻被這一眼看得起了不好的感覺。

果然，話音剛落，就看到一個美人兒盈盈從花叢中走了出來，眾人看清眼前的少女，都是一愣，只覺得眼前的人兒太光彩眩目了：柳眉鳳眼，玉肌雪膚；光燦燦的金步搖綴著點點水鑽，垂向前額，彷彿閃爍在烏雲間的星光；玉色羅裙高繫至腰上，長拖到地，鮮豔的裙帶上繫著翡翠九龍珮和羊脂白玉環；長長的、輕飄飄的帛帶披在雙肩，垂向身後，更映出那瀟灑出塵的婀娜風姿。

「公主又拿我取笑！」那個美人微笑道，聲音極為輕靈。

林元馨愣了愣，打量了一番那個美人，又回頭看了看歐陽暖，暗暗尋思：暖兒已經是清麗無匹，跟她比起來，卻稚嫩了些，少了幾分風情。

「她是誰家的小姐？」旁邊一位夫人驚嘆，「真正國色天香了！」

「她是蓉郡主。」沈氏笑道。

林元馨悄悄和歐陽暖咬耳朵：「聽得明郡王回京了，沒曾想蓉郡主也這麼快就出席賞花宴，果真太后要賜婚的傳言是真的呢！」

一時眾人紛紛上前拜見。歐陽暖看著眼前這個盛裝少女，臉上突然露出了一絲微笑，大公主說要讓她和自己站在一起比一比，倒還真是說到做到。她看了大公主一眼，卻見到對方向自己眨了眨眼睛，頗有深意。

歐陽暖低下頭和林元雪拉手指玩，半點沒有和這位美人兒站在一起比一比的意思，就聽到林元柔在旁邊譏諷道：「以為自己美貌，看看人家蓉郡主，才當真是豔壓群芳！」

的確如此，蓉郡主當得這四個字，絕對的豔麗無匹，只是歐陽暖也十分清麗，與她各有芳華罷了。林元馨不滿地看著林元柔，淡淡地道：「蓉郡主今年有十六了吧，我們暖兒還未及笄，假以時日，只怕比蓉郡主要更勝一籌。」

林元柔冷哼一聲，別過臉去。

眾人因著這位美人的出現，驚豔太過，連男賓那裡都起了一陣騷動。

「怎麼，開始後悔剛才大放厥詞了？」肖月明見到自己心中的大美人，高興地提起白玉酒杯，添酒笑問。

肖清寒反駁道：「也不能這麼說，蓉郡主的確是豔壓群芳，只是歐陽小姐要是肯與她站在一起比一比，也就未必了。」

肖月明只當他死撐，笑得更開懷。

正座上，大公主臉上帶著笑容道：「蓉兒也不必謙虛，旁人來都為我帶了禮物，只是不知道妳要送些什麼？」

蓉郡主臉上的笑容如同明月生輝，道：「公主殿下，蓉兒來得匆忙了些，沒有準備禮物，便為公主和諸位賓客獻曲一首，未知可否？」

大公主點點頭，道：「太后曾與我說過，蓉兒琴到興處，能引來百鳥起舞，百獸肅穆，虎兔共臥，可惜我一直沒能耐下性子好好聽過，今日就為大家彈奏一曲吧。」

「是。」蓉郡主謙卑地低下頭回答道。

接過身旁的人遞過來的琵琶，蓉郡主只盈盈一笑，便素手輕抬，開始演樂，她彈奏的曲子是時下最為流行的曲子清平樂。正因為是大家熟悉的曲子，更能顯示出人的技藝是否達到爐火純青，樂以載情的程度。蓉郡主的琴音洋洋流暢，引人入境，使聞者莫不聽音而忘音，只覺心神如洗，明滅間似真似幻。

她秋波輕閃，如蔥玉指重拔絲弦，和著琵琶聲，輕聲吟唱起來：「桃之夭夭，灼灼其華。之子於歸，宜其室家。桃之夭夭，有蕡其實。之子於歸，宜其家室。桃之夭夭，其葉蓁蓁。之子於歸，宜其家人。」

這一首清平樂，配上桃夭的詩句竟然是這樣的和諧，倒真是意想不到！歐陽暖側耳傾聽，只覺得那琵琶聲如清泉流過石頭，如碎雨打著芭蕉，如旭日照著晨雪，如明月籠罩滄海；那歌聲如沙漠裡響起駝鈴，如竹林中黃鸝在啼鳴，當真是出神入化。

一曲既終，肖月明臉上的神情越發癡迷，道：「清寒，這回你沒話好說了吧！這世上還有哪位小姐能奏出這樣的曲子？你說的那位歐陽小姐能嗎？願賭服輸！你要承認蓉郡主這京都第一美人和第一才女的身分，為她正名！」

肖清寒一雙亮晶晶的眼睛立刻盯住歐陽爵。

姊姊當然可以！如果換了以往的歐陽爵一定會這樣說，然而在歐陽暖再三提醒他要謹言慎行之後，他深深記住了這句話，所以只是淡淡微笑道：「我姊姊雖然擅長古琴，可惜與蓉郡主還是無法相比的。」

肖清寒果然沒話好說，摸摸鼻子不說話了。

歐陽爵肯退讓，未必人家就願意讓他們退讓。大公主聽完了曲子，反倒微笑道：「果真是天下難尋，只是我聽說歐陽小姐也擅長琴曲，不知可否與大家彈奏一首？」

歐陽暖倒是沒想到自己被點到名，她的手被林元雪拉著，一時之間還有些愣然。沈氏連忙將林元雪帶到一邊去，對歐陽暖使了個眼色。

歐陽暖輕輕拍拍裙子上的褶皺，從容不迫地站了起來，走到堂下，與蓉郡主僅一步之遙。

原本還在竊竊私語的人們突然之間安靜了下來，所有人的眼珠子都一眨也不眨地望過去，歐陽暖一直坐在那裡還不覺得，這樣和蓉郡主並肩而立，這才顯出兩人皆是容顏如玉，令人心折。

蓉郡主當然是明眸皓齒，國色天香，歐陽暖年紀很小，卻已出落得清雅靈秀，楚楚動人，她身穿如雨過天晴般清澈的天水碧長裙，月季花蝶紋織金條邊，盈盈的纖腰上扣一條流光如潤的琥珀腰帶，風一吹，長裙上的羽紗隨風飄動，煞是好看。

這邊諸位公子看得嘖嘖稱奇，肖清寒挑眉道：「怎麼樣，我說歐陽小姐是美人吧，你們竟都沒看出來！」

誰看不出來？在座的誰都不是瞎子，只是誰都沒像你一樣親口說出來！肖清弦無奈搖頭，對於這個弟弟表示很無奈，瞧他一臉驕傲，不知道的還以為歐陽暖是他妹妹呢！只是大公主讓歐陽暖也在人前表演技藝，還不知到底是什麼意思，若說是抬舉她，卻又不該在蓉郡主表演之後，豈不是要讓她當眾出醜？可是看大公主神情，卻又絕非厭惡她，這究竟是怎麼回事……但是這位歐陽小姐如果機智，應當拒絕吧……

不光是肖清弦這樣想，所有人恐怕都是這樣想的，然而歐陽暖的選擇卻讓他們十足驚訝。

歐陽暖揚聲道：「小女技藝淺薄，但既公主命我，不敢推脫。」

這句話卻引來所有人的側目，已有蓉郡主珠玉在前，這位歐陽小姐是要何等自信，才敢應下這樣的邀約，當真是不知死活！

蓉郡主看著歐陽暖，臉上卻是善意的笑容，她退到一邊坐下。

大公主命人送來一把焦尾琴，歐陽暖手下一撥，輕輕試了試琴音，果然金聲玉振，非同凡響，是一把音色極佳的好琴。

「此曲早已丟失，歐陽暖只能從古書中拾取零碎片段，敬請諸位品鑒。」她揚聲道。

樂音一起，竟是金戈冰河之聲。弦起處風停雲滯，人鬼俱寂，唯工尺跳躍於琴盤，思緒滑動於指尖，情感流淌於五弦，天籟迴蕩於蒼天，仙樂嫋嫋如行雲流水，琴聲錚錚有鐵戈之聲。

眾人吃驚地看向場中的歐陽暖，這種狂放悲悵，激昂鏗鏘的曲子，竟然出自一個少女之手！

肖天燁也同樣死死盯著歐陽暖，只覺得這首琴曲時而如醉後狂吟，時而如酒壯雄心，起承轉合，一派豪邁，在樂符細膩柔美的清平樂後演奏，更令人一掃癡迷，只覺豪氣上湧。

一曲終了，許久鴉雀無聲。園中纖蘿不動，百鳥不語。

歐陽暖緩緩起身，斂衽為禮，人群凝滯片刻後，頓時喝采聲大作。

大公主看向蓉郡主，微笑問道：「蓉兒，歐陽小姐的琴曲妳以為如何？」

蓉郡主美目流轉，似乎深深望了歐陽暖一眼，揚聲道：「歐陽小姐指下竟有如此風雷之色，當真難得！蓉兒平日很少佩服別人，今日也要甘拜下風了！」

「歐陽小姐一介女流，竟能奏出如此狂放不羈的曲子，令人敬佩！」肖清寒不自禁地嘆道，他轉頭問肖月明道：「你可服氣了嗎？」

肖月明似乎這才從怔忪之間回神，冷冷看了他一眼，「行了吧你，人家又不是你什麼人，值得你上躥下跳為她這樣說話嗎？」

「哼，你就是死鴨子嘴硬！」肖清寒翹起嘴角，倒了一杯酒送到肖月明的眼前，道：「願賭服輸，你要自罰一杯！」

諸位王孫公子都微笑著看向他們，肖月明倒也爽快，舉起酒杯一飲而盡。

肖天燁看著歐陽暖的方向，冷冷一笑，蓉郡主已有琵琶絕技，歐陽暖卻懂得另闢蹊徑，別出心裁選擇了這樣的曲子，她若是普通女流之輩，他肖天燁豈不是成了傻子？

一片熱鬧中，明郡王眼簾低垂，一首如此慷慨激昂的曲子，為何其中竟有無邊無際的怨恨……這位歐陽小姐，當真令人費解！

「郡主客氣，不是暖兒琴技出眾，而是這首曲子十分出色，只可惜暖兒只得到零碎片段，未能全部成曲，實乃一件憾事，久聞郡主擅長譜曲，未知能否請您相助？」

蓉郡主點頭道：「的確是可惜，我倒是可以試著將未完的曲子譜出來。」說完，她竟主動離座，來到歐陽暖身前，與她相視一笑，逕自在琴前坐了，略微一沉吟，十指在琴弦上稍一撥弄，未久，一首新曲已成。蓉郡主將琴曲彈奏出來，果真承接上歐陽暖先前所斷之處，而且接得十分巧妙，眾人無不感嘆郡主才高八斗，只有歐陽爵掩住了唇邊的笑意，姊姊明明早已譜出了完整的曲子，卻偏偏將這樣出風頭的機會讓回給蓉郡主，這世上誰人又有這樣的胸襟氣魄？

若是今日歐陽暖表現平平，會引得眾人恥笑；若是她一力壓過蓉郡主，又會結下嫌隙，這是一個兩難的局面。唯有各有千秋，平分秋色，才能勉強維持不敗之局，所以歐陽暖另闢蹊徑，選擇與蓉郡主完全不同的曲風和表現手法，並且將被眾人稱讚的機會讓給了蓉郡主，如此一來，原本蓉郡主可能由此產生的不滿也能稍稍平息。

大公主微微一笑，將這一切盡收眼底，「這樣說，妳們二人是分不出伯仲了？」

歐陽暖笑道：「不，是蓉郡主更勝一籌，暖兒可不能譜出這樣的曲子。」

蓉郡主也搖頭道：「蓉兒彈奏不出這樣的風雷之曲，甘拜下風。」

這兩個人倒有些惺惺相惜，眾人不覺莞爾，再看她們兩人，更覺容貌美麗，姿態高雅，一如綻放的國色牡丹，一如夏日荷塘幽靜蓮花。

「我之前對太后保證過，一定要找一個可以與蓉兒比肩的才女，妳們兩人互相推讓，怎麼分出高下？高下未分，又何必表演？既然兩位對樂曲都這樣感興趣，我特設了一個遊戲，若是輸了的人，要當眾為大家再展妳們拿手的絕技，妳們兩位隨意吧。」大公主固執地說道。

歐陽暖和蓉郡主相視一眼，在對方臉上都看到苦笑。這位大公主，是非要逼她們兩人分出高下才甘心了。

陶姑姑起來解說道：「此遊戲名為『聽音辨器』，有樂師在簾幕之後奏音，兩位小姐分辨此音為何種器樂所出，答對最多者為勝出。」

在座的都是通曉樂律之人，皆好熱鬧，難得看到兩位美人競技，頓時一片贊同之聲。

陶姑姑輕輕拍擊手掌，果真在樹林之間搭設了一個朱紅色的簾幕，人群中慢慢安靜下來，每一個人都凝神細聽。

少頃，簾內傳來第一聲樂響。

不過停滯片刻，蓉郡主微笑道：「箜篌。」

第二聲響過，歐陽暖笑道：「排簫。」

第三聲響過，蓉郡主緊接著道：「瑟。」

第四聲過去，歐陽暖凝目後又睜開，道：「缶。」

第五聲響過，兩人幾乎同時說出「筑」這個字。

接下來，笙、橫笛、梆鼓、奚琴、花邊阮、竹相等樂器相繼奏過，大公主連戰場上的號角都拿出來了，實在是越來越難也越來越激烈，眾人雖然都擅長音律，卻漸漸已經迷糊，根本分不清究竟是什麼樂器發出的聲音。

第二十八聲後，有片刻的寂靜，蓉郡主和歐陽暖一時都沒有說話，眾人莫名跟著覺得緊張起來，一時之間望望這個望望那個……只有歐陽爵放下心來，姊姊贏定了，這分明是姊姊形容過的，百種樂器之中也能清晰分辨出來，清越而動聽的——

「磬！」滿座寂靜，只聽到蓉郡主輕輕吐出這個字，頓時眾人激動起來，果然還是蓉郡主更高一籌。

歐陽暖微笑站起，道：「郡主才高，暖兒不得不佩服。」

蓉郡主臉上的笑容十分謙虛，眼中卻有如釋重負的神色，若是當眾在這裡輸給一個往日籍籍無名的小女孩，她第一才女的名聲也就成了笑話，多年的苦心經營也就毀於一旦……只是，這個女孩當真不知道最後這一種樂器是什麼嗎？她仔細望向歐陽暖，卻見到她眼睛黑白分明，一片澄澈，這才略略放下心來，想到或許是自己在宮中多年，太過容易猜疑別人，當下站起來親熱地挽住歐陽暖的手道：「不，是妹妹讓我。」

見那裡似乎惺惺相惜，肖天燁冷笑一聲：「歐陽暖這丫頭又在裝蒜了！」

歐陽爵充耳不聞，帶頭使勁兒給蓉郡主鼓掌，他是這裡唯一知道真相的人，更加覺得自己姊姊非同凡響，手都拍紅了。

「好了，既然歐陽小姐輸了，就該願賭服輸，為大家再奏一曲。」肖月明站起身，朗聲道，一時引得無數小姐望過來。

歐陽暖微微笑道：「如君所願。」

就在此時，肖天燁站起身，面帶微笑道：「歐陽小姐，妳的琴技大家已經領教過了，未知可否有其他技藝？總不能只會彈琴吧？」

他這句話彷彿是玩笑，聽在歐陽爵耳中卻十分刺耳，他強忍住心頭不悅，向歐陽暖望去……已有那樣精彩的琵琶曲和古琴曲，再拿出什麼樣的表演也無法打動人心了，肖天燁就是篤定這一點，才會說出這種話，故意激怒歐陽暖。

不要說歐陽暖，就連沈氏都覺得秦王世子此番是故意與人為難，不免皺起眉頭。林元馨的臉上現出三分怒容，剛要說話，歐陽暖卻笑道：「這是自然，只是卻要蓉郡主相助，不知郡主是否願意。」

蓉郡主美目微微彎起，笑道：「歐陽小姐需要我做些什麼？」

「既然秦王世子不許我再奏一曲，暖兒又並無其他準備，只好為大家寫幾幅字了。」歐陽暖微笑道：「只是寫字尚且需要時間，諸位空等未免無趣，久聞郡主舞技傾城，卻一直無緣得見，可否請您表演一曲？」

蓉郡主聞言，望向大公主笑道：「未知公主意下如何？」

大公主環視眾人，見大家臉上都露出期待興奮的表情，不由點了點頭。

歐陽暖微笑：「如此，便有勞郡主。」

蓉郡主站起來，笑容一如既往的柔和高貴，「歐陽小姐請。」

蓉郡主平日在宮中，外人無緣得見其舞技，而歐陽暖又很少涉及這類場合，兩位美人同時表演，當然值得期待，更是引人遐思，眾人拍手叫好，場面一下子熱烈起來。

「娘，暖兒真是傻，這樣好的機會怎麼能讓給蓉郡主？」林元馨在沈氏旁邊輕聲嘆息。

沈氏看了看歐陽暖，又聽見長女在旁邊的嘆息，心中不免搖了搖頭，若論心機深沉，馨兒遠不及暖兒，將來嫁入太子府，還不知道會是何種結局，這樣一想，原本喜悅的情緒立刻沖淡了許多。

一旁的林元柔冷笑一聲道：「久聞蓉郡主舞技傾城，她的書法又算得了什麼？真是不知死活，自取其辱！」

蔣氏挑高了眉，看了自己的女兒一眼，淡淡地道：「但願如此吧！」

男客那一邊，肖清寒走過去點了點歐陽爵，道：「你姊姊是怎麼回事？讓她表演還特意捎上蓉郡主，是覺得蓉郡主的名頭還不夠大怎麼的？我剛才可是下注賭了你姊姊會贏的，賭注一千兩黃金呢，還有一對我特別心愛的海東青！」

歐陽爵無奈地看著對方閃亮的眼睛，道：「允郡王，我姊姊向來不愛出風頭的。」

「啊，那我豈不是註定要輸？」肖清寒睜大眼睛，頓時愁雲滿面。

肖月明還沒來得及嘲笑他，卻聽一個人突然說道：「只怕未必吧。」

歐陽爵向說話的那人望去，只見肖天燁悠悠然坐著，手中拈著一朵無意之中飄來的花瓣，正漫不經心地碾碎，另一隻手還端起桌上的酒杯輕啜一口，彷彿完全沒被外面的嘈雜所打擾。在察覺到歐陽爵緊盯過來的目光後，他抬起眼睛，微微地回了一笑，淡淡淺淺的，卻讓人突生一股奇怪的感覺，片刻後，他似乎想起了什麼，突然問道：「明郡王以為呢？」

明郡王笑了笑，道：「勝負未分，恕我不能先下判斷。」

就在此時，聽見樂聲響起。

眾人的視線成功地被吸引到蓉郡主的身上，只見她羅衣從風，長袖交橫，隨著樂曲響起，舞動腰肢，口中輕聲吟唱：「君若天上雲，儂似雲中鳥。相隨相依，映日浴風。君若湖中水，儂似水心花，相親相憐，浴月弄影。人間緣何聚散，人間何有悲歡，但願與君長相守，莫作曇花一現。」

這曲踏歌原為古詩之中的情愛之曲，後經蓉郡主親自譜成曲子又編出一套舞蹈，去掉了情詩之中的纏綿，保留了古詩中的韻味，令人聽之心動，望之生情。在蓉郡主唱到浴月弄影的時候，她突然擰腰向左，拋袖投足，筆直的袖鋒呈「離弦」之勢，就在「弄影」的當口，長袖猛然右墜，身體又忽而至左，袖子橫拉及左側，嬌軀連同雙袖向右拋撒出去，左右往返，若行雲流水，似天馬行空，而所有的動作又在一句「但願與君長相守」的唱詞中一氣呵成，彷若一位年輕的少女在春遊踏足一般，清新俏麗，說不盡的風流婉轉，動人心魄。恰好此刻園中的鮮花多得鋪天蓋地，一陣風吹過來，那千片萬片花瓣飄飛的夢幻般的美景，和著美人之舞與動聽的曲子，讓人看得瞠目結舌目不轉睛，完全被迷住了心神。

大家都被蓉郡主勾去了心神，卻依舊有人注意到，此刻歐陽暖那邊早已開始，她靜靜地站在一棵桃樹下，薄薄的輕紗微微飄起，衣華如錦，人美如玉，明明身在熱鬧凡俗之地，她卻彷彿立在靜謐書齋，絲毫也不曾為眼前令人眼花繚亂的美景亂了心神。

一節舞畢，蓉郡主輕輕歇了舞蹈，停下來望向歐陽暖，眾人也順著她的目光望去，歐陽暖看了眼望向她的眾人，絲毫沒有膽怯之色，停了筆微笑道：「請諸位一觀。」

丫鬟將那幅字拿起，面向眾人，只見那清雅的花箋之上寫了一首詩：「絕代有佳人，遺世而獨立。一顧傾人城，再顧傾人國。寧不知傾國與傾城，佳人難再得。」

筆致嫵媚，墨香馥郁。

這是一首在坊間十分流行的詞，大公主凝神望去，不由點點頭，道：「好一手簪花小楷，當真有衛夫人當年遺風。蓉兒，請妳再舞。」

第二節，蓉郡主已換了一支舞蹈。纖纖素手，輕舞飛揚，旋轉如水中氤氳月，盈盈淺笑回眸間，柔若垂柳般的腰肢，蓮步輕移，髮如流蘇，徐徐舞動。曲風比第一首更為柔美，舞姿比剛才的那首踏歌更為旖旎多情，令人不得不暗嘆她的婉轉心思。

歐陽暖看著蓉郡主，心中微微一動，又蘸了濃濃的松煙之墨，在一張素箋上寫了下去。待蓉郡主一節舞完暫歇，丫鬟將字展給眾人看時，讚嘆之聲四起。只見那素箋之上，寫下幾行字：「華筵九秋暮，飛袂拂雲雨。翩如蘭苕翠，婉如遊龍舉。低回蓮破浪，凌亂雪縈風。墜珥時流盻，修裾欲溯空。唯愁捉不住，飛去逐驚鴻。」

大公主笑道：「好一句飛去逐驚鴻！當真寫出了蓉兒的花容月貌，繪出了此舞的輕盈步調！」

蓉郡主臉上露出粲然一笑，輕聲道：「驚鴻……驚鴻，這二字最妙，歐陽小姐形容當真貼切！此舞我早已編出，卻一直無法找到一個貼切的名字，從今而後，便叫它驚鴻舞！」

歐陽暖微微含笑，道：「郡主喜歡就好。」

沈氏暗暗點頭，道：「老侯爺書法的清奇之意，盡在暖兒筆意之中，如果他老人家還在世，見到今日暖兒的書法，也當高興地痛飲三杯！」

這邊肖月明感嘆道：「這位歐陽小姐當真長了一顆七竅玲瓏心，她倒像是極知道蓉郡主的心意。」他不知送了多少禮物，也未博得美人一笑，這個歐陽暖不過「驚鴻」二字，便引來郡主首肯，叫他情何以堪？

肖清寒低聲問道：「歐陽公子，你姊姊也懂舞曲嗎？」

何止是懂？歐陽爵笑了笑，沒有回答，姊姊練舞他曾親眼所見，姊姊起舞之時，紅玉總是吹笙伴奏。一次歌舞正酣，忽然起了大風，姊姊隨風揚袖飄舞，好像要乘風飛去，自己竟然看得入神，生怕姊姊被風吹走，撲上去用力拉住她。一會兒，風停了，姊姊美麗的的裙子也被他抓皺了，光說這樣翩若驚鴻的舞姿，姊姊絲毫不遜於蓉郡主，然而她卻沒有在此刻展現，將這樣的機會毫不留戀地出讓……這其中的用心良苦，歐陽爵深深明白。

第三節，蓉郡主再起。除了樂聲，整個花園裡一片寂靜，她一圈圈地旋著，上下翻飛著，長裙擺了起來，衣袖也滑了下去，寬寬的衣領托出她旺盛嬌豔縱橫無匹的美麗。她的髮髻一點一點亂了，遮住了她的眼睛，髮絲一根根飛揚，她是那樣妖冶地舞著，氣息越來越急促，整個人像雪花空中飄搖，像蓬草迎風飛舞，連飛奔的車輪都覺得比她緩慢，連急速的旋風也遜色了，左旋右旋不知疲倦，千圈萬周轉個不停。似乎這不停的旋轉會隨著這風將她托起，徹底飛旋而去。

誰也想像不到，蓉郡主這般嫵媚的女子，居然也舞出如此激動昂揚的舞步，只有大公主的嘴角帶起一絲淡笑，蓉兒終究還是認真了嗎？被一個還這樣年輕的小女孩引起了好勝之心啊，就連自己都看出歐陽暖是有意相讓，更何況聰明無匹的柯蓉呢……

待她舞歇，又一幅字展現在眾人之前時，很多人已是張大了口合不攏來，原來那張古箋上竟是一張狂草。那字體飄逸瀟灑，左馳右騖，千變萬化，極詭異變幻之能事，真有揮毫落筆如雲煙之致。眾人已經再也顧不得文雅，都紛紛離席上前，細細觀看。這一張狂草最後一行字力透紙背，筆意縱橫，飄忽靈動，幾欲破紙而去。大公主默默看著，心想：這筆法當真是得到張大師書法真諦，她竟和我寫得一模一樣，只不知她獨自練了多久？

肖清寒瞪大眼睛道：「她寫得什麼，我一個字都看不懂？」

眾人聞言大笑，皇室子弟誰不是精通文墨各有所長，唯有這位允郡王自小受寵，聽說那位周王妃愛若珍寶，周王每次想要管教，王妃都會出來護著，所以文不成武不就，好在他並不是世子，將來也不需要繼承王爵，所以縱然於文字一方面不精通，倒也沒有大礙，只是現在當眾這樣說出來，實在是讓人莞爾罷了。

肖清弦無奈地瞪了弟弟一眼，輕聲道：「果然好字！難得的是取法乎上，得乎其上，融會百家，了無痕跡！歐陽小姐身兼數家之長，實在令人佩服！」

肖月明看到這張狂草，也不免點頭說道：「歐陽小姐如此之才，卻只是個女子，實在可惜。」

歐陽爵搖頭一笑，說道：「爹爹也有此言，可是姊姊常說，不論男女，為人處世都是一樣的，不求通達顯貴，但求無愧無心，沒有什麼可惜的。」

這樣一來，連肖重華都露出驚訝的目光，唯獨肖天燁默默地看著，半天都沒有說話。

風光的背後，不知道要付出多少艱辛的努力。

肖天燁想起上次無意中看到的歐陽暖的手指……他的瞳孔有一瞬間的緊縮。

最後一曲，蓉郡主的舞蹈重回柔美。畢竟個性使然，她生性嫵媚，婉轉多姿，勉強為慷慨之舞已經到了極限，況且三支舞蹈已過，她也微微疲倦，便舞了一曲宮中盛行的凌波舞。柔軟的舞姿，輕盈的舞態，似空中浮雲，又似蜻蜓點水，眾人只覺她的舞姿時而是一曲舞鸞歌鳳，時而是殘月落花煙重，時而是花光月影宜相照，時而又是一江春水向東流，猶如龍宮中的仙女在波濤上飄來舞去，真可謂「凌波微步襪生塵，誰見當時窈窕身」，實在美麗絕倫，讓人嘆為觀止。然而眾人讚嘆之餘，卻已經看慣了這樣柔美的舞蹈，都將眼睛放在了那邊的歐陽暖身上，不知她還能拿出些什麼叫人驚奇的東西。

這一次卻不是書法，而是畫畫，歐陽暖輕輕拈筆在手，丫鬟為她調好了顏色，蓉郡主婉轉舞蹈，她卻低下頭飛快作畫。

待到畫好給眾人看時，有人不由得微顯失望，只見那宣紙之上，竟是滿紙怒放的鮮花，雖說濃淡有致，花色鮮妍，將這一個花園的美景都勾勒在內，但畢竟有蓉郡主的非凡舞蹈，再看這幅畫未免覺得平凡。

沈元柔露出笑容，團扇悄悄掩住嘴邊的嘲諷，嗤笑道：「只是一幅百花圖，倒沒什麼出奇！」

丫鬟將宣紙轉了過來，眾人都是驚呼一聲，原來那背面也有畫，眾人都睜大了眼睛，古來只有雙面繡，怎麼可能有雙面畫！仔細一瞧，這畫卻不是直接畫在背面，竟是從正面影過來的一位絕代美人。

肖清寒不顧儀態地三兩步跑過去，看了半天，突然指著蓉郡主道：「郡主，是妳呢！」

蓉郡主凝神細看，那幅美人圖中的美人兒正翩然起舞，身形婉轉，美妙無比，不是自己又是誰？歐陽暖在自己舞蹈之時，竟繪出了自己的美態……她的臉上不禁露出一絲笑容。

眾人也是紛紛驚嘆。

歐陽暖說道：「請借酒杯一用。」

肖清寒見歐陽暖對自己說話，不由得臉一紅，下意識把一直被自己捏在手中的酒杯遞了過去。

眾人都是驚訝之極，不知道歐陽暖要做什麼，卻見到她微微一笑，一杯酒灑了上去，過得片刻，只見那畫上竟然現出奇異之極的景象。

原來這畫被酒一潑，那美人和鮮花竟然到了同一面，似乎本來便是如此畫的一般，細看之下，彷彿美人就在花叢之中翩翩起舞，若隱若現。

眾人都是震得說不出話來，過了半天，這才不約而同大聲喝彩，無不為眼前這位少女的才華傾倒。尤其她才華橫溢之外，生得又是如此美麗，行止又是如此端方，站在這豔豔鮮花之中，牢牢吸引了所有人的目光，便是連蓉郡主都忘了一切，只顧拿著那幅畫口中稱奇，反反覆覆將畫中妖嬈的自己看了又看，愛惜不已。

過了許久，人群中仍是讚嘆之聲，此起彼伏。

歐陽爵卻微微嘆息，早在十日前，姊姊就派人四處尋找一種奇特的顏料，原來是用在這裡，當真是心機巧妙，然而姊姊究竟是早有準備要在賞花宴上揚名，還是猜到會有人故意刁難，他就不得而知了。

大公主看著蓉郡主和歐陽暖，微喟道：「原來老天造人，竟然捨得將福澤齊聚到了妳們兩人身上，我也無法分出高下。既然如此，就請在座諸位對兩位作出評點吧。」

歐陽暖微微搖頭，大公主似乎總是要在蓉郡主和自己之間分出高低，其實這又是何必呢？蓉郡主傾國傾城，自己尚未及笄，就算輸了又有什麼了不起？

大公主微微一笑，輕輕拍了拍手掌道：「來人，取花來分給各位賓客。」

女賓們紛紛將手中的花朵投下去，蓉郡主和歐陽暖眼前的花朵越多越多，幾乎堆成小山一般。

菖蒲悄悄和紅玉咬耳朵：「這不公平的，那些貴婦都要討好蓉郡主，自然要把花送給她了，我們小姐平日裡也不出門，多吃虧呀！」

紅玉瞪了她一眼，示意她不要多嘴，能和蓉郡主比肩已經是難得了，依照她看，大小姐並沒有要將對方壓下去的意思。

果然，待花朵一數，蓉郡主要比歐陽暖多兩朵，歐陽暖笑道：「不，該是多三朵才對，馨表姊為了怕我輸了哭鼻子，特意給我投了一朵呢！」

眾人立刻就笑了，林元馨輕輕咳嗽了一聲，心道在座的各位千金誰不是琴棋書畫樣樣精通，蓉郡主的舞蹈雖然豔壓群芳卻也未必就無人能比肩，倒是歐陽暖博採眾長，心思奇巧，比蓉郡主更勝一籌，但她口中卻道：「是呀，我總是要支持一下暖兒妹妹的。」

大公主勾起唇角，道：「不用那麼早下定論，請男賓也過來吧。」

就在這熱鬧間，肖清寒已經行至歐陽暖身前，他手持牡丹，清朗聲音道：「送給歐陽小姐。」

眾人擊掌起哄，高聲大笑。

菖蒲繼續悄悄和紅玉咬耳朵：「人家送的都是桃花，他從哪裡弄來的牡丹？」

「如果我沒看錯，這是太子三天前送給我的極品牡丹吧。」大公主淡淡地說道。

眾人：「……」

肖清寒笑道：「姑姑不必著急，改天再賠給您一盆就是了。」

大公主哼了一聲，肖清弦捂臉，真不想承認這個傢伙是自己的弟弟，實在是太丟臉了。

肖清寒恨不得抓過歐陽暖的手問幾句她為什麼從前都不愛出門，他怎麼從來都沒見過她之類的話，肖清弦已經走到蓉郡主面前，投下了一朵桃花，轉身對歐陽暖微微一笑道：「歐陽小姐，舍弟唐突，請原諒。」說完，就強拖著肖清寒回去了。

歐陽暖驚詫，不由露出笑容，這周王世子和允郡王倒真是妙人。

晉王世子肖凌風身形瘦削，劍眉斜飛，薄薄的嘴唇上還帶著笑意，他將手中的桃花投給了歐陽暖，還輕聲笑了笑，似乎別有深意，他走過去後，便站在肖天燁的身邊和他說話，神情倒是頗為親密。

秦王與晉王向來交好，兩位世子也走得很近，只是肖凌風那種笑容又是什麼意思？

肖清寒臉上露出不屑的表情：「笑面虎！」接著頭上就吃了肖清弦一個爆栗。

歐陽爵看著忍不住笑起來，這時候就看見在席上從頭沉默到尾的楚王世子肖皚山走過去，將桃花投給了蓉郡主，投完了竟不直接回去，反而特意走到歐陽暖身邊對她說道：「妳也很好。」說完就轉身走了，歐陽暖微微愣了愣，菖蒲又和紅玉咬耳朵：「這個人長得這麼俊，為什麼都冷著一張臉的？好像別人欠他好多錢！」

「說話小聲點！」紅玉踩了她一腳。

這時候，齊王世子肖子棋和魯王世子肖漸離同時走過來，肖子棋衣衫款款，風度翩翩，看起來十分文弱，一雙秋水眼出奇的清亮文靜，如同良質美玉，他站在蓉郡主和歐陽暖的中間看了半天，手裡的桃花伸伸縮縮，眾人大笑，大公主道：「子棋，你還是這樣優柔寡斷，你願意將花給誰就給誰好了。」

肖子棋想了半天，只望著歐陽暖笑，花卻落在了蓉郡主前面的繡籃中。

這人還真不是一般的優柔寡斷！歐陽暖垂下眼睛，掩住了眼底的笑意。

接著是劍眉星目的英朗少年，魯王世子肖漸離，他很乾脆地走過去，一把將桃花插在歐陽暖的鬢間，動作行雲流水十分流暢，眾人驚愕後，一陣哄堂大笑。

若是換了其他閨閣千金，不是尖叫就是要羞惱暈倒，歐陽暖卻起身盈盈笑道：「多謝世子厚愛，歐陽暖愧不敢受。」

肖漸離點點頭，轉身乾脆俐落地離開。歐陽暖微微一笑，將桃花自然地取下來，放入籃中。

走到席間，肖清寒一把抓住他，「喂喂，不要這麼過分，是我先看中的！」

肖漸離一把甩開他的手，冷笑道：「是我先預定的！」

兩人之間有一種詭異的氣氛在流動，歐陽爵心說你們兩位都是誰啊？自視太高了吧！姊姊可沒有看上你們，說什麼看中預定，大言不慚！

眼看著男賓們一個個上去投花，世子肖凌風嘆息：「論心思，歐陽暖的確技高一籌，但是論人脈，蓉郡主名揚天下的時候，她還默默無名，這場比試，還有看下去的必要嗎？」

他像是在自言自語，但卻突然有一個人回答了他的話。

「世上總有預料不到的事情發生，不看到最後，誰知結局如何呢？」肖天燁微笑道。

肖凌風挑起眉頭，「天燁兄到底見解獨特，怎麼我總是覺得你對這位歐陽小姐特別在意？」

肖天燁俊容平靜，一雙眼睛卻一直關注著情勢的變化，淡淡地道：「我只是想看看這個狡猾的丫頭到底要幹什麼。」

「哦，我倒忘了，聽說秦王世子剛才在門口攔著人家姑娘不讓進。」肖凌風喝了一口酒，打量了一番肖天燁，道：「難不成你也看上人家了？不至於吧？」

肖天燁冷笑一聲，沒有回答。

肖凌風冷眼旁觀，凝視著臉色陰沉的肖天燁，若有所思，「天燁……我們從小一起長大，我發現一件有意思的事情。每次當你對一個東西產生強烈的喜愛之情時，會伴隨著產生一種強烈的排斥感，堅決不肯和別人分享這樣東西，甚至連看都不給人看一眼，別人通常怎麼稱呼來著，獨占欲很強，是這樣說的吧？從歐陽小姐當眾表演開始，你剛才的情緒可以說是不愉快、煩躁、暴怒……」

肖天燁神色冷傲，「你想說什麼？」

肖凌風挑眉道：「我以為你知道。」

肖天燁神色怪異，「胡言亂語！」

肖凌風微笑，「不必急著否認，那並不是什麼壞事。說實話，我認為這對你是好事，你也到了該立妃的年紀了吧？歐陽小姐麼，倒是小了點，不過養大點再收用也無妨。」

肖天燁嗤笑一聲，「你在勸我相信自己喜歡上了一個狡猾的小丫頭嗎？」

「當然不。」肖凌風冷靜地判斷，「我覺得你就是喜歡她。」

肖天燁走出了席位，冷冷地道：「瘋子都是傳染的，我要離你遠一點！」

他這樣說著，卻向女賓那邊走過去。

肖天燁以往和肖凌風對答，都是和氣而機智的，從未有針鋒相對的時候，這一次的表現確實有些不同以往。肖凌風嘆了口氣，只怕這位世子還沒注意到自己的反常吧。

肖天燁走到蓉郡主面前，將那朵桃花投給了她，然後迅速走了回去，看都沒看歐陽暖一眼，衣角帶起一陣風，讓歐陽暖都有些驚訝。她以為這位世子最後總會奚落她幾句的，誰知竟然一句話不說轉身就走，難道太陽是從西邊出來了嗎？

歐陽爵藉口自己是歐陽府的人，參與投花有失公平，不肯投花，這一票就算棄權。

菖蒲繼續跟紅玉咬耳朵：「大少爺變了，以前遇到這種情況，他一定會把花投給大小姐的。」

紅玉在心裡無奈感嘆，心道以後再也不會帶菖蒲出來了，看起來憨傻可愛，實際上就是個話嘮，每個人走過來都要評判幾句。

接著公侯少爺和狀元榜眼探花們一個個都投了花，丫鬟們合計一番，竟然是平局。

大公主皺起眉頭，突然想起了什麼，道：「還有一個人沒有投吧。」

只剩一朵了，還是明郡王手中的，剩下的眼光都聚焦在他手中的桃花上。此時他手中的這枝桃花，可比那庭前什麼名花都貴重，且看是誰能得他青睞，獨占鰲頭。

黑衣侍衛從明郡王手中接過桃花，走到蓉郡主和歐陽暖中間的時候，歐陽暖臉上笑容越發燦爛了些，這少年就是當初送來白狼尾的那一位吧，他到現在都不敢看自己一眼，還跟那時候一樣，好像自己是洪水猛獸一樣。太后一直有意撮合蓉郡主和明郡王，這一票不用想都知道結果了，眾人都為歐陽暖惋惜起來，只有歐陽暖心裡覺得很滿意，這就是她想要的結果。輸，但是輸得合情合理。

然而，面無表情的侍衛最終將那朵桃花投到了歐陽暖面前的花籃之中，引來眾人陣陣驚嘆。

蓉郡主一直帶著微笑的美麗臉龐一下子愣住了，再看向歐陽暖的時候便帶上了一絲複雜。

歐陽暖的臉上雖然帶著驚喜的笑容，心裡卻將明郡王狠狠罵了一通，為了這一朵桃花，她今天所花的心思算是白費了。

「我家郡王說，小姐年紀小，當得此花。」少年侍衛面無表情地說完，眾人立刻釋然，原來明郡王的意思是說，歐陽暖年紀小不容易，所以這一朵是同情分啊！

果然，聽了這句話後，蓉郡主的臉色好看了許多，她笑道：「本該如此的，歐陽小姐尚未及笄，卻已經如此非凡，將來還不知有何等造詣。」

歐陽暖心中嘆息了一聲，臉上的笑容卻越發真摯，道：「是蓉郡主百般相讓才對。」

大公主這時候突然笑起來，笑容燦若朝陽，朗聲道：「這回我要去向太后說，京都又多了一位色藝雙絕的名門千金呢，她可不能再說蓉兒天下無雙了！」

熱鬧看完，距離開席還有一段時間，大家便各自散開在園子裡賞花。

大公主的園子裡，迎春、瑞香、白玉蘭、瓊花、海棠、丁香、杜鵑、含笑、紫荊、棣棠、錦帶、石斛……經過花匠巧手，催開於一處，滿滿的花團錦簇，豔麗吐芳。

林元雪小胖手摘了一朵花戴在自己頭上，喜笑顏開：「姊姊，漂漂……漂漂……」

沈氏皺眉，斥責一旁的乳母道：「妳怎麼看著她的，怎麼能讓她隨意攀折長公主的鮮花？」

林元雪嚇了一跳，手裡的花沒拿好，一下子全掉在地上，花瓣碎了一地，歐陽暖輕聲道：「大舅母，雪兒只是個孩子，而且大公主最珍貴的花全都在那邊的溫房裡，這裡不過是些尋常品種，不礙事的，您看那邊的小姐們不也都在編織花環嗎？」

沈氏看了周圍一眼，果然見到不少小姐們在採摘鮮花編織成花環，這才鬆了口氣道：「在公主府總是要小心的。」

就這時候，有幾位夫人從遠處向這裡走過來，歐陽暖猜測，這些人是走過來找沈氏說話的。

歐陽暖看林元雪淚眼汪汪的樣子，摸摸她的頭，輕聲道：「大舅母，我帶雪兒去旁邊玩吧。」

沈氏點點頭，林元馨也想要一起離開，歐陽暖卻搖頭道：「馨表姊，多認識一些人，對妳將來有幫助的。」

沈氏也十分贊同，所以林元馨只能留在原地，陪著沈氏一起應酬她們。

歐陽暖帶著林元雪，身邊跟著紅玉、菖蒲和林元雪的乳娘，一直走到人較少的一處地方才停下，她摸了摸林元雪紅紅的小臉，道：「不難受了，來，姊姊陪妳玩。」

林元雪睜大眼睛，重重點了點頭。紅玉嘆了一口氣，侯府庶女，這樣的稱呼會伴隨雪兒的一生，大夫人雖然寬和，畢竟不是生母，這個孩子將來會有怎樣的命運呢？然而世間每個人都是這樣，大小姐雖然出身高貴，卻自小喪失母親，不得不在和繼母的周旋下生活，這樣又比身為庶女的林元雪好嗎？只怕處境更艱難得多！

紅玉和菖蒲採來許多玫瑰、月季，插了林元雪滿頭滿身，又把五顏六色的花瓣穿成芳香四溢的花串，戴在她的頭上、脖子上。不一會兒功夫，她們四周就堆滿花朵花瓣，招得蜂蝶紛紛，圍著歐陽暖和林元雪亂飛。

林元雪十分喜歡歐陽暖，不肯離開她，總是牽著她的手，或是倚在她懷中，似乎這樣她才笑得更開心，最後甚至依在她的懷裡睡著了。

肖清寒一直悄悄注意著歐陽暖，見她離開便也尾隨，此刻見到這番場景，他低下頭想了想，覺得自己開口說話多有不妥，不由悔恨剛才應該將歐陽爵一起拖過來。

正在原地猶豫著，肖漸離卻從他身邊快速走過，手裡還端著一個棋盤，肖清寒一愣，趕緊尾隨上去。

「歐陽小姐，聽聞妳精通棋藝，請與我對弈一盤。」肖漸離朗聲道。

他說得肯定，光明正大，讓人一絲回絕的空間都沒有，歐陽暖笑了，這是邀請嗎？這是半強迫吧，旁邊的乳娘趕緊接過睡著的林元雪，輕聲道：「表小姐，我把六小姐先抱回去。」

不過是說話的片刻，肖漸離已經擺好了棋盤，肖清寒走過來一把攬住他，說道：「漸離，你跟人家小姐都不認識，怎麼可以這樣唐突？」

肖漸離還沒來得及說話，歐陽暖已經笑道：「允郡王不必客氣，只是對弈，無妨的。」

肖漸離笑道：「人家歐陽小姐都不介意，要你多什麼嘴！」

肖清寒卻只望著歐陽暖點頭微笑，說道：「雖然常常聽說，卻是第一次親見，歐陽小姐為人謙和，是那種一眼看去就想和妳結識的人，漸離憑了這張臉，也是人見人愛，只有我，恐怕是別人避之唯恐不及，大家都嫌我煩呢！」

歐陽暖微微一笑，很是認真地說道：「雖說和允郡王是初見，但今日得您一朵花，也是要感謝的，怎可迴避呢？」

肖清寒聽了這話，哈哈大笑了起來。

肖漸離笑道：「好，我執白子。」

他連選擇的機會都沒有給歐陽暖，可見平日裡是多麼得高高在上，說一不二的人物。

肖清寒笑道：「漸離，你自詡棋藝天下第一，我的確是有所不及，但若你要在歐陽小姐面前班門弄斧，我可是等著看你的笑話。」

歐陽暖手持黑子，肖漸離持白子，肖清寒端著龍井茶，細啜慢品，茶香淡淡繚繞，只見歐陽暖和肖漸離一步一步，均是出子謹慎。

兩盞茶的時間過去，肖清寒凝神望去，只見那局棋劫中有劫，環環相扣，反撲收氣，花五聚六，端的是複雜無比，只看得幾眼，心中略略推算了幾步，便覺頭昏目眩，原以為自己棋藝本已是不錯，居然面對此局之時，心神大亂，足見此局之難。再看歐陽暖和肖漸離，只見歐陽暖面帶微笑，修長白皙的手指拈著黑棋，風雅悅目之至，肖漸離卻是額頭微有汗水，雙眉越皺越緊。

又下得一炷香的功夫，歐陽暖已經大獲全勝，然而她拈著棋子，卻沒有下最後一子。

肖清寒見她遲遲沒有動作，猜到她是在思考如何贏了對方，卻又給他留足面子。一念及此，肖清寒眼珠一轉，笑道：「漸離，你要輸就輸，不要拖泥帶水，給個痛快的！」

肖漸離的眉頭越皺越緊，卻遲遲不吭聲。肖清寒心中冷笑，在美人面前死要面子活受罪，又聽不懂暗示，當真活該！

就在此時，歐陽暖下了最後一子，唇畔露出一絲歉意，道：「世子，我贏了。」

肖清寒看著肖漸離還在苦思冥想，不由嗤笑一聲，原本人家可以贏你十子，已經故意放水只贏你三子，還不滿足，傻瓜！

歐陽暖的笑容燦爛幾分，陽光映在她白如寒玉的臉龐上，別有一番懾人心魂的魅力。

「再下一局嗎？」她輕聲問道。

「嗯。」原本還在苦思冥想的肖漸離猛地抬頭，緊接著就是一愣，口中胡亂應了，有些著迷地盯視著她清麗的容顏。第一次在這樣近的距離下看她，覺得她比剛才更加動人，美得令人心折。

肖清寒也有點傻眼，抱著茶盞站在原地說不出話來。

遠處的黑衣侍衛金良看見，心中感嘆：「怨不得人家著迷，歐陽暖舉手投足，簡直像是一幅畫一樣！」

就在這時候，他突然看見自家郡王快步向那邊走過去，心中一頓，大呼不好。自家郡王從來都嫌這些名門閨秀嬌弱麻煩，總是敬而遠之，今兒這是怎麼回事？

陸之章◆巧言反擊捋機鋒

世人皆知，魯王世子肖漸離是爽朗少年，從來沒有這樣心情不好過，但是此刻他站在旁邊，看著別人鳩占鵲巢，半途把自己看中的小美人劫持過去陪著下棋，他欲哭無淚。換了別人，這個虧他一定不肯吃，但眼前這個人卻是他得罪不起的，他只能很得體地調整好面部表情，表現出一位世子尊貴寬容的風度。

當時明郡王肖重華突然從天而降，站在歐陽暖面前審視對方許久後，才衝著人家平平淡淡地招呼道：「請小姐與我對弈一盤。」那般氣度，竟若施恩的王者一般。

莫說是丫鬟、侍衛們被他這樣的舉動嚇得不輕，就是歐陽暖都愣了一下，思慮良久才點頭。

當時肖漸離還想要開口阻止這種不道德的半途攔截的行為，肖重華看了他一眼，竟目光冷淡地淺笑了一下。他的眼神，深沉冷酷中透著蕭索的清淡，淡淡地俯視著，隱含威脅。肖漸離立刻了然，這是一個不按常理出牌的男人，甚至沒有道理可講。

那個瞬間，肖漸離似乎能感覺身後肖清寒緊張得繃緊的神經，幾乎在同時，他哈哈大笑，起身讓出了位置，「郡王請。」

現在回想起來，當時竟就這麼輕易退讓了……肖漸離覺得從今往後自己在人前壓根兒沒法混，實在太丟人。但他轉念一想，肖重華終究是上過戰場的軍隊統帥，氣勢上輸給他，也不算很失態，只是在美人面前，多少有點不甘心罷了。

他那裡胡思亂想著，這邊的棋局已經開始。肖重華拿著一枚白子，狀似漫不經心地悠然道：「小姐琴技超群，小小年紀，倒也不易。」

歐陽暖淡淡一笑，道：「郡王過獎了。」無數個噩夢之中驚醒，對著窗外無限的黑暗，一局局走來步步驚心，冬日撫琴手都僵冷，夏日靜坐汗濕脊背，一卷卷的古書，一步步的禮儀，說不盡的知書達理，優雅從容，日復一日，夜復一夜，為了復仇，她對自己比對誰都殘忍……才終於走到今天，區區琴技，又算得了什麼。

肖重華一雙眼睛似大海般深沉，白子落下，口中輕聲道：「是不是過獎，小姐心中最明瞭。」

歐陽暖心中剎那有千百個念頭轉過，輕輕按下一枚黑子，漫聲道：「暖兒不知郡王此言何意？」

肖重華眸中閃過一線光芒，一瞬即逝，道：「小姐曲意敏銳，但似心懷別怨，恐不是好事。」除了眼觀鼻鼻觀心的紅玉，旁邊人聽著這兩人一來一往，都面露疑惑。

歐陽暖拈著棋子在手裡想了想，很快重重在棋盤上按了下去，這才抬眸，頗感意外的「哦」了一聲道：「心懷別怨？何以見得？」

這桃樹之下，清風徐徐，香氣四溢，隔著世間嘈雜，聞著茶香淡淡，黑白縱橫，倒也是人間樂事，看著歐陽暖臉上還是一副笑吟吟的樣子，眸中卻很有幾分冷意，肖重華心中淡笑，這個小女孩看著和氣，誰能想到心底卻有這般戾氣，竟能將一首狂放不羈的琴曲彈出縱橫怨氣。

「有才而性緩定屬大才，有智而氣和斯為大智。」肖重華下了一子，淡淡地道：「光有才不定性必有災禍，光有智氣不和傷人傷己。歐陽小姐，好曲子當有好心境，莫辜負好春光才是。」

肖重華三言兩語之間，竟是要勸她放下仇恨！他是一個徹徹底底的局外人，不過從琴曲之中聽出些許，又知道些什麼？仇恨傷人傷己，她會不知嗎？只是這世上，你善待別人，別人卻恨不得置你於死地；你好心放過別人，別人卻未必肯放過你。歐陽暖下了一粒黑子，不置可否。

「小姐不贊同？」肖重華似知她心中所思所想。

「山不轉路轉，境不轉心轉。有時非是我放不下，而是別人不肯放下。更何況千人千般苦，苦苦不相同，郡王不是我，焉知我的心思？」歐陽暖含著笑意，淡淡地道。

肖重華深沉的眸中惋惜一閃而過，而歐陽暖，她表情平淡，彷若無所覺。

「姊姊！」歐陽爵此刻從遠處走過來，似乎已經找了很久，額上隱隱有細密的汗珠，這時候看見肖重華，略微有些吃驚，立刻有模有樣地行禮，然後飛快地站到歐陽暖身旁去了。

歐陽暖看著他，對肖重華說道：「這是舍弟歐陽爵，他可是仰慕郡王久矣。」

肖重華剛才已經見過歐陽爵，這時候抬起眸子打量了他一眼，歐陽爵立刻站得筆直，那模樣跟被巡視的小將一個模樣。歐陽暖笑了，道：「他羨慕郡王在戰場上建功立業，說將來也要效仿，我笑他癡人說夢，他還不信。爵兒，你且問問郡王肯不肯收你？」

歐陽爵立刻死死盯著肖重華，對方頭戴玉冠，身著華衣，神情卻清淡得很，若處身山林流泉間一般，半點也看不出曾在戰場上浴血奮戰的模樣，他不禁懷疑，眼前這個明郡王，跟那個屠盡南蠻異族的厲害統帥，真的是同一個人嗎？

肖重華右手抵在頷下，慢慢思量，聞言又打量了歐陽爵兩眼，重新在棋盤上下了一子，道：「懂兵法嗎？」

歐陽爵一愣，道：「不懂。」

「作戰呢？」

「不懂。」

「謀攻呢？」

「不懂。」

「兵勢呢？」

「不懂。」

「布陣呢？」

「呃……」

「五行八卦？」

「……」

「用間？」

「……」

肖重華乾脆地道：「不要。」

肖清寒看不過去了，道：「重華哥，你也不要這樣說吧，誰也不是一生下來就什麼都會的呀，總可以慢慢學！」

「戰場之上，容不得人慢慢學，縱然郡王肯給他這個機會，敵人會給這樣的機會嗎？」歐陽暖輕輕一笑，看了弟弟歐陽爵通紅的小臉一眼，心中卻暗自嘆息，她希望他能認清現實，可是真的看到他難受的抓心撓肺，她心中又為他失望難過，所以她輕輕下了一子，含了七分的笑、三分的嬌，柔聲道：「如果將來有一天，爵兒做到您所說的這些，您會收下他嗎？」

歐陽爵剛才還覺得無地自容，滿臉通紅，這時候聽見姊姊這麼說，立刻眼睛亮閃閃的盯著明郡王瞧。肖重華看他一眼，默然良久，最終道：「可以。」

歐陽暖臉上的笑容越發雲淡風輕，對歐陽爵道：「還不謝謝郡王！」

歐陽爵立刻起身拜倒，然後喜孜孜地站起來。肖清寒望了他一眼，心道這世上有人比自己還傻，肖重華此人要求極高，御下極嚴，想要讓他滿意可比登天還難，何必自討苦吃呢？他卻不知道，歐陽暖此舉煞費苦心，一是讓歐陽爵從此定下心來苦心磨練，二是誆著明郡王許下承諾，依照他的身分和地位，既然已經承諾只要爵兒達到他的要求便收下他，就不會輕易毀諾。其實在歐陽暖看來，明郡王恃才傲物，清高冷傲，未必是最好的選擇，但歐陽爵如此仰慕他，她也就不得不順從他的心意了。

就在此時，侍衛過來回稟肖清寒說世子在到處找他，肖清寒一愣，便向歐陽暖告辭，走的時候還不忘把一直愣愣看著的肖漸離捎走了，在他的想法中，肖漸離是勁敵，不能把他留在美人跟前獻媚。

肖漸離依依不捨，一直癡癡地看著歐陽暖，她的側影很美，修長的頸有著柔美的弧度，因為年紀還小，身形略顯得有些單薄，可是這單薄很襯她柔弱的風流姿態，清麗如春水，連身上如雨過天晴般清澈的天水碧春裳也為她添上了一番嫵媚而含蓄的韻致。

他們兩人離去後，歐陽暖不著痕跡地看了歐陽爵一眼，道：「爵兒，今日你還沒有拜見過大舅母她們吧？」

只在片刻之間，歐陽爵便明白了她的意思，他轉身向明郡王行禮道：「我先走一步，還請郡王恕罪。」

肖重華點點頭，歐陽暖目送歐陽爵離去，她容顏清遠，眉眼卻溫柔，回過神來才發現肖重華看著自己，她微微一笑，拈起棋子的細長手指，晶瑩細膩，肖重華看著，微一瞬有些失神，隨即伸手取子，冷聲道：「剛才小姐是在算計我？」當即就在棋盤上落下一枚白子，來勢不善。

歐陽暖自棋盒中取了一枚黑石棋子又按下，邊搖頭嘆息般地道：「暖兒不過區區女子，郡王何必如此計較？」

肖重華取白棋應了一手，隨口回道：「小姐自己要做睚眥必報的人，卻說我計較？」

歐陽暖笑了，「古人有言，唯女子與小人難養也，郡王高才，竟沒有聽說嗎？」

肖重華勾起唇畔的笑容，從第一次在書齋前見到她，他曾想，這女子冰雪聰明，懂得以心換心，心中一定另有一方與世迥然的天地吧？再次見面，卻見到她步步為營，時時謀算，終究掩不住一身的索然與倦怠。他見多了互相傾軋算計，並不少她一個，卻也心生疑惑，不過一個少女，為何會有這樣冰冷的眸子？他想起父王密室裡的那幅圖，那樣相似的一張容顏，卻是完全迥異的性格，聽聞鎮國侯府千金容顏如玉，當年曾冠絕京都，卻是個十分清高孤傲的性子，怎麼會生出這樣的女兒呢？著實令人費解。

歐陽暖臉上帶著笑容，在棋盤上按下最後一枚黑子。本來廝殺得難分難解，甚至白子還有幾分優勢的局面立刻大變，白子兵敗如山倒，再無一絲生機。

這一局，贏得很痛快，紅玉看了棋盤一眼，又看了看明郡王的臉色，心道：小姐呀，對待魯王世子您尚且給人家留了三分顏面，怎麼對明郡王就如此心狠手辣，不留餘地呢？

對上肖重華似笑非笑的眼神，歐陽暖站起身，盈盈而笑，道：「郡王都說了我是睚眥必報，這一局自然是半子不讓的，失陪。」說完，轉身就走。

紅玉和菖蒲對視一眼，趕緊跟了上去。

「郡王，這……」金良在旁邊看得有點目瞪口呆。

肖重華用原本拿在手上來不及下的白子敲擊了三下棋盤，嘆息道：「卿本佳人，奈何無心！」歐陽暖的世界太遙遠，也被間隔得太虛無縹緲，旁人縱然費盡一生，只怕也難以窺得一方風景，她如此作為，倒讓他懷疑，她真正的溫柔，是否只在歐陽爵面前流露稍許……

剛走過假山，卻突然闖出一個人來，歐陽暖不免吃了一驚。

「小姐不要害怕，我是曹榮！」

歐陽暖看了來人一眼，十分眼生。這人年紀不大，相貌也算俊俏，偏偏不但眼睛生得直勾勾的，連面上都帶著點癡纏，身上穿著最上等的絲綢，一條做工精細的腰帶上掛著大大小小十幾件飾物，有玉佩、寶石還有香囊，拇指上戴著個墨綠的大扳指，看起來倒十足的富貴。

「小姐不要走！唉，小姐不要害怕，我不是壞人哪！」見歐陽暖並未停住步子，他急急忙忙上前擋住她的路。

「有壞人說自己是壞人的嗎？」菖蒲衝上去將小姐攔在後面，保護得嚴嚴實實。

「這個……」曹榮有些微發窘，看著歐陽暖臉上漲得通紅，一時說不出話來。

「菖蒲，不得無禮，曹國舅不是壞人。」歐陽暖眼波流轉，十分靈動，看得曹榮目光炯炯，一點都不捨得移開。

「我……我……嗯……我……」曹榮支吾了半天，平日裡對付那些女子的賴皮樣半點都使不出來，生怕嚇到了眼前這個小美人。她跟那些女人不一樣，他一時口乾舌燥，反而不知道如何應付。

這個曹榮是當今聖上最寵愛的玉妃的幼弟。說起曹家，在京都是無人不知無人不曉。原本曹剛不過一個從七品的行太僕寺主簿，偏偏生了一個容貌出眾的女兒，長到十四歲，已經出落成一朵花，雖然宮中除皇后外，有貴妃、淑妃、德妃、賢妃四妃，還有昭儀、昭容、昭媛、修儀、修容、修媛、充儀、充容、充媛九嬪，婕妤、美人、才人二十七人，寶林、御女、采女八十一人供皇帝享用，但這個玉妃能歌善舞，頗有心計，竟從美人如雲的後宮脫穎而出，成為聖上近年來的愛寵。一個小小的才人得封玉妃，曹家也著著實實體驗了一回雞犬升天的快樂，從一個普通官吏變成了當朝國丈。至於玉妃的這個弟弟曹榮，說起來歐陽暖倒是有幾分熟悉的。前生就是他盯上了歐陽可，百般糾纏無休，歐陽可藉機避入蘇家，才惹出後來一連串的禍事。歐陽暖看著此刻的曹榮，不免有啼笑皆非之感。

出乎意料的，曹榮突然噗通一聲跪倒，「小姐，曹榮對小姐一見鍾情，決定此生非妳不娶，萬望小姐成全了此番心意！曹榮對天發誓，如果娶得小姐，再也不去花街柳巷，不，是再也不尋花問柳……以後對小姐一心一意……」

饒是早知他愛好美色，歐陽暖還是微微一愣，在她的印象之中，此人不過是個欺男霸女的紈褲子弟，誰知道他竟然是這樣子。聽聞曹剛中年得子，十分寵愛，對這個兒子要星星不敢給月亮，才寵出這種無法無天的勁頭，曹家的家教果真如京都流傳的那樣匪夷所思。

紅玉和菖蒲更是目瞪口呆，今天宴會上見了不少權貴，就算是魯王世子，也只敢抱著棋盤請小姐對弈一局，便是連一句傾慕的話都是不敢說的，這世上竟然還有曹榮這樣無禮的人嗎？

歐陽暖嘴角含一縷淺淡的笑影，道：「曹公子是覺得歐陽暖貌美？」

曹榮連連點頭，道：「歐陽小姐自然是貌美的，曹榮心中十分傾慕。」

歐陽暖又笑，她的笑容彷彿撥開了重重雲霧，有雲淡風清的清明，卻帶著一絲冷意，然而近在咫尺的曹榮卻根本看不出，只臉上露出更癡迷的神色。

「曹公子見我尚且如此，要是見了我妹妹，豈不是更歡喜？」歐陽暖似嘆息似感慨地輕聲道。

「小姐的妹妹？」曹榮一愣，眼睛裡熠熠閃光。

「是啊，我還有一位如花似玉的妹妹，比我生得美生得好，只是身子弱了些，這一回不得空出來。」桃花如火，照耀著歐陽暖的雙眸，令她清麗的臉上添了幾許柔美嫵媚的姿態，曹榮看得呆住，愣愣道：「比小姐還要貌美的……」

「當然，下次我可為公子引薦一二。」歐陽暖笑得從容，卻無人知道她此時見到曹榮，內心那股憤懣抑鬱的怒火是如何在熊熊燃燒。

「好好！小姐千萬不要忘記今日此言，一定為我引薦令妹！」曹榮喜笑顏開，忙不迭地說道，說著就要上來拉歐陽暖的手。

歐陽暖微微後退一步，就聽見——

「看不出來曹公子這樣深情，在宴會上就如此迫不及待啊！」一道聲音從背後響起。

「哪個混帳敢管我的閒事！」曹榮話剛說完，一看清來人的臉，頓時臉色煞白，眼前言笑晏晏的華衣男子，正是肖天燁。曹榮再大膽，畢竟不敢得罪皇室，尤其是秦王府這樣實力雄厚的皇族，玉妃曾經再三警告他，誰都能惹，唯獨秦王府和燕王府勢力最大，無論如何得罪不起。只是美人面前，他又不想露出怯意，一時進退維谷，不知道如何是好。

肖天燁輕輕一笑，「曹少爺，上次去宮裡見玉妃，你也是這麼跟蓉郡主說的吧？太后怎麼斥你來著？放浪形骸，言行失當，罰你閉門思過百日，如今怎麼又故態復萌了呢？」

他若有若無地看了歐陽暖一眼，彷彿在說，礙事的人就是她一般。歐陽暖露出微笑，轉身便走。她一走，曹榮就擦著額頭上的汗珠告退，生怕肖天燁反悔，將侮辱皇族的罪名扣在他腦袋上。

歐陽暖腳下越走越快，可是肖天燁的腳程豈是一個小姑娘可以抵得上，很快他就擋在了她身前。歐陽暖挑起眉頭看著肖天燁，在她眼中，曹榮不過是個紈褲子弟，而肖天燁卻可以說得上是面目可憎。

「世子這是何意？」

「嘖嘖，人家誇妳美貌，妳卻要捎帶上妳的妹妹，這是好心還是惡意？」肖天燁嘴角掛著笑意，語調卻微含譏諷。

「您我不過萍水相逢，世子何必多問？」

不說還好，這話一說，肖天燁臉上雖然還是笑意盈然，眼中卻一片陰沉之色，「萍水相逢？」

「難道不是嗎？我早已說過，世子就當那日在獵場上從未遇見過我們姊弟，這樣世子放心，我也無憂。」

肖天燁面容微微一變，湊近她道：「歐陽暖，妳剛才對曹榮說的話，究竟有何目的？」

歐陽暖冷冷地道：「縱然我有目的，這又跟秦王世子有什麼關係？」

沒有關係？肖天燁眼神閃動，口中卻突然嘆息道：「久聞歐陽家大小姐知書達理，秀外慧中，可外人怎會知道妳是一隻狡猾的小狐狸，躲在暗處伺機而動呢？我猜妳是故意引曹榮對令妹起意，那歐陽夫人似乎並非妳的生母吧……」

歐陽暖立刻止步，環目四望，見周圍並沒有人往來，不由稍稍鬆了口氣，她回身望著肖天燁，嘴角噙著一抹清淺而淡漠的笑意，輕聲道：「聽世子這句話，不知道的人還以為您與我那繼母和妹妹有什麼特別關聯，要不怎麼如此關心她們呢？我回去後會將您的問候帶給她們，我想妹妹一定會十分高興，改天必親自登門拜謝才是。」

「妳——」肖天燁一時氣得噎住，他與歐陽家其他人並不認識，也絲毫不關心，他關心的只有該怎樣逼得歐陽暖低頭而已。此刻聽她這樣說，不由冷笑道：「歐陽大人在朝堂上是牆頭草，歐陽小姐自幼喪母，又有個強勢的繼母和伶俐的妹妹，妳在家中，只怕日子不好過吧？」

歐陽暖奇道：「您又不是我，怎麼知道我日子不好過？沒準我樂在其中呢？」她聲音是歡悅的，笑靨亦是清麗，彷彿她的人生一切遂意，看了肖天燁的臉色一眼，她的笑容越發燦爛，道：「聽聞世子還有一位庶兄，想必你們之間關係也該十分和睦友愛才是。」

和睦？他和肖天德之間水火不容的事情在京都早已不是什麼祕密，歐陽暖一口點出，是諷刺自己後院失火卻還有心管她的閒事，肖天燁不怒反笑，道：「這麼說，我們的處境倒還有幾分相似之處。」

秦王側妃張氏因生下庶長子，對秦王世子之位虎視眈眈。秦王妃早年生下肖天燁的時候不幸難產去世，張側妃藉口肖天燁有心疾，說他無權繼承世子之位，他現在能夠奪得這個位置，也是披荊斬棘克服重重阻礙，所以必是心性堅忍之人，歐陽暖就是明白這一點，才會當他的面點出。此刻見他眼神變化不定，眸中似冷光無限，歐陽暖並無一絲畏懼，反而冷聲道：「世子既然明白這一點，何必對暖兒苦苦為難？當真是記恨當初暖兒挾持您一事嗎？若秦王世子是如此心胸狹窄之輩，豈配掌握秦王府大權？」

肖天燁冷冷地瞧著歐陽暖，父親將他視為害死母親的兇手，他看自己不過似看人世間的一場笑話，錦衣玉食榮華富貴也不過是個華麗的冰窖，平日裡他就像隻蠍子，專門以戳人痛處為樂，原以為憑他那敏銳的洞察力就能輕易窺透旁人的心事，再娓娓道出對方痛處，就會把歐陽暖氣得七竅生煙，然而情勢卻完全變了，當面奚落他的人竟然是一個小姑娘，他冷笑，「歐陽暖，妳當真是好大的膽子！」

歐陽暖一臉無辜，「我只不過是在說真話而已。世子已經答應過不再追究當日之事，今日卻又出爾反爾。您既知道我不是良善之輩，就該離我遠遠的，何必非要來刺我？保持一定距離，各安其事，豈不皆大歡喜？」

肖天燁瞪著歐陽暖不出聲，心中有說不出的話，因為他嫉妒，他嫉妒歐陽爵有人守護，同樣是生活在困境之中的人，他接觸到東西都是不能見光的，陰謀與鮮血，一點點逼得他隱忍成狂，變成了屬於黑夜的人，唯有歐陽爵是這樣明快，如春日明媚燦爛的一道陽光，對一切陰暗毫無所覺，他就是見不得他這樣快樂，憑什麼？

他薄薄的嘴角一抿，是微笑，也是冷笑，「不行，因為我就是喜歡看別人也被折磨被羞侮，我就是想看別人因為失去幸福與歡樂而自卑自憐，我就是喜歡看別人家庭離散，無父無母，痛苦一生！妳和歐陽爵越是親近，日子越是舒心，我看著就越是礙眼，不行嗎？」

這話說得狠辣無情，常人聽來甚至十分病態，歐陽暖卻瞭解地笑了笑，「世子說錯了吧？我和爵兒既無親生母親相護，又無秦王府這樣的權勢，更無世子的心計權謀，不過慘澹經營而已，何談幸福？世子找錯人了。」她纖纖手指向著遠處的花圃，「那些少爺、小姐們自幼嬌生慣養，日子舒坦無比，不知人間疾苦，更不知何為痛苦，世子要找麻煩，不如去那邊。」

肖天燁淡笑，「我的心思，他們是不會明白的，歐陽暖，妳是懂我的，是不是？」

歐陽暖退了半步，臉上的笑容帶了一絲冷淡，「不，你我處境雖相似，心境卻不同。世子並無關愛之人，爵兒卻比我的性命還重要，我無法理解世子，世子也不能懂我。」

肖天燁站在原地看她，神色變幻不定，就在他要開口說話之時，卻聽見紅玉突然打斷道：「小姐，陶姑姑好像在找您。」

歐陽暖向遠處一望，果然見到陶姑姑笑吟吟地走過來，她見到肖天燁微微一愣，隨後對歐陽暖笑道：「歐陽小姐在這兒，公主已找了您許久，請您去陪諸位夫人、小姐敘話呢。」

歐陽暖點點頭，道：「叫姑姑費心了。」她回過頭，對著表情早已恢復如常的肖天燁道：「世子，恕歐陽暖失陪。」

說完，她便跟著陶姑姑轉身離去，肖天燁陰鷙的目光一直落在她的身上，如芒在背。在這樣的目光之中，歐陽暖深深意識到，肖天燁從此之後不會輕易放過自己了。他的任性乖張殘忍，似乎是成長於無愛環境中的人的通病。越是缺乏愛的人，越是喜歡欺凌別人，尤其是欺凌比自己幸福的人，也許肖天燁是在追求一種殘酷的滿足感，但發洩過程中卻也無法掩藏他自身的淒苦。這樣的人，讓人總是在心裡提不起恨意，反倒有一種同情。

歐陽暖輕聲嘆息，引來陶姑姑回頭相望，「小姐怎麼了？」

歐陽暖輕聲道：「沒事，姑姑帶路吧。」

大公主宴客之所在小花廳，一路走來，走廊上都是名貴的牡丹，走進廳去，地上鋪的是光滑如鏡的金磚，頭頂上繪著鮮豔的彩色繪飾，掛著豔麗的美人宮燈，小花廳右側立了個多寶格，擺著銅琺瑯嵌青玉的花瓶、綠地粉彩花卉瓶、景泰藍梅瓶、白玉雙銜環長頸鼓腹瓶……每一個花瓶都雕刻得非常精細，品種不同的豔麗花朵，被人截斷了長的梗子，分別在花瓶裡面浸潤著。左側是一道紫檀邊嵌牙五百羅漢插屏，漆得非常光亮，上面鑲嵌著美玉和寶石，奢華得令人窒息。

大公主坐在上首，其他各位夫人陪坐在側，鎮國侯府沈氏、蔣氏，以及南安公府徐大夫人、威北侯府周夫人、崔翰林夫人等都在。各府小姐們坐在另一側的八仙桌前說話。

看到歐陽暖，林元馨笑吟吟地迎上去，「暖兒妹妹，我剛才就想去找妳！」相比較林元馨的熱情，林元柔卻是矜持得多，不過一個淡淡的微笑而已。

蓉郡主也笑道：「剛才正說起歐陽小姐書法了得，畫畫也了得，可巧妳就來了！」

歐陽暖臉上帶著十分謙卑的笑容，道：「郡主謬讚了，歐陽暖也不過是從小看著外祖父的書法，自己揣摩，拾人牙慧而已，不比郡主天資聰穎，秀外慧中。」

這話一說，蓉郡主臉上的笑容便更加親切了些。

武國公府的陳蘭馨笑意款款，眉目濯濯，她的姿色不過是中上之姿，只是笑意憑添了溫柔之色，使得她別有一番動人心處，她微笑道：「說起來，我倒是很佩服歐陽小姐。」

眾人都不明所以地望向她，不知道她怎麼會突然冒出這樣一句話。

「妳居然敢與明郡王對弈，膽子可真大，須知道尋常人家小姐是連看他一眼都要暈倒的。」這話一說出口，在場幾位小姐的臉色都變了，很顯然除了陳蘭馨以外，在座的人並沒有幾個知道歐陽暖與明郡王對弈的事情，歐陽暖也下意識地不想在別人面前提起，然而陳蘭馨竟然是有意要將這件事告訴別人的樣子。

她這樣一說，其他幾個女孩子都驚訝地追問歐陽暖到底是怎麼回事，明郡王怎麼會與她下棋。

蓉郡主雙眸微瞇，輕輕笑道：「明郡王向來不喜閨閣千金的嬌氣，從來不與女子對弈的。」

林元柔勾起冷笑，誰都知道太后有意將蓉郡主許給明郡王，人家蓉郡主還坐在這裡，歐陽暖就敢去和明郡王對弈，這不是要與郡主結怨嗎？

想到這裡，林元柔笑咪咪地把明郡王的光輝事蹟詳細說了一遍，比如非常厭惡與女子相處、有誰家小姐去送帕子香囊被當眾拒絕、絲毫不留情面等等。

她說的越多，在座幾位小姐的臉色就越難看，幾次狠狠地將歐陽暖從頭到腳地打量了好幾回，蓉郡主的表情也是似笑非笑，看不出喜怒。

歐陽暖看到林元馨不悅地看了林元柔一眼，似乎是想阻止她繼續說下去，林元柔卻是有意避開她的眼神，還興高采烈地拉著陳蘭馨一起說。

南安公府徐明熙小姐生著一雙靈氣逼人的眼睛，配著懸膽玉鼻，妙目微橫的時候彷彿有無盡春水蕩漾，她拿起帕子擦擦白嫩的小下巴，輕笑道：「歐陽小姐畢竟出色，明郡王待妳也是與眾不同。」

林元柔笑道：「明熙小姐說的是，明郡王對暖兒妹妹可真是好！他平日裡是從不與女子多言半句的，聽說連蓉郡主都不假辭色呢！」說完，慌忙掩口，一副自覺失言的樣子，露出些微恰到好處的不安。

林元馨聽著，不由自主皺起了眉頭。

歐陽暖知道林元柔在耍花樣，她與侯府二房素來不睦，林元柔使絆子也是在所難免，而陳蘭馨和徐明熙的態度也值得人深思，這中間又有什麼彎彎道道？但不管怎樣，看她們現在這個態度，總不是一件好事。

蓉郡主捧了茶盞並不飲，茶香裊裊裡她的容色有些朦朧，卻把一雙美目隔著熱氣望過來，歐陽暖竟是毫不變色，笑靨如花道：「讓各位姊妹見笑了，都是爵兒，他非纏著郡王說要入伍，郡王就說，若是他能贏過一局，便同意他從軍。可是爵兒棋藝不佳，便過來纏著我代替他下這一局，可惜郡王只下了一半就走了，現在聽各位一說我才明白，原來是他不耐與女子下棋的緣故。」

這話一說，所有人的神色都緩和了些，林元柔冷笑，歐陽暖想把她自己撇得乾乾淨淨，彷彿都和她沒關係，怎麼可能讓她如願？她追問道：「那麼郡王收下爵兒了嗎？」說完扶一扶鬢角的珠花，還佯作親熱地說：「幾位小姐都不是外人，妳就別不好意思了！」

女孩子們都齊刷刷地看向歐陽暖，眼裡的意味不明。

歐陽暖看著林元柔，微微笑了。

「我沒什麼不好意思的。」歐陽暖坦然自若地說：「爵兒年紀太小，郡王只是看在先外祖父的分上才會同意與他對弈一局，可惜我棋藝不精，壓根兒就沒有贏面，爵兒自然也無法如願了。」她就不信林元柔敢說去與明郡王當面對質。

林元柔一時之間果然找不到話可以反駁。

歐陽暖又笑著同陳蘭馨道：「下棋時聽郡王說，京都閨秀之中，久聞蘭馨小姐尤為擅長棋藝，只是姊姊早已及笄，是過兩年就要出閣的小姐了，他與妳對弈恐怕多有不便吧。」

「他當真這麼說？」陳蘭馨眼前一亮，脫口而出，話一出口這才覺得自己說錯話了，她臉色一變，只覺得蓉郡主向自己望過來，不由得心驚膽戰起來。

歐陽暖說這句話有三層意思，一是刻意捧高對方，二是點明自己的年紀，明郡王比自己要成熟，他可能會捨棄國色芳華的蓉郡主，看上自己這樣一個尚未及笄的小丫頭嗎？三麼，自然是針對已經是花容月貌到了出嫁之年的陳蘭馨了……

眾人一時之間都向歐陽暖望去，只覺得她雖然容顏特別美麗，此刻神情之間卻有些微天真之意，分明就是個還沒長大的小丫頭，只怕還不懂得什麼爭風吃醋，倒是特意將此事說出來的陳蘭馨的用意……

林元柔想想，又不甘心地道：「真的是這樣的嗎？我還聽說你們有說有笑，我以為明郡王是對妹妹特別青睞呢！」

歐陽暖越發驚訝，「哦？那為什麼郡王還半途離席？除了說起陳姊姊，他都沒和我說兩句話呢！妳一定弄錯了，再者說……」她拖長了聲音，「允郡王和魯王世子都在場，他們都說郡王太嚴肅，不好親近，害得我心中多有忐忑，還想著要是諸位姊姊都在場，氣氛興許能緩和許多。」

「原來允郡王和魯王世子也在場嗎？」崔翰林家的千金崔幽若穿了一襲素淡的粉色裙子，髮式亦是最簡單不過的螺髻，飾一枚鑲暗紅瑪瑙的金簪，越發柔弱似風中搖柳，文秀可人，此刻她輕聲說道，臉上似笑非笑的神情。

林元柔一愣，歐陽暖仍然一臉真誠地追問她：「是啊，可除了他們，旁邊沒有別人啊，元柔姊姊又是聽誰說的？」

林元柔語塞，半晌猶豫道：「是……是我身邊的丫鬟碧璽無意之中看到的。」

林元馨當然是和歐陽暖站在同一戰線的，她用同情的目光看著林元柔說：「柔兒妹妹，妳的丫鬟可真糊塗，就算是要騙人玩兒，也該仔細想想合理不合理啊！好在允郡王和魯王世子都在場，要不然傳出去真是天大的誤會！」

眾人一聽，俱都無聲的笑了。那丫鬟糊塗，林元柔就更糊塗。不過她這樣揪著歐陽暖不放，是什麼道理？誰都不是傻子，每人心裡都有自己的想法，只是都沒說出來。

林元馨悄悄問歐陽暖：「那位陳蘭馨小姐，妳是不是得罪過她？我怎麼瞅著她今日此言，似乎是不懷好意的樣子？」

歐陽暖笑道：「我往日裡足不出戶，從來也與人無怨，又怎會去招惹她？再說了，今天我與她是第一次見面。」

依照歐陽暖的性格，與人結怨也的確不可能，林元馨點頭道：「那便是她心中嫉恨了，妳今日的表現，難免招惹眼紅的人，想來是見不慣妳得了眾人青睞吧。她是武國公府的千金，素來享有才名，書法上也頗有造詣，妳今天一來，把她的風頭全搶走了，她心中不好過，想不通也是有的。」她所能想出的唯一原因也只有這個了。

歐陽暖卻不這樣認為，陳蘭馨素有才名，又是公侯小姐，不會是個因為一小點事情就公然發作，刁難別人的人，唯一的可能是——吃某人的醋，那麼，堂上最引人注目的兩個美男子，陳小姐又是為了哪一位呢？

林元柔的目光在掃過歐陽暖的時候，眼裡總帶了幾分不屑和憤恨，想到自己處處吃癟，不由得捏緊了手中的帕子，眼中有陰鷙閃過……

林元柔並不就此死心，尋了個空檔，不急不緩地道：「說起今年的賞花宴，暖兒妹妹可算是成就一段佳話了！妳看看今日妳所得的桃花，當真是多得令人羨慕呢！」

徐明熙笑道：「說的是，歐陽小姐真是應當特別感謝一個人。」她用眼睛望望蓉郡主，似乎別有深意，蓉郡主卻低頭喝茶，半點看不出是什麼心思。

陳蘭馨手中的美人團扇輕輕搖了搖，柔聲道：「我聽說，以前的賞花宴上，明郡王從來不參加的，可巧今兒妹妹赴宴，竟碰上他了呢！若沒有他這一朵花，妹妹想要獲勝，到底有些難！」

不等歐陽暖回答，林元柔竟然不怕死地又抖出一件事情來：「是呀，我聽說暖兒妹妹曾經贈過明郡王一本書，郡王還特地派人送回禮到府上去，是不是真有這麼一回事呢？」

崔幽若訝異道：「有這種事？那明郡王豈不是和妹妹早有淵源？咦，歐陽妹妹不是說足不出戶嗎，怎麼碰上郡王的呢？燕王府什麼沒有，這本書有什麼特別嗎？對了，郡王都送了什麼回禮，妹妹若是帶在身上，不妨拿出來給我們開開眼界吧。」

這一個、兩個、三個都是衝著自己來的，歐陽暖冷笑，看來明郡王的魅力當真是大，不光是蓉郡主傾心，連這幾位小姐都是他袍下之臣，她生平最痛恨的就是自命風流的男人，明郡王這一回可是撞到槍口上去了。

歐陽暖笑道：「當真是眾口鑠金，三人成虎了。哪裡是我送的？不過是弟弟為了祖母壽宴，特意出去尋找的古籍。那本《廣陵集敘》原是明郡王花費重金訂下，誰知那老闆又將書轉給了我弟弟，這一來二去費了不少周折才弄明白，爵兒便將書送還給了郡王身邊的長隨。郡王太客氣，得知後專程派人送了一份回禮來，人是爹爹接待的，如今那回禮還在爹爹書房掛著，是一副白狼尾，爹爹寶貝得很，平日裡誰都不讓碰。倒是柔姊姊的消息真是靈通，不知道的人還以為妳當時就在現場，才說得如此維妙維肖呢！」

這話半真半假，難以分辨，在座眾人聽著，臉上的表情也變得微妙起來。不管林元柔說什麼，歐陽暖的表情都是十足坦蕩真誠，既沒有半點女兒家的羞澀，也沒有一絲遮遮掩掩的不安，這樣一來，在座的小姐們漸漸意識到，林元柔在故意挑起眾人對歐陽暖的怨氣，其中的緣故麼……她們的眼睛落在林元柔身上，又望了望笑意吟吟的歐陽暖，誰都知道歐陽暖的繼母是林元柔的親姑姑，到底是清官難斷家務事……

林元馨看氣氛奇怪，便笑著對林元柔道：「柔姊姊，剛才二嬸看了妳一眼，許是有話要與妳說，妳先去吧。」

夫人們都在那邊敘話，林元柔回頭望去，見蔣氏果然在看著自己，雖然有些不甘心，卻也不敢耽擱，站起身道：「諸位姊姊稍坐，我去去就來。」

她走後，歐陽暖的笑容更加親和，對崔幽若道：「柔姊姊上次說過，崔姊姊一直身子不好，最近可好些了嗎？」

崔幽若雖然是京都聞名的才女，卻天生有不足之症，經常是病懨懨的，尤其到了冬天苦寒之時，常常連門都出不了，今年也是一直纏綿病榻，直到半月前才能下床，為此她的婚事耽擱了很久，遲遲無人敢上門提親。想來也是，就算她素有才名，貌美如花，誰又敢迎娶這樣一個藥罐子呢？所以此事是崔幽若的隱痛，她臉上的笑容立刻變得僵硬了，口氣也立刻變得冷淡許多，慢慢對歐陽暖道：「勞妹妹擔心，不妨事了。」

歐陽暖點點頭，道：「是，我看姊姊面色極好，也是這樣猜想的。」說完，她又與眾人閒聊了幾句，彷彿十分天真地無意之中道：「對了，明熙姊姊的香囊找到了沒有？」

徐明熙臉上一愣，頓時面色古怪起來，聲音略微還有一絲不易察覺的顫抖：「妳怎麼知道我丟了香囊？」

歐陽暖笑吟吟地道：「上次去寧國庵進香的時候，聽柔姊姊向朱家小姐她們提起的，怎麼，姊姊還沒找到嗎？」

小姐們的東西都有定例，哪怕是身上丟了一根絲線都是很麻煩的，若是流落出去還不知道要傳出什麼樣的流言蜚語，徐明熙多日來一直為了此事十分煩惱，這時候聽到這個，不由得恨上了多嘴的林元柔，尤其她居然還敢告訴朱家的那個大嘴巴，這下子豈不是鬧得眾人皆知？萬一香囊最後落到某個登徒子手中，自己一輩子不都完了……

林元馨聞言，立刻窺見了其中奧妙，便故作關切地道：「此事事關妳的閨譽，我也多次勸說過柔姊姊不要多說，可是她偏偏……唉，姊姊妳也太不小心了，怎能讓她知曉呢？」

說到此處，一直低頭喝茶的蓉郡主輕輕抬眸看了歐陽暖一眼，表情似乎帶了三分笑意，眼睛卻深不見底。

就在這時候，林元柔與蔣氏說了幾句話，又盈盈走過來，笑道：「幾位在說什麼呢？」

林元馨微笑道：「正在說蘭馨小姐身上穿的春裳好看，不知道在哪裡訂做的。」

林元柔看了一眼，微笑道：「這是玉春齋的繡工，大師手筆，當真千金難求呢。」

陳蘭馨微微一笑，臉上多了三分諷刺，道：「是玉春齋的，元柔小姐果真是京都裡的百事通，各家的事情都一清二楚。」

林元柔只覺得這話裡有什麼不對，但見其他幾位小姐都拿帕子掩著嘴角偷笑，不由覺得莫名其妙，只是她再坐下後，不論再說什麼，眾人面上都有些淡淡的。林元柔十足惱怒，心知必定是歐陽暖從中說了什麼，惡狠狠地剜了她一眼，臉上故意帶了笑容道：「寧國庵那一回，暖兒妹妹可是有什麼急事，怎麼先走了呢？後來歐陽老夫人和大公主也都相繼離去，讓我們好生奇怪呢。」

林元柔還真是不到黃河不死心，不見棺材不掉淚。歐陽暖露出燦爛的笑容來：「是呀，這事兒大家都知道，是爵兒誤闖了圍場，衝撞了秦王世子，好在大公主親自解圍，世子仁慈，看在爵兒年幼的分上沒有計較，我祖母還親自來謝了大公主的恩典。」

林元柔道：「爵兒可真是不懂事，他去哪裡玩耍不好，偏生要去圍場，這不是上趕著送命嗎？弓箭可是不長眼睛的，要是不小心受了傷，這還是他自己的不是。要是我們家，根本不可能發生這種莽撞的事情。」

眾人都明白林元柔意有所指，有些同情歐陽暖，林元馨縱然教養良好，臉色也不禁難看起來。

之前歐陽暖處處忍讓，林元柔卻絲毫沒有意識到，只怕還以為自己怕了她。這一回她分明是在指著鼻子罵歐陽家沒有家教了，這樣的羞辱若是輕描淡寫地揭過去，以後歐陽家就別再想抬起頭來做人。

歐陽暖笑道：「姊姊說的是，爵兒的確是太莽撞了，這件事情的確很意外，祖母還因此受了驚嚇，養了很久的病才養好，所以我們都不喜歡聽別人提起這件事。多虧大家都是知道禮節，懂得進退的人，從不提起此事，生怕觸動我們的傷心處。祖母平時常教導我們，為人要謙和有禮，仁慈善良，最忌幸災樂禍，搖唇鼓舌，可這世上總有那等狠毒刻薄之輩，把它當做茶餘飯後的談資不說，還加上一些妄自猜測。」說完，笑著問林元柔道：「柔姊姊，妳知書達理，見多識廣，妳說這種人是不是厚顏無恥？」

林元柔整張臉都紅了，瞬間由紅轉白，又由白轉青，實在熬不住，跳將起來指著歐陽暖道：「妳、妳含血噴人！」

「咦，姊姊這是怎麼了？我在說那些小人，姊姊怎麼著急了？此事與姊姊有關係嗎？」歐陽暖笑意盈盈，一臉無辜。

在座的小姐們都偷偷笑了，看著林元柔一臉憋屈的表情，當真是逗趣得很。只有陳蘭馨，她如今既不喜歡多嘴多舌的林元柔，也不樂意看歐陽暖得意，輕聲笑道：「暖兒妹妹也真是的，怎麼說起這個來了？柔妹妹只是好心好意提醒妳，以後要多多教導令弟，免得他將來貽笑大方罷了，何必出言諷刺呢？」

歐陽暖看她一眼，不動聲色地笑了。這些公侯小姐，一個一個都是吃飽了撐的，當真以為她是軟柿子嗎？想到這裡，她臉上的笑容越發燦爛，道：「姊姊說的是，只是在一起談談心罷了。說到見多識廣，暖兒還有事要請教姊姊。」

陳蘭馨一愣，輕輕「哦」一聲，問道：「不知妹妹要請教什麼？」

歐陽暖的笑意越發濃，語氣溫和：「暖兒從前看過一本書，書上說南方有一種叫鵷的鳥，非梧桐不睡，非竹果不吃，非甘泉不飲，可偏偏有一隻喜歡吃腐肉的貓頭鷹，怕牠要搶走爪下的那隻死老鼠，刻意與牠為難。這故事十分有趣，暖兒想重新找來一讀，只是卻想不起是哪一本書上的了，久聞姊姊高才，料想姊姊應當記得才是。」

歐陽暖自比高潔的鵷，說陳蘭馨是那隻嫉妒的貓頭鷹，言下之意，陳蘭馨惦記的明郡王豈不就成了那隻不受待見的死老鼠？陳蘭馨氣得發抖，想發作吧，可不正好就落了別人口實？不發作呢，她又實在嚥不下這口氣。她只得睜圓了眼睛，死死瞪著歐陽暖，嘴唇咬得煞白。

歐陽暖笑著望向她，若是私下場合碰到這些小姐，她是無論如何都不會出言譏諷的，但今日不同，她已在眾人面前亮過相，早已留下才德兼備的深刻印象，並不怕別人在背後出言詆毀。既然這些小姐無事也要掀起三分浪，她若是再退讓，只會讓她們欺她軟弱，得寸進尺。況且今天這事情不管傳到何處，也不會有人認為是她挑起事端，無理取鬧。

歐陽暖這話一說出來，連蓉郡主都呆了片刻，再看歐陽暖，眸子裡反而多了一絲欣賞之意。

崔幽若笑著道：「這個故事我也聽過的，是出自賢德經第三章第四十八頁。」

歐陽暖微笑道：「姊姊果真是好記性，的確如此。」

林元柔暗地裡恨歐陽暖恨得要死，卻不便當眾發作，這時候看見丫鬟抱著輿兒走過去了，臉上露出一絲冷笑，故意驚呼道：「是狼是狗？」

林元馨面色一變，其他小姐們也紛紛低下頭去，掩住了臉上的笑容。

歐陽暖的父親是吏部侍郎，是狼是狗，當然說的是「侍郎是狗」，這位元柔小姐也當真是太刻薄了。

被人當眾指著鼻子罵自己的父親，歐陽暖若還是退讓，傳出去只會讓人笑她聽不懂這樣巧妙的罵人之法，沒有本事維護自己的父親。歐陽暖嫣然轉眸，望住對方道：「是狗。」

林元柔以為她壓根兒沒有聽懂，臉上的笑容微微帶上一絲得意，似笑非笑，雙眉微挑，「哦，何以見得？」

歐陽暖雙眼微瞇，長長的睫毛在臉上投下一對鴉青的弧線，淡淡道：「看尾毛，下垂是狼，上梳是狗。」

她的聲音黃鶯般嬌脆，流水般柔美，鴿子般溫柔，聽起來半點也沒有惱怒的意思，原本自始至終沉默的威北侯府的碧瑤小姐正在喝茶，聞言忽然一嗆，咳嗽不止，連連喘息，只滿面通紅地用手指向歐陽暖，「此言大為有趣，尚書是狗！哈，真真太有趣了！」

林元柔的父親是兵部尚書，歐陽暖這是毫不留情地罵回來了。林元柔眾目睽睽之下不由大是窘迫，臉「騰」的一下滾滾地熱了起來，登時站也不是坐也不是，所有小姐嘲諷的目光都落在她的臉上，自己送上門去自取其辱，當真是活該！

歐陽暖心中淡漠，面上卻是笑意盈盈看向林元柔，親熱地道：「柔姊姊，我知道妳一向和我要好，凡事總喜歡高抬我幾句，就生怕別人不知道我好。可我年紀幼小，才能有限，在座的各位小姐才都是才德兼備之人，尤其是蓉郡主，更有京都第一美人之稱，妳今天總是誇讚我，我實在是汗顏。這些真正有本事的姊妹們將來也會在背後笑話我們姊妹互相吹捧，傳出去才是可笑，妳說是不是？」她這是在婉轉提醒對方就此打住，自己的父親是她的姑丈，她的父親是自己的舅舅，內裡怎麼鬥都不要緊，要是在外人面前互相攀咬，只會惹人笑話。

林元柔張了張嘴，最終不知道說什麼，悻悻然地閉上了嘴巴。

眾人一時都望向歐陽暖，對於這位橫空冒出來的歐陽大小姐，有平白占了今日宴會她大出風頭的那點酸，但更多的卻是好奇。原先只覺得她舉止大方，眉眼溫柔，說起話來聲音軟軟的，讓人聽了身上溫溫涼涼的，有說不出的舒服愜意，卻沒想到原來她也是個口齒伶俐，言辭爽利的姑娘，一時之間反倒都笑了。

這件事情本就怪不得人家，是林元柔挑釁再三，若是歐陽暖一再畏縮，反倒顯得膽小怕事。人們通常都會對言語爽朗，不遮不掩的人帶有好感，當下幾個小姐對待歐陽暖的態度就變得親近起來，主動挪了凳子去尋她說話，反把林元柔氣個半死，抬眼一看卻見到徐明熙正冷眼瞧著自己，那模樣還帶了三分怨毒，當即心裡一驚，只是她偏偏不知道自己何處得罪了對方，壓根兒無從解釋起，心中叫苦不迭。

小姐們不知道，她們這裡說得熱鬧，外面的男子聽得也熱鬧，肖清寒早知道陳家小姐喜歡明郡王，此刻看著肖重華，面色古怪，想笑又不敢笑，「重華哥，歐陽小姐說你是死老鼠呢！」

肖重華：「……」

肖清弦頓時頭大，狠狠打了自己弟弟一個爆栗，其他人都悶悶笑起來，他們要穿過花廳去前院，偏偏小姐們都在花廳裡說話，他們也就不好這樣進去，只能在外頭走廊站著，並非有意偷聽。

肖天燁冷笑道：「你們此番也見識到歐陽暖的伶牙俐齒了吧？」

肖清弦臉上冒汗，連聲道：「小姑娘可能不懂事……」呃，他也知道這樣說是沒什麼說服力，只是不說點什麼，這氣氛也太僵硬了。

肖天燁冷笑一聲，不言不語，率先走進了花廳，一路目不斜視，只向大公主微微點頭，眾人看了，也紛紛跟上去，直接穿廳而過。

眾小姐：「……」

其他人見他已經走進去了，也就只好跟著進去，只是都低頭斂息，並不直視小姐們的芳容。蓉郡主瑰麗的裙角拖曳於地，似天邊舒卷流麗的的雲霞，衣裙上的海棠春睡，每一瓣都是春深似海，嬌豔無邊，見有人進來，她微微抬頭，金步搖在烏黑雲鬢間劃出華麗如朝露晨光般的光芒。

歐陽暖望向她，心中微微嘆息，這浮華綺豔的美麗居然在人世間出現，實在是令人驚嘆。

陳蘭馨身穿蝶戀花的荔枝紅衣裙，石青的絲絛軟軟垂著，如墨青絲上珠玉閃爍，掩唇一笑間幽妍清倩，見肖重華進來，她似若無意輕輕用檀香熏過的團扇掩在鼻端，遮住自己嘴角略帶羞澀的笑容。

連林元柔都低下頭整理裙襬，生怕有一絲不好的印象留在這些皇孫公子的腦海之中。

歐陽暖此刻卻轉移了目光，悠然望向窗外，幾株花樹在燦爛陽光的映照下如火如荼，如丹如霞，花枝在微風中輕輕搖曳，透過花廳海棠形狀的窗子，映在華美的窗紗上，讓人心中微微一動。她忽然覺著，這滿廳的綺靡繁華，美色如雲，竟不如窗外一抹花色動人。

不過是一瞬間的功夫，那些俊美的公子們便走過去了，徒留下還回不過神來的諸位小姐們。周碧瑤回過神來，嘆息道：「明郡王當真是俊得天上有地下無了。」

「也不知……」徐明熙淡淡笑得有些難言，「將來什麼樣的女子能夠與之相配……」

太后想要將蓉郡主許嫁給明郡王的事情早不是什麼祕密，可惜牽扯到燕王妃的過世，諸位小姐們當然不好意思再說，只敢偷偷望向蓉郡主。

歐陽暖也望了蓉郡主一眼，她今年已經十六歲了，明郡王守喪三年，她就真的要等上三年嗎？這樣的賭注，對女子而言，會不會太大？

陳蘭馨嬌聲笑道：「今日公主府的賞花宴已經精彩至極了，聽說燕王府還有不少奇花異草，世所罕見，還未請問蓉郡主，是不是這樣？」

蓉郡主淡淡笑了笑，她的目光冷漠如一道蒙著紗的屏障，叫人模模糊糊的看不清真意，而聲音卻是柔軟的，彷彿含著笑意一般道：「我與明郡王也不過數面之緣，並無深交，這一點，只怕回答不了陳小姐。」

徐明熙抿嘴一笑：「蘭馨小姐還沒認識人呢，就惦記著上門了，怕是醉翁之意不在賞景吧？」

陳蘭馨笑臉一頓，立刻帶了三分惱怒之意。

肖重華之才貌，燕王府之權勢，可是傾倒了一城女子。歐陽暖捧著茶杯，只是聽著小姐們的爭論，不意崔幽若冒出來一句：「妳們不覺得，秦王世子的風姿也是很瀟灑的嗎？」

「是啊是啊！」鶯鶯燕燕一陣亂語。

肖天燁玉面朱唇，風流可人，一雙眼睛更是勾魂攝魄，雖然行事惡劣，卻也壞得亦正亦邪，真假難辨，當真可以說是生著惡魔的心肝，用著狐狸的伎倆，還長著一張可以把死人氣活的嘴，千金小姐們看不穿他的本質，被他的外表迷惑，倒也不奇怪，歐陽暖微微笑著搖頭，不以為然。

就在此時，陶姑姑笑吟吟地走過來道：「諸位小姐，公主在花園裡準備了一盆罕見的曇花，邀請各位賞鑒。」

於是眾人便都站起來，回到各自母親身邊去了。

歐陽暖剛站起身，陶姑姑微笑道：「歐陽小姐，請隨奴婢來。」

歐陽暖略略一沉吟，便知道是大公主有心要見自己，便向林元馨打了個手勢，刻意落後半步，等眾人都出去了，才隨著陶姑姑進入內室。

剛進內室，一個丫鬟走過來道：「姑姑，公主該喝藥了。」

陶姑姑伸手接過她手裡的藥碗，道：「妳先出去吧。」

大公主斜倚在軟榻上，似乎是有些累了，眉梢眼角都流露出一種疲憊。

歐陽暖恭敬行禮，道：「歐陽暖拜見公主，願公主鳳體康健。」

大公主微微揚眉，抬眼淡淡看她，「怎麼樣？」這樣平平常常一句，卻讓歐陽暖一愣，她低首斂容，靜靜答：「多謝大公主給暖兒這樣的機會，得以名揚京都。」

「既然妳知道，那麼，為什麼要刻意相讓柯蓉？」大公主打量她一眼，冷冷地道：「妳以為這樣的機會是隨便給的嗎？」

歐陽暖心下一緊，「這樣的機會千載難逢，公主待暖兒太過厚愛，暖兒心中不安。」

大公主「嗯」了一聲道：「妳倒乖覺，有些人不知求了多久，也沒有這樣的機會。」她皺眉對陶姑道：「藥喝得我舌頭發苦，倒掉吧。」

陶姑姑求助似的望向歐陽暖，歐陽暖微微一笑，道：「暖兒來服侍公主喝藥好不好？」

大公主搖搖頭，道：「不必，這藥太苦了。」

歐陽暖笑道：「從前暖兒也是不愛喝藥的，藥是很苦，暖兒很能理解公主的心，只是不喝藥的話，一旦病情加重，將來大夫另設他法，不是加重藥量就是換用針灸之法，受的苦更多，相形之下，暖兒情願喝藥了。」

大公主笑了笑，道：「妳將我說得像是個小孩子。」說著將藥汁一飲而盡。陶姑姑眼明手快，見她喝完藥，取了絹帕在手為她擦拭。歐陽暖微微笑著，端起軟榻旁的金盆，茶盞裡早已備好了漱口的清水，歐陽暖服侍著大公主漱了口，轉頭向陶姑姑道：「不知可備著蜜餞嗎？」

陶姑姑眉開眼笑，道：「早就備下了呢。」說罷去取了鏤空梅花黃梨木匣來奉在近旁。

大公主微瞇了雙眼，看著歐陽暖的目光驟然變得銳利而清明，冷然道：「妳是在討好我？」

歐陽暖臉上卻不見一絲害怕，輕聲道：「公主言重，暖兒實在惶恐不安。」

「不安？」公主抬手撫一撫鬢髮，似笑非笑地緩緩道：「蓉郡主千方百計討好太后，妳想方設法討好我，前日裡居然特地送了那一幅八寶圖，妳還不承認嗎？妳們這些丫頭，又何嘗有一絲真心了？」

陶姑姑在旁聽得著急，輕聲道：「公主……」

大公主橫目向她，不帶絲毫感情，「我問她的話，妳插什麼嘴！」

歐陽暖心中一凜，口中緩緩道：「蓉郡主出身高貴，小女只是臣子之女，並不能相提並論。寧國庵一事，公主再三相幫，小女已經感激涕零，只想著要回報一二，萬萬不敢有奉承之念。與公主萍水相逢，不過感念公主恩德，若是公主覺得這是存心接近，那以後我定會謹慎小心，再不於公主面前出現。」

大公主目光如劍，只周旋在她身上，語氣微妙而森冷，「如此說來，妳並非有意接近我，以求獲得進身之階嗎？」

歐陽暖低下頭，輕聲道：「不敢欺瞞公主，那幅八寶圖的確是祖母命暖兒為公主準備的一份禮物，然而我自己也有報答公主的相助之恩的念頭，才會連夜趕製出來獻給您。」

大公主顏色稍霽，語氣緩和了些，「果真如此，倒是我錯怪妳了。」

歐陽暖低首道：「是小女未及時向公主稟明情由，與您無關，況且……您想必早已知道，小女自幼失母，繼母失德，嫉恨幼弟，百般迫害，小女只能與弟弟在困境之中掙扎求存。自寧國庵與公主相逢，德蒙公主青睞，祖母從此對我們多有照拂，日子也好過許多。這是公主無心之中種下的善果，歐陽暖姊弟兩人也因此受到庇護，所以您所說的，是您為我們帶來了福澤，的確是小女不能否認的事實。」

這是說，她並非有意接近大公主，然而大公主的幫助卻在無意中給了他們姊弟很大的照拂，這的確是事實，沒有一絲一毫的謊言。大公主盯著歐陽暖，須臾，唇角緩緩拉出一絲弧度，神色也溫和了許多，慢慢地道：「這幾句倒是老實的，我相信妳。只是，我還是想知道，妳今日為何處處讓著柯蓉，妳明知道我是要讓妳壓過她的風頭，為何要陽奉陰違？」

歐陽暖抬起臉，一雙眸子盈盈動人，「最終暖兒還是如公主所願，贏了蓉郡主的，不是嗎？」

大公主看著她，似笑非笑地道：「妳這個滑頭的丫頭，剛剛還說妳老實，又開始耍滑頭！若不是明郡王出乎意料地將花投給了妳，妳不就輸給她了嗎？」最讓大公主吃驚的，是歐陽暖準確地掌握了所有人的心思，早已算好了最終的結局，即便她輸，卻可以輸得很好看，這樣的姑娘，當真是讓人驚奇，唯一的變數就是她沒料到，連蓉郡主傳說中的未婚夫都投花給她。

大公主笑道：「只怕妳以為，明郡王那一朵花一定會投給蓉郡主的吧。」

歐陽暖的臉上露出一絲羞赧，「蓉郡主是太后十分愛惜之人，更以郡主之尊，芳名遠播，暖兒只是吏部侍郎之女，實在不敢與其爭鋒，一較長短，公主何苦非要逼暖兒勉強行事？」

「那是因為我與太后打了一個賭。」大公主唇畔勾起一個笑容，「太后說蓉郡主天下無雙，我就說非要找出一個與她不相上下的丫頭出來……」她神祕地笑了笑，道：「這一回，我要看看她還有什麼話好說。」

不久前她進宮，太后又當面說起肖重華的婚事，大公主卻冷冷笑言說再過三年，京都第一美人很可能要換人坐坐，到時候蓉郡主只怕配不上風頭無量，戰功赫赫的明郡王。太后一聽就十分氣惱，大公主卻絕不退讓，兩人當場就立下了賭注。這件事情只有太后、大公主和當時在場的幾個位分較高的女官知道，陶姑姑心裡真的為大公主捏一把冷汗，她一直與太后這個祖母不太對盤，這次嗆上，還不知如何收場。

大公主又仔細看了歐陽暖一番，淡淡道：「妳生得像是仙女似的，還這麼守規矩懂禮貌，就不怕我從此把妳留下來嗎？」

歐陽暖一聽，心裡就突突地跳起來，她希望大公主說的這話是句玩笑話，因為她太懂得伴君如伴虎的道理了，而且大公主這個人喜怒無常，但歐陽暖表面上不露聲色，而是輕輕跪倒在地，鄭重道：「果真如此，那是我的造化，只是……」

「只是什麼？」大公主看著她一雙黑如點漆的眼睛，挑高了眉頭。

「小女家中情況複雜，環境險惡，還有一個尚未成人的幼弟。他是母親留下的最後骨血，是歐陽家唯一的希望，小女盡心盡力，嘔心瀝血，只為將他撫養長大，看他成人成才。當日弟弟遇險，小女執意追隨，公主明察秋毫，自然知道是因為姊弟情深，生死相依。」她語中含了大悲，輕聲道：「只要有一天弟弟能夠自保，歐陽暖願陪伴在公主身邊，侍奉一生。」

她的啜泣在寂靜空闊的內室聽來分外悽楚，這樣靜默的片刻，大公主沉緩的呼吸間清晰地嗅到草藥的苦澀芳香、歐陽暖身上清冷的香氣和窗外的甜甜花香。

大公主凝神片刻，再出聲時已經是慈愛和藹的口氣：「好孩子，看妳這樣傻，我只是說笑罷了。」又吩咐陶姑姑道：「一向總說妳最體貼，怎麼看暖兒這樣跪著也不叫她起來？」

陶姑姑笑道：「奴婢哪裡敢提醒公主呢，這是歐陽小姐對您的敬重之意。」說完便上去攙扶，歐陽暖忙謝了她道：「如何敢勞動姑姑！」

陶姑姑抿嘴笑道：「公主殿下真心喜歡您，只盼望您今後常來陪伴，也算是全了她一片回護之心。」她深深了解大公主為人，知道剛才那句絕不是說笑，她是真的想要將歐陽暖永遠留在身邊陪伴，這是要抬舉她。一旦留在大公主身邊，等於成為半個女兒，將來的婚事自然比一個侍郎千金要好上不知多少，然而歐陽暖卻拒絕了……奇怪的是，一向跋扈的大公主竟然沒有生氣，可見她是真的非常喜愛歐陽暖。

歐陽暖心下終於鬆出一口氣，忙欠身向大公主福禮，「多謝公主關愛。」

「妳不必過分憂心，既然是我要抬舉妳，誰都不敢為難妳。」大公主說道，重重捏了捏歐陽暖的手，又瞧見她的眼圈微微一紅，頓時露出微笑來，到頭來卻只是吐出了三個字：「妳放心。」

歐陽暖恭謹低首，「公主的話暖兒牢記於心，必定不忘公主之恩。」

大公主又看看她，臉上的笑容帶了一份懷念，「好了，別把恩德總掛在嘴上。說起來，後來我才知道，妳和我的成君是同月同時生的，實在是巧合得很。」

歐陽暖看見大公主的神情和目光中充滿了慈愛，隱約覺得大公主恐怕是有些愛屋及烏。儘管如此，想到她丈夫早逝，唯一的女兒又那樣夭折，她心中不知不覺生出了幾許同情。說是高高在上的公主，其實還不是一樣並不能事事順心如意？

「其實，妳的性子倒還真的有些像我年輕的時候！」大公主微笑道，那時候她還有可以為之謀劃的人，為之謀劃的事，現在卻已經沒有那樣的心思了。

歐陽暖一直在揣摩大公主的心意，這位地位極高的長公主，她昔日的美貌日漸因早年宮廷中的刀光劍影與陰謀詭計而黯淡，又因喪夫喪女之痛而痛苦日沉，然而多年宮廷生涯賦予她的智謀與心機並沒有絲毫消退，偶爾說出的一句話，叫人不寒而慄。只是，大公主在駙馬死後一直沒有改嫁他人，多年來寧肯守著孤清的公主府，在寧國庵之時對女兒的舊物又流露出那樣痛惜的神情，歐陽暖可以確信，在她的心底必然有柔軟之處，只看自己有沒有這樣的能耐能夠打動她了。

這世上，什麼手段和心機都是輔助之物，要換取一顆真心，只能用自己的真心去換。歐陽暖明白這一點，所以她對大公主所說的話，並沒有一句是假話，相信公主也能夠分辨出來。

歐陽暖談吐高雅，話語真摯，口中雖然沒有一句奉承，然而大公主臉上的神情卻是越發的溫柔起來，陶姑姑看在眼中，心裡也是十分高興。

賞花宴自然很成功，大家興起而來，興盡而歸，夫人小姐們互相告別，先後登上了馬車，歐陽暖親自送走鎮國侯府的馬車，林元馨臨上車前，悄悄附在歐陽暖耳邊道：「剛才人多不方便說，來時哥哥讓我告訴妳，這幾日二姑母與二叔來往尤為頻繁，請妳千萬小心。」

歐陽暖一怔，心中有一種莫名的預感升起，臉上的笑容卻十分從容，「好，替我謝謝表兄。」

她站在原地默然片刻，歐陽爵上來拉她的手，歐陽暖卻嚇了一跳，猛地抬起頭來看見是他才放下心來，歐陽爵瞧她似乎想事情出了神，不免問道：「姊姊，怎麼了？」

「只是有一種不好的預感。」歐陽暖望了一眼天色，此刻天色已近黃昏，若非林元柔處處找麻煩，本應該與鎮國侯府的馬車一起回去，她原先只是不想讓大舅母居中為難而已……然而現在看來，她卻覺得此行回去未必太平無事，正在想著，她和歐陽爵就朝自己的那輛車走去，可沒走幾步就聽到背後傳來一陣響亮的叱喝聲，緊跟著就見十餘騎人從旁邊疾馳而過，一時間，不管是她這裡還是路旁的其餘車馬，紛紛停車的停車讓路的讓路。

須臾，肖天燁在十幾騎人的前呼後擁下策馬而過，一襲銀白大氅被迎面而來的風吹得老高，露出了底下的紫色錦衣，馬蹄下捲起了陣陣煙塵。

歐陽暖被嗆得輕聲咳嗽，歐陽爵壓低聲音道：「肖天燁真是太過分了，他分明是故意的！」

上了馬車，一路走上官道，歐陽暖的心中卻始終有一種隱隱的不安，總覺得有什麼事情會發生，一直在走神，直到有人輕輕推了一下，她才一下子驚覺，「怎麼了？」

歐陽爵臉上寫滿了擔憂：「姊姊，妳究竟怎麼了，從上車開始就不對勁。」

「我只是……」歐陽暖沒有說完心中的話，聽了馨表姊的話，她始終有些懷疑。林氏接連幾次意圖陷害，祖母口中不說，實際上卻加強了對歐陽家上上下下的約束，聽暖閣和松竹院尤其看守得密不透風，按照道理說林氏是沒有機會在這兩處下手，那麼，她會在什麼地方動手呢？

歐陽爵笑道：「姊姊，妳是今天太勞累了嗎？現在距離進城還早著呢，妳可以先閉目休息片刻，等到了地方我再叫妳。」

歐陽暖心中一軟，正要說話，卻聽見紅玉突然道：「小姐，馬車停了。」

歐陽暖不禁眉頭一挑，「外面出了什麼事？」

「是前頭的路被人堵住了。」

歐陽暖一愣，正沉吟間，車簾一動，卻是原先跟在後面一輛馬車上的菖蒲進來了，「小姐，奴婢剛剛去前頭問過了，說是蓉郡主的馬車壞在半路上，所以咱們的馬車也沒法前進。」

「哦？」歐陽暖凝神想了片刻，歐陽爵臉上有些猶豫，「如果不走這條路，得拐回去繞上一大圈，那時辰可就全都白費了！等咱們回到府裡，說不準天都黑透了，姊姊，妳說怎麼辦才好？」

「下車，我們去看看。」歐陽暖輕聲道。

歐陽爵點點頭，自己先跳下馬車，然後扶著歐陽暖下了車。

前面已經接連堵了幾輛馬車，歐陽暖披上了披風，半掩著容貌，走不了幾步便看見蓉郡主和陳蘭馨一臉焦急地站在官道邊，車夫們已經為這兩位貴女搭了一個簡易的涼棚，並派重重護衛守著，生怕外人不知道冒犯了她們。

「蓉郡主，可有什麼不妥？」歐陽暖對歐陽爵點點頭，歐陽爵便走到一邊去了，她自己微微整理了衣裙，走上去問道。

蓉郡主見到是她，臉上的神情一愣，倒顯得有幾分意外，她還沒來得及說話，陳蘭馨已經指著那邊的馬車道：「郡主的馬車壞了，車夫們正在想法子，只是不知道要等到什麼時辰。」

歐陽暖看了蓉郡主的馬車一眼，這輛車的帷幕以蜀錦繡成，遍綴珠寶，奢華無比，拉車的馬匹也是健壯有力，處處顯著富貴豪奢，只可惜車輪似乎被某樣東西卡住了，深深陷入旁邊的一道石縫中，一些人正緊張地在往外拉，可越是著急越是慢，不免急得滿頭大汗。

蓉郡主壓抑住眼中的急切，臉上微笑道：「連累兩位陪我一起等了。」

歐陽暖微微凝視著蓉郡主，暮色下，越發襯出她的美麗，這種美是那種羊脂玉一般無瑕的美，透著月光一樣的高貴。特別是她的眼睛，帶雨含煙，投出的每一瞥都讓人生出如夢如幻的感覺，那種韻味是歐陽暖從未在別人身上見過的。她還沒有說話，就聽見陳蘭馨笑道：「哪裡的話，我們只要一回去就會被拘束著不得出門。今天不是郡主的馬車壞了，而是我們想趁著這機會和妳親近，妳可不能戳穿我們。」剛才和自己說話的時候，夾槍帶棒的陳蘭馨，此刻好像換了個人似的，她語氣嬌憨，有種少女不諳世事的天真爛漫，讓人聽了只覺得俏皮可愛。說著，她又笑著問歐陽暖：「妳說是不是？歐陽小姐！」

「是啊，蘭馨小姐！」歐陽暖笑盈盈地望著她，好像很欣賞她的開朗活潑般。

蓉郡主掩唇一笑：「就妳會說話！」話裡帶著一種罕見的親暱。

原先在花廳，她們兩人還只是淡淡的，這麼快就已經熟悉了？這位陳蘭馨小姐，只怕費了不少功夫，歐陽暖心中明悟。

陳蘭馨笑著問歐陽暖：「郡主說我會說話，歐陽小姐以為呢？」

歐陽暖不答，只是掩袖而笑。

蓉郡主的笑容更深了些，「蘭馨，歐陽小姐是初識，妳可別欺負了人家。」

陳蘭馨的笑容更溫柔，「蓉郡主，妳就是偏心，生怕歐陽小姐受了一點點的委屈，怎麼也不憐惜憐惜我，我也是受不得一點委屈的！」

蓉郡主被她的孩子氣逗笑了，轉頭卻問歐陽暖：「聽說歐陽小姐送了一幅繡品給大公主？」

禮物剛剛送到，蓉郡主卻已經知曉，消息傳得還真是快，歐陽暖笑道：「是祖母為了感謝公主為幼弟解圍，特意命我送來的。」

蓉郡主輕輕點點頭，似乎在沉思，「說起來，五月十三是太后的壽辰，我一直想要繡個屏風，送給太后做壽禮，不知歐陽小姐有什麼建議嗎？」

太后的壽辰？歐陽暖心中一動，口中卻遲疑道：「歐陽暖雖然平日也做些女紅，可技藝不精，宮中藏龍臥虎，我不敢妄言……」

沒等她的話說完，陳蘭馨已笑道：「歐陽小姐過謙了，聽聞妳琴棋書畫樣樣精通，尤其精於書法與刺繡，只是不知道妳的繡工與宮中繡娘比起來又如何？」

宮中繡娘是千挑萬選的沒有錯，卻還是別人的奴才，陳蘭馨這是笑中帶刺，話中有話，歐陽暖淡淡笑了，「蘭馨小姐真會說笑，要講技藝精湛，誰又比得過宮裡的繡娘？蓉郡主所言，也不過是表表心意罷了，妳怎麼就當真了呢？」說完，便任由她說話，不再隨便搭腔了。

蓉郡主似乎未覺這裡的暗潮洶湧，眼睛不時盯著那邊的馬車，眼中隱隱有急切之色。宮禁森嚴，蓉郡主今次出門，必然比她們更困難……歐陽暖猜到對方心中所想，卻不言不語，恍若未覺。

陳蘭馨當然也是七竅玲瓏心，猜到蓉郡主著急回宮，笑道：「郡主，妳出來一天，想必太后該等得心急了，我有一個提議，不知妳是否同意？」

蓉郡主和歐陽暖同時望向她，陳蘭馨微笑道：「我們可以讓家僕將公主的馬車齊心協力先移到路邊，然後郡主乘我的馬車回去，明日我再派人將郡主的馬車送回去，這樣可好？」

若是陳蘭馨真心想要讓出馬車，何必等到自己來才說？歐陽暖看到陳蘭馨目光閃爍，眼神不時望向歐陽家的那輛蓮花標記的馬車，便知道她必有後話，卻只作不知，垂下眼睛。

蓉郡主面露猶豫之色，「這……怕是不太好吧？」

陳蘭馨微笑道：「這又有什麼關係呢？武國公府還能比皇宮更難進嗎？況且老太君一貫疼愛我，我此番又是來參加大公主的賞花宴，縱然回去晚了也不會被過分苛責的，郡主妳放心吧。」

蓉郡主看了一眼黃昏的霞光，又推辭了片刻，才眼含感激地接受了對方的好意。看到蓉郡主上了武國公府的馬車，陳蘭馨看了歐陽暖一眼，微笑道：「不知道歐陽小姐可否將馬車讓給我呢？」

原來她打的是這個主意，歐陽暖笑了，道：「蘭馨小姐不是說不急著回家嗎？」

陳蘭馨滿眼委屈，「歐陽小姐何必拿話擠兌我？我一個閨閣小姐，都出門一天了，老太君和爹娘又怎會不著急，剛才只不過是讓蓉郡主放心而已。」

歐陽暖微笑著，臉上卻露出為難的神色，「可是祖母應該也在等著我和爵兒回去，這樣……多有不妥吧。」

「那可不同，歐陽府比武國公府要近些，況且……」陳蘭馨看了不遠處的歐陽爵一眼，道：「況且妳身邊還有人護著，我卻是獨自出門的呀。」

陳蘭馨自己將馬車讓給蓉郡主，到頭來卻要硬搶別人的馬車，一方面讓蓉郡主感她的恩，另一方面卻又半點不肯吃虧，當真是嬌蠻無禮，這就是所謂的公侯貴女，名門千金，的確是可笑至極。歐陽暖微微搖了搖頭，笑道：「蘭馨小姐，我把馬車讓給妳，我和弟弟該如何回去呢？」

陳蘭馨微笑道：「郡主的馬車已經拉出來了，只是車輪被石頭卡住，要恢復也無須多久時間，不如歐陽小姐坐郡主的馬車回去？」

歐陽暖看向那輛華麗的馬車，臉上的表情越發為難，陳蘭馨似乎知道她在想些什麼一樣，又柔聲道：「郡主今天用的只是普通的馬車，妳坐也不算逾越了位分，這一點是不必擔心的。」

歐陽暖深深地看陳蘭馨一眼，淡淡地道：「蘭馨小姐當真要我歐陽家的馬車？」她的目光明明寧和自若，陳蘭馨卻覺得那眼神似乎別有深意，沒來由得覺得不安，畢竟自己這件事情做得很不道地，可是……想到歐陽暖在宴會上大出風頭的事情，她的心腸又冷下來，臉上帶了笑容道：「妹妹，就算姊姊求妳一回，我真是急著回去，妳今日依了我，改日必登門拜謝。」說著，身子輕輕一顫，接著道：「春寒料峭，在外面站久了，還是覺得有些冷颼颼的。我身子還不好，風吹多了，頭也暈得很……」

若是堅決不讓，這位陳蘭馨小姐就要到處說自己刻薄自私，寧願讓她生病受風也不肯讓出馬車，這是想方設法非要逼著自己同意不可，歐陽暖微微笑了，看著馬車上蓮花形的標記，眉宇間的情緒如那燕山雲霧一樣，飄渺若無，她以輕緩的語氣道：「既然小姐堅持，歐陽暖自然要相讓。」

陳蘭馨不覺面紅耳赤，聲音低如蚊蚋：「那……便多謝妹妹了。」說著，招呼身邊的丫鬟，前呼後擁地上了歐陽家的馬車，上了車還不忘掀開簾子，笑道：「妹妹，明日一早我派人來取郡主的馬車。」

這句話的意思是，陳蘭馨在蓉郡主的面前，好人是要做到底的。

紅玉耐不住性子，冷笑了一聲道：「既然是我家小姐的心意，陳小姐您就好好享受吧。趕緊回去，風吹多了可是要把您的頭吹疼了。」

陳蘭馨臉色一沉，摔了簾子，她身旁的丫鬟大聲喝斥道：「還不快走！」

菖蒲看著馬車絕塵而去，一臉的怒容：「小姐，她們連我們下人坐的小油篷車都搶走了呢！」

紅玉也嘆息了一聲，道：「小姐，恕奴婢多嘴，縱然她是武國公家的小姐，您也不需要連馬車都讓出去啊，咱們並不輸她什麼的！」

歐陽爵看了歐陽暖一眼，卻什麼也沒說，轉頭吩咐所有的馬夫護衛儘快修好馬車。歐陽暖望望他的背影，臉上有了一絲若有若無的笑意。

其實陳蘭馨太心急了些，馬車既然已經從旁邊拉了出來，只要清了車輪裡面卡住的東西就好，左右不過一盞茶的功夫，她都等不得，說到底不過是自尊心作祟，想要藉個由頭壓一壓歐陽暖罷了。

柒之章 ◆ 移花接木避劫難

馬車修好後，很快重新上路，歐陽暖和紅玉、菖蒲等人只能共乘一輛馬車了，上了車，丫鬟們紛紛驚嘆起來。這馬車裡面的構造與其他馬車倒沒有什麼不同，只有座位兩側各裝著一個扶手，都是用彩色緞子包著絲綿做的，專備貴人擱置手臂之用。除掉這兩個扶手之外，還有一道短門，一樣用綢緞包裹著，十分柔軟平整，可以供人舒服地倚靠。

菖蒲研究了這個短門半天，越發驚訝，道：「小姐，這個馬車好奇怪，這是做什麼用的呀？」

歐陽暖微微一笑，將短門輕輕揭起來，「這是一個匣子。」

她打開短門一看，裡頭放著一條手巾、粉、胭脂、梳和蓖等等，凡女子理妝時需用的東西，無不應有盡有，這個匣蓋尤為精巧，放下來時既可當做扶手，待到揭起來，立刻又變為一方狹長的鏡子。

歐陽爵笑道：「可見蓉郡主有多愛美，她雖在途中，也可盡情地打扮，不必擔心被人看見。」

歐陽暖軒一軒眉，淡漠地道：「凡事有所得必有所失，蓉郡主最重要的便是容貌才情和太后的寵愛，除此之外她並無依仗，自然是要費心些的。」

歐陽爵聞言一愣，半晌唏噓道：「郡主出身高貴，居然也要汲汲營營，可見沒有人是完全自由的。姊姊，妳今天把馬車讓給陳蘭馨，也是不想與她正面衝突吧。」

歐陽暖平靜道：「不僅因為如此，我總覺得……今天的氣氛不同尋常。」

歐陽爵臉上露出奇怪的神色，怔了半晌道：「不同尋常？姊姊說的意思是……」

「相處十年，你該知道咱們那位繼母是何等心性，自從歐陽可跛了足，她心裡就該將我恨透了，可是時至今日都隱忍不發，剛才上車前，馨表姊特別提醒我說，近日林氏與二舅舅頻頻傳信，來往十分密切。」

「姊姊，他們是親姊弟，往日裡也多有勾結，自然是經常通信的，妳會不會是多慮了？」

歐陽暖默然思索片刻，修剪良好的指甲輕輕劃過匣上的彩緞，道：「若是平常，我倒也不會特別懷疑，只是大公主宴請歐陽家夫人小姐，祖母卻扣下了她們母女，依照林氏的性格，不鬧個天翻地覆，她會甘心嗎？可是直到我們出了門都平安無事，她甚至沒有派人來問一聲，你不覺得很奇怪？」

「姊姊，妳是說她一直隱忍不發，是另有圖謀？」歐陽爵看著歐陽暖的眼睛，突然了悟。

「林氏若是豺狼，林文淵就是猛虎，此人藏鋒刃於無形，心機深沉可怕，是比林氏更難纏的人，大舅舅從前數次與他交鋒都險些吃了他的暗虧。」

歐陽爵輕笑，「姊姊，哪裡有妳說得那樣可怕？林氏的確厲害，可是在妳身上她終究也沒占到多少便宜不是？」

歐陽暖倏然收斂笑容，正色道：「對於林氏，我一直事先防範，謹慎小心，所以先機掌握在我的手中，她才討不到便宜，但是你要知道，她之前不過是因為歐陽可之事一時亂了方寸，現在恐怕已經清醒過來，一旦她化明為暗，我們才是防不勝防。」

歐陽爵問道：「那依姊姊看，這一次她會用什麼樣的計謀呢？」

歐陽暖嘆了口氣，「剛才我仔細想過，這一條回京的路，經上湖、閘兜、後山、岱邊、珠湖、佑林、坑田、東渡、玉田、觀音亭、蕉嶺、三山、東林等村，都是官道，人貨進出甚為頻繁，可以說是相對安全，但是過半個時辰，我們會經過一處拐道，那裡是新修的驛道梅江浦，嚴格來說，還未歸入官道的範圍，如果她在那裡動手，只怕我們……」

「動手？姊姊，妳是說她會在歸程中向我們下手？她一個女人哪裡有這麼大的能耐？」歐陽爵不敢置信地睜大了眼睛，額前滲了一層薄薄的冷汗。

歐陽暖微微一笑，道：「你說的沒錯，林婉如雖然是吏部侍郎的夫人，到底是內宅婦人，行事多有不便，但林文淵是兵部尚書，就大為不同了。」

歐陽爵連連搖頭，露出難以置信的表情道：「不，我不信他會膽大妄為到調動兵馬司……」

歐陽暖輕輕嘆息了一句，道：「誰說他會動用兵馬司了？若無聖上許可，他一個兵部尚書哪裡來隨意調動兵馬的權力？你該仔細想想，對付咱們他需要冒那麼大的險嗎？根本沒有必要，若我是他，只要讓一些地痞無賴或者兵痞裝成劫匪，搶了咱們的馬車，殺了人再搶走財物，別人只會以為是意外，絲毫也不會想到他們身上去，你說這豈不是兩全其美？」

「姊姊，這可是京都城外，天子腳下，我就不信他們有這樣的膽子！」

「自古人為財死，鳥為食亡，他們手中有了銀錢，自然會有人願意賣命，只要他們找對了人，自然能做成事，況且……」歐陽暖望著車廂上的雕花暗格怔怔出神，輕輕道：「縱然以後抓住了人，你焉有性命去指正？」

「他就不怕我們預先猜到，抓住了人盤問出幕後主使？」歐陽爵細細思量後，覺得歐陽暖說得頗有道理，但卻還是覺得無法相信。

歐陽暖眉目清淡，如含煙一般溫潤，微笑道：「傻孩子，一切事情他都不會親自去做，自然有人為他辦得妥妥當當，你縱然真的抓住了人，又能問出什麼來？」

紅玉正拿起一把小銀剪子鉸下桌上燃著的蠟燭上烏黑的燭芯，聽到這話手一抖，心中委實害怕，回頭道：「小姐，那咱們該怎麼辦？」

歐陽暖伸出發涼的手，拍了拍紅玉的肩膀，「這就是我同意與那陳蘭馨互換馬車的原因。」

紅玉的雙眸微微一亮，道：「那馬車上有歐陽家的醒目標記，若是他們真的派人伏擊，只怕會以為那裡邊坐的才是小姐。」

歐陽暖輕聲嘆息，道：「我原本不想牽連他人，可是陳蘭馨的確逼人太甚，今日是她非要搶去這輛馬車，並非我故意送給她，甚至我還再三讓她考慮清楚，她卻半點也沒有猶豫。」

歐陽爵「呀」的一聲，只覺掌心發涼，惶然失聲道：「那豈不是讓別人替我們去死……」

歐陽暖輕輕地一笑，在他額頭上輕輕戳了一記，「傻瓜，姊姊不會故意害人的，你看到武國公家的三十名護衛了沒有，那可都是一等一的好手，跟咱們家的護衛完全是兩碼事。你覺得兩相對壘，誰比較吃虧？陳蘭馨自己非要霸占那輛馬車，我不過是藉她擋一擋罷了。」

「擋一擋？」歐陽爵看著歐陽暖，還有些回不過神來。

歐陽暖唇角含一絲似笑非笑之意，悠悠道：「這一次他們之中或許有認識我們的人，只要陳蘭馨一露面就會被人發現，況且我們的馬車並未耽擱多久，與陳蘭馨也不過是一前一後的功夫，他們說不準會寧可殺錯一千也不放過一個……」

「姊姊，我們繞道好不好？」歐陽爵急切地問道。

歐陽暖微微一笑，道：「他既然有所準備，自然會堵死你的全部後路，其他路上必然也有埋伏，你當他們是跟你鬧著玩嗎？」看歐陽爵面色凝重，她聲音沉靜如冰下冷泉之水，「爵兒，他們要的是你的命，並非是我的，你明白嗎？」

歐陽爵目光灼灼，眼中還有一絲疑惑，歐陽暖嘆了口氣，輕聲道：「他們若果真伏擊，最重要的任務就是殺了你，卻不會殺我，你可知道為什麼？」

歐陽爵沉思片刻，很快想到了關鍵之處，心口僵了一僵，幾乎就要忍不住變色，「因為林氏恨姊姊遠甚於我。」

「沒錯，我一個閨閣千金，歸程途中遇上劫匪，這名聲也徹底毀了，她會留下我這一條命，活著承受一輩子的折磨。」歐陽暖像是在說一件極為平常的事情，聲音沒有絲毫的恐懼，只是帶著一種冷靜的漠然。

歐陽爵強壓下喉頭洶湧的哽咽和悲憤，靜靜道：「她一定想不到，這世上最瞭解她的人，竟然是姊姊。」

瞭解？歐陽暖心裡有灼灼的滋痛，彷彿燃著一把野火，她看了看自己的一雙潔白的手，這雙手，未必是乾淨的。重生而來，她不再是那個曾經溫柔而善良的歐陽暖了。她早已向上天立下誓言，哪怕是踩著旁人的鮮血，她也要保護好爵兒，好好地活著。

「若是這次能平安回去，我一定要告訴祖母！」歐陽爵恨恨地說道。

「告訴她？她只會當做什麼都不知道。一旦真的與林氏徹底撕破臉，我反倒不能肆意壓制她，否則一旦傳到外人耳中，難免以為我忤逆不孝。」歐陽暖支頤合眸，「爵兒，有林氏在家中，我們不得不如履薄冰，加倍小心。何況她的靠山，是我尚無十分把握能駁倒之人。」

歐陽爵抬起頭看著歐陽暖，很快垂眸不語，輕聲道：「我知道了。」

「所以雖然我們換了馬車，也定要一切小心。」

歐陽爵用力點頭，目光暗藏深深的恨意，隱如刀鋒，「但咱們不能輕縱那些算計咱們的人！」

歐陽暖暗暗把心頭那尖銳的恨意無聲無息地隱忍下去，只留下臉上淡淡一點笑容，道：「你慢慢看吧。」

馬車又行駛了一會兒，從外面傳來一陣喧譁之聲，就聽見車夫猛地一拉韁繩，馬兒長長嘶叫了一聲，陡然一停，就在這時候，他們突然聽到外頭傳來了一聲厲喝。

紅玉聽出是陳蘭馨的尖叫聲，幾乎是下意識地掀開了車簾，外面已經亂成了一團，夾雜著一聲驚天動地的慘嘶，似乎是重物落地的聲音，緊跟著又是一聲暴喝和一連串的哀鳴。順著那聲音的方向望去，卻看到一陣陣的寒光閃閃。

紅玉看到，頓時倒吸一口涼氣。數條人影手持利刃，徑直朝他們前頭的那一乘馬車撲了過去，而前面的馬車因為沒有防備，趕路的馬都已經被對方的鋼刀砍死，「砰」的倒地，血流了一地，馬車左右的護衛們這才猛然驚醒，與那些突如其來出現的人打成一團。一般歹人只憑強攻，護衛們單打獨鬥或許不及他們，但只要人多，要守住也並不太難。可這回的歹人卻是早有預謀，進退整齊，進攻之時也有章有法，護衛們大為意外，拚死抵抗，一時之間僵持不下。

「小姐，他們真的來了……」紅玉向外看了一眼，嚇得魂不附體，此時的聲音中不免帶著幾分哭腔。

「姊……」歐陽爵的聲音中帶著一絲顫抖，他雖然心中早有準備，卻在當真看到這種情景的時候，震驚得說不出話來。

歐陽暖冷冷看著，目光之中閃爍不定，輕聲道：「所有人都不許輕舉妄動，聽見沒有！」

「姊姊，我們不去幫忙嗎？」歐陽爵心中一頓，幾乎停擺。

歐陽暖看了一眼那裡的局勢，輕輕搖頭，道：「武國公府的護衛最少也能堅持半炷香的時間，而且他們將馬車守衛得很好，陳蘭馨小姐也會無恙。如果我們現在派人過去，只會為自己引來歹人，我們這裡的護衛只有十個人，你根本不知道他們究竟有多少人，你當真想要命喪當場嗎？」

「難道我們要眼睜睜看著？」歐陽爵咬著嘴唇，目中閃爍不定，從道義上說，他於心不忍，可是姊姊的話，他不敢違背，只能望著歐陽暖，等待她的最終決定。

歐陽暖看了一眼，道：「你的弓箭可帶來了？」

歐陽爵一愣，「我今天確實帶了，本想向表兄請教，可他沒有來，但現在弓箭又有什麼用？」

「他們遲早會發現找錯人，我們不可坐以待斃，你將弓箭取出來！紅玉，妳聽我的吩咐！」

紅玉雖然身子還在顫抖，卻相信地望著歐陽暖，等著她的指示。

那邊還在不停地廝殺，沒有人注意到，不遠處的地方一道火光直衝雲霄，遠遠地望去，只見星星點點的火光直騰上去，像是一道訊號。

「姊姊，現在我們怎麼辦？」歐陽爵放下了弓箭，這才發現手心一片濡濕，自己後背早已濕了一片。

歐陽暖黑幽幽的眸子中攢起清亮的光束：「等。」

只能等，希望有人發現，可是會有人真的發現嗎？此情此景，此時此刻，歐陽暖不知道前面馬車裡的陳蘭馨有沒有後悔，她只知道，自己無路可退，不能後悔。若是沒有爵兒在馬車上，便是陳蘭馨再刻薄，她也不會將馬車讓給她，一切只由她自己承擔，然而有爵兒在這裡，她必須狠下心腸，讓陳蘭馨為他們擋上一擋。

就在此時，歐陽爵突然驚呼一聲道：「姊姊，妳看！」

歐陽暖定神一看，卻不由倒吸一口冷氣，先是一個人突然爬上了車頂，護衛追上去一刀砍下去，接著兩個丫鬟竟然扶著一個渾身珠光寶氣的小姐下了馬車，拚命向外奔逃，那不是陳蘭馨又是誰！她真是慌了神嗎？這個時候必須在車裡待著，怎麼可以出來？真是蠢貨！歐陽暖咬住嘴唇，看著那三人在人群中連聲尖叫，似乎受了天大的驚嚇，她冷聲道：「讓我們的護衛全都去幫忙！」

「姊姊……」歐陽爵看著歐陽暖，眼皮灼然一跳，似被火苗燙了一般，不由自主咬住嘴唇。

「小姐，不可以，這些人都是要留下保護您的！」紅玉聽了，心裡只覺得一層一層發涼。

「快去！」歐陽暖語氣中卻有一絲壓抑的鄭重，帶著一種不可阻擋的決然。

「是！」歐陽爵快步下了車，吩咐後頭的侍衛全部上去幫忙。

突如其來的十個人雖然並非多大力量，到底是一份助力，再加上領頭的侍衛聽了大小姐的命令，大聲呼喊著說援兵馬上就到，對方很是驚慌失措了一陣子，可是片刻之間，從黑暗之中湧出的，對方的人越來越多……

陳蘭馨眼尖，望見了這邊的馬車，飛快地要往這邊過來，一個人突然跌倒在她腳底下，渾身鮮血淋漓的，頓時嚇得她一連串的驚呼，四下胡亂躲避。誰知迎面卻突然撞上來一個人，丫鬟雖然嚇得渾身發抖，卻還是大聲斥道：「走開！走開！」

那人撲上去一把抓住陳蘭馨，將她身上的翡翠腰帶硬生生扯了下來，然後趁著場面混亂，低頭貓腰逃竄而去。

武國公府的護衛瞧見了，大聲斥道：「快抓住他！」然後趕緊帶了人過來，結果還是讓那人跑掉了。護衛們拚命護衛，才勉強帶著陳蘭馨向歐陽暖所在的馬車來了，歐陽爵趕緊上去接應，幾個人七手八腳將陳蘭馨扶上馬車，她卻已經是嚇得魂飛魄散，釵環散亂，撲倒在歐陽暖的腳下，渾身都在發抖。

歐陽暖趕緊將她扶起來，「蘭馨小姐沒事吧？」

陳蘭馨嚇得一句話都說不出來，嘴唇都在顫抖，臉上更是一絲血色都沒有，只知道一個勁兒地搖頭。

歐陽暖心中嘆息，解下身上披風將她裹好，目光又看向車窗外，本來還無事，可是經過陳蘭馨這一鬧，那些人已經發現了自己這邊的馬車，直奔著這裡而來了。護衛們雖然也拚死在前頭擋著，可是看情形，卻連一盞茶的功夫都阻擋不了了。

突然聽到菖蒲大喊道：「小姐，後面也有人過來了！」歐陽爵攥緊手上的弓箭就要跑出去，歐陽暖一把拉住了他，厲聲喝道：「不許輕舉妄動！」

如果後面真的是敵人，姊姊只會遭遇比自己更深的屈辱……歐陽爵望向自己的姊姊，目中隱隱有淚光閃動，終究狠狠心掙扎開了，直接跳下了馬車，直奔後面而去……

「爵兒！」歐陽暖心中惶急，可是守在前面的紅玉突然驚叫一聲：「小姐！」歐陽暖一回頭，卻見到一把冰冷的刀迎面劈下來，車門幾乎是完全被斬開了來，車簾被刀砍得亂七八糟，寒風無遮無攔地灌了進來。紅玉要擋在前面，卻被人猛地一拉扯，整個人大呼一聲，突然摔下馬車。

陳蘭馨尖叫一聲，反應無比迅速地將歐陽暖猛地一推，眼看就要撞上那把鋼刀，歐陽暖側身一避，撞上了旁邊的窗沿，鋼刀落了個空，那人殺紅了眼，目光狠戾，上來又要砍下一刀。歐陽暖的心上猛地一震，電光火石之間，卻是一陣火熱的血噴出來，灑了一地，那人的喉管上竟然插了一支利箭，整個人再無支撐，轟然倒了下去。

歐陽爵焦急的臉在馬車邊出現，他一把拉住歐陽暖的手，緊張道：「姊姊，妳沒事吧！」

歐陽暖的胳膊隱隱作痛，未免他擔憂，口中卻若無其事道：「好在你來得及時，我沒事。」

「我們有救了，後面來的人是——」

明郡王肖重華的聲音從馬車一側響了起來：「放箭！」

破空之聲大作，十來支箭飛來，那幾個想要攀附馬車的歹人身上，每個都中了兩三支箭。肖重華的騎兵在馬上也能發出這般準頭的箭來，有幾個歹人雖然中了箭，卻不曾斃命，仍要衝上前來，黑衣騎兵拋出繩圈，正套在那些人頭上，那幾個人發出尖利的嚎叫，一下被拉得筆直，在地上拖了出去。

就在此時，原本與護衛纏鬥的人紛紛向這裡跑過來，人數還很多，領頭的金良從懷中掏出一顆黑色的圓球，猛地擲向那群人。那群人還不曾見過這種東西，居然閃也不閃。只得「轟」一聲，圓球在那些飛奔過來的人群中炸開，草皮土塊也被炸得紛飛。那些人好像也驚呆了，竟然動也不動，這時金良又扔出了一個，又是一聲巨響。

「那是什麼？」從地上爬起來的紅玉顧不得身上疼痛，驚得目瞪口呆。

歐陽爵輕聲道：「是明郡王軍中的火雷彈……聽說此次與南蠻軍隊的戰爭能夠大獲全勝，火雷彈功不可沒，這一種應該是威力最小的，只做震懾之用。」

不過片刻，那些歹人死的死逃的逃，餘下的也都倒在地上不能動了，肖重華下了馬，走上前來，看見歐陽暖坐在蓉郡主的馬車中倒沒有露出什麼奇怪的表情，只是沉聲道：「沒事吧？」

對於救命恩人，歐陽暖本可以露出更親切的笑容，或者表現出柔弱者被營救後的喜極而泣，可是看到這人狹長上挑的眼睛、長長的睫毛、薄削高挺的鼻梁和過於冰冷的表情……

「多謝郡王伸出援手，我們都沒有什麼損傷。」肩膀上明明有尖銳的疼痛，幾乎要逼出眼淚來，歐陽暖的頭卻微微一揚，生生把眼眶中的淚水逼回去，聲音鎮定地回答。

「那就好……」肖重華點點頭，今天的宴會後，大公主特意留下他商議一些事情，所以他才最後一個離開，只是歸程途中突然看到天空之中升起火箭，所以才會策馬奔來，沒想到會在這裡遇到這一幕。

這樣看來，那道突然升到天空的火箭，也是用來求救的……他深深看了歐陽暖一眼，道：「這些人看樣子不像是普通的劫匪。」天子腳下，哪裡來的劫匪？更何況今天這條官道上都是貴人的馬車，普通劫匪哪裡有這樣的膽子敢來找麻煩？

歐陽暖的手臂疼得已經麻木了，帶著清冷鋒利的割裂般的疼痛，像有細小的刀刃在割，只覺得刺刺的汗水涔涔地從臉龐流下，膩住了鬢髮，然而她的臉上卻凝著一朵若有若無的微笑，淡淡道：「這一點我們也不知道，只怕要勞煩郡王操心了。」

肖重華看著她的笑容，已經聞到了空氣中那一絲揮之不去的洶湧著的血腥氣味，臉上露出似笑非笑的神情，「這話的意思是，歐陽小姐要讓我把人領回去？」

歐陽暖輕輕蹙了眉，道：「或者我們送去衙門也可以，只怕京兆尹大人不敢收……」

肖重華點點頭，剛要說話，卻看到陳蘭馨一臉驚慌失措地抓住他的袖子，長長的貓眼銀珠耳墜的流蘇細細打在他手上，微微發涼，「郡王救我！」

肖重華冷冷望了她一眼，一把拂去她的牽絆，冷道：「還不扶住妳們小姐！」旁邊的丫鬟一直呆愣著，這時候才醒悟過來，猛地撲過來扶住陳蘭馨。

「我會將諸位送到府上，並派人解釋清楚，請妳們放心。」肖重華淡淡地道。

這話的意思是，明郡王願意擔著這救美的名頭了……歐陽暖微微一笑，這樣最好，出事的到底是歐陽家的馬車，但有了明郡王的保護，自己逃脫升天自然是名正言順的，只是……會招惹更多的嫉妒，然而這結局已經比自己預想的要好了許多。

一回頭，卻看見陳蘭馨冷冷地望著自己，她的目光審視而疑慮。

時間一點一點平靜的流逝，那樣靜，鴉雀之聲不聞。

陳蘭馨目光中皆是複雜神色，嫉妒、厭惡、懷疑，一瞬間五味雜陳，她口中喃喃道：「今日之事，妳是不是早已知道……」

歐陽暖神情平和恬淡，冷淡盡數流露在眉梢眼角，慢慢地道：「姊姊莫忘了，是妳非要我歐陽家馬車的。」

陳蘭馨愣了半響，神情似乎蒼茫難顧，她迫視著歐陽暖，幾乎是沮喪到了極處，終於伏在地上，失聲痛哭。

陳蘭馨整個人都沒了力氣，最後是被兩個丫鬟架下了馬車。

明郡王已經安排好了馬車和人，護送武國公府的小姐回去。

歐陽暖走下馬車，只覺得肩膀的部位一陣尖銳的痛楚，她微微皺了皺眉頭，歐陽爵關切地問：「姊姊，妳沒事嗎？」

歐陽暖的心臟還在怦怦跳個不停，擠壓著全身的血液沸騰狂湧，傷口傳來陣陣刺痛……她臉上的笑容卻依舊如常，只是此刻月已升起，她的影子亦映在潔白的地上輕晃，一個眼花看過去，竟像是在顫抖一般，好在歐陽爵並未特別留心，只高興地點點頭道：「蓉郡主的馬車被歹人斬壞了，我們可以坐自家的馬車回去，我這就去準備。」

歐陽暖點點頭，看著歐陽爵快步向前面的馬車奔過去，剛要邁步，卻突然被一件黑色的織錦披風從頭蓋到尾，好像掉落進一片深沉的黑色的夢裡，她一愣，猛地抬起頭。

肖重華抬眼掃過歐陽暖的肩膀，「不愧是歐陽小姐，即使受傷了，還要裝作若無其事，是怕令弟擔心嗎？」

歐陽暖的臉上浮起淡漠的微笑，抬眼看向他，聲音柔和：「英雄救美應該做足全套，郡王有時間來關心我，不如親自護送蘭馨小姐回去更好。」

肖重華略驚訝地挑眉，眉目深沉，「歐陽小姐認為這場意外是針對武國公府那位小姐的嗎？」

歐陽暖臉上的笑容淡淡，「蓉郡主的馬車壞在半路，蘭馨小姐便將武國公府的馬車讓給她，然後乘了我家的車走，我們則是等到蓉郡主的馬車修好後才返回，誰知撞上了這場意外。莫非郡王覺得這群人並非針對武國公府而來的嗎？那還真是可惜，我也想不出是什麼人如此膽大妄為，郡王有興趣的話，不如去查一查？」

肖重華深沉的目光似輕柔的羽毛在她臉上拂過，嘴角噙著若有若無的笑意，似冬日浮在冰雪上的一縷淡薄陽光，令人心悸。

歐陽暖卻自始至終維持著淡而疏離的微笑，恭敬地福了福，道：「告辭。」

肖重華已經對她起了疑心，甚或是……以為自己是故意誘導陳蘭馨坐上歐陽府的馬車，這樣的男人是不會明白她艱難的處境。轉過身，歐陽暖嘴角的笑容越發嘲諷，重生一次，她必須好好地活下去，沿著仇恨的漫漫長路一路煢煢而行，直到她精疲力竭，或者直到她被命運的眷顧，將仇人徹底剷除。

等待她的，永遠只有兩條路，死在林氏手中，或者讓林氏死無葬身之地，她們彼此絕無原諒的可能。對她而言，報仇才是最重要的。

壽安堂

李氏沒有按照往常的時間用晚膳，只喝了小半盞參茶，又用了幾塊點心，她看了外頭的天色一眼，問道：「什麼時辰了？」

「已經戌時了。」張嬤嬤覷著李氏臉色，又道：「大小姐和大少爺很快就會回來了，老太太您不必擔心，是不是稍休息一會兒，等大小姐回來奴婢叫醒您。」

李氏搖了搖頭，說道：「還不知今天情況到底如何，我怎麼能放心？對了，我讓妳去盯著林婉如，她今天一天都在做什麼？」

「夫人今天一直在海棠院陪著二小姐，沒有出來過。」

聽到張嬤嬤的這個回答，李氏面色冷淡，隨即嘆了一口氣說：「雖說她是治兒的正妻，到底膝下沒有兒子，只有一個女兒，當然拚了命想要生個兒子來，這是人之常情，我也不會怪罪她，可她偏偏要生出個天煞孤星來剋歐陽家，我近日才會對她如此嚴苛，這一次大公主的賞花宴，我沒讓可兒去，想必她們母女在心中將我怨上了。」

「老太太，夫人總有一天會明白，您也是為了歐陽家好。」張嬤嬤低聲勸說道，沉默良久，她瞧了一眼李氏的臉色，終於繼續開口說道：「老太太，有件事情奴婢還來不及稟告。派去盯著的人回來稟報說，夫人身邊的王嬤嬤今天還未到寅時就悄悄從後院小側門出去了……」

「去了何處？」李氏皺起眉頭。

「回了鎮國侯府，咱們的人進不去，也不知道究竟是去找誰的。」

「哼，這還用問麼，自然是去找——」李氏話剛說了一半，耳畔傳來了玉蓉的聲音：「老太太，大小姐和大少爺回來了。」

「回來了？」李氏一下子坐直了身子，問道：「人到哪兒了？」

玉蓉臉上露出些許忐忑，開口說道：「這會兒剛到門口，老太太不用著急。只是……他們回來的時候遇上些事情……說是有歹人闖出來，大小姐好像受了輕傷，一回來就請了大夫。」

「妳說什麼？」李氏勃然色變，拿著茶盞的手甚至微微顫抖了起來。一旁的張嬤嬤慌忙接過茶盞擱在炕桌上，又在旁邊勸解道：「老太太別著急，玉蓉，究竟是怎麼回事，大小姐怎麼會受傷呢？妳話也不說明白，嚇著老太太可怎麼好？」

玉蓉慌得不行，趕緊撲通一聲跪倒，「老太太恕罪，具體什麼情形奴婢也不知道，大小姐只命人來說沒有大礙，很快就來向老太太請安……讓老太太別急。」

「老太太，事情還沒個準數，奴婢再去問問，您千萬別著急。」張嬤嬤支使小丫鬟重新倒了一杯熱茶來，服侍李氏喝了半盞，這才又娓娓勸道。

然而李氏卻沒了心思，緊緊皺著眉頭，「快去問，現在就去！」

大小姐都說了沒有大礙，老太太竟然還是這樣心急，張嬤嬤還要勸說，可看到李氏滿臉的嚴厲，想起她的脾氣，頓時打住了話頭，又屈膝應道：「奴婢知道了，這就出去看看。」

張嬤嬤出去了，玉蓉看著老太太的臉色，膽戰心驚地伺候著。過了一會兒，只見簾子一掀，李氏猛地坐直了身子，進來的卻是一臉笑容的玉梅，「老太太，您還沒用晚膳，廚房就先送了棗熬粳米粥，請您先用一點。」

玉蓉焦急，向她打眼色，玉梅卻一心放在李氏身上，半點沒注意到，親自用小托盤捧了，上前去彎下腰道：「老太太，剛剛熬好的，還熱騰騰的，奴婢服侍您用了吧？」

李氏此時正焦躁煩惱，偏生玉梅還不知趣，頓時火氣上來，隨手一撥，道：「滾！」

嘩啦一聲，那一盞棗熬粳米粥頓時翻在地上，一下子碎得滿地都是。一時間，向來聰明機靈的玉梅竟是嚇得傻了，也顧不上底下又是湯羹又是碎片的，直接伏地跪了下去，「奴婢該死，奴婢該死……」

看到這滿地狼籍的一幕，李氏眼皮一跳，正要怒喝，簾子突然被人打起，竟是歐陽暖進了屋子，李氏臉上的神情立刻變了：「暖兒。」

歐陽暖看了一眼屋子裡的情景，笑道：「祖母，丫鬟惹您生氣了？」

李氏看歐陽暖容色鎮定，身上沒什麼損傷，臉上的顏色才好看了點，卻還是沉著臉，道：「她毛手毛腳的，連一點小事都做不好，還養著她幹什麼，趁早攆出去！」

玉梅一聽，頓時嚇得要死，口中連聲呼道：「老太太！老太太！奴婢知錯了，再也不敢犯了！求您饒恕，千萬不要趕奴婢出去啊！」

李氏一言不發，冷冷瞧著，歐陽暖心念一轉就上前去扶起了玉梅，又笑道：「玉梅姑娘服侍祖母多年，竟也有這般毛手毛腳的時候？快別哭了，趕緊把地上收拾乾淨，洗了臉再來伺候。」

跟著歐陽暖進來的張嬤嬤也陪笑道：「是啊，玉梅雖有些毛躁，一顆心卻是向著您的，求老太太饒了她這一回吧。」

旁邊的玉蓉也跟著連聲求情。

玉梅抬頭偷覷了一眼，見李氏臉上看不出喜怒，頓時越發膽寒，便不敢真的站起來走出去。就在滿心戰戰兢兢的時候，她終於等到了一句言語：「蠢東西，還不滾出去！」

玉梅立刻鬆了一大口氣，忙不迭地和玉蓉一起收拾了東西出去了。

歐陽暖正要向李氏行禮，胳膊就被人抓住了，她右肩的傷口猛地刺痛，卻強自忍住，抬頭看見李氏滿面關切的模樣，輕聲道：「祖母，只是一場虛驚，並沒有什麼大事。」

李氏上上下下打量了她好一會兒，不知不覺就放心了一些，「爵兒呢？他也沒事吧？」

歐陽暖臉上泛起感激，道：「多謝祖母關心，爵兒也沒事，剛才一到家就被爹爹叫去了，現在恐怕還在書房。」

李氏點點頭，道：「究竟怎麼回事，妳快仔細說說，回來的路上究竟遇上什麼了？」

瞬間，像忽然飛起的風，在歐陽暖的眼中罩上一層雪似冷霜，「祖母，一想到那時候的情形，孫女仍是不免心驚肉跳。」歐陽暖輕聲道，似乎還有些驚魂未定，「歸來的途中，我們不幸遇上了歹人，好在，咱們都不在歐陽家的馬車裡，倒是苦了武國公家的蘭馨姊姊，真是嚇壞了。」

「不在馬車裡？」李氏臉上寫滿了驚訝。

歐陽暖面有戚戚之色，「蓉郡主的馬車壞在了路上，蘭馨姊姊便將馬車讓給了她，可我見她也是急於回去，便好心讓她坐著咱們家的馬車回去，我和爵兒則是坐著蓉郡主的馬車隨後上路，誰知在路上竟然撞見那幫歹人劫持了歐陽家的馬車，本來連我們都要受到牽累，好在明郡王及時趕到……」她就自己當時看到的情形一一道來，說到陳蘭馨的腰帶被歹人奪走的時候，她有意瞥了李氏一眼，見她雖認真聽著，眉頭卻皺得更緊了。

「妳是說，那些人是突然之中闖出來的？」聽完之後，李氏立時問了一句，見歐陽暖點頭，她頓時神色大變，低了頭慢慢思索了一會兒道：「暖兒不覺得有些蹊蹺嗎？」

「蹊蹺？」歐陽暖臉上帶了疑惑，彷彿有些醒不過神來。

「這事情看來倒像是一件意外，可是暖兒妳想一想，要不是妳與那武國公府的小姐換了馬車，出事的人不就變成妳了嗎？只怕那些人以為妳和爵兒在車裡，於是直接殺了過去。」

「這——怎麼可能？」歐陽暖滿臉驚訝，道：「祖母的意思是，他們不是衝著錢財來的？」

「糊塗！」李氏驟然抬眸，目光如銳利刀鋒，「若是衝著錢財而來，奪走小姐的腰帶做什麼？那腰帶再值錢，還能抵得上馬車裡的財物嗎？更何況，天子腳下公然行搶，輕則斬首，重則凌遲，這可都是殺頭的大罪，若非早有預謀，誰會有這樣的膽子？」

「祖母，也許是您多慮了，我足不出戶，爵兒又是個孩子，誰會故意與我們為難？」

李氏一時說不話來，只定定看著屋子裡的燭火，目光冷淡。

歐陽暖眼波流轉，突然想起什麼似的，道：「祖母，明郡王還捉住了一些人，可能會問出點什麼來。」

李氏唏噓道：「那些人與其說是歹人，不若說是死士。那條道是回京必經之路，人流最多的地方，如果真要殺人，何必還在那麼明顯的地方，興許原本就是為了吸引別人注意到有這麼一樁事情，依我看，倒像是故意將事情鬧大……」

「有心鬧大？」歐陽暖眼裡浮起一縷浮光掠影的笑，口中卻仍有些懵懂。

「暖兒，陳蘭馨不過是代人受過罷了。」半晌，李氏深深嘆了一口氣，「一個姑娘家，貼身物件叫人家搶去了，又是在那種地方，還不鬧得滿城風雨嗎？」

歐陽暖望著李氏，似乎十分震驚的模樣，「祖母的意思是，來人要毀了蘭馨姊姊的清白？」

李氏冷聲道：「傻丫頭，不是她的，是妳的！這幕後之人是將妳恨到了骨子裡，才想得出這樣狠毒的主意來！」

歐陽暖長長的睫毛在雪白粉面上投下一對鴉青的弧線，似慶幸似鬆了口氣，「只要不是衝著爵兒去的就好，我還怕他們要傷害弟弟。」

李氏一愣，似乎完全沒有想到歐陽暖只想到歐陽爵，半點也沒想到她自己，一時有些怔愣。她活了幾十年，經歷過的事情自然比歐陽暖要多，拋開利益攸關的關節不談，這一句話她自然就品出了幾分滋味來，道：「不，來人不僅是要毀了妳，只怕還要害死我的孫子啊！」

歐陽暖睜大了眼睛，失聲道：「祖母！」

李氏拍了拍歐陽暖的手，滿臉欣慰地說：「虧得妳福氣大，跟人換了馬車，否則爵兒只怕也要面臨絕境！」

對於李氏這樣的評價，歐陽暖心裡大鬆一口氣，面上卻少不得謙遜。就在祖孫倆又接下去商量的時候，外間突然傳來了玉蓉的聲音。

「老太太，夫人來了！」

李氏面色一變，剛想說不見，歐陽暖卻道：「祖母，娘一定是得了消息，在擔心呢！」

李氏頓時眉頭緊皺，旋即只能無可奈何地說：「既如此，讓她進來吧。」

很快，林氏眼圈紅腫地進來了，一進來還來不及看清楚就大聲道：「母親，出大事了！」

「娘，有什麼大事，值得您這樣急？」一道溫柔的聲音響起，歐陽暖露出極明媚溫婉的笑容，盈盈行了個禮。

林氏望見她就是一愣，隨即眼睛裡突然浮現出慌亂，手心不住出汗，只覺滑膩濕冷，卻一句話都說不出來。

歐陽暖走上前去，柔聲道：「這麼晚了，娘怎麼來了。」她的手微微伸出，像是要有所動作。

林氏沒想到她突然靠近，大驚失色下倒退半步，然而歐陽暖只是伸出手，將林氏頭上那支金崐點珠桃花簪扶正，才笑道：「娘這是怎麼了？」

林氏定定看了歐陽暖一回，心中認定她是在強作鎮定，這才臉上微露得色，一雙美目盯住歐陽暖道：「暖兒，妳回來了。」

「是，暖兒剛回府，還未來得及向娘請安。」歐陽暖婉轉目視林氏，目似溫柔無限。

「好了，都坐下說話吧。」李氏似乎不耐煩地揮了揮手。

林氏這才坐下，王嬤嬤站在一旁，上下打量著歐陽暖，似乎想要從她身上找出什麼異樣來。

「剛才妳說出大事了，什麼大事？」李氏冷聲道，似乎比平日裡還要帶了三分厭惡，聲音裡有一分不易察覺的冷酷。

林氏面色掠過冷意，看著歐陽暖道：「聽說暖兒的馬車回來的途中遇上了歹人，我特意趕過來，看看暖兒和爵兒有沒有什麼損傷，現在看到妳好好地站在這裡，我就放心多了。」

她現在都還以為，馬車裡的人是自己和爵兒，歐陽暖心中冷笑，臉上不動聲色道：「我們姊弟都很好，只是虛驚一場，娘不必憂心，多當心自己身子才是。」

林氏懷孕已經七個月，此刻挺著肚子確實很不方便，她聞言十指緊握，交繞在一起，透露了她內心不自覺的緊張，道：「暖兒，剛才聽說還特地找了大夫，可是身上哪裡不舒服？」

歐陽暖嘴角微揚露出一絲只有自己能察覺的微笑，道：「沒事，只是馬兒受驚，我不小心撞在了車廂的條几上，大夫說沒有大礙。」

林氏顯然不相信，又道：「天子腳下哪裡來的歹人，當真是無妄之災，阿彌陀佛，好在你們都沒事。」

李氏冷笑一聲，道：「哼，是啊，自從天煞孤星進了門，我們家禍事就沒斷過，出門一趟都要遇到歹人，這真是倒楣透了。」

林氏的臉色極不自在，她知道婆婆是怨恨自己肚子裡的這個孩子，只是她心中正得意著，雖然這一次沒能要了歐陽爵的命，卻順利奪了歐陽暖身上的貼身之物，所以她並不像往日那樣變色，而是彷彿沒有聽到一樣，道：「母親真是會說笑，暖兒他們沒事就好了。」

「娘說的是，這是佛祖保佑我們姊弟。」歐陽暖微微笑著，眉眼間的笑意恬靜如珠輝，只見溫潤不見鋒芒，「只是爵兒年紀到底還小，今天受了驚嚇，恐怕還要休養一段日子。」

李氏聞聽孫子受驚大為懊惱，冷冷地看了林氏一眼，寒聲道：「惠安師太說這府裡有天煞孤星，我看不止如此，還有些不知尊卑，目無尊長的人！」說著聲音陡地拔高，變得銳利而尖刻：「婉如，妳可知罪？」

李氏忽然這樣一聲疾言厲色，林氏不免錯愕，起身垂首道：「母親這樣生氣，媳婦不知錯在何處？請您明示。」

李氏的眉眼間陰戾之色頓現，喝道：「跪下！」

林氏心想反正今天的事情成功了，也就忍這一時之氣，挺著肚子徐徐跪下。

李氏的怒氣並未消去，聲音越發嚴厲：「有孕在身果真可以嬌貴些！妳自懷孕以來，從未有一天來為我請過安，更不要說侍奉左右！妳如今就這樣目無尊卑，如果真生下兒子又要怎樣呢？當真以為全家都要圍著妳一個人轉，妳以為妳生下的是個什麼好東西！」

林氏心中冷笑，微微垂頭，保持謙遜的姿勢，「母親雖然生氣，但媳婦卻不得不說。我懷孕以後，家中各人也加以照拂，這不是為了我，而是為了歐陽家的香火，母親說媳婦仗著懷孕恃寵而驕，我心中實在惶恐。」

李氏的呼吸微微一促，手中的茶杯重重敲在座椅的扶手上，嚇得眾人面面相覷。

歐陽暖趕忙道：「祖母，您身子也不好，千萬不要動怒，不如喝一盞茶歇歇再說。娘還懷著身孕，不能久跪，也讓她起來說話吧。」

她說一句，李氏的臉色便陰一層。說到最後，李氏幾乎是臉色鐵青了，眼中迸發強烈的憎恨與厭惡，指著林氏一字一頓道：「女子以婦德為上，妳罔顧尊卑、不敬長輩、巧言令色、以下犯上……」她怒道：「罰妳在這裡跪足一個時辰，以示教訓！」

王嬤嬤一驚，忙道：「老太太，地上寒涼堅硬，怎能讓夫人跪在那呢？她還有身孕呀！」

歐陽暖掩住了眼中的笑意，臉上十分焦急，亦求情道：「祖母息怒，請看在娘身懷子嗣的分上饒過她吧，若有什麼閃失的話，可怎麼辦呢？」她說話溫柔婉轉，這樣聲聲乞求更是顯得情真意切，然而李氏卻是勃然大怒：「我家的規矩都叫這個女人壞得乾乾淨淨！家規不嚴自然要加以整頓！誰要是再求情，就和她一併跪著！」

林氏冷眼看著，道：「媳婦領罰，是敬重您是長輩，並非對您的斥責心悅誠服，公道自在人心，兒媳從未做半點對不起歐陽家的事。」

李氏怒極反笑，「很好，那妳就跪到妳知道錯為止！張嬤嬤，我累了，需要休息，一個時辰後再叫我！」

王嬤嬤心道夫人當真氣急了，竟然當面跟老太太硬著來，再顧不得害怕，膝行至李氏面前，道：「夫人有身孕，實在不適宜跪著，求老太太饒恕！」

李氏雙眉一挑，打斷她的話：「我已經說過，誰為她求情，一併跪著！既然妳要為她求情，就去跪在旁邊！」

輕薄綿軟的裙子貼在腿上，地板上寒涼的氣息傳上心頭，林氏只覺得膝下至腳尖一片又硬又冷，渾身都僵硬了，然而她心中卻想到很快自己這苦就能向歐陽暖千百倍地討回來，所以一句軟話也不肯說。

王嬤嬤還要說話，李氏狠狠瞪她一眼：「跪一個時辰是死不了人的！妳再多嘴，直接杖斃！」

王嬤嬤悚然一驚，只能低下頭去跪著。

歐陽暖冷冷地瞧著林氏，神色平靜，誰也不知道她有多恨這個女人，恨得咬牙切齒，殺意騰騰奔湧上心頭。若有刀劍在手，必然要一刀削了她頭顱方能洩恨，然而她只是微笑，輕淺地道：「祖母，我不是要為娘求情，只是萬一娘暈過去……」

李氏陰沉沉地吐出兩個字道：「來人！」

原先兩個大丫鬟正一左一右上前守在簾子外頭，內中的說話聲一陣陣傳來，聽在耳中冷在心裡，這時候聽見老太太的聲音，趕緊進去。

「玉蓉、玉梅，妳們去夫人身邊伺候著，免得她暈倒！」李氏冷冷地道。

兩人不期然交換了一個眼神，見各自的眼中滿滿都是驚悸，忙垂下了頭，「是。」

這樣一來，林氏就算想要裝作暈倒避過懲罰，也不可能了。

歐陽暖的唇際泛起若有若無的笑，細細望去卻又似乎是不忍，叫人半點揣測不出她的心思。她見如此情景便起身道：「祖母，您不許我為娘求情，也斷沒有讓我親眼看著娘下跪的道理……」

李氏深深看了她一眼，道：「妳也累了一天，回去吧。」

歐陽暖便低聲告退，慢慢退出了屋子，簾子輕輕落下，不見了李氏的怒容，也隔絕了林氏跪在地上猶自怨毒的目光……

看見歐陽暖出去，林氏的身子動了動，李氏原本在閉目養神，卻突然睜開雙目冷聲喝斥：「跪不住了嗎？」

林氏一愣，神色急遽一冷，眼中掠過一絲雪亮的恨意，不得已只能繼續跪穩，心中卻怨毒地想到，等明日那人拿著妳那寶貝孫女的貼身物件上門，看妳這張老臉還往哪裡擱？她一邊想著，嘴角露出殘酷的笑容，王嬤嬤在旁邊看得不安，但想到七個月胎象已經穩當，料想不會妨害什麼，這才低下了頭。

李氏突然皺眉，道：「燃的是什麼香，味道這樣難聞！」

張嬤嬤小心地笑道：「是和寧香，老太太。」

這是壽安堂常年燃著的一種香料，芬芳但不濃郁，似檀香一般古樸，若非老太太心情不好，也不會覺得難聞吧，玉梅心中想到。

「換一種來。」李氏冷冷地說，望了張嬤嬤一眼。

張嬤嬤一愣，看著李氏的神色立刻明白過來，恭敬地道：「是。」

很快，屋子裡重新燃起了香鼎，香氣溫和，聞之有一種淡淡的甜味，讓人覺得骨子裡軟酥酥的，說不出的舒服。

香氣冉冉升起，李氏看著紫金百合香鼎，臉上的神情，是一種奇異的如釋重負……

林氏跪足了一個時辰，走的時候連膝蓋都直不起來，幾乎是被王嬤嬤抱起來的，偏偏身子重，王嬤嬤被拖得差點摔個踉蹌，李氏在上頭看著冷笑一聲，道：「找人扶回去吧，免得當真暈倒在這裡，外人還以為我這個婆婆刻薄她！」

林氏滿懷憤恨地走了，李氏冷笑一聲，卻又招來張嬤嬤道：「妳再去聽暖閣，找個人仔細問問，看看大小姐究竟傷到哪裡了。」

原本李氏正在心煩，偏偏林氏還敢送上門來找晦氣，她今天貶斥了林氏，是為了出心中一直壓抑著的一口惡氣，只是對於歐陽暖這次的遇襲，她還是有些放心不下，總覺得對方尚有什麼隱瞞著自己，張嬤嬤一愣，趕緊道：「是，奴婢這就再去看看。」

張嬤嬤才到了聽暖閣門口，忽見假山之後有個人影一閃，張嬤嬤眼睛不利索，身後的玉梅卻眼尖，已經「哎呀」一聲叫了起來。張嬤嬤聞聲看去，喝道：「誰鬼鬼祟祟在那裡？」

立即有丫鬟趕了過去，一把扯了那人出來，對著燈籠一瞧，卻是歐陽暖身邊的丫鬟紅玉。

紅玉像是沒想到會撞到人一樣，早嚇得瑟瑟發抖，手一鬆，懷裡抱著的銅盆落了下來，散開一地的衣物，看著眼熟，張嬤嬤一愣，玉梅會意走了上去，將衣服撿起來在燈籠下一展開，張嬤嬤看了一眼，臉色一變，指著紅玉喝斥道：「半夜三更，偷了主子的東西要夾帶私逃嗎？」說著已經讓兩個力氣大的丫鬟扭住了紅玉。

紅玉原本臉色煞白，像是受了驚嚇的樣子，只緊緊閉了嘴不說話。

張嬤嬤連聲道：「怎麼會有這樣沒出息的奴才？快請大小姐過來！」

玉梅也拿了那衣服來看，驚呼道：「張嬤嬤，衣服的肩部有血呢！」

到底是怎麼回事？張嬤嬤心裡轉了幾圈，側首看眾人臉色都是驚疑不定，心裡更是狐疑。

紅玉一下子跪倒，面上哀戚道：「張嬤嬤，那些人劫了武國公府的馬車，堵了官道，我們的馬也受了驚，大小姐為了護著大少爺不受傷，自己撞到了條几上，胳膊都破了一條大口子呢，為了不讓老太太擔心，她誰都沒說，悄悄找了大夫包紮了傷口……還讓奴婢趁著沒有人抱衣服出來清洗！嬤嬤慈愛，小姐千叮嚀萬囑咐，這事情誰知道都不要緊，就是別讓老太太知道了，她老人家一定會擔心的……」

張嬤嬤一愣，看著紅玉一雙黑漆漆的眼睛在黑暗中帶著一種勇氣，莫名就讓她震得說不出話來，半晌後，她才輕輕嘆了一口氣，道：「真是委屈大小姐了，老太太知道，也只會說她孝心可嘉！罷了，我們回去了，妳小心著點伺候大小姐！」

等張嬤嬤回去，將在聽暖閣門口的事情如實回稟給李氏，李氏的臉上就多了三分感動之色，嘆息道：「暖兒是個懂事的孩子，明明自己也受了傷卻不肯直說，非說沒有大礙，這是不想讓我為難。」

張嬤嬤恭敬地笑道：「大小姐天性淳厚，人又聰明，將來福氣大著呢，老太太享福的日子還在後頭。」

李氏臉上露出滿意之色，不知想起了什麼卻又哼了一聲，道：「有那個天煞孤星在一天，我就沒有一天好日子過。妳找來的這種密香，當真有用處？」

張嬤嬤看了一眼周圍，才低聲道：「老太太放心，這香的效用很好，夫人又在屋子裡跪了許久，想必一定能讓老太太稱心如意才是。」

李氏撚著手上的佛珠，口中阿彌陀佛了一句，嘆息道：「但願如此。」

林氏出了壽安堂便往海棠院去了，進了屋，林氏也不言語就坐到榻上，王嬤嬤趕緊送了茶來，她一口喝下，才仰著脖子深深喘出一口氣來。

王嬤嬤看了看門口，便揮手叫屋裡的丫鬟都出去，最後一個夏雪把簾子放下，守住門口。

歐陽可見林氏臉色青白，不由露出驚訝的神色來：「娘，您這是怎麼了？」

王嬤嬤臉上露出憤恨的神色，道：「進了壽安堂，話還沒說兩句，老太太就罰夫人跪著，一直跪到現在呢！」

「這怎麼可能，祖母不是一直都不管娘這裡的嗎？」歐陽可睜大了眼睛，不敢置信。

「哼，那個老東西，難怪我從不去請安她也沒半句話，原來在那兒等著我呢！」林氏冷笑一聲，李氏平日裡不責怪，只等著一起算帳，這個老太太當真不是好東西！林氏眼中的怨毒之色越發肆意。

歐陽可臉上露出擔憂：「那弟弟會不會有事？娘您的身子還好嗎？」

「二小姐放心吧，七個月胎象早已穩了，只是夫人今天當真是辛苦了。」王嬤嬤感嘆道，從林氏手裡接過了茶碗，又跪倒在旁邊輕輕幫林氏揉捏膝蓋。

歐陽可點點頭，低聲道：「娘，您沒事去壽安堂招惹祖母做什麼，明知道她不喜歡您肚子裡的孩子，這不是去找罪受嗎？」

林氏疲憊地挨著靠枕，半閉著眼睛道：「娘是聽說了一個好消息才趕過去，還在那裡碰著歐陽暖了，說起來，她跑壽安堂，跑得可比妳勤快多了。」

歐陽可顯然心中懷恨，冷哼了一聲道：「她最厲害的本事就是裝腔作勢，哄得所有人都以為她大方得體，心地善良！可是娘，您剛才說的消息是什麼？」她的眼中，有十分的急切。

林氏睜開眼睛，微笑道：「妳別急，聽我慢慢說。到底是妳舅舅有本事，聽了我說的事，只教了我兩件事，一是先韜光養晦，隱忍不發，他們不叫我管事，我就索性省下這口氣。」

歐陽可一聽急了，連忙截口道：「舅舅是糊塗了，娘這些年費了多少力氣，怎能說放手就放手，由著李姨娘掌權！」

林氏嘆氣道：「我也捨不得，可妳舅舅說的也對，我現在忙得再好，有歐陽爵在，歐陽府將來到底不是咱們的，管得再好也是為他人作嫁衣裳，沒得累了自己，況且目前我當務之急，是生個兒子。」

歐陽可白了林氏一眼，賭氣道：「娘，您說了跟沒說一樣！祖母都說了這孩子是天煞孤星，生出來又有什麼用？您還不如想想怎麼對付歐陽暖才好！」

歐陽可現在一心一意的就是除掉長姊，壓根兒不關心自己肚子裡的這個孩子，林氏瞪了她一眼，道：「還用妳來說！這一次娘好不容易求了妳舅舅同意幫忙，調了人手去劫歐陽暖的馬車！」

歐陽可一愣，喜上眉梢道：「真的？娘，這事我怎麼不知道？成功了嗎？」

林氏冷笑一聲，道：「妳這個傻丫頭，若是告訴妳，一旦走漏了風聲，這件事就成不了！」

歐陽可目光中閃出希冀之色，喜悅道：「這麼說事情是成了嗎？」

「自然是成了！」林氏的精神一下子振奮起來，「妳舅舅派了人來告訴我，事情成了一半！」

歐陽可臉上露出奇怪的神色，道：「成就是成了，怎麼成了一半？娘，您剛才還說在壽安堂見到了歐陽暖，若真是成了，她不是該回不來嗎？」

林氏頓時一陣大笑，愛憐地撫了撫歐陽可的臉，笑容越發深沉，道：「傻丫頭，這世上對付人的法子可不只是一個死字，歐陽暖害得妳成了如今這個樣子，我一定會變本加厲全都討回來！這次我特意命人留了她一條命，卻叫人趁亂去取她身上一個物件，一旦有人賴上門來，一口咬定與大小姐有染，看母親還不氣個半死，到時候歐陽暖只有兩條路——」

「兩條路？」歐陽可想了想，撫掌笑道：「對，一是為了家族的名譽而自盡，二是下嫁給那潑皮無賴全了名節！娘，您說的對，只有這樣才能消我心頭之恨！若是讓她那麼輕鬆就死了，我這條腿豈不是白白廢了？」

林氏點點頭，目光幽深道：「最可惜的就是沒能將歐陽爵除掉，若是能連他一起除掉，咱們才算是高枕無憂。」

歐陽可像是沒聽到這句話一樣，臉上露出興奮的神色道：「娘，那人什麼時候上門？我要親眼看歐陽暖名譽掃地！」

王嬤嬤聽了，心裡暗道二小姐太不長進了，這時候只想著自己那一點私仇，卻半點不為夫人著想，只是不好點破，只能笑著說：「二小姐不必憂心，只要籌謀好了，人很快就會上門來鬧的，這京都裡都是一家靠一家，名門貴女之間的消息傳得非常快，夫人只要稍稍推波助瀾，很快人家都會知道歐陽家大小姐的貼身物件落到了外人手裡頭，您就安心等著吧！」

歐陽可的眼睛閃爍黑亮而森冷的光澤，她望著窗外無邊的夜色，終於心滿意足地笑了開來。

「可兒，妳不必著急，娘答應妳的事情哪一件沒辦到？」林氏臉上帶著笑容，柔聲安慰她道：「都是因為歐陽暖那個死丫頭，害得妳變成這副模樣，如今更是連歐陽家大門都出不得！若非如此，妳去了大公主的賞花宴……」

「別提那個大公主！」歐陽可聽著就氣不打一處來，狠狠地道：「她送來的帖子只說請歐陽家的大小姐，也不想想娘才是這家的女主人，居然一心只想著那個臭丫頭，簡直是欺人太甚！」

聽到這母女倆說話，王嬤嬤已經是知機地垂下頭去，只不做聲。夫人失了寵愛，二小姐又成了跛子，大家嘴裡不說，心裡卻都清楚得很，府裡的那些下人……踩低逢高是人之本性，眼看夫人是倒了，自然就對她們這裡冷淡了許多，反倒很多人都去攀附大小姐和李姨娘去了，對此，林氏心裡恨到了極點，卻又實在無可奈何。

「娘，我如今變成了這個樣子，誰還會把我當一回事？只能讓歐陽暖到處出風頭了，我心裡真是難受！」歐陽可臉色漸漸陰鬱了下來，咬牙切齒地道。

林氏的怒氣沉靜收斂，冷笑說：「她要在人前顯擺，妳任憑她去出風頭就罷了，如今母親分明是惡了咱們，有什麼好事會想著妳？她們以為我不出門便什麼都不知道，前幾天母親為了這賞花宴，還給歐陽暖送了一匣子首飾，偏生就忘了妳！」

「什麼？」歐陽可一下子就站了起來，「我也是祖母的孫女，好東西憑什麼全都給了她！」

「好了，別嚷嚷了，除了嚷嚷妳還會幹什麼？要不是妳先頭沒了算計，也不會給人抓了把柄！」林氏一把將女兒拉著坐下，撫著她的肩膀，沉穩壓制下她的不安，隨即輕聲說：「可兒，之前娘瞧著妳心情不好，有些話也不能說，現在眼看報仇在即，妳也該振作起來！從今天開始一定要好好打扮打扮，打起精神來，妳要讓別人看看，咱們不是丟了老太太的寵愛就亂了方寸的那些蠢人！」

歐陽可看著林氏，神情無辜而迷茫，眼睛裡閃爍不定。

林氏嘆息道：「說起來，大公主的賞花宴實在是個好機會，娘早已使人打聽出來，這次去的朝中權貴很多，不要說各王府的世子郡王，就連宮裡的蓉郡主都來了，若是妳也能去，說不準被哪家瞧上了，從此以後咱們可都翻身了……」

「娘，您瘋了，皇族豈是咱們家攀得上的？那些皇孫公子，婚事都是要皇帝欽點的，他們自己都做不了主！」歐陽可立時猛地抬起頭來，表情已經是呆住了，隨即便顫聲說道。

林氏頓時沉下臉喝斥道：「什麼攀不上，妳懂什麼？娘也不指望妳能做個正妃，便是封個側妃，那也是千載難逢的機會！」

「什麼千載難逢的機會，我才不要去給人家做側妃，豈不是一輩子抬不起頭來？」歐陽可沒想到林氏的意思是這個，頓時又羞惱又氣憤，紅暈如流霞泛上雙頰，嗔道：「我才不要做什麼側妃！」

林氏攬著女兒的身子，心裡萬分愛惜，嘴裡卻輕罵道：「真是個笨丫頭，這側妃可不是小門小戶裡的侍妾，就算見著正妃也不過是屈膝行個禮，其餘夫人侍妾見著妳都要跪拜，更不用說外頭的人也會對妳另眼看待！若是將來妳有了兒子，這嫡庶還說不準呢！再說了，妳以為母親憑什麼對歐陽暖好，還不是想把人送進那些王府去！」

聽林氏提到歐陽暖，歐陽可眉峰蹙起，頓時冷笑了起來，「她？她雖說臉蛋不錯，可最是個口蜜腹劍，心狠手辣的，祖母真是瞎眼了，怎麼會挑著她？」

林氏輕聲嗤笑了下，拉長聲音道，道：「就是要心狠手辣才好，進了皇家的門，沒有那些個手段可活不下去！況且母親可不是讓她過舒坦日子去的，她指望著咱們家將來出個王妃呢！哼，老東西的如意算盤打得好，明天我就讓她雞飛蛋打一場空！可兒，妳好好聽娘的話，娘自然有法子讓妳將來飛上枝頭！」

歐陽可愣愣地望著林氏，臉上卻沒見到多歡喜的模樣，她心中還惦記著美如冠玉的蘇玉樓，根本容不下別人，所以對林氏的這個許諾，倒有些微的抵觸。

王嬤嬤低著頭，心道夫人如意算盤也打得太響了，歐陽家什麼門第，嫁個公侯之家倒也還算門當戶對，可是要攀附皇室就十分困難了，老太太敢打這個主意，不過是打量著大小姐德言容功都是十分出色，真要說起來，二小姐遠遠不如大小姐，且她心計又平平，在那高門大院裡如何活得下去？最關鍵的一條……王嬤嬤的眼睛悄悄落在歐陽可的繡鞋上，輕輕嘆了口氣。二小姐如今跛了足，尋常高門都不會要這樣的兒媳婦，更何況是高高在上的皇家，夫人當真是糊塗，怎麼可以跟二小姐如此許諾……王嬤嬤心中這樣想，嘴巴裡卻道：「是啊，二小姐，您且安下心來，一切夫人都會為您打算好的。」

歐陽可不願意再聽林氏講述這些美好前景，她滿腦子都是蘇玉樓的俊美容貌，壓根兒不想去攀什麼高枝，半晌，聲音微弱幾近無聲地岔開話題：「娘，先別說這些，您一定要將明天這場戲鬧大些才好，最好鬧得全京都人人都知道！」

「這是自然。」林氏很鄭重地點頭，忽然嫣然一笑，帶著一種不動聲色的狠毒。

第二天一早，歐陽爵勒著雙龍出海抹額，束髮銀冠，一身秋香色立蟒袍子，穩穩重重進了聽暖閣，那些跟著的親隨小廝都退下了，他便褪去了在外頭的那般穩重面孔，一溜煙地朝正房衝去。

「哎喲，我的大少爺，您跑慢點！」穿堂門口，瞧見歐陽爵衝了過來，方嬤嬤不禁大吃一驚，叫了一聲後見人衝自己一笑就過去了，只得無奈地嘆了一口氣，隨即臉上就露出了微笑的表情。

「姊姊，我來了！」

紅玉正在替歐陽暖梳頭，看見大少爺進來，手裡的動作加快，輕輕替她挽了一個斜髻，加飾玉珏珠簪，雜以一朵潔白的梔子花，頗有清新之感。

歐陽暖聞聲抬頭，正好見歐陽爵挑開門簾，一陣風似的衝進來，臉上笑吟吟的，「怎麼這麼莽撞，嚷嚷得我在屋子裡都聽見了。」

歐陽爵從懷裡變戲法似的掏出個小盒子，神祕兮兮地遞了過去，歐陽暖一愣，接過來輕輕打開，見裡頭是一個點翠赤白彩造的香囊，翻來覆去瞧了一會兒，不由笑道：「爵兒什麼時候喜歡上姑娘家的玩意兒了？」

歐陽爵將香囊湊到歐陽暖跟前，眼睛亮晶晶的，道：「妳先聞聞看再說。」

剛一靠近，便有一股淡雅香氣撲面而來，歐陽暖不由笑道：「十分清香，倒是令人神清氣爽，若我沒有猜錯，這是靈草的味道。」

靈草生長於極北苦寒之地的險峻山峰，極難採摘，世間所有不過數十株。因草葉常年得雪水滋養，味道清新冷冽，有寧神之效，極是難得，歐陽暖看了弟弟一眼，道：「你從何處得來？」

歐陽爵呵呵一笑，道：「聽說靈草有凝神靜氣的功效，原本這香囊是我前些日子千方百計才託人買到，準備給姊姊今年壽辰做禮物的，但昨天晚上妳受了驚，所以我才翻箱倒櫃地找出來，姊姊喜歡不喜歡？」

「喜歡，你送什麼姊姊都喜歡。」歐陽暖將香囊放在手中把玩，轉而微笑著注目他道：「對了，昨晚你怎麼和爹爹說的？」

「昨天在書房，我將事情簡要和爹爹說了一遍，並且照著姊姊的意思，將明郡王護送我們回來的事情也告訴了他，我瞧著他的表情，倒像是有些高興的。」歐陽爵想到歐陽治當時的表情，不免有些心有戚戚焉，明明是遇襲這樣的倒楣事，怎麼歐陽治卻好像撿到了大便宜？

歐陽治關心的不是自己姊弟的安全，而是明郡王的意外出現，只怕他還在慶幸這場意外，讓他們和明郡王重新有了聯繫。歐陽暖的嘴角舒展出明豔的微笑，道：「爹爹自然有他自己的打算，這件事咱們只要知會他一聲就好，其他你就不必管了。」她刻意停下不說，將香囊遞給紅玉收好，自己抬手端起桌旁放著的茶杯，用蓋碗撇去茶葉沫子，啜了口茶，留出時間讓歐陽爵細細品味她話中的含義。

歐陽爵愣了愣，抬起頭來，輕聲道：「姊姊，那些人趁著混亂搶去了陳小姐的腰帶，只怕……還要鬧出一場事來。」

歐陽暖神色溫柔寧靜，笑道：「你算是長進了，居然還記得這一點，不妨說說你的想法。」

「昨天亂成一團，我猜測，他們至今沒有機會發現車裡坐的人不是妳，還以為計謀得逞，說不準現在正得意著。那腰帶如今也被他們攥在手心裡，預備拿來對付咱們。」說起這件事的時候，歐陽爵譏誚地聳了聳肩，「最近那個女人連連受祖母斥責，只怕早已忍不住了，抓住這樣好的把柄怎麼會輕易放過，一定會藉此機會大鬧一場，可恨祖母和爹爹竟然都不肯過問這件事！」

歐陽暖搖頭道：「時至今日其實你應該看得很明白，這事雖很清楚，但祖母和爹爹未必願意去徹查，因為在他們眼中根本沒有這個必要。祖母關心的是你是否健康地活著，爹爹在意的是這事情能不能給歐陽家帶來什麼好處，他們並不關心到底是什麼人在背後有意搗鬼，更不會出頭為咱們討回公道。」見他側頭默默不語，歐陽暖繼續說：「要報仇，你得先明白所有人的心思。」

「我知道自己要學的還有很多。」歐陽爵點點頭，神色緩和了少許，「我現在擔心，很快會有人上門來鬧，到時候咱們該怎麼處置？」

歐陽暖笑了，如月光般溫柔的目光在他臉上微微一轉，又輕輕轉去了窗外，「你說呢？」

歐陽爵順著她的目光向外望去，院子裡原本一片蕭條的冬天景色，如今無數粉嫩的花一朵朵一簇簇綻放在綠色的枝頭，在微風中輕輕招展，越發顯得嫵媚動人，春意盎然，他的心微微一動，若有所思。

就在這時候，菖蒲掀開簾子快步走進來，目光之中透露出一種焦急的神色，「大小姐，門房來回報，說外頭有人來鬧事。」

歐陽爵沒想到人來的這麼快，頗為震驚，手一推，不慎撞跌了手邊的茶盞，只聽得「哐啷」一聲跌了個粉碎。

他想也沒想，率先站起來，道：「姊姊，我去將人打發了。」

紅玉利索蹲下了身把茶盞的瓷片收拾了，歐陽暖卻沒有看地上一眼，目不轉睛地平視他，逐字逐句清晰道：「你有把握？」

歐陽爵聲音平淡卻有些狠辣之意，在此刻聽來彷彿鋒刃一樣的厲，他毅然道：「姊姊，這一回的事情妳不方便出面，請妳信我。」說完，飛快地向外走出去。

看著他的背影，方嬤嬤擔心地道：「大小姐，這件事畢竟事關妳的聲譽，鬧不好就要出亂子，交給大少爺合適嗎？」

歐陽暖唇角勾出淡淡的笑紋，眼睛燦爛而明亮，「正因為如此，我才將這件事交給他處置。」

這件事她已經做了一半，還剩下另一半，就看爵兒怎麼去完成，事已至此，他必須徹徹底底地狠下心腸，若是他一味心軟，不肯說出腰帶屬於武國公府的小姐，那這盆汙水就要潑到自己的頭上來……

「紅玉，妳跟著大少爺去門口看看，有事速來回稟。」方嬤嬤還是不放心，輕聲吩咐道，抬眼看見歐陽暖似笑非笑的眼神望過來，方嬤嬤在心裡嘆了口氣，大小姐敢賭，她卻不敢，大小姐這是逼著大少爺長大成人啊，可他還只有十一歲……

歐陽暖慢慢搖了搖頭，她真正心存顧慮的卻不是這件事，而是一旦這把火燒到武國公府，兩家就算是結下了嫌隙，不，是仇怨才是……

歐陽爵剛到了門口，就聽見外頭傳來一聲響亮的叱喝，緊跟著，外面怒喝連連，中間還夾雜著幾聲不堪入耳的咒罵聲。不等他發話，小廝茗瑞就立刻到了門邊上悄悄張望，不一會兒就跑了回來：「大少爺，護衛們將那人抓住了！」

「喂，你們這是仗勢欺人，我跟你家小姐是認識的，是她讓我上門來找她成親的！這天底下還有沒有王法？快放開小爺！」

聽這口氣，鬧事的人當真是上門來了，歐陽爵心中一沉，就只聽一聲極其誇張的慘呼，隨即就是又一陣不堪入耳的喝罵聲，可隨著「砰」的一聲悶響，這些聲音就彷彿被截斷在喉嚨裡似的戛然而止。此時此刻，他再也忍不住，猛地拉開了門。

一個人正抱著頭趴在地上一動不敢動，旁邊站著兇神惡煞的歐陽府的護衛，然而遠處卻還有不少人在圍觀，對著那人指指點點，看著這一幕，歐陽爵深深吸了一口氣，緊跟著，聲音冷得彷彿結了冰：「你又來鬧事！我都說過了，偷了東西就要認罰，老爺將你趕出去是因為你吃裡扒外，居然還敢跑回來胡言亂語，你當真是吃了雄心豹子膽！」

那人一愣，剛要爭辯，歐陽爵揮了揮手，立刻有人上去堵了他的嘴巴。

「帶去爹爹面前處置！」歐陽爵冷聲道，那漢子還要掙扎，卻被數個侍衛綁得嚴嚴實實，押了進去，昨天晚上一回來，歐陽暖便知會了李姨娘，將府前的侍衛全部換了人，一看到來鬧事的，不問緣由就當場拿下，所以這漢子剛到這裡還沒說幾句話就被人扭住了。

歐陽爵將人帶進了正廳，又沉著臉命人去請歐陽治，歐陽治匆匆趕來，看見堂下跪著一個人，不由吃了一驚，「爵兒，這是怎麼回事？」

「爹爹，今天一早此人在我們府前鬧事，我將人押了進來，你問他吧。」歐陽爵冷冷說著，一把拉掉了那人口中的布條，還重重地踢了對方一腳。

「你是什麼人，何故在我府前吵鬧？」

「小人名叫肖山，大人您一定得救救我，將來咱們可都是一家人啊……」

「什麼一家人？」歐陽治瞪大了眼睛，看著堂下這個衣衫破舊，一臉猥瑣，被打得鼻青臉腫的大漢，壓根兒回不過神來。

「小人……大人，您家大小姐將來是要許給我的啊，這還不是一家人嗎……」

「住嘴！」隨著這一聲厲喝，歐陽治就看見自己的兒子愣是一拳頭砸在了那大漢的右頰，隨即又是一腳迅雷不及掩耳之勢地重重踢在了這個大漢的胸口。

嚇傻了的大漢起先沒有任何反應，好半晌才驚覺過來，抱著心口連連呼痛，緊跟著又被一腳直接踹倒在地上。

「滿口胡言亂語！」歐陽爵的模樣像是要吃人。

他平日裡十分隨和，那張玉一樣的臉上從來不曾出現過眼下這種暴怒的表情，因而，就連歐陽治都愣了一下。

「大人饒命！大人饒命！」那大漢本就被揍得滿頭包，此時見歐陽爵一副要殺人的架勢，終於知道如意算盤打不通了，慌忙連連磕頭求饒道：「您不看僧面看佛面，就看在大小姐的分上……」

「你還敢胡說？」不說還好，那大漢一提到大小姐三個字，歐陽爵臉上怒色更深，指著他便大聲喝道：「你是什麼東西，竟然敢說認識我姊姊？做你的夢！好，很好！」說著衝上去又是重重一腳。

肖山痛得連連嚎叫，大聲道：「大人，要殺要剮隨便，可我手上有大小姐的貼身物件，我死了您家大小姐就要守寡了。」他這話說得利索，可在歐陽爵那好似刀子的目光下，那種僵冷有如芒刺在背的感覺就甭提了。

「貼身物件？看來如今潑皮無賴的膽子也越來越大了，大歷律清清楚楚，有平民誣陷官家，拉到衙門一律都是八十大板外加戍邊，你不知道？」歐陽爵冷笑。

肖山一愣，他不過是賭坊裡的潑皮無賴，昨天夜裡有人送來了一個包裹，讓他拿著包裹裡頭的物件上歐陽府來鬧事，還給了他一錠金子，他原本是不敢的，可是那人許諾讓他只管去鬧，絕不會有事，說是事情牽涉到小姐的清白，那些人便只得認栽吃癟，誰還敢真鬧到官府裡頭去？這時候他聽見歐陽爵說得篤定，不禁有些害怕，後悔自己一時貪心，收了不該收的東西，想到事成後還有的十錠金子，他把心一橫，道：「我有證據！」說完，他從懷裡掏出來一條腰帶，死命抖了抖。

歐陽爵一把搶過來一看，隨即露出冷笑道：「哪裡來的潑皮無賴，這可不是我姊姊的腰帶，你仔細睜大眼睛看清楚了！」說完，他不理會對方，將腰帶送到歐陽治的眼前去，「爹爹，你看看這上頭還繡著一朵蘭花標記，左下角還有一個蘭字，我姊姊可沒有這樣的東西！」

歐陽治一看，這翡翠腰帶上果真繡著很精緻的蘭花，左下角也的確有一個小小的蘭字，臉上不由露出驚駭的神情，道：「這又是誰的東西？」

歐陽爵心中在這一瞬間經過了無數個念頭，終於狠一狠心腸，再狠一狠，大聲道：「昨天晚上是武國公府的小姐坐著咱們家的馬車回去的，中途還撞上了歹人，這腰帶說不準就是那時候丟掉的……」

歐陽治明顯大為意外的樣子，「既然是被歹人搶走了，又怎麼會落在他手上？」

歐陽爵冷笑道：「這就證明他與昨天晚上的那些歹徒有勾結！他們看見馬車上是歐陽家的蓮花標記，就以為裡頭坐的是姊姊，打算上咱們門上來訛上一筆錢，真是打錯了算盤！」

肖山沒想到裡頭還有這麼一齣，頓時愣了，反應過來大聲道：「我不知道什麼歹人啊，只是……只是有人送了我錢讓我上門來鬧一場，我什麼都不知道啊！不要送我去見官，千萬不要啊！」

歐陽爵不禁心中一動，隨即冷冷地說：「送你去見官還是便宜了你，冤有頭債有主，既然腰帶是武國公府陳蘭馨小姐的，你只管找他們就是，至於我姊姊，你若是敢再胡說一句……」說話間就只見寒光一閃，那原本兀自趴在地上的肖山剛剛抬頭，就只見一道匕首突然落下來，隨即頭上就是一輕，嚇得魂不附體的他尖叫了一聲，抹了一把頭上全都是血，卻是歐陽爵將他半邊頭髮連帶頭皮都削去了一塊。

歐陽治平日裡從未看過自己兒子如此可怕的樣子，不由得也駭了一跳，平靜下來才道：「爵兒，此事不可莽撞！」

如果把人送去武國公府，豈不是故意叫人家沒臉？還不如就這麼放了他，然後讓他去武國公府門前去鬧騰，也好過自己跟此事擔上關係，歐陽治老奸巨猾地想到，揮了揮手道：「算了算了，殺了這種人平白髒了手！爵兒，你派人將他從後門送出去，不許再生事！」

歐陽爵本還以為肖山會是第二個張文定，卻沒想到竟然是這樣一個廢物，登時冷笑道：「是，爹爹。」

肖山被人捆著丟出了歐陽府的後門，歐陽爵站在臺階上，居高臨下，冷冷地望著他道：「若要尋這條腰帶的主人，就去武國公府吧！若是再讓我看見你，小心你的腦袋！」他說話的時候，眼睛裡帶著十足的狠意，雖然這不過是個半大的孩子，肖山卻知道他絕不是說著玩的，連滾帶爬地跑了。

後門的角落裡，一個人一直隱在暗處，見狀對另一人道：「這可怎麼辦，這個蠢貨將主子交代的事情辦砸了！」

另一人急切道：「要不是昨夜他們將人抓了大半，我們也不會為了避嫌找上這麼個廢物，現在可怎麼向主子交代？」

「先回去稟報再說。」兩人對視一眼，匆匆離去。

武國公府

古樹深深，粉牆青磚，院子裡青石甬道乾淨整潔，黑柱、落地柱擦得發亮，石欄杆上擺了爭奇鬥豔的各色花朵。

陳蘭馨一路走得目不斜視，腳下的步子卻透露些微的慌亂，進正屋的時候腳下一個不穩，差點一頭栽倒，滿屋子的丫鬟和嬤嬤都震驚地望著這位大房的嫡出小姐，不明白一向沉穩的她怎麼會失去了往日的冷靜。

陳老太君正靠著石青底金錢蟒靠墊坐在太師椅上，腳下的地磚光鑒如鏡，綽綽映著人影，此刻她見到陳蘭馨，不由皺眉道：「慌什麼？」

陳蘭馨還沒來得及說話，淚水便盈盈落了下來，陳老太君眉頭皺得更緊，看了周圍一眼，旁邊的丫鬟、嬤嬤立刻會意地退了出去，只留下陳老太君身邊最信賴的楊嬤嬤伺候著。

陳蘭馨一下子撲倒在她腳邊，淚水漣漣地將昨天發生的事情說了一遍，陳老太君一聽，頓時大怒，「這都是什麼樣的混帳？光天化日的就敢劫持貴人的馬車，還有沒有王法了？」她彎下了身子，輕輕拍著孫女的後背，連連安撫，「別怕別怕，等下告訴妳爹爹，咱們一定要查清楚這事情，為妳討回公道。」

陳蘭馨原本昨天晚上就要來拜見，當時陳老太君卻已經休息了，她急得一個晚上都沒有睡著，剛要繼續說，卻聽見外頭突然有人闖了進來，定睛一看正是自己的長兄陳景睿，他一身華服，身形偉岸，相貌英俊，五官輪廓分明而深邃，一雙眼睛散發著鷹隼般銳利的光芒，然而他一向沉穩的臉上卻露出難得的焦急神色。

「好好的，怎麼一個兩個都這麼莽撞！」陳老太君皺眉道。

「您問她！」陳景睿冷哼，把一條腰帶丟在陳蘭馨身上，「蘭馨，妳自己瞧瞧，這是什麼？」

陳蘭馨仔細一看，頓時面白如紙，驚恐萬分，幾欲暈厥過去，她顫聲轉向陳老太君道：「老太君，求您救救孫女！」

「這究竟是怎麼回事？」陳老太君愣了愣，目光在那條翡翠腰帶上流連不去，充滿了懷疑。

陳景睿立刻道：「昨天路上不是出了亂子嗎？妹妹可能受了驚嚇沒留意，把腰帶給落下了，結果有個叫肖山的無賴，在咱們大門口嚷嚷著跟妹妹有了婚姻之盟，還拿著這條腰帶作為證據，說要娶妹妹做媳婦！」

陳老太君一驚，不敢置信道：「當真嗎？蘭馨，妳糊塗了嗎，剛才怎麼沒有說起這件事！」

陳蘭馨滿頭都是冷汗，嚇得不行，淚水盈盈道：「是孫女的錯，昨天孫女和歐陽暖換了馬車，結果遇上了歹徒，我一時不察，被人搶去了腰帶……這才引來的今天的禍事……求祖母救救孫女，孫女不想從此壞了名聲啊！」

陳老太君和陳景睿聽得她的話俱是面面相覷，一時駭得說不出話來，這事發生的突然，連他們也如墜霧中，不明就裡。

陳老太君的眉頭緊緊皺了起來，「這人現在哪裡？」

「他在門口嚷嚷得人盡皆知，我便命人將他捆起來關了，現在已經派人去稟報父親，還不知他會有何處置？」陳景睿的神色十分凝重，幾乎可以說得上複雜無比。

陳蘭馨一驚，扭頭道：「哥哥，這樣的無賴定和昨天的歹人是一夥兒的，你怎麼能留著他性命，直接打死就算了！」

「糊塗！這種無賴整日裡在街上遊蕩，誰都認識他，若是我們府裡無緣無故打死了人，只怕更會傳得滿城風雨！人家只會以為我們武國公府是仗勢欺人，到時候妳一個姑娘家怎麼能說得清楚？」

「是，剛才我們沒有防備，他趁機在門口拚命嚷嚷，還大聲喊著妹妹的閨名蘭馨，周圍很多人都看見了聽見了，若是我們打死他，明天這事情就會傳遍了，咱們真是百口莫辯！」

陳蘭馨聞言大哭，道：「都是那歐陽小姐誤了我！」

陳老太君也不說話，只冷冷逼視她，只看得她頭也不敢抬起來，才漫聲道：「我倒沒有問妳，好端端的，妳為什麼要與人家換馬車？」

陳蘭馨驚惶之色難以掩抑，失聲道：「祖母，這怎麼能怪我，我也是想讓蓉郡主高興，才讓出了自己的馬車呀，後來怕回家晚了祖母怪罪，我才借了歐陽家的馬車……」

陳老太君額上青筋暴起，嘴唇緊緊抿成一線，喝道：「蠢東西！這一切都是妳自找的，妳如果不是為了討好柯蓉，何至於弄到今天這個地步？咱們家是什麼身分，何用討好她一個空有名頭的郡主，妳瞧瞧妳現在這副模樣，還像是個公侯千金的樣子嗎？」

陳蘭馨伏在地上不敢爭辯，只好暫且忍氣吞聲。

陳景睿看了妹妹一眼，冷聲道：「祖母，事已至此，再責怪她也無用，依孫兒看，一是要讓那無賴平息下來不再鬧事，二是要儘快堵住悠悠眾口，保住我們家的聲譽。」

「你有什麼好法子？」陳老太君看著陳景睿，沉聲道。

「這無賴不過是想要訛詐一筆銀子，咱們依他就是，再送他一個漂亮的丫鬟堵住他的嘴巴，然後咱們迅速找個合適的人家將妹妹嫁了，時間一久，風波自然會平息下去。」

「我不要！祖母，我不要這樣隨便嫁人！」陳蘭馨一聽就慌了，現在匆匆尋找的親事哪裡還會有什麼好的，更何況她心裡真正惦記的人是明郡王，千方百計討好蓉郡主是因為她想要得到更多接近郡王的機會……沒曾想卻落到這樣的下場，立刻就顧不得害怕，大聲反對道。

陳景睿一聲暴喝，怒目向她，「住口！」

陳蘭馨立刻嚇得噤聲，不敢置信地看著一向疼愛自己的兄長。

「祖母，上次明州賀家不是來議過親嗎？當時祖母還說妹妹年紀小沒答應，現在正是時候！」陳景睿一口氣說完，看著陳老太君的臉，道：「祖母，這事情關係到我家的聲譽，一定要速戰速決！」

這就是要犧牲陳蘭馨了，陳老太君不忍地看了一眼自己鍾愛的孫女，原本陳蘭馨是這京都裡出名的才女，她還打算將她嫁個更合適的人家，賀家雖不差，家底卻終究是薄了點……然而景睿說得沒有錯，這事情是捂不住的，很快京都裡就會眾人皆知，在別人議論之前將陳蘭馨嫁出去，事情也就好解決得多。

「蘭馨，哥哥是為妳好，一旦別人都知道這件事，妳就更難嫁人了！」陳景睿冷聲道：「還是……妳想要用死來彌補妳的過失？」

陳蘭馨一愣，只覺得往日裡疼愛妹妹的兄長竟然一下子變得冷酷無比，女兒家的名聲何等珍貴，一旦受損是再也嫁不出去了，可是自己年紀輕輕，又是花容月貌，青春年少，真的要去死又下不了那個狠心，她想到這裡，既恨自己沒事換什麼馬車，又恨歐陽暖無故連累了自己，更恨那些莫名其妙的歹人，一顆心都要給揉碎了。

陳老太君看著這一幕，心中下了決心，將這丫頭嫁得遠一點，誰還知道京都裡的事兒？儘管有心裡有些捨不得，但也是沒法子的事。

「哥哥是要逼死我！」陳蘭馨瞧陳老太君的神色，十分害怕，又大聲哭道：「難道人家都是傻子，不會用腦子想一想？原本祖母都拒絕了的婚事，突然又答應了，人家不會起疑心嗎？縱然現在平安嫁過去了，萬一事後人家聽到什麼風聲，我一個人在那兒，到時候叫天天不應叫地地不靈，哥哥這是要逼死我嗎？你還認不認我這個妹妹！」

陳景睿看著自己的妹妹，目光中卻是一片冷芒，「這也是妳自己沒有腦子，被人算計了還在沾沾自喜！妳放心嫁過去吧，有武國公府在一天，誰都不敢拿妳怎麼樣！難不成妳當真想要留在京都做一輩子的老姑娘，還是想要連累祖母這麼大年紀還要因為妳被人恥笑？」

陳老太君長嘆了一口氣，吩咐一旁的楊嬤嬤道：「叫大夫人來，就說賀家的婚事我做主應下了，快派人去賀家說，讓他們儘快來迎娶。」

「祖母，我不要！」陳蘭馨尖叫一聲，冷汗涔涔，太過激動突然暈了過去。

「來人，將大小姐扶出去，沒我的吩咐不許放她出來！」陳景睿的目光一凜，這句話簡直是一個字一個字地迸出來的。

看著人被架出去，陳老太君的目光有著深深的疲憊，道：「景睿，好在你有決斷，這一點上，便是你爹爹都是不如你的。」

陳景睿目光之中隱隱有風雷之色，冷冷地道：「祖母，這不過是權宜之計，那些害了妹妹的人，我一個也不會放過的，您等著看吧！」

捌之章◆妻妾爭寵潰同盟

黃昏時分，去打探消息的王嬤嬤匆匆進福瑞院，一進門就哭喪著臉道：「夫人，壞了事了！」

「快說清楚，這是怎麼回事？」林氏一下坐直身子，厲聲質問：「哥哥不是說事情成了嗎？」

梨香怕她氣得狠了，連忙伸手輕輕撫著她的後背順氣，她卻一把甩開對方的手，嚴厲地喝斥道：「滾出去！」

梨香眼中淚光一閃，強自忍了委屈，低頭出去了。

歐陽可更是像彈簧般的跳起來，抓住王嬤嬤的胳膊，連聲問道：「到底怎麼了？妳快說呀！」

王嬤嬤拿帕子揩著頭上的細汗，一副驚魂未定的樣子，「外院的門守得死死的，奴婢根本出不去，便只在門房那裡打聽了下，只知道……」她艱難地嚥了嚥口水，顫著嘴唇道：「原是有人來鬧，可是不到半炷香的功夫，這人就被大少爺帶去見老爺！奴婢就又想了法子找人打聽，誰知卻問出來說那物件根本不是咱們大小姐的，說是……說是找錯了人！」

歐陽可大吃一驚，王嬤嬤收了收冷汗，繼續道：「奴婢偷偷等了好一會兒，找了很多人問，這才弄明白昨兒個晚上是武國公府的人借了咱們府上的馬車……他們劫錯了人呀，夫人！」

林氏猛地站起來，臉色青白，血液像是瞬間衝到了頭頂，整個人又砰的一下倒了下去。王嬤嬤驚呼一聲，趕緊衝上去，小心地把她放到榻上去，讓她靠在軟榻上歇息。然而一瞧她的面色，頓時慌了，只見她臉色鐵青，氣息不勻，胸膛劇烈的一起一伏，似乎是完全失去了往日裡的鎮靜。

歐陽可也沒比她好多少，聽了全部過程，幾乎沒背過氣去，好不容易才吐出一句：「……歐陽暖真是太狡猾了！」

王嬤嬤幽幽地嘆著氣，沒有說話，她其實很贊成二小姐的話，這種事既然做也就做了，那只要成功了也沒什麼，可偏偏弄錯了人，這運氣也太背了！

「……那現在怎辦？」過了半晌，歐陽可才有氣無力地問道。

林氏似乎梗了一下，剛要掙扎著坐起來，身子一個抽搐，眼白卻一下子翻了起來，眼前一黑，突然暈了過去。

梨香在外頭聽見，裡面傳來王嬤嬤的驚呼聲，二小姐的喊叫聲，她淡淡地聽著，臉色漠然。

林氏氣急了，這一次昏迷彷彿是墜入無盡的迷夢，無邊無際的噩夢掙扎、糾纏著她，輾轉其中不得脫身。她費了極大的力氣才睜開眼睛，只覺得身體有一瞬間的鬆軟，自己原來是躺在福瑞院的房間裡。

歐陽可見她醒來，表情驚喜，急切道：「娘，您終於醒了！」

王嬤嬤在她身後，也長長地鬆了一口氣，「老天保佑！夫人醒了就好了，可把老奴嚇壞了！」

林氏剛要說話，卻覺得喉嚨裡一陣鋒利的割裂般的疼痛，像有細小的刀刃在割，那疼痛逐漸喚回了她的清醒，開口十分艱難：「那件事……」

她躺在床上，心心念念的還是陷害歐陽暖的事情沒有成功。

王嬤嬤眼睛一垂，不敢看她，歐陽可惱怒道：「娘，歐陽暖當真是太狡猾了，這次居然又讓她逃了過去！」

林氏聞言，手指僵硬地蜷縮起來。她不信！她不信！怎麼可能？她好不容易才勸說哥哥同意幫忙，精心設計了這個局，只等著收網看歐陽暖陷入絕境，為什麼只一天的功夫，這件事就敗了？

不知道哪裡來的力氣，林氏幾乎是翻身直挺挺地坐起來，氣喘吁吁道：「當真沒有成？妳們沒有聽錯？」

說到底，她還是不相信自己精心設計的一切落了空。

王嬤嬤看她神情，似有幾分害怕，不由勸說道：「夫人，這事情以後再說吧，您身子要緊！」

歐陽可滿臉是掩飾不住的氣憤，惡狠狠地道：「娘，舅舅派去的人竟然分不出那馬車裡坐的是誰！分明是武國公府的小姐坐在馬車裡，他們竟然還以為得手了，居然還敢回來向您報喜領賞，當真是一群蠢豬！」

林氏也是咬牙切齒不已，她的確派了見過歐陽暖的人潛伏其中，卻不知道為何出了這樣的差錯。其實林氏不知道，如果只是歐陽家那十個護衛自然很好收拾，偏偏武國公府的護衛足足有三十個，雙方糾纏了一陣，再加上當天晚上場面太亂，小姐們又都是一樣的花容月貌，金玉輝煌，天色那麼暗如何能分辨出來呢？

她越想越是惱怒，用力捶了床頭一下，卻覺得腹部傳來一陣深切的痛感，不由驚呼出聲。

王嬤嬤趕緊上前扶住她，急聲道：「錢大夫，您快來看看夫人！」

林氏只覺得腹痛如絞，一陣陣的疼痛讓她幾乎喘不過氣來，登時顧不得儀態，叫得如同撕心裂肺一樣。歐陽可嚇了一跳，不由自主倒退半步，王嬤嬤回頭道：「二小姐，您快去叫人啊！」

歐陽可一愣，這才反應過來，卻不肯出去叫人，反而只顧扯著嗓子大聲道：「來人啊，來人啊！我娘身子不舒服！」

王嬤嬤看了歐陽可一眼，心中暗自搖頭，二小姐如今一旦走得快了，就會跛得很厲害，她這是不肯在人前暴露出她的短處，沒想到這種時候她竟然絲毫不顧著夫人，只想著保留自己的面子，王嬤嬤不再猶豫，快步走出去叫人。

原先夫人暈倒，她們就請了錢大夫來，只不過在外室開方子。片刻之後，王嬤嬤便帶著錢大夫進來內室，錢大夫過來一看，林氏疼得滿頭大汗，像是承受不住了的樣子，趕緊施了針，林氏又疼了好一陣子，才覺得那陣疼痛慢慢過去，她滿頭大汗地躺著，氣若游絲的模樣，好久都緩不過來。

王嬤嬤也不與錢大夫寒暄，開門見山就問：「您不是說七個月的胎象已經穩當了嗎？夫人如今這樣疼又是什麼緣故？」

錢大夫也不答，只低頭沉吟了片刻，才慢慢道：「夫人可是接觸過什麼有害孩子的東西？」

王嬤嬤聞言，面上露出難色道：「昨天晚上夫人……不小心摔了一跤，然後又受了驚嚇，是不是動了胎氣？」她不好說林氏是被老太太罰跪，又生了大氣，只能這樣似是而非的解釋。

錢大夫搖了搖頭，臉上的神情十分凝重，「倒像是藥物所致……」

林氏剛緩過一口氣，這時候聽到這句話，心頭悚然一驚，脫口道：「什麼藥物？」她平日裡害人害多了，這時候抓住了關鍵，一下子變了臉色。

「夫人，不是我不肯說，而是這世上害人的藥物實在太多，妳若是讓我說出是哪一種，我卻還無法立時分辨出來。」錢大夫抬頭，眸中微微閃過一絲悲憫，「只是從夫人的脈象看來，這藥物十分霸道，對夫人腹中孩子大為有害，若非夫人身子骨強健，孩子早已穩當，只怕這一回是留不住了……」

林氏矍然聳動，眉目間盡是難言的驚詫，往日歐陽治寵幸過的女人懷了身孕，她總是千方百計地除掉，卻萬萬沒想到這種事會輪到自己身上。她深知有些藥物即便是沒有懷孕也會損傷肌理血脈，甚至不能生育，更何況自己這樣身懷六甲的人呢，當即心中害怕起來，「那我的孩子當真沒有事嗎？」

錢大夫猶豫道：「應該無事，我會盡力而為。」頓一頓，又道：「然而夫人卻要小心謹慎，往後再遇到這樣的情況，我就不能保證了。」

林氏的頭腦在急遽地轉動，平常所有的用度都是經過仔細的檢查，福瑞院裡頭也都是她自己的人，不可能出現被人動了手腳的情況，唯一的可能就是昨天晚上在壽安堂……她到底是心機深沉的人，很快想到了這一點。難怪婆婆會讓自己罰跪一個時辰！難怪她好端端地非要換什麼香！難怪自己聞著那香氣總覺得有什麼不對勁！原來一切都是早有預謀，這個惡毒的老太婆！

王嬤嬤見她臉色陰晴不定，於是道：「錢大夫，請您一定要設法保夫人和孩子母子平安！」

錢大夫點頭，「我會盡力。」他微一踟躕，直接道：「只是這藥物藥性霸道，孩子雖然暫時無礙，我卻也沒有十分把握，不知它會不會使身體虛弱，容易滑胎，或者……」

「或者什麼？」林氏猛地抬起頭來，目光如炬。

「或者……生出不健康的孩子，這都是有可能的。」錢大夫猶豫著說道。

林氏和王嬤嬤面面相覷，又急切地問道：「不健康的孩子？這話是什麼意思？」

「可能會讓產下的孩子先天不足或者養不大，這個……我還不知這種藥到底用了多少，也不知道夫人您以後會不會有異常或不適。您也無須過分擔心，只是……個人的體質不同也很難說。」

這些話說得含含糊糊，林氏聽得心頭惱怒，滿心滿肺盡是狂躁，臉色一下子就變了，「什麼叫很難說？難道你連到底會不會有事都分不出？養你這個大夫做什麼吃的？」

錢大夫從未被人如此當面辱罵過，當即紅了臉，一副說不出話來的樣子。

王嬤嬤沒想到林氏會說出這樣的話，趕緊打圓場道：「錢大夫，夫人只是太心急，您不要見怪！請您出去開藥方吧，勞煩您了！」說著，將錢大夫引了出去。

王嬤嬤進來時，卻見到林氏滿面怒容，歐陽可站在旁邊不說話，臉上也是十足惱怒的樣子，王嬤嬤心中嘆息一聲，上前極力勸說道：「夫人，您別這樣傷心，好在小少爺暫時是保住了！」

林氏的眼中迸發出強烈的恨意，「都是那個老東西，她竟然敢動手害我的孩子！」

王嬤嬤聞得此言，深深一震。

歐陽可心裡打了個冷顫，口中驚訝道：「娘，您的意思是祖母要害您？」

林氏冷笑一聲，手落在腹部，心頭大恨道：「不是她還會有誰？我往日裡不說小心翼翼卻也是步步謹慎，那些小人根本沒有靠近我的機會，只有昨天在壽安堂……肯定是那個老東西！枉費我以前對她那麼孝敬，她竟如此待我，念的是什麼佛經，簡直是個老毒婦！」

王嬤嬤勸說道：「老太太心腸也太毒辣了些，您懷的畢竟是歐陽家的骨肉，她竟然也下得了這樣的狠手！好在老天爺有眼，夫人您福大命大，人說大難不死必有後福，可見這小少爺也是個有福氣的！」頓一頓，又如安慰和肯定般對她道：「從今天起，夫人您就放心養胎吧，要對付大小姐和大少爺，將來有的是機會，可不要因為一時忍不住而壞了大事！」

這話歐陽可聽得一愣，然而她無暇細想，也壓根兒不願去想，失聲道：「這怎麼可以？娘，您答應過要為我報仇的，您怎麼能只顧著弟弟，絲毫不關心我的死活！」

王嬤嬤一愣，心中怨怪這二小姐壓根兒就是自私自利，卻又不敢直接說出來，只能道：「二小姐，如今不是報仇雪恨的時候，夫人差點滑胎，並非天災，而是人禍，這說明老太太已經不想留下小少爺了，若是此刻大小姐和大少爺再有個閃失，只會坐實了小少爺的惡名，將來縱然他平安出生，也會受人嫌惡，到時候夫人和小姐您都討不到什麼好去，老奴請您多忍耐吧。」

歐陽可一下子冷下臉，頗有些氣急敗壞道：「忍耐忍耐忍耐，妳們就會叫我忍耐！妳看看如今我變成了這個樣子，還有什麼好忍耐的！」說完，便一瘸一拐地快步走了出去，林氏在後面急聲喚她，她卻全然不顧，連頭也不回地走了。

林氏倚靠在枕上，臉色臘黃，面容憔悴，良久才深深嘆了一口氣，臉上滿是失望，「這個孩子越來越不懂事了，都怪我，將她寵得無法無天，王嬤嬤，妳受累了！我知道，這些日子我都被歐陽暖氣得糊塗了，做了不少沒理智的事情，多虧妳在旁多加周旋！歐陽暖比我想的要狠要毒，妳放心，從今往後我不會再這樣急躁了！」

王嬤嬤趕緊到她身旁去，臉上帶著笑容安慰道：「夫人，您能這樣說，老奴就放心了，今兒晚上還有一場宴的，您可要打起精神來挺住了。」

林氏一想到晚上的事情，就冷笑一聲，「說什麼都是一家人要在一起吃一頓飯，以往我好的時候也不見婆婆這樣殷勤，分明是想要折騰我，當著我的面抬舉李姨娘和嬌杏那兩個賤人！她是看著這一回害不死我，要氣死我才甘心。」

王嬤嬤點點頭，道：「夫人，既然知道老太太的心思也就好辦了，她們不論怎麼氣您，您都得忍著，凡事多想著小少爺，您這口氣也就順了。實在不行，就回了他們說身子不舒坦不去。」

林氏搖搖頭，道：「不妥，我不過是沒去請安，那老太婆已經找了藉口罰我，若是這一次又不去，她還指不定在別人跟前怎麼排擠我！」

「可是夫人的身子……是不是……」王嬤嬤臉上還有不少擔心。

林氏摸了摸隆起的腹部，臉上劃過一絲冷笑，「我不會有事的，橫豎不能再讓那些人拿了把柄，快去準備吧。」

王嬤嬤十分贊同，揚聲對外頭喊道：「梨香，進來服侍夫人梳洗！」

林氏挺著七個月大的肚子，靠坐在厚厚的墊子上，臉上濃重的脂粉也掩不住懷孕的憔悴，蠟黃的臉色和暗沉的斑點讓原本豔光四色的臉蛋黯然失色。她狠狠地將梳頭的篦子掃落在地，怒聲喝罵：「狗奴才，這是什麼脂粉，這樣讓我怎麼見人？」

「奴婢該死，請夫人恕罪！」梨香嚇了一跳，連忙跪下，心中叫苦不迭。

「給我住口！」林氏怒氣上湧，將妝臺上的東西全都拂落在地，低頭瞧見戰戰兢兢卻生得很清秀的梨香，不由更加生氣，惡狠狠地拿起一根簪子向她身上扎去。

梨香十分驚恐，卻不敢躲避，一邊哭著一邊任由林氏這樣猛刺，身上多了不知多少傷口。

王嬤嬤快步走進來，看這情形，連忙撲過去將林氏手中的簪子拿下來，對梨香連聲道：「狗東西，怎麼惹著夫人生氣了，連這點小事都做不好，還不快滾出去！」

梨香跌跌爬爬地出去了，王嬤嬤上前扶住林氏，勸說道：「夫人，您是有身子的人了，丫鬟做錯了事情隨便懲罰就是了，何必這樣動怒，反而傷了小少爺！」

「妳讓我怎麼不生氣？」林氏指著銅鏡裡面色蠟黃的女人，「這樣我怎麼見老爺，妳是想讓我丟醜嗎？」林氏忍不住憤恨地道。

這就是不想在李姨娘和嬌杏面前洩了底，王嬤嬤心中嘆了口氣，自己主子畢竟得寵多年，在這方面還是看不開，「夫人，不管李姨娘和嬌杏那些人怎麼樣得寵，她們再貌美如花也不過是以色事人，色衰愛弛，總有吃苦頭的時候。您才是正頭太太，是歐陽家名正言順的女主子，只要您大事上不出錯，平平安安地生下小少爺，便誰也動搖不了您的地位，何必與她們爭奪一時長短呢？您忘了剛才說過的，您１一定會冷靜下來，好好為您自己謀劃的。」

林氏揮手阻止了，恨恨地道：「妳不必說了，這一切都是歐陽暖那個賤人送給我的，我每次看到李姨娘和嬌杏的臉，就像是看到歐陽暖在嘲笑我一樣！」她拿帕子拭了拭淚，冷笑兩聲，「我還真不信了，那兩個狐狸精能得寵幾日？我可不是那些無用的廢物，等我生下了兒子，再一個一個找她們算帳！」

宴席開在了正廳，往日裡林氏不曾懷孕之前，也是和眾人一起用膳的，只是懷孕後畢竟體弱，她又深恐別人謀害，所以一直在福瑞院獨自用膳。

林氏因為中途發了脾氣，又匆忙換了衣衫，到達時，所有人已經在那裡了。歐陽治坐在李氏的身邊，李姨娘和嬌杏站在歐陽治的身後，歐陽暖和歐陽爵坐在下首，幾人正陪著李氏在說著什麼，氣氛十分的輕鬆。李氏連連點頭，臉上帶笑，神情愉悅。

歐陽暖嘴角含笑，目光柔和，身上十分素淨，唯見髮間一支紅珊瑚的雙結如意釵，釵頭珍珠顫顫而動，越發楚楚動人，不知歐陽爵說了什麼，她側頭看他，臉上笑容更加溫柔，本來就清麗奪目的臉，因為這種溫暖柔和的表情而散發出一種耀眼的光芒，讓人無法移開眼睛。

遠遠看著就是一張溫暖和美的家庭圖，只是這張和美的家庭圖中卻不包括自己這個正房妻子。

林氏穿著正紅錦衣，裙子上繡著荷花、雙喜、蝙蝠，頭上戴著一色的嵌寶金簪，簪首上為合和二仙，象徵多子多福，如意雙全，此刻她又懷著孕，更是顯得珍珠翠玉，富貴逼人。她強忍憤怒，面帶笑容向上首的李氏請了安，然後自然地在歐陽治的身旁坐下。

歐陽暖起身，微微笑著向她請安，歐陽爵也低著頭，恭敬地請了安。歐陽治看著一雙兒女，倒像是十分滿意的模樣。

李姨娘一身傣錦洋蓮紫的春裳，嫵媚多姿，笑盈盈地向林氏行了禮，然後恭敬地站到歐陽治身後去了。嬌杏也學著她行事，林氏望了兩人一眼，目光冷冷的。

歐陽暖露出極溫柔的神色，狀似無意地笑道：「李姨娘手上的玉鐲真是漂亮呢！」

林氏的眼睛掃過去，卻一下子愣住，李姨娘的手上戴著一個翡翠玉鐲，質地溫潤，玉質清澈，水汪汪的翠綠欲滴，她不由得臉色大變，這玉鐲是李氏一直藏著的，自己很是喜歡，幾次三番要借來看看，李氏都不肯給，誰知竟然出現在李姨娘的手腕上。

李姨娘臉上立刻流露出謙卑的神情，李氏卻笑道：「暖兒倒真是眼尖，這玉鐲是我剛剛給月娥的，算是慶賀她將要為我們歐陽家添丁！」

聞言，李姨娘眼波流轉，面頰緋紅，滿臉的幸福神色，一雙美目含羞帶怯地看了看歐陽治，美得像一朵芙蓉花。

在場的眾人神色各異，歐陽治是大喜過望，歐陽暖微微含笑，歐陽爵神色平常，一直站在後面的嬌杏神色嫉妒，只有林氏臉色發白。

李姨娘懷孕的消息，竟然沒有傳到福瑞院，什麼時候夫人的勢力竟然衰弱？王嬤嬤心中惶急，有些大勢已去的末路之感，卻聽見歐陽暖笑道：「真的嗎？那要恭喜祖母和爹爹了，爵兒，還不快敬爹爹一杯？」

歐陽爵面帶微笑，似是很喜悅地敬了歐陽治一杯，臉上半點都瞧不出旁的神情，王嬤嬤看了心中更焦急，姨娘懷孕若生個少爺，將來多一個孩子和大少爺爭奪家產，他怎麼可能一點不高興都沒有？大少爺什麼時候這麼沉得住氣了？

林氏的臉色很難看，冰冷的目光落在站在角落裡的嬌杏身上，淡淡地道：「王姨娘，怎麼還傻站著不到跟前來伺候？李姨娘是貴妾，老爺又寵愛她，如今更是咱們家的大功臣，妳又憑藉什麼，怎麼敢這麼無禮？」

這話一出口，不要說是嬌杏，就連原本滿目嬌羞的李姨娘也白了臉色。

身為妾室，根本沒有同桌吃飯的權力，主母在場更是只能站著伺候，林氏口口聲聲叫的是嬌杏，實際上卻是在提醒李姨娘，貴妾也是妾。她就是要讓大家知道，她才是當家主母，李姨娘再得寵也只是個妾而已，只要有自己在的地方，她李月娥就只能站在旁邊。

李氏看了林氏一眼，臉上露出一些冷笑，道：「月娥，妳如今懷了身孕，自然和以前不同，就在我身邊坐下吧。」

李姨娘臉上露出不動聲色的喜悅，看了林氏一眼，那目光之中難以隱藏其中的得意。歐陽暖低下頭，掩住了唇畔的笑容。

李氏並不打算就此罷手，繼續開口說：「月娥嫁到我們歐陽家，以後我們就是一家人，希望妳們能和睦相處。」她的聲音頓了頓，「有什麼不滿都可以和我說，不要鬧得家宅不寧，上下難安。」

這是在給林氏一個下馬威！歐陽爵看看這個，望望那個，又看看一臉平靜低頭喝茶的姊姊歐陽暖，突然明白了什麼，當即忍住笑，裝作沒有聽見的樣子。

李姨娘看了李氏一眼，一雙秋水盈盈的眸子裡流露出混合著不安、羞急與嬌怯的光芒，卻不敢真的在她身邊坐著，而是走到最下首，側著身子輕輕坐了。李氏揮了揮手，吩咐丫鬟拿鵝羽軟墊墊上，林氏在旁邊看著，幾乎氣歪了鼻子。

紫檀木鑲白玉的大圓桌上雕繪著八仙過海圖，桌面上擺著大大小小幾十個白釉官瓷盤，盛放著各色的美食，然而林氏看了一眼，卻是一口都吃不下去，旁邊的嬌杏給她布菜，眼底卻是一副不耐煩的神色。

嬌杏一身茜紅色綃繡美人撲蝶的輕羅春裳，這衣服本是她託人從江南尋來的錦緞，特意裁製了想要在歐陽治面前露臉的，誰知道李姨娘一懷孕，歐陽治壓根兒就不看她一眼了，登時恨得咬牙切齒，偏偏這時候林氏又來找麻煩，嬌杏更是心中厭惡，卻只能強自忍耐。林氏刻意為難，一會兒說她動作慢，一會兒說她不夠恭敬，一會兒又嫌她說話聲音太小聽不清，總之怎麼做都是錯的，嬌杏一張俏臉幾乎都扭曲了。

林氏強笑著對李姨娘道：「姨娘懷了身孕，這家中的事……」

李氏淡淡截口道：「暖兒，從今天起，妳就協助李姨娘一起管家吧。」

林氏一愣，臉上雖然還在笑，可是心裡卻已經是翻江倒海。

歐陽暖的笑容像二月柔柳上那最溫柔的一抹春色，口中卻添了三分猶豫：「只怕暖兒年輕不懂事，辜負祖母的期待。」

「沒事，讓妳做就放手去做吧，總比叫一些不懂事的人沾手的好，咱們家可不能再弄得烏煙瘴氣了！」李氏冷聲道。

就在這時候，嬌杏一個錯手，筷子居然掉在了地上。

林氏心頭的火一下子就竄了上來，厲聲道：「眼睛瞎了嗎？這是什麼場合，竟然這麼沒規矩！進了歐陽家的門，難道連一些最基本的禮儀妳都不懂嗎？」

嬌杏立刻滿目委屈，淚盈盈地望著歐陽治，露出乞求的神情。

歐陽治原本就不待見林氏，此刻見到她居然喝斥自己心愛的妾侍，頓時惱怒道：「住口，長輩在這裡，妳還大呼小叫的，像是什麼樣子？這就是妳的規矩嗎？」

林氏直直地看著歐陽治，冷笑一聲，說：「老爺，這府裡真正沒規矩的人是誰，我大聲說幾句話就不行了，那讓一個侍妾與我平起平坐又如何？」她原本想要忍耐的，可是李氏將李姨娘抬舉到了這個地步，她再不吭聲，這家中還有她的地位嗎？

李姨娘聽到這裡，拿起手帕小聲地啜泣著，委委屈屈地說：「都是我不好，是我不知禮數，我不應該坐在這裡，夫人您千萬別生氣！」說著連忙站起來，一邊哭，一邊對林氏說：「夫人，都是我不好，您不要再惹老太太和老爺生氣了，我來服侍您！」

林氏看了她一眼，冷哼一聲，「妳有什麼好委屈的，身為妾室，服侍主母本來就是妳該做的，哭哭啼啼的倒像是誰欺負了妳！」

歐陽暖站起身，輕聲勸道：「娘，您有什麼話都可以好好說，如今您和李姨娘都有身孕，傷了誰，爹爹和祖母都要為難的。」

李姨娘當下哭得更傷心，連連說：「大小姐別再為我求情了，是我不好，是我不好！」

李氏冷笑道：「讓妳坐下的人是我，人家指名道姓說的可是我的不是！今天鬧到這個地步，大家都有眼看著，絕對怪不到妳的身上去！婉如，有什麼話都衝著我來好了，何必為難月娥？」

林氏氣極，雖然早知道李氏偏袒，可是沒想到她竟然完全不在下人面前給自己留面子，她已經想好要忍耐，可這些人一個一個竟然都如此，真是讓她難以忍受，當下惱怒道：「母親，媳婦沒有半點指責您的意思，只是這府裡也不是小門小戶，有些規矩還是要講的。李姨娘雖然如今身子貴重，卻也是個妾，當然是要站著的，您讓她坐下與我們同桌吃飯，豈不是叫人看了笑話？」

李氏的臉色一下子變了，幾乎是不敢置信地瞪著林氏。

「住嘴！」歐陽治陰冷的臉色十分可怕，聞言更是火上澆油，當下在桌子上重重捶了一下，震得盤碟乒乓響。

廳中鴉雀無聲，連李姨娘都停止了哭泣，所有人都望著歐陽治。

李氏卻突然站起來，將手中的筷子往桌上重重一磕，惱怒道：「一頓飯都吃不安寧！張嬤嬤，扶我回去！」

歐陽暖和歐陽爵立刻都站了起來，要送李氏回去，她卻擺了擺手，像是氣急了，轉身扶著張嬤嬤的手就走了，連歐陽治都沒有搭理。歐陽治也覺得沒面子，惱怒萬分，「都散了！」說完也跟著拂袖而去。

李姨娘看了林氏的臉色一眼，想也沒想就快步跟著歐陽治離去了，那邊的嬌杏慢了一步，卻被王嬤嬤叫住：「想去哪裡？妳當妳也是懷了孕的嬌貴人物嗎？還不繼續服侍夫人吃飯！」

嬌杏一愣，手上動作慢了半拍，林氏上去就是一個響亮的耳光，長長的指甲在嬌杏的臉上劃過，嬌杏一聲驚呼，臉上已經多了兩條血痕。

林氏出了一口惡氣，心中痛快多了，冷笑道：「算了，不吃了，看見妳們這些東西都心煩！王嬤嬤，扶我回去！」

歐陽暖笑道：「娘，這就回去了嗎？」

林氏惡狠狠地瞪了她一眼，轉身扶著王嬤嬤的手走了。歐陽暖看了一眼嬌杏，面上露出十分惋惜的神情，「王姨娘，妳臉上傷得可不輕，一定要好好愛惜著，萬一留下疤痕……」

嬌杏臉色一變，她憑藉著漂亮的臉蛋才如此受寵，若是從此之後就此破相毀容，歐陽治哪裡還會看她一眼，當下摸著自己的臉痛惜不已，盯著林氏遠去的背影，目光十分怨毒。

歐陽暖笑著道：「對了，最近怎麼不見姨娘那隻貓了？」

嬌杏喜歡貓，歐陽治又寵愛她，便想方設法不知從何處弄了一隻毛色雪白的貓給她養著，想到那隻叫碧兒的貓，嬌杏一愣，道：「這兩天也不知道跑去了哪裡……」

春天麼，貓兒自然四處跑了。歐陽暖點點頭，唇際隱一抹淡淡疏離的微笑，「姨娘可要好好看著那隻貓兒，如今咱們家中有孕婦，最需要安靜，可千萬別讓那隻貓兒莽撞地驚了人。」

嬌杏看著歐陽暖，在驚異之下，眼中突然有一絲暗色劃過。歐陽暖靜靜微笑不語，彷彿只是在說一件普通的事情，並無任何特別的含義。

嬌杏想了想，粲然微笑，露出潔白貝齒道：「多謝大小姐提醒，我一定好好約束那隻貓兒，不讓牠到處亂跑。」說完便若有所思地走了。

歐陽爵重新坐下來，對歐陽暖道：「姊姊，今天的八寶鴨子很香呢，妳嘗一嘗。」

歐陽暖看著他，臉上露出笑容，道：「你吃吧，姊姊累了。」說完，向外走去。

她慢慢走回去，方嬤嬤和紅玉尾隨身後。

紅玉問她：「小姐，您對王姨娘說的話是什麼意思？」

歐陽暖搖搖頭，只信步沿著走廊慢慢往前走。前庭的一樹桃花正開得如火如荼，一陣風過，吹得那一樹繁花落了滿地的花瓣，幾瓣美麗芬芳的桃花花瓣飄落在她的肩頭，她伸出手輕輕拂去。只見自己一雙素手皎潔如雪，幾片花瓣黏在手上，帶了一種明媚的豔麗，歐陽暖淡淡笑了笑。

一滴淚無聲地滑落在手心。

「小姐，您這是怎麼了？」紅玉大為驚慌，方嬤嬤也不知道發生了什麼事情，感到莫名。

歐陽暖仰起臉，輕輕拭去面頰水痕，輕聲答：「再過十日，就是娘的忌日了吧？」娘一個人孤孤單單，林氏卻在眾人面前大發雌威，當真以為歐陽家還是她的天下，這樣滿身罪惡的女人，午夜夢迴的時候，不知她會不會恐懼害怕……

歐陽暖這樣想著，臉上的笑容越發溫柔了些。

第二日在花園，林氏正坐著曬太陽，眼睛看到嬌杏遠遠走過來，不免冷笑著高聲道：「王姨娘哪裡去？」

嬌杏一愣，似乎完全沒想到林氏會在花園裡。她哪裡知道，林氏昨晚上大獲全勝，卻也不一味韜光養晦了，只想著要在眾人面前立威。嬌杏不由臉上發白，走上前去道：「夫人，我……我只是去找碧兒，剛找到要帶回去。」

林氏冷眼瞧著她懷裡那隻渾身雪白的貓，微微露出厭惡的神色，然而很快，她的眼睛裡劃過一絲詭譎的光芒，轉頭笑著對張嬤嬤道：「花園裡的花都開了，美得很，妳去請李姨娘過來賞花。」

張嬤嬤一愣，像是有點意外，卻很快派人去了。

嬌杏看林氏的神色直覺不好，便低頭抱著碧兒，不知在想些什麼，再不敢抬頭看林氏一眼。

林氏淡淡道：「那貓兒挺乖覺，給我抱抱吧。」

嬌杏一愣，想起大小姐說的話，腦海中似乎有一道邪惡的念頭閃過，卻終究狠不下心，只敢想一想罷了，還是老老實實把碧兒交了出去。

林氏抱著碧兒，覺得吃力，便將貓兒交給了王嬤嬤抱著，自己就坐在那裡等著李姨娘過來。李姨娘原本剛從壽安堂出來，這邊就有人說夫人來請，她也不敢推辭，只能跟著來到花園，一看到這場景卻是愣住了，小心翼翼地道：「夫人，您找我有什麼事？」

「妳如今身子嬌貴了，沒事就不能找妳了嗎？」林氏冷笑一聲。

李姨娘低下頭去，「不敢，夫人有什麼吩咐，請直言就是了。」

「也沒事，不過是花園裡的花開得正好，請妳們一起來觀賞。」林氏看著李姨娘雙手不自覺地微微護住腹部，一副小心翼翼的模樣，臉上露出一絲嘲諷的神色。

李姨娘誠惶誠恐，林氏的手不經意地伸過去撫摸碧兒光滑的毛，輕聲道：「我們都是服侍老爺的人，雖然平日裡我對妳們嚴厲，卻也是為著妳們好，妳們也該懂得這一點。」

李姨娘和嬌杏對視一眼，臉上都露出些微的納悶，往日裡總是橫挑鼻子豎挑眼的，不知道林氏今天這一齣到底是什麼意思。

林氏看著李姨娘，目光森冷，她沒有耐心了，她的兒子還有三個月才會出來，這個女人卻已經懷上了，好在胎還未坐穩，足夠她動手了。她想像著歐陽治有可能會出現的反應，想來想去，她都覺得他是不會把她怎樣的，她是兵部尚書的親妹子，他敢怎麼樣呢？

她手裡有一下沒一下地撫摸著碧兒的毛，「在這個家裡生活，妳們應當知道，什麼該做，什麼不該做……」

話還未說完，忽然王嬤嬤厲聲一叫，手中的碧兒尖聲嘶叫著遠遠撲了出去，眾人還沒弄清是怎麼回事，已見碧兒直直地撲向李姨娘的方向，那貓兒養得十分肥大，這一下子撲過去非同小可，眾人一下子都驚呆了！

李姨娘一反應過來，立刻下意識地用手擋住腹部，那貓兒竟然是衝著她的肚子直接撲過來，李姨娘的手背和手臂上立刻橫七豎八落了十多條血痕，猙獰恐怖。

李姨娘口中沒命地失聲尖叫起來，向後倒退半步，王嬤嬤使了個眼色，「還不快去扶！」旁邊的丫鬟會意立刻上去攙扶，李姨娘驚呼一聲要抓住那丫鬟的手，卻不知道被誰一下子絆倒，整個人毫無意識地向後重重摔倒……她嚇得幾乎叫不出聲來，嬌杏也是滿臉驚恐。與此同時，驚呼聲盈滿了整個花園……

歐陽治聽說了花園裡的事情後，氣得臉色鐵青，趕緊去看望李姨娘，然而大夫卻很明確地說孩子是保不住了，歐陽治大為惱怒，一聽那貓兒是嬌杏的，立刻將她大罵了一頓，還要請家法。嬌杏自從當了姨娘之後一直受寵，何曾受過這種委屈？當下大哭不止，辯解說都是夫人身邊的王嬤嬤，是王嬤嬤沒有抱好碧兒，害得李姨娘沒了孩子，想說林氏兩句，卻又忌憚林氏的狠毒，一句話也不敢多說。

然而她雖沒說完，歐陽治卻想到始作俑者就是林氏，哪裡憋得住，立刻奔到福瑞院找林氏算帳，林氏卻裝出一副悲傷的模樣，歐陽治哪裡還肯像以前一樣相信，只說她貓哭耗子假慈悲，林氏委屈地解釋：「那貓兒又不是我養的，我和李姨娘終究是共同服侍老爺，她沒了孩子對我有什麼好處？」

歐陽治大大地丟了一回臉，心中壓根兒不相信她的說辭，卻顧忌這林文淵，雖然不敢對她如何，卻終究忍不下這口氣，將王嬤嬤拖出去重重打了二十個板子。

王嬤嬤是林氏身邊最信賴的人，打她等於是打自己的臉面，林氏想到眾人對自己的冷眼孤立和對歐陽暖姊弟的熱情，又想到自己的孩子是天煞孤星人人厭惡，李姨娘的孩子沒了歐陽治就生這麼大氣，不由委屈地守著被打得爬不起來的王嬤嬤大哭了一場，又打罵身邊的丫鬟、嬤嬤出了一回氣。

歐陽爵聽說了，偷偷和歐陽暖說：「姊姊，爹爹這樣生氣，我還以為他要休了那個女人，卻沒想到只是處置了一個嬤嬤。」

歐陽暖看著不遠處院子裡的桃花笑了，輕輕地說：「爹爹這個人呀……娘死的時候他可是眼睛都不眨，短短幾個月就迎娶了林婉如，你就別對他抱多大的指望了，他心裡只有他自己……」

歐陽爵有些愣神，隨即向歐陽暖求證一件事，「這件事是不是與姊姊有關？」

若是嬌杏心狠手辣一些，今天保不住孩子的就不是李姨娘而是林氏了，可惜爛泥終究扶不上牆，反倒被林氏搶奪了先機。不過，她一下子把歐陽治兩個愛妾都得罪得很了，有這麼兩個年輕美貌又痛恨林氏的人在歐陽治耳邊天天吹風，她這輩子都別想再翻身了。

最重要的是，這幾個人越是鬧得雞飛狗跳，爵兒也就越是安全。

歐陽暖微微一笑，「何須我動手？若是林氏更聰明些，氣度大一些，完全可以免受這種罪。她以為一次兩次爹爹不敢對她如何，卻不知道日子久了，她也就眾叛親離了。」

歐陽爵想了想，有些感嘆，「我總覺得爹爹有些可憐……」

「他這個人，不配得到真心相對的人。」歐陽暖淡淡地說，眼神之中露出一絲刻骨的寒意。再過三個月，就是林氏臨盆之期……她很期待。

李姨娘從流產的那一天開始，就整日裡躺在床上以淚洗面，家中大小都去勸過，甚至連李氏都驚動了，多次派了人去看望，然而李姨娘卻沒有半點好轉的跡象。

「姨娘，您這又是何苦……」佩兒坐在床前的小凳子上守著李姨娘，手裡端著一碗冰糖銀耳羹，面上十分忐忑的模樣。

「我不餓！」李姨娘臉色鐵青，牙齒咬得吱吱響，「妳不用管我，更不必守著！」

她盼了多久才能盼來一個孩子，幾乎是寄予了全部的希望，如今一下子沒了，自然是傷心透頂的。佩兒知道她心裡難過，卻沒有辦法安慰她。本以為夫人沒了老爺的寵愛，姨娘又掌了府中的管家權力，一切就都不同了，沒想到會是這麼個結果。想著想著，佩兒在心裡嘆了口氣，說起來，都怪她們太小瞧夫人了，以為只要能抓住老爺的心，懷上一個小少爺就行了，卻從來不曾想到會被已經失寵了的夫人硬攞了一道。

「姨娘，您都兩天水米不進了，這樣下去身子怎麼受得了呢……還是用一碗銀耳羹吧。」佩兒將銀耳羹端到李姨娘的面前，讓她聞見那香氣，希望她能坐起來喝一口。

李姨娘劈手摔了白玉瓷碗，一下子稀里嘩啦地上全都是碎片，佩兒嚇了一跳，忙站了起來。

「我真蠢，真是沒腦子！」李姨娘淚如雨下，「我一心一意以為，只要老爺待我好，便在這府裡站穩了腳跟，竟不曾想過，我不去害別人，別人看著我過得好，卻會來害我……大小姐說過的，那些寵愛都是假的，讓我早作打算，我卻冥頑不靈！如今釀成了大錯，孩子都沒了……後悔已經來不及了……」她說著，抱著床上的迎枕嚎啕大哭起來。

佩兒自小跟著李月娥一起長大，又跟著她一路來到京都投親，也不由悲從心起，哭了起來，「姨娘，不會的，要不您請老爺做主，讓他懲罰夫人……姨娘，您快別哭了，身體要緊呀……」

李姨娘的臉上卻露出憤恨的神情，眼底全然都是怨怒，「他？他現在只想著和嬌杏那個小妖精風流快活，根本想不到我的喪子之痛！我那樣跪著求他，他卻連休了那個賤人都不敢，求他有什麼用？」

佩兒見她眼睛裡像是要冒出火來，不由道：「還有老太太呢，姨娘，您還能依靠老太太！」

李姨娘冷哼一聲，秀麗的臉上籠罩上一層寒霜，「她？她知道我懷了身孕自然是千好萬好，一聽說孩子沒了，竟然還說我自己不小心，著了人家的道！我算是看清楚了，這歐陽家，一個兩個全都是自私自利只為自己著想的！」

就在這時候，外面的丫鬟掀開了簾子，小心翼翼地說：「李姨娘，大小姐來看望您了。」

李姨娘和佩兒對視一眼，佩兒立刻會過意來，主動迎了出去。

看見佩兒出來，歐陽暖微笑道：「李姨娘還好吧？」

「多謝大小姐關心，姨娘身子倒是還好。」佩兒的笑容有些勉強，「就是精神不太好，只怕是傷心得狠了。」

歐陽暖柔聲道：「我已經聽說姨娘的事了，本想早點過來看看，娘那裡卻還鬧著，我一直不好過來，我知道，這件事真是委屈姨娘了。」

佩兒沒想到歐陽暖會說這樣一番話，忙道：「大小姐客氣了，您快請進去吧。」

歐陽暖進去的時候，看見李姨娘正倚在床頭的大迎枕上，臉色蒼白，一雙大眼睛神彩全無，人很憔悴，看見歐陽暖進來，抽泣著要坐起來，歐陽暖忙上前阻止了，「姨娘不必多禮，妳身體不好，快躺下歇著吧！」

李姨娘卻掙扎著坐起來，歐陽暖見她這樣好強，不免輕聲道：「姨娘，這是何苦呢？」

李姨娘又伏在迎枕上嗚嗚地哭了起來

歐陽暖的眼睛裡閃過一絲同情，「姨娘，這樣傷心只苦了自己，妳也要多為以後想一想……」

「大小姐，我很後悔當初沒有聽您的話，竟然著了他們的道兒……」李姨娘抬起眼睛，一臉的悲傷。

歐陽暖點頭，在她身邊不遠處的椅子上坐下，才低聲道：「我剛才在院子門口看見王姨娘了，她似乎想要進來探望。」

李姨娘一愣，臉上的神情變得更加憤恨，「貓哭耗子假慈悲，這事情她也脫不了干係！若不是她養的那隻貓，我的孩子也不會好端端的沒了！」

歐陽暖臉上的笑意淡而稀薄，像透過千年冰山漏出的絲絲陽光，帶著一股淡淡的寒氣，「姨娘說的對，昨日我去看望娘，她也是這樣說的。」

李姨娘一愣，似乎不敢置信地看著歐陽暖，歐陽暖嘴角的一抹笑意很快被眼中無盡的愁緒和擔憂代替，「她還說，這一切都是因為王姨娘養的那隻貓兒造孽，與旁人無尤。」

這是要將一切都推到一隻不懂事的畜生身上！李姨娘目露寒光，聲聲含怒：「大小姐，旁人這麼說就罷了，您是最聰明不過的人，難道您也相信這種說法嗎？王姨娘有什麼膽子敢對我動手，您當真不知道誰才是罪魁禍首？」

歐陽暖眼眸中蘊著清冷的笑意，目光幽幽落在李月娥的身上，「姨娘既然心中早已明瞭，又何必怪罪代人受過的王姨娘？」

李姨娘聞言心頭一動，眉心微微一蹙，立刻又垂下眼瞼，只看著地上，隻字不語。

歐陽暖嘆了口氣，道：「王姨娘見我要進來，央我向妳求情，說碧兒雖然是她養著的，可早已丟失了三天，事發前才剛剛找到……她生怕妳怪她，昨天等妳等到夜裡，今天天沒亮又來了，妳卻不肯見她，可見還是在怪罪她。」

歐陽暖看見李姨娘一副根本不相信嬌杏會如此自責的模樣，不由笑道：「聽說爹爹在此期間也來過多次，正好在門口碰上愧疚的王姨娘，便好言安慰了她呢。」

讓歐陽治相信此事與她無關，原來這才是嬌杏每天來這裡請罪的真正目的，好精明的算盤！

聞言，李姨娘目中掠過一絲冰冷的寒意。

「現在大家體諒姨娘剛剛喪子，過於悲痛，或許還不覺得，可是日子久了，總是要傳些閒言碎語出來的。」歐陽暖笑著，點到即止。

佩兒也擔心地說道：「是啊，姨娘，王姨娘一口咬定了是無心之失，日子長了別人都會以為她是無辜受了連累，也會覺得您狹隘小氣，不肯原諒人，您何苦要留下這樣的名聲？」

李姨娘心中憤恨，臉上卻已經平靜了下來，她不肯繼續這個話題，反倒忽然問：「大小姐去過福瑞院？夫人現在身子如何？」

歐陽暖見她滿臉期待，不由面露難色，道：「姨娘，妳也是知道的，娘如今身懷六甲，爹爹和祖母都不好過分苛責，也只是將原先抱著碧兒的王嬤嬤打了板子……我去的時候，娘正在養胎，看著心情還是很好的。」

佩兒氣急道：「當日明明是夫人故意去掐那碧兒，貓才突然發了瘋似的撲向我們姨娘，這件事她卻撇得乾乾淨淨！」

歐陽暖眼神似煙靄悠遠，淡淡地道：「佩兒姑娘，她是當家主母，自然是不一樣的。」

「可我們姨娘原是老太太的親人，自然不同一般的姨娘……」話音未落，佩兒已面露惶然。

歐陽暖望著她笑。

李姨娘嘴唇微微發白，幾綹鬢髮散亂在耳邊，一雙清瑩妙目中唯有深深的惶恐，佩兒立刻知道自己說錯了話，姨娘就是姨娘，永遠也不能和夫人相提並論。一旦李月娥嫁給了歐陽治，那就永遠低人一等，再也不能說是老太太的親戚，更不是府裡的客人，只能算是半個主子，一旦碰上了與夫人的紛爭，無異於是以卵擊石。

「姨娘還年輕，將來定然會有孩子，只是……」歐陽暖笑而不語。

李姨娘是何等聰明的人，歐陽暖還沒有說完，她就已經知道對方的意思，縱然再有孩子，沒有足夠的能力保護他，也不過是竹籃打水一場空罷了。這個時候如果她不振作起來，只會白白讓嬌杏這樣的女人撿走了便宜。

「請王姨娘進來吧！」李月娥擦乾了眼淚，掩一掩鬢鬢，起身披了件湖水藍雲紋外裳，神色間又恢復了往日的淡定從容，輕聲道。

嬌杏穿著亮眼的水紅色春裳，一朵桃花一般的豔麗，進門先向歐陽暖恭敬地行了禮，回身看到李姨娘，她眼睛一紅，落下淚來，「李姨娘，我真的沒有害妳，碧兒早就丟了，那天也才剛找回來，我不可能蓄意安排了這件事，要是妳不信，可以問我身邊的人，也可以問院子裡的嬤嬤們……」

李姨娘讓佩兒將她扶起來，微笑道：「咱們都是相處久了的姊妹，我又怎麼會懷疑妳呢？」

嬌杏抽泣著站了起來，「姊姊相信我就好，我是真的沒有害妳，若是我有心陷害，只叫我不得好死！」

歐陽暖微微笑著，道：「王姨娘，既然李姨娘已經信了妳，又何必發這樣的毒誓？這一切不過是一場誤會罷了，解開也就好了。」

歐陽暖走的時候，李姨娘和王姨娘已經破天荒地坐到了一起，林氏這次的計畫不僅僅是要謀奪了李姨娘腹中孩子的性命，更是要讓她們兩人徹底翻臉，只可惜這一回她的願望眼看是要落空了……

看到這一切，紅玉問道：「小姐，咱們接下來要怎麼做？」

「做什麼？」歐陽暖唇角含一絲似笑非笑之意，悠悠道：「什麼都不需要我們去做。」

林氏此番作為，固然一時心頭痛快，然而卻招來更多的怨恨，何用她再做什麼，那些人恨不得個個都去踹上一腳才好，她只冷眼旁觀就是。

壽安堂

看見歐陽暖，張嬤嬤忙迎了上去，「大小姐，您可來了，老太太一直等著您呢。」

歐陽暖微微一笑，道：「我這就去見祖母，勞煩嬤嬤跟著擔心了。」

進去的時候，李氏正在念佛經，聽見歐陽暖說剛從李姨娘的紅蕊院而來，她撚著手中的碧玉珠串，默默尋思片刻，黯然道：「只可憐了那個孩子。」

先是周姨娘一屍兩命的暴斃，接著是李姨娘流產，李氏接連失去兩個孫子，心中當然十分痛苦，越是如此，她心中越是將林氏恨到了極點。李姨娘雖然聰明，卻看不清李氏的心思，只怨恨她不肯為自己的孩子報仇，因此生出了很多嫌隙，卻不知道李氏到底是歐陽家的長輩，便是要動手也不會選在這樣敏感的時刻。

歐陽暖微微笑著，目光中露出惋惜道：「祖母說得是，近日咱們家中確實發生了許多事情，擾得祖母也不得安寧。」

李氏嘆了口氣，道：「月娥心中怪我不肯為她出頭，對我派去的人都避而不見，暖兒，她終究是不懂我啊！」

歐陽暖把目光停駐在佛堂上那尊觀音慈悲的面上，柔聲道：「孫女明白，您有您的難處，李姨娘只是因為喪子之痛一時想不通罷了，祖母不要怪她。」

娘死的時候，李氏沒有說一個字；歐陽治迎娶林婉如，李氏也沒有反對，因為這些都沒有觸犯她的利益。然而林氏帶來一個天煞孤星，又一而再再而三地傷害歐陽家的子嗣，李氏就未必能忍耐了，這一點，歐陽暖很清楚。

「我聽說，妳那個娘近日也在床上躺著起不來了？」李氏淡淡的目光掃過歐陽暖平靜的臉，狀若無意地問道。

歐陽暖點點頭，面露憂色道：「聽說是胎象不穩，具體什麼原因，孫女就不清楚了。」

李氏冷笑一聲，「胎象不穩？那就給她請個大夫，好好看看得的是什麼病？一個大夫查不出來，就請兩個，兩個大夫查不出來，就請三個，總不能全天下的大夫都不知道這是什麼緣由吧？我倒是要看看，究竟是她突然病了，還是故意裝病不來問安？」

她的聲音不大，然而語意中卻帶著一種森森之意，字字釘入所有人的耳朵。

歐陽暖微微點頭，「是，還是祖母想得周到。」

李氏接著又問道：「……這些日子事多，是不是累著妳了？」

林婉如失寵，李姨娘病倒，原本說是由大小姐輔助管家一事也就提上了日程，聽暖閣一下子門庭若市，不時有人來找歐陽暖稟事，說著說著，就會說到自己怎樣能幹、忠心上面去了，不外是為了在大小姐跟前留下好的印象，以便得到更好的職司。李氏說這句話，就是擔心自己從中更換她的人手，削弱了她的勢力和耳目。

李氏這個人，自私冷酷，她如今寧願信任一個遠房侄女，也不願意信任自己的親孫女，只是因為她覺得李月娥沒有旁的依靠，能夠牢牢掌控在手心裡而已。

「多謝祖母關心。」歐陽暖笑道：「我畢竟是生手，雖然暫時管著事，卻多少有些力不從心，所以一直盼著李姨娘能早些好。剛才去紅蕊院，見姨娘的身子已經好了許多，我想過兩日就可以將事情交還給她了。」

李氏聽了，眼裡露出滿意的神情，口中卻笑著搖頭道：「妳呀，就是不肯在這些事情上多留心，將來嫁了人可怎麼好？」

歐陽暖淡淡一笑，「那祖母就將暖兒一輩子留在家中陪您，也省得將來嫁出去惹人嫌棄呀！」

李氏聞言臉上的笑容更深，卻半天不語，想了想，終是放下手中的佛珠，慢慢走到窗邊一盆怒放的芍藥前。輕輕一眨眼的功夫，她已折了一朵鮮豔的芍藥在手，向著歐陽暖招招手，歐陽暖微笑著走上前去。李氏將芍藥輕輕簪在她如烏雲般蓬鬆的髮上，含笑道：「我的孫女國色天香，將來要嫁的自然不是凡夫俗子，這些俗事，不學也罷！」她的目光微微一閃，「若是暖兒將來得到佳婿，可會忘了祖母？」

歐陽暖只目光灼灼地望著她，「祖母一心護著暖兒姊弟，一片疼惜之情，暖兒永生不忘。」

李氏悠悠抬眸，望著歐陽暖的目光有幾分迷濛，「妳長得真的很像婉清，性子卻跟她完全兩樣。祖母雖然年紀大了，卻還不糊塗，我一直有一件事情不明，想要問問妳。」

「祖母請說。」

「林婉如對你們姊弟步步迫害，妳既如此深愛爵兒，為何能容忍她，始終以禮相待？」她停一停，「只因她是妳的繼母嗎？怕傳出去別人流言蜚語？」

有片刻的沉默，往事的激蕩如洶湧的潮水似要將人吞沒，記憶的碎片連接成昔日的痛苦場景，羞辱臨門，江水沒頂，冰冷孤絕，歐陽暖靜靜的聲音如咫尺澄寒的深水：「不論娘做了什麼，她都是長輩，暖兒不明白祖母的意思。」

李氏驀然一笑，「不明白也無妨。暖兒，祖母再問妳，若妳有一天站到高處，妳會如何對待林婉如？」

歐陽暖淡淡一笑，容顏格外光彩照人，「暖兒上有祖母需要孝敬，下有爵兒需要護持，哪裡還有心力去顧及旁人？祖母多慮了。」

李氏聞言若有所思，口中卻道：「惠安師太說過，妳命格奇貴，將來必有厚福，祖母只是想要提醒妳，不要與小人糾纏，如此未免傷了陰鷙，損了妳的福氣。」

這是要提醒自己，不要把時間浪費在林氏身上，而是要為歐陽家謀取更多更高的富貴權勢。歐陽暖心中淡淡一笑，李氏口中念的是經文，心中不忘的卻是永無止盡的欲望，越求佛理，越落魔障。

芍藥多情，散發出澄澈的清新氣味，歐陽暖坦然注目於她，「多謝祖母教導，暖兒定不負祖母一片美意。」

李氏的笑意淡泊，顯然很是滿意。

就在這時候，鎮國侯府兩位夫人來訪。

李氏愕然地看了歐陽暖一眼，是巧合還偶然呢？

「請她們去廳堂說話吧。」李氏淡淡地說道：「暖兒，我身子不適，妳替我招待吧。」

李氏避而不見，自然不是衝著大舅母沈氏……上一次蔣氏來，李氏還是親自見了，這一次卻連面都不肯露了，歐陽暖微微一笑，低下頭應了一聲「是」，便謙謙告退。

歐陽暖迎了出去，蔣氏一見到歐陽暖就親親熱熱地上前拉了她的手，「聽說府上馬車出了事，我們便趕緊過來看看妳。」

歐陽暖向大舅母沈氏望去，她卻只是笑容淡淡地朝歐陽暖點頭，眼睛裡有真切的關心。

歐陽暖微微一笑，客氣地將兩人請進了屋裡坐下。

待丫鬟上了茶，蔣氏就左顧右盼地道：「怎麼不見妳娘？」

歐陽暖笑道：「自從娘有了身子，祖母便免了她在跟前服侍。」

她的話音剛落，蔣氏已面露驚訝，「是嗎？那老太太可真是慈愛！說起來，我已經好久不見婉如了，我該去看看她！」然後站起身來。

歐陽暖微笑著望她，口中卻說道：「祖母吩咐了要讓娘靜養，所有的客人一律都不見的，所以二舅母要見娘，暖兒做不了主，還容我先稟明了祖母吧。」

這話一說，蔣氏立刻臉色變了，站也不是坐也不是，有些難堪。

歐陽暖聲音柔和：「您剛剛才到，想來也累了，且等一等，坐下來喝杯茶吧！」

蔣氏無奈，只能重新坐下來，她沒想到歐陽暖竟然敢這樣推脫。

沈氏抬眼看她，輕輕地拿起茶盞，發出了叮噹的清音，目光狀似漫不經心地一掠，巧妙地遮住了唇畔的一絲嘲諷。

等了片刻，玉梅進來回稟：「大小姐，老太太說二夫人請便！」

蔣氏挑著眉對歐陽暖笑了笑，「妳娘臨盆在即，心中難免緊張，我正好去陪陪她。」說完，又看了沈氏一眼，似乎有一絲猶豫，道：「大嫂和我一起去嗎？」

沈氏淡淡地看了她一眼，道：「妳去吧，我走得乏了，先喝杯茶再說。」

蔣氏聽著神色一鬆，歐陽暖看在眼中，笑道：「如此的話，就煩勞張嬤嬤親自陪二舅母走一趟福瑞院了。」

張嬤嬤笑著道：「大小姐說的哪裡話，老奴這就陪著二夫人一起去。」

沈氏冷冷地望著蔣氏的背影，眸子裡有掩不住的厭惡，道：「她一聽說我今天要來這裡，就眼巴巴地跟著來了。我想，她是怕獨自一個人來，妳們根本不會讓她見到人。」

歐陽暖淡淡一笑，道：「這是二舅母多慮了，歐陽家並不是蠻不講理的地方，她既然好心好意來看望，又有誰會攔著她呢？」

沈氏點點頭，也不再糾纏這個話題，轉而望著歐陽暖道：「暖兒，老太君聽說歐陽家的馬車遇襲，本想親自過來看妳，我卻覺得不妥，便代她來了，到底發生了什麼事？」

歐陽暖將當天發生的事告訴沈氏，沈氏聽了十分震驚，臉上驟然失去所有血色，失聲道：「他們竟這樣膽大妄為！暖兒，妳的處境竟然艱難至此，這件事妳為何不早與我們說？」

歐陽暖見她眼中關心並無一絲作假，心下感激，然而亦深覺不妥，忙看了一眼周圍，玉蓉低下頭，領著其他丫鬟、嬤嬤們一起退下了，紅玉也機靈地去了門外守著。

歐陽暖望向沈氏，低聲道：「大舅母，外祖母已經年邁，大舅舅身染沉痾，您和染表哥步步為營，處境同樣艱難，暖兒不能相助已是不安，若是為了這些事情讓您們也跟著擔心，豈不是更加愧疚？」

沈氏一愣，似是沒想到歐陽暖一個閨中少女竟然能想到這些，眼中驚異之餘，倒是有了許多說不出的感動，只是她想起林氏處心積慮要害歐陽暖姊弟，竟然能夠使出這樣的手段，不免為他們擔心，道：「這事情若是就此揭過不提，只怕他們會更加肆意妄為，難道真的抓不住他們的把柄嗎？」

歐陽暖嘆息了一聲，道：「那天晚上有七人被捉，後來明郡王遣人相告，那七人皆供認是受人指使，然而受誰指使，他們卻說不出來，可見背後之人心思細膩，並不曾直接與這些人的首領接洽，這樣一來，這些人就連指證的路都斷絕了。」

沈氏見歐陽暖容色清麗絕俗，面孔卻略帶稚氣，一時想到自己初進門時候，林婉清盈盈走上前來，拉著自己的手叫大嫂的依依之情，一時想到歐陽暖年紀還小，卻要承受這些本不該她承受的苦楚，一路走來幾乎步步驚心，不由得心中難受，主動走到她面前，輕輕將她攬在懷中，柔聲道：「暖兒，妳受苦了。」

歐陽暖微微一驚，只覺得沈氏身上的絲裳柔軟細膩，帶來微微令人動容的觸感，她心中一動，輕輕合上了眼睛，將身子依進沈氏懷中，感受著這片刻的溫馨與寧靜。

「她為何要如此狠心？」沈氏的聲音有一絲悲憫，道：「她已經是歐陽家的主母，現在也有了自己的兒子，何必如此咄咄逼人，非要你們姊弟的性命？」

人之貪婪，豈有止境……歐陽暖輕輕閉目，並不回答。

沈氏輕聲喚她：「暖兒，妳雖說才十三歲，可才高聰穎，非尋常女子可比，然而林婉如心腸歹毒，林文淵老謀深算，妳與他們周旋，凡事必須瞻前顧後，小心謹慎。老太君來時讓我囑咐妳，以後再遇到事情，切不可自己承擔，一定要與我們商量。」

歐陽暖點點頭，輕輕離開她的懷抱，仰面道：「外祖母為我擔心了嗎？」

沈氏看著歐陽暖，只覺得她一雙瞳仁幾乎黑得深不可測，唯獨看見自己的身影，心中不免嘆了一口氣，「那日長公主壽宴的事情，老太君已經知道了，我本以為她會開心，可她卻悶悶不樂了好幾天，她說本不想妳太出彩，只是事無可避，人家逼上門來，也只得如此了。她看妳祖母的意思，倒是想讓妳攀上皇室，然而老太君卻不以為是好事，她說我們家已經要送一個女兒進去，不想再將妳也賠進去……況且那日宴後很多人已對妳頗多關注，想來今後必多是非，一定要多加小心，保全自己。」

歐陽暖想到年邁的外祖母，不免要流淚，可是卻終究只是微笑著安慰她：「大舅母請轉告外祖母，不必為暖兒擔心，暖兒不會任人擺布的。」

沈氏滿面憂色，低聲說：「妳外祖母正是擔心妳容貌絕色，才藝兩全，賞花宴上已經過於引人注目，不免會遭有心人嫉妒暗算。切記，若無萬全把握為妳娘報仇，一定要收斂鋒芒，韜光養晦才是。」

真正關心妳的人，不會讓妳去求榮華富貴，而只擔心妳能否一生平安。

歐陽暖鄭重其事地看著沈氏的眼睛，一字一頓道：「暖兒明白。」

沈氏眼中滿是慈愛之色，疼惜地說：「可憐妳才小小年紀，就要經受苦楚，若是換了馨兒，只怕要躲起來哭鼻子了。」

歐陽暖沉聲說：「馨表姊有大舅母護著，又有長兄可以依靠，暖兒卻只能小心翼翼地護著爵兒，並無別的退路，說起來，暖兒也十分羨慕馨表姊。」

提起女兒，沈氏卻重重嘆了一口氣，「她這樣的性子，若真是進了太子府，還不知道會是什麼樣的結局，我真是擔心。」

「馨表姊是有福之人，上天既有此安排，必然會對她多加眷顧，大舅母不必多慮。」歐陽暖輕聲道。

「但願如此吧。」沈氏頓了頓，接著道：「這次來之前，我聽說武國公府將陳蘭馨許了出去，不足半個月就要出嫁，原本還在心中奇怪，但聽了妳說的話，卻也就都明白了。只怕從今往後，這武國公府和歐陽家就要結下仇怨，妳一定要多加小心才是。」

歐陽暖心下思忖，徐徐地道：「大舅母說的是，暖兒的確該早有防範。」

福瑞院

張嬤嬤十分知趣，送蔣氏到門口便轉身離去了。

屋子裡，蔣氏看著容色憔悴的林氏，心中不免大為搖頭，只低聲道：「人算不如天算，這一次的事情，妳就不要多想了。」

林氏搖頭，容色悽楚而怨憤，「二嫂不知，現在我的日子越發難過了，不要說婆婆和老爺看我不順眼，就連那些下人也都翻了天，不把我這個主子放在眼裡，我心裡就指望著哥哥這一回能替我出氣，誰知道竟然有了這樣的意外。」

這是怪林文淵不夠盡力？蔣氏心中暗怒，不覺作色道：「謀事在人，成事在天，誰會想到那馬車裡竟然坐的是武國公府的小姐？妳在內院不知道，武國公府的那位大少爺可是個厲害的主，追此事追得很緊，妳哥哥為這件事不知道擔了多大的干係！」

林氏雙唇緊抿，直視蔣氏道：「二嫂，依妳說的話，此事就此甘休了不成？歐陽暖早已懷疑到妳我頭上，縱然我肯罷手，她將來也未必能饒過我們！」

林氏心性高傲，爭強好勝，自然不肯就這樣罷手，蔣氏卻一直不贊同丈夫蹚這個渾水，聽到這句話，心下雖動，卻也不以為然。歐陽暖再厲害，不過是一個還未及笄的丫頭，就算記上了仇，卻也未見得與自己夫婦有什麼大干係，於是道：「妳十年未曾有子，如今懷著身孕本就不容易，眼紅的人又多，妳哥哥讓我勸妳，與其自怨自艾，不如打起全副精神好好護著這個孩子才是，別的事情，暫且就不要想了。」

林氏淚眼婆娑，目光在蔣氏臉上逡巡片刻，遲疑道：「哥哥真是這樣說的？」

蔣氏把臉一沉，「妹妹疑我？」

林氏忙拭了淚，放軟了聲音：「我怎麼敢？」她拉住蔣氏的手，懇切地道：「是我傷心糊塗了，不免草木皆兵起來，只有哥哥、嫂嫂與我才真正是一家人，你們怎麼會害我……」

蔣氏心中厭煩，面上卻也不肯露出分毫，親熱地拉過她的手道：「歐陽暖的確是個厲害的角色，不怪妹妹擔心。」她淡淡地笑道：「我只告訴妹妹一句，妳是文淵的親妹子，他怎麼可能放著妳不管？只是如今正是風尖浪口，他也不好強為妳出頭，妳且忍耐這一時吧。」

林氏看了王嬤嬤一眼，見她連連向自己遞眼色，明白她是怕自己得罪了蔣氏，心中一冷，臉上卻顯出幾分慚愧不忍之態，垂首低低道：「叫哥哥和嫂嫂替我擔心，確是我的過錯！」

蔣氏看了王嬤嬤一眼，只覺得她神色疲憊，像是比往日裡更蒼老了十歲，不免心中奇怪，卻又不好詢問，她哪裡知道，王嬤嬤平白挨了板子又擔心蔣氏到來，夫人一時情急會說錯了話，特意支撐著到這裡來伺候的苦心。

蔣氏輕輕一笑，「算了，這些傷心事都不提了，妹妹須得自己身子強健，才能報仇雪恨，切記切記。」說罷起身告辭。

等蔣氏走了，林氏對著她離去的方向冷冷啐了一口，嘆息道：「嫂嫂終究是隔了一層！」如果是林文淵，斷不會說出讓她一味忍耐歐陽暖，等生下孩子就能苦盡甘來的話來。

王嬤嬤勸說道：「夫人不必憂心，等小少爺出生再說，也千萬不要再哭了，不要傷了身子。」

林氏的容色平添了一絲冷酷，「我不會再掉眼淚了，在除掉歐陽暖之前，我絕對不會再掉一滴眼淚！」

王嬤嬤點點頭，道：「夫人如此明白，奴婢也就放心了。」

歐陽暖親自送鎮國侯府的兩位夫人上了馬車，回來的路上，卻見斜刺裡緩緩走出一位女子，身形瘦削，走路姿勢頗為怪異，還冷冷地叫了她一聲：「姊姊。」

歐陽暖看了她一眼，露出微笑道：「原來是可兒。」

歐陽可自從跛足，已經有數月不曾在人前出現。

聽見歐陽暖說的話，歐陽可倏然抬頭，唇角含一絲冷笑，慢慢地道：「多日不見，姊姊還好嗎？」此刻她穿著桃紅色軟綢春裳，頭上戴著一支珍珠步搖，長長的珠串在微風中瀝瀝作響，恰到好處地襯出黑亮的柔髮和嬌豔的臉，只是仔細望去，卻覺得她眉目之間隱含怨恨與焦慮。

歐陽暖怡然一笑，「我自然是很好的，只是妹妹一直閉門不出，姊姊心中十分擔心妳呢。」

歐陽可唇邊一朵淡薄的笑意，「擔心嗎？姊姊看妹妹如今跛了足，不能去參加長公主的賞花宴，只怕心中正在高興吧？」

「高興？」歐陽暖微微一笑，「妹妹無容見人，姊姊也跟著心中難過，哪裡會有幸災樂禍之念？妹妹誤會了。」

歐陽可輕輕一哂，「是不是誤會，妳心裡最清楚不過。」

「妹妹不再閉門不出也是好事，娘身子不好，以後有妹妹承歡膝下，她也可好好將養身體。」

旁邊的紅玉恍似想起一事，提醒道：「大小姐，您怎麼忘了，老太太一直命二小姐靜養避事，以免招惹是非，如今她卻出來了，老太太知道還不知會說什麼，您還是勸二小姐儘早回去吧。」

歐陽暖聞言，微微含笑望了歐陽可一眼。

歐陽可彷彿沒有聽見，反倒姿勢怪異地趨近歐陽暖的面前，目中鋒芒畢現，似要噬人一般陰鬱，「姊姊是害怕看見我這一條殘廢的腿嗎？怎麼，妳是覺得心虛了？」

歐陽暖只是微笑，似乎在認真傾聽她的話語，再說話的時候，以只有兩人才能聽到聲音道：「心虛自然不會，倒是有幾分好奇。說起來，當時妹妹也真是著了魔，好端端的怎麼自己跳進冰水裡頭去了？如今既然留下了傷殘不便出門，便回去安心歇著吧，莫要操心太過了，省得另一條腿也保不住。」

歐陽可看向她的目光有難以抑制的陰冷，「姊姊聰明，妹妹自愧不如，只是要勸妳一句，人心不足機關算盡，若是將來一不小心落到我的手上，定叫妳求生不得求死不能！」

「求生不得求死不能？」歐陽暖輕啟紅唇，吐氣如蘭，語意柔弱春水，卻有一種徹骨的森冷，「借妹妹吉言，妳這一片姊妹情深的好意，姊姊自然永生不忘，將來必然湧泉相報。」

歐陽可冷笑一聲，轉身邁開步子怪異地走了，遠遠望去，竟然有幾分滑稽可笑。

看著一向驕橫跋扈的歐陽可這個模樣，紅玉心底生出一絲痛快的意味，開口道：「看二小姐的樣子，她的腿真是廢了。」

歐陽暖的唇角漾起笑意，轉瞬又恢復如常的淡然沉靜，輕聲道：「這是她咎由自取。」

紅玉點點頭，問道：「大小姐，既然她已經是落水狗了，何不趁熱打鐵？」

歐陽暖笑著搖了搖頭。紅玉有些不明白，還要再問，卻見一個年輕男子笑著從假山後走出來，說道：「妳家小姐最明白，對如今的歐陽可來說，死是最好的解脫。她性格嬌寵又自以為是，如今變成瘸子，當真比死還叫她難受百倍。」

他穿一襲銀白團蝠便服，頭戴赤金簪冠，長身玉立，丰神朗朗，面目極是清俊，春日的陽光猶有幾絲暖意，蓬勃燦爛無拘無束地灑落下來，拂落他一身明麗的光影。

歐陽暖微微一笑，上前行了禮，林之染笑著望向她，道：「要歐陽可死當然易如反掌，只是妳在賞花宴上風頭太盛，旁人必然視妳為眼中釘，等著找妳的把柄，如今妳還不到根基穩固之時，輕易出手只會落人把柄。」

歐陽暖點點頭，笑著問道：「染表哥怎麼會來？」大舅母剛才甚至不曾提起，不過片刻她便心下了然，林之染此次前來，莫非是避著人嗎？

林之染是聽說歐陽家馬車遇襲的消息，擔心歐陽暖受傷才匆匆趕來，然而見她言笑晏晏，平靜溫和，那一切的擔心憂慮全都化作了唇邊淡淡的笑容。

「如今表妹與那蓉郡主並稱京都雙璧，我總是要來祝賀妳一句的。」

「多謝染表哥盛情。」歐陽暖略微怔了一怔，卻沒多少驚喜的表情。

林之染望著她，幽暗的黑眸裡有著複雜難解的光亮，與歐陽暖平靜的表情形成了強烈對比，「妳看來好像並不高興？」

就在說話之間，兩人已在涼亭裡坐下，紅玉奉上茶杯，歐陽暖就唇淺嘗了一小口，又抬起眸子，她的眼睛幾近透明的清澈，卻帶著一絲難以琢磨的情緒，她擱下手中的杯子後，才淡淡地笑道：「表哥，你是個聰明人，其中的玄機與利害關係，還用得著我親口說穿嗎？」

「名花易折，樹大招風，所以妳一直是小心謹慎，我也是如此想，卻沒料到妳會在賞花宴上那樣出彩。」林之染薄唇微揚，黑眸越顯幽黯，仍舊保持著那副似笑非笑的模樣。

「為了達到目的，總要行非常之手段。」歐陽暖微微挑起眉，薄唇彎成了微笑的弧度，眸子裡銳利的神色一閃而逝，淡淡的明亮令人深感不安，「你該知道，一味的韜光養晦，日子絕不會好過。」

「只是這樣一來，歐陽家就得罪了武國公府。」林之染眼眸幽深地望著她，那其中彷彿蘊涵著無窮盡的深邃，任誰也無從窺伺他的真意，「妳不後悔？」

歐陽暖卻淡淡地說道：「事急從權，當時我別無選擇。」為了保護爵兒的安全，再選擇一千次一萬次，她還是會毫不猶豫地將陳蘭馨推出去。

林之染聽罷，思索了片刻，眸光轉濃，臉上的笑意頓時又深了幾分，「武國公府不是好得罪的，尤其是那位大少爺陳景睿，最是個睚眥必報的人物，妳要有所準備。」

歐陽暖頷首微笑，臉上的笑容十分感激，「多謝表哥提醒。」

紅玉正在思索這簡短的談話中蘊藏了多少深意，突然見林之染起身，他展眉一笑，一派氣定神閒的姿態，將手中的杯子往石桌上一放，隨即道：「妳既心中有數，我便不再多言了，告辭。」他轉身就要離開，卻在走出去幾步後突然回身，斂了滿臉的笑意，略略擰眉，狹長的丹鳳眼平添了一分如冰的冷凝，「多加小心。」

歐陽暖看了他一眼，輕輕地，卻十分鄭重地點了點頭。

時光匆匆流逝，轉眼又是月餘過去。

「姨娘，您也累了一天了，早些歇息吧。」佩兒小心翼翼地道。

李姨娘神情疲憊地靠在床上，臉色十分蒼白，完全沒有平日裡精心裝扮的美麗模樣，「老爺又歇在王姨娘的院子裡嗎？」

佩兒膽戰心驚地點點頭，果然見到李姨娘的臉色更加不好，「姨娘，您別這樣了，千萬顧著自個兒的身子啊……」

「顧著身子？我連自己的親生骨肉都保不住，光是顧著身子有什麼用？」李姨娘說著說著悲從中來，忍不住低聲啜泣起來。從孩子沒了那一天起，她已經不知道哭了多少回了，她真的不願意相信這個殘酷的事實，曾經心心念念盼著的孩子，竟然就這樣沒有了。

佩兒安慰道：「您總該好好想一想，姨娘您還年輕呢，夫人卻已經年紀不小了，她根本耗不起，您早晚能生個小少爺出來。」

「生個兒子又怎麼樣，將來連叫我一聲娘都不行！說起來她才是孩子的嫡母，一個弄不好，孩子甚至都不會認我這個親生母親，除非……」李姨娘雖然沒有說下去，聲音卻越發冷漠，幾乎是寒如冰霜。

佩兒聞言心中一驚，看著李姨娘陰冷的神情，一時之間說不出話來。

過了片刻，李姨娘臉上的蒼白消褪了下去，慢慢有了一些血色，她對著福瑞院的方向恨恨地道：「哼，我吃了一次虧，絕不會第二次栽在她手上！這次的帳我自然好生記著，遲早有還回去的一天！」

就在這時，一個丫鬟突然闖了進來，撲通往地上一跪，「姨娘，福瑞院那裡傳來消息，聽說是夫人要生了！」

「這怎麼可能？」正想發火的李姨娘眼睛一亮，猛地從床上跳了下來連聲追問：「現在還不到九個月，連接生嬤嬤都還沒有請來，這時候要生了不就是早產嗎？」

「姨娘，此事千真萬確，如今福瑞院裡都亂成一團了呢！」

「亂成一團？她還真會挑選時候生孩子。」李姨娘冷笑了一聲，所謂七活八不活，不到九個月就要生產，還不知道會生出個什麼樣的廢物來！她害得自己沒了孩子，這個孩子最好也保不住才好！一切冥冥中自有天意，當真是林氏的報應！

「姨娘，福瑞院的梨香說，接生嬤嬤還未來，想請姨娘找幾個有經驗的老嬤嬤去那邊陪著夫人。」丫鬟繼續說道，一邊小心翼翼地觀察李姨娘的臉色，卻聽到她淡淡地笑道：「有經驗的老嬤嬤？」

不知為什麼，一旁的佩兒聽見李姨娘這樣輕柔地說話，心裡卻猛地一跳。

李姨娘頓了頓，臉上為難道：「夫人生產是何等的大事，她一早吩咐過不必我們過問，現在來問我要人？唉，我一時也沒有準備呀，也罷，妳去找孫嬤嬤、梁嬤嬤和衛嬤嬤三位，讓她們去福瑞院陪著夫人吧。」

林氏生性多疑，生怕將接生嬤嬤接進府裡來，其他人會藉機動手腳，所以連到底找了什麼人都沒有告訴他們，只等著生產前十日再將人接進府來，恐怕她自己也沒有料到竟然會早產。

那丫鬟急匆匆地去了，李姨娘起身，坐到銅鏡跟前，對著鏡子裡的美人兒露出一個笑容，眼光淡淡一瞥，輕聲對佩兒道：「找人去提醒那些懂生產的嬤嬤，讓她們知道什麼該做，什麼不該做。」

「是。」佩兒匆匆出去了，過了半盞茶的功夫就回來道：「姨娘，都辦妥了。」

「做得很好。」李姨娘玉手輕輕替自己戴上一支金簪，又回頭對佩兒道：「還不快來幫我梳妝打扮，我要去探望夫人。這麼重要的時刻，我這個做姨娘的一定要陪著她才行……希望她好好生產，母子平安。」李姨娘一字一句說得字正腔圓，然而話裡頭卻含著一種令人心顫的怨毒，讓佩兒不由自主打了個冷顫。

孫嬤嬤、梁嬤嬤和衛嬤嬤三位得了吩咐，趕到福瑞院門口，王嬤嬤卻壓根兒不肯讓她們進去，她在府裡好歹待了十年，知道這三個人是下手最沒輕沒重的，夫人正是關鍵的時候，怎麼能讓這樣粗手粗腳的嬤嬤進門？她回頭吩咐梨香和其他丫鬟守好了門戶並且趕緊去生火燒水，自己則急匆匆地去找歐陽治。

王嬤嬤幾乎是一路快跑才到玉熙院門口，她氣喘吁吁用力抬起手打門，裡頭沒反應，她乾脆奮力拍門，門終於開了，掌著風燈出來的是玉熙院管事劉嬤嬤，她看了王嬤嬤一眼，隨即反手關上門。

劉嬤嬤笑道：「是王嬤嬤？喲，這麼晚了怎麼跑到這兒來了？」

王嬤嬤急切地道：「我有急事要見老爺！」

劉嬤嬤露出為難的神色道：「這可不行，老爺今天不舒服，王姨娘吩咐下來，誰也不能打擾，這會兒人八成睡得正香呢，我可擔不起這個干係！」

王嬤嬤焦急道：「夫人就要生了，總得請老爺去啊！」

劉嬤嬤愣了愣，聲音帶了三分遲疑：「王嬤嬤，這個……我也做不了主啊！」

這時候，大門被打開了，嬌杏身邊的丫鬟碧璽披著外衣走了出來，一看是王嬤嬤，立刻皺起了眉頭，滿臉不悅。她打量了一眼王嬤嬤，問道：「嬤嬤有什麼事兒？都三更半夜了呀！」

王嬤嬤一看是這個丫鬟，頓時心裡一沉，碧璽是嬌杏身邊的丫鬟，自己好幾次藉機會整治過她，只怕她會有意為難，不讓自己見到歐陽治，當下陪笑道：「碧璽姑娘，我們夫人要生了，快請老爺出來吧！」

碧璽皺眉道：「老爺今兒個在外飲宴剛剛回來，鬧騰了半宿，好不容易才睡著，我可不敢去叫。王嬤嬤，妳還是回去，請夫人忍一晚上吧。」

王嬤嬤聞言大怒道：「妳這是什麼話？那是生孩子，忍得了嗎？」

碧璽冷冷地道：「非挑著深更半夜生孩子，活該找不到人！」

王嬤嬤怒氣沖沖地道：「妳……妳當真是吃了雄心豹子膽了，夫人是什麼身分，也是妳能排擠的？連傳個話都不肯，當心夫人將來活活扒了妳的皮！」

碧璽一個激靈，意識到自己的話太過露骨，突然害怕起來，看著王嬤嬤定定地不說話。王嬤嬤一把推開她就往裡頭闖，就在這時候，卻聽見廊下有人冷哼一聲道：「老爺正不舒服，誰敢大呼小叫的，全都趕出去！」

那是嬌杏的聲音，有了老爺寵愛的姨娘撐腰，誰還會在乎一個失寵夫人身邊的狗腿子呢？碧璽使了個眼色，劉嬤嬤硬起心腸，將王嬤嬤一把推了出去，重重關上了門板。

眼看著門關上了，王嬤嬤悲憤而沮喪，恨不得一腳將門踹開大鬧一場，卻又不敢再耽擱時間，匆匆往壽安堂的方向去了。

「要生了？」李氏聽著愣住。

「是啊！」張嬤嬤低聲道：「夫人身邊的王嬤嬤一路衝進來，說要見您，奴才攔也攔不住……」

李氏聽得緊緊皺起眉頭，取下手腕上的佛珠撚了起來，片刻後還是覺得心中難安，乾脆站了起來，「這天煞孤星……天煞孤星可怎麼好……」她一邊口中念著，一邊心中求祖宗保佑他們歐陽家逢凶化吉！

（未完待續）

漾小說 70

高門嫡女 貳

國家圖書館出版品預行編目資料

高門嫡女 / 秦簡著. -- 初版. -- 臺北市：
麥田, 城邦文化出版：家庭傳媒城邦分公司發行,
2013.05
　冊；　公分. --（漾小說；70）
ISBN 978-986-173-911-3（第2冊：平裝）

857.7　　　　102006263

城邦讀書花園
www.cite.com.tw

作　　者　秦簡
封面繪圖　若若秋
責任編輯　施雅棠
副總編輯　林秀梅
編輯總監　劉麗真
總 經 理　陳逸瑛
發 行 人　凃玉雲
出　　版　麥田出版
城邦文化事業股份有限公司
104台北市中山區民生東路二段141號5樓
電話：（886）2-25007696　傳真：（886）2-25001966
發　　行　英屬蓋曼群島商家庭傳媒股份有限公司城邦分公司
104台北市中山區民生東路二段141號2樓
客服服務專線：（886）2-25007718；25007719
24小時傳真專線：（886）2-25001990；25001991
服務時間：週一至週五上午09:00~12:00；下午13:00~17:00
劃撥帳號：19863813；戶名：書虫股份有限公司
讀者服務信箱：service@readingclub.com.tw
麥田部落格　http://blog.pixnet.net/ryefield
香港發行所　城邦（香港）出版集團有限公司
香港灣仔駱克道193號東超商業中心1樓
電話：852-25086231　傳真：852-25789337
E-mail：hkcite@biznetvigator.com
馬新發行所　城邦（馬新）出版集團【Cite (M) Sdn Bhd】
41, Jalan Radin Anum, Bandar Baru Sri Petaling,
57000 Kuala Lumpur, Malaysia.
電話：(603) 90578822　傳真：(603) 90576622
Email：cite@cite.com.my
美術設計　洸譜創意設計股份有限公司
印　　刷　鴻霖印刷傳媒股份有限公司
初版一刷　2013年5月9日
定　　價　250元
I S B N　978-986-173-911-3